D1683497

Bibliografische Information der Deutschen Nationalbibliothek:
Die Deutsche Nationalbibliothek verzeichnet diese Publikation in der Deutschen Nationalbibliografie; detaillierte bibliografische Daten sind im Internet über http://dnb.d-nb.de abrufbar.

Titelbild und Illustration: Daniela Berghold

2., leicht veränderte Auflage 2009
ISBN: 978-3-940367-23-5
Erstausgabe 2008

Das Werk einschließlich aller seiner Teile ist urheberrechtlich geschützt. Jede Verwertung außerhalb der engen Grenzen des Urheberrechtsgesetzes ist ohne Zustimmung des Verlages strafbar. Das gilt insbesondere für Vervielfältigungen, Übersetzungen, Mikroverfilmungen und die Einspeicherung und Verarbeitung in elektronischen Systemen.

Copyright (©)
TOMA-Edition

ein Imprint von Papierfresserchens MTM-Verlag GbR
Kirchstraße 5, 88131 Bodolz, Deutschland

www.toma-edition.de
info@toma-edition.de

Die Sidhe des Kristalls

Band 1

Das Tal im Nebel

von

Tanja Bern

ToMa

Ich widme dieses Buch all jenen,
die ihre Träume verloren haben ...

Inhalt

Prolog	7
Die Begegnung	15
Das verborgene Tal	41
Faíne	68
Dunkle Schatten	87
Das Labyrinth	122
In der Finsternis	138
Rhian´na	154
Die Befreiung	166
Geister der Vergangenheit	180
Schatten des Todes	203
Nach Hause	222
Ruhe vor dem Sturm	235
Die Magie der Sídhe	270
Die dunkle Kraft	282
Fremde Welten	295
Das Wiedersehen	314
Epilog	326

Folge mir!
Ich führe Dich zu einem Ort,
der vielleicht wirklicher ist,
als Du glaubst.

Prolog

Vier Jahrhunderte vor Christi Geburt fochten zwei ungleiche Völker einen erbitterten Krieg aus. Es war eine dunkle Zeit, denn die Kämpfe zogen sich schon über ein Jahrhundert hin. Das magische Volk der Sídhe unterlag der Grausamkeit der Menschen, denn diese wollten die Herrschaft ohne Gnade an sich reißen. Mit ihren eisernen Waffen erkämpften sie sich Stück für Stück die Macht. Die Sídhe dagegen entzweiten sich immer mehr.

Tiefer Nebel lag zwischen den Bäumen. Wie ein Schleier wand er sich um die alten, hohen Bäume. Eine bedrückende Stille hatte sich über den ganzen Wald gelegt. Einzig das leise Rauschen des Regens konnte man hören, der wie feiner feuchter Staub unablässig vom Himmel fiel.

Mit einem leisen Rascheln teilte sich das Unterholz. Drei schlanke Gestalten rannten über einen kleinen Hügel. Völlig außer Atem blieben sie stehen, blickten sich gehetzt um. Ihre Kleidung war ausnahmslos in Braun und Grün gehalten. Zwei von ihnen hatten schimmernde Langbögen aus hellem Holz auf ihre Rücken geschnallt. Rufe, die plötzlich aus unterschiedlichen Richtungen kamen, hallten durch den düsteren Wald. Schwere Schritte bewegten sich auf sie zu.

Ohne weiter zu zögern, liefen die drei durch das dichte Gestrüpp. Dornen und Zweige zerkratzten ihre Haut und zogen an ihren Kleidern, während sie überstürzt flüchteten. Doch sie hatten von Anfang an nur sehr geringe Chancen, ihren Verfolgern zu entkommen.

Von allen Seiten kamen dunkle massige Schatten auf sie zu, kreisten sie ein. Entsetzt starrten sie auf die düsteren Gestalten, die sich ihnen näherten. Ein großer stämmiger Mann mit strähnigem, feuchtem Haar trat in das Zwielicht, welches durch die Baumkronen schien. Das Schwert in seinen Händen war blutgetränkt. „Elfen! Natürlich ... ich dachte es mir schon. Ihr seid schnell gewesen, fast zu schnell. Doch selbst euch holt irgendwann die Erschöpfung ein", grollte seine tiefe Stimme. Fast nachdenklich strich er sich durch seinen dichten unsauberen Bart.

Die drei Gefangenen, zwei Männer und eine Frau, blickten ihn nur voller Furcht an. Ihr Atem ging schnell und unregelmäßig. Doch sie machten nicht den Eindruck, dass sie aufgeben würden. Die drei waren das genaue Gegenteil dieser rauen Gestalten, von denen sie umzingelt worden waren: Die Frau hatte schöne zarte Gesichtszüge und ihre spitz geformten Ohren konnte man unter ihrem langen, hellen Haar sehen, das zerzaust ihren Rücken hinunterfiel. Sie trug ein langes Gewand mit Umhang, welches am Saum schmutzig und zerrissen war. Sie schien etwas vorzuhaben, denn ihre Augen glommen kurz auf und in der Luft begann es zu knistern, doch einer ihrer Begleiter legte beruhigend eine Hand auf ihren Arm. Er schien etwas zu ihr zu sagen, doch seine Lippen bewegten sich nicht.

„Tötet sie!", befahl plötzlich der Befehlshaber der Menschen. „Bevor ihnen irgendein Zauber einfällt." Klirrend wurden die Schwerter aus den Scheiden gezogen. Ein paar Sekunden geschah nichts. Sie hörten nur das leise angstvolle Schlagen ihrer Herzen. Wissend, dass sie sterben mussten, griffen die zwei gefangenen Männer ihre langen Dolche und stellten sich schützend vor die Frau. Doch sie drängte beide zur Seite. „Nacún! - Nein! -", fuhr einer ihrer Begleiter sie an. Auch der andere schüttelte warnend den Kopf.

Sie schien nicht gewillt zu sein, auf die beiden zu hören, doch für eine Diskussion blieb keine Zeit, denn der Sturm brach los. Mit lautem Geschrei stürzten die Menschen sich auf die drei Gefangenen.

Die Dolche der Elfen zischten mit ungeheurer Schnelligkeit durch die Luft und zogen eine Blutbahn unter den Feinden. Eine der Elfen stieß die Frau entschieden aus dem Kampfgebiet fort. Sie stolperte und fiel hart auf die Erde. Vor Überraschung keuchte sie auf. Ihr Gefährte schrie ihr etwas zu. Sie rappelte sich hastig auf und rannte davon. Auf einer Anhöhe schaute sie sich noch einmal um. Die Gegner waren zu viele. Trotz aller Geschicklichkeit und Kampferfahrung wurden ihre Begleiter gnadenlos niedergemetzelt. In Sekunden war der Waldboden mit ihrem Blut getränkt.

Vor Kummer und Schrecken schluchzte sie auf und lief, lief so schnell sie nur konnte. Verzweifelt stürmte sie durch den Wald und versuchte, ihren Peinigern zu entkommen, aber sie waren ihr dicht auf den Fersen. Sie konnte den schweren Atem der groben Männer fast in ihrem Nacken spüren. Tränen liefen über ihre Wangen, in Panik blickte sie sich um, als sie hörte, wie ihre Gegner unmittelbar in ihrer Nähe durch das dünne Gehölz liefen. Ihr Blick fiel auf ein dichtes Farngewächs und sie eilte dorthin. Hastig versteckte sie sich zwischen den großen Blättern. Ihr Atem ging keuchend und Seitenstiche plagten sie. Ihre Flucht ging schon viel zu lange, sie war am Ende ihrer Kräfte. Sie sah die Männer auf sich zukommen und versuchte, krampfhaft ihren Atem anzuhalten. Die Menschen durchstreiften den Wald und zerhackten mit ihren schweren Schwertern das umliegende Gebüsch. Doch sie gingen an ihr vorbei, entdeckten sie nicht.

Als der Wald langsam wieder still wurde, richtete sie sich vorsichtig auf. Plötzlich vernahm sie einen Laut hinter sich. Panisch wandte sie sich um. Keinen Meter hinter ihr stand ein grobschlächtiger Mann. Mit lüsternem Blick grinste er sie an, vor Schreck blieb sie wie erstarrt stehen.

Der Mann packte sie rasch an den Armen und zog sie an sich. Ein Schrei entglitt ihren Lippen, er erstickte ihn mit einem groben Kuss. Sie keuchte entsetzt auf. Er zerrte an ihrem Gewand, doch sie berührte ihn im Gesicht und er ließ sie mit einem Schrei los. Dort, wo ihre Fingerspitzen auf seine Haut getroffen waren, sah man Brandblasen. Ärgerlich packte er ihren Arm, schlug sie hart ins Gesicht und stieß sie auf den steinigen Waldboden. Ihr angstvoller Schrei hallte durch den Wald, aber es kümmerte ihn gar nicht, stachelte ihn nur noch mehr an. Doch plötzlich surrte etwas durch die Luft. Ihr Peiniger schrie auf, dann erschlaffte er und fiel mit seinem ganzen Gewicht auf sie.

Ein Mann huschte aus dem Schatten. Rasch befestigte er seinen Langbogen wieder auf dem Rücken und eilte zu ihr.

„Nimm ihn weg! Schaff ihn runter von mir!", schrie sie mit panischer Stimme.

Er packte den Toten und hievte ihn von ihr herunter. Hastig nahm er seine Waffe ab, zog sich seinen Mantel aus und hockte sich vor sie hin, um sie damit einzuhüllen.

„Wir haben Euren Hilferuf empfangen. Geht es Euch gut, Herrin?"

„Es ist alles in Ordnung", sagte sie leise, doch Tränen rannen über ihre Wangen. Er erhob sich und schnallte seinen Bogen wieder um. Dann nahm er sie kurzerhand auf seine Arme und verschwand mit ihr in den Schatten der Bäume.

Die Sonne schickte ihre letzten Strahlen durch den Nebel und beleuchtete das versteckte Lager der Elfen. Aufgeregte, melodische Stimmen drangen durch den Wald.
„Wir müssen weiter in die Wälder fliehen", sagte ein Mann hitzig.
„Wir müssen vielmehr von diesem Land, von dieser Insel fliehen, bevor sie uns alle töten!", erwiderte ein anderer wütend. Zornige Stimmen wurden laut und sprachen wild durcheinander. Da kam der junge Bogenschütze in das Lager. Er trug noch immer die Frau auf seinen Armen. Einige rannten ihm entgegen. Allen voran ein hochgewachsener Elf, der sich von den anderen kaum unterschied. Er trug als einzigen Unterschied einen Silberreif in seinem dunklen Haar, aber seine Haltung wies ihn als ihren Herrscher aus.
„Herr, ich habe die Königin im Wald gefunden. Einer der Barbaren wollte sie missbrauchen. Aber ich habe ihn rechtzeitig töten können", gab er ihm zu verstehen, ohne auch nur die Lippen zu bewegen. Seine Worte trafen jedoch zielgenau die Gedanken des Königs. Bestürzt nahm dieser ihm die immer noch wimmernde Frau ab und presste sie an sich: „Lynía!"
Sie schlang die Arme um ihren Gefährten. „Sie sind tot, Llándor! Syl und Ravel sind tot", sagte sie leise zu ihrem Gemahl.
Llándors Gesichtsausdruck wurde hart. Er rang mit sich,

doch als er eine Entscheidung traf, merkte man ihm seinen inneren Kampf nicht an. „Wir werden in die Wälder fliehen. Jetzt! Packt alles zusammen!"

„Herr, du bist unser König, aber das kannst du nicht von uns verlangen! Wir müssen fort von hier. Weit fort! Lasst uns ihre Schiffe erbeuten und von dieser verfluchten Insel verschwinden", rief einer der Krieger aufgebracht. Viele stimmten ihm zu.

„Diese ach so verfluchte Insel ist seit Jahrhunderten unsere Heimat gewesen. Ich weigere mich, sie völlig aufzugeben. Wir werden einen geeigneten Ort suchen und ihn mit einem Zauber schützen. Niemand wird uns dort finden", erwiderte der König und starrte sein Volk erwartungsvoll an.

Doch viele waren nicht seiner Meinung. Dieser Krieg ging schon viel zu lange. Jahre des Kampfes hatten das Volk zermürbt und auseinandergerissen, hatten den Frieden untereinander zerbrechlich gemacht. Der Streit eskalierte, einige zogen ihre Waffen. Der König blickte fassungslos auf seine Krieger, die anfingen, wild aufeinander einzuschlagen. Er ließ Lynía los und stellte sich schützend vor sie: „Hört auf! Aufhören sage ich!"

Als keiner auf seinen Befehl hörte, beschwor er einen Zauber. Seine Augen funkelten für einen Moment auf, dann brach das Erdreich unter den Kämpfern auf, wölbte sich, so dass die Elfen erschrocken auseinander fuhren. „Wollt ihr euch alle gegenseitig umbringen?", fragte er erbost. Seine Stimme war leise, doch man hörte die Wut darinnen. „Ich denke, dass die Kelten uns genug dezimiert haben!" Atemlose Stille breitete sich unter den Kriegern aus.

Dann ging ein Elf mit dunklem Haar auf den König zu und richtete das Wort an ihn. „Llándor, fast die Hälfte von uns fanden schon den Tod. Diese Barbaren sind anders als die Menschen, die bisher hier strandeten. Sie haben alles verbrannt und vernichtet, was einstmals uns gehörte. Sie vergewaltigen unsere Frauen, sie schlachten uns ab. Und du willst immer noch hier bleiben? Ich verstehe es einfach nicht."

Betroffen schaute der König seinen besten Freund an. „Wir gehören hierher. Ich kann und will diese Insel nicht aufgeben. Sie ist unsere Heimat!", erklärte Llándor.

„Du verlangst von uns, dass wir uns selbst in einen goldenen Käfig sperren!"

Llándor wusste nichts darauf zu erwidern. Beide starrten sich an, und als Llándor stumm blieb, schüttelte der Dunkelhaarige resigniert den Kopf. „Wenn du die Wahrheit nicht einsehen willst", sagte er ruhig, „dann trennen sich hier unsere Wege."

Eine Weile hörte man nur das leise Rauschen des Windes. Llándor blickte ihn getroffen an. „Trennen? Das würdest du nicht tun. Nicht du! Wie könntest du uns verlassen!?" Mit fast verzweifeltem Blick schaute er seinen treusten Freund an, doch dieser wandte sich ab, antwortete nicht auf Llándors Worte, die wie ein Messer in sein Inneres schnitten. Als Llándor begriff, dass er sie nicht zurückhalten konnte, senkte er den Blick. „So sei es. Ich halte euch nicht auf", antwortete er nur traurig.

Sie trennten sich, und nur eine Handvoll Anhänger blieb dem König treu. Voller Trauer standen die Übriggebliebenen am Meeresufer und blickten auf das wild schäumende Wasser, sahen den Segeln nach, die langsam in den Nebeln verschwanden. Die Flut setzte ein und die Gischt umspülte sanft ihre Füße. Langsam wandten sie sich ab und stiegen die Felsen der Brandung hinauf. Sie flüchteten in die tiefsten Wälder und lebten von nun an an verborgenen Orten, wo kein Mensch sie mehr fand.

Die anderen hatten mit einer List und mit Hilfe ihrer magischen Fähigkeiten einige Schiffe ihrer Feinde erbeutet und segelten nun über das Meer davon. Doch das Schicksal meinte es nicht gut mit ihnen und zerstreute sie in alle Winde. Und keiner von ihnen kehrte bisher jemals zurück in seine alte Heimat.

Immer wieder kamen andere Menschenvölker und erkämpften sich die Macht auf der Insel. Das ganze Land blutete unter den Kämpfen und fand lange Zeit keinen Frieden. Aber abends an den Kaminen, wenn Ruhe eingekehrt war in den Häusern und den Herzen der Menschen, erzählte man sich die Legenden der Sídhe, der Elfen Irlands.

Die Begegnung

Im Südwesten Irlands der heutigen Zeit graute langsam der Morgen und der Himmel brannte förmlich von den ersten Strahlen der Morgensonne, die sich trotz des düsteren und wolkenverhangenen Himmels ihren Weg durch die hohen Bäume suchten. Die ganze Umgebung war in leichten Nebel gehüllt und der Wald war in zwielichtiges Licht getaucht, so dass alles unwirklich schien, wie in einem Traum. Sanfte Hände strichen über einen abgeholzten Baum. Vor zwei Tagen hatten hier noch unzählige gesunde Bäume gestanden, doch jetzt nicht mehr. Nun lagen sie verstreut auf dem Waldboden.

Lórian stand zwischen den abgesägten Stämmen und fühlte sich wie auf einem Friedhof. Langsam lief er durch die abgeholzte Lichtung zurück in den Schutz der großen Bäume. Dann schloss er die Augen und atmete den würzigen Duft des Waldes ein. Die Luft um ihn herum war feucht und mild. Ein leichter Wind strich durch den Wald und auf den Pflanzen glitzerte der Morgentau. Die Stille wurde plötzlich durchbrochen, etwas näherte sich mit lautem Getöse. Lórian sah sich hastig um. Er verschwand blitzschnell in einer der großen Eichen und versteckte sich dort. Eine Herde Schafe kam lärmend um die Wegbiegung und drängte sich den engen Bergpfad hinauf. Hinter ihnen wurden Stimmen laut und hallten durch den Wald. Zwei Männer kamen in Sicht. Lórian war nur dunkel und schemenhaft erkennbar, hockte noch immer in dem Baum und versuchte krampfhaft zu erkennen, wer da den Berg hinaufkam. Er verrenkte sich fast den Hals und wäre beinahe von dem feuchten Holz abgerutscht, hätte er sich nicht rasch an die nächstliegenden Zweige geklammert. Nur mühsam unterdrückte er einen Fluch.

Die Männer blickten auf. „Was war das?", fragte der jüngere mit dem kurzen dunklen Haar.

„Keine Ahnung. Komm schon, Jack. Wir müssen weiter", antwortete sein Begleiter und ging rasch hinter den Tieren her.

Jack schüttelte unwillig den Kopf und spähte angestrengt in die Baumkronen. „Irgendetwas steckt da in den Bäumen", rief er.

Lórian bewegte sich nicht und presste sich fest an den Stamm. In seiner braungrünen Kleidung war er nahezu unsichtbar. Jack entdeckte ihn nicht, zuckte dann mit den Schultern und eilte den Weg hinauf.

„Na, vielleicht war es eine Fee", bemerkte der andere Mann mit einem schelmischen Grinsen.

Jack schaute ihn strafend an. „Dad, hör auf. Jetzt fang nicht wieder mit diesen Geschichten an." Sein Vater Shawn klopfte ihm freundschaftlich auf die Schulter. Plötzlich ertönte ein unangenehmer Klingelton. Lórian zuckte erschrocken zusammen und selbst die Vögel verstummten in den Zweigen der Bäume. Shawn kramte ungerührt ein Handy aus der Jackentasche. Er unterhielt sich eine Weile und steckte das winzige Telefon anschließend wieder ein. „Ich muss zurück nach Killarney. Es sind neue Gäste gekommen. Mum schafft das nicht alleine."

Jack verzog das Gesicht. „Na prima!", grummelte er.

„Tut mir leid", erwiderte sein Vater. „Schon okay."

Er wuschelte seinem Sohn übers Haar und lief eilig den Bergpfad zurück. Jack schaute ihm eine Weile nach, wobei seine Laune noch ein Stück tiefer sank. Zu allem Übel schlug das Wetter um und leichter Nieselregen wehte durch die Luft. Jack schaute genervt in den immer dunkler werdenden Himmel. „Das darf doch nicht wahr sein", murmelte er und stapfte weiter den kleinen Pfad zur Weide hinauf. „Erst muss ich hier Schafe hochtreiben, weil Mum zu O'Leary wieder nicht Nein sagen konnte, und jetzt … Gott! Ich hasse Regen."

Nach einer Weile hörte der Weg auf und Jack musste das letzte Wegstück zum Gipfel des Berges erklettern, während der Regen immer heftiger wurde. Jack kämpfte sich durch den aufgeweichten Untergrund, der fast nur aus Schlamm, Heidekraut und Felsbrocken bestand. Er rutschte mehrfach aus und bekam mehr Schmutz ab, als ihm lieb war.

Lórian hatte sich unterdessen hinter einem großen Felsen in Jacks Nähe versteckt und beobachtete nun amüsiert, wie Jack versuchte, den kleinen Rinnsalen mit Wasser auszuweichen, die stetig den Berg hinuntersprudelten.

Jack schimpfte zwischenzeitlich laut vor sich hin. Hastig kraxelte er den Schafen hinterher, die gerade das Plateau des Gipfels erreichten. Als er endlich tropfnass und reichlich schlammverschmiert oben angekommen war, ließ er den Blick über das Tal schweifen. Unter ihm breitete sich eine malerische Landschaft aus. Vielleicht hat es sich doch gelohnt, so früh hier hochzukommen, dachte er.

Vor ihm lag eine weitläufige Heidelandschaft, die nur von einigen Gesteinsbrocken unterbrochen wurde. Schemenhaft erkannte er eine Rotwildherde, die durch den geheimnisvollen Nebel zog. Der Himmel hellte sich zumindest auf einer Seite etwas auf und schimmerte rötlichgolden durch den Regen. Jack lächelte bei diesem Anblick. Trotz des immerwährenden Regens liebte er dieses Land. Plötzlich hörte er eines der Schafe panisch blöken. Erschrocken blickte er in die Richtung und sah, dass sich eines der Tiere zu nah an den Abgrund gewagt hatte und nun immer tiefer rutschte. Voller Angst versuchte es, irgendeinen Halt zu finden.

Jack erstarrte im ersten Moment. Dann warf er den Rucksack ab, den er trug, und rannte los. Kurz bevor das Schaf abstürzte, war er bei ihm und hielt es an den Vorderläufen fest. Mühsam versuchte er, das Tier wieder hochzuziehen, doch es schlug in wilder Angst um sich. Jack wurde mehrmals schmerzhaft von den Hufen getroffen. „Verdammt noch mal, nun halt doch endlich still! Halt still!!!", schrie er.

Irgendwie schaffte es Jack, das Tier wieder nach oben zu hieven. Doch als das Schaf festen Boden unter den Füßen spürte, rannte es blindlings vor der Gefahr weg und stieß seinen Retter ungeachtet zur Seite. Durch den Regen war alles so aufgeweicht, dass Jack ausrutschte und über die Felskante schlitterte. Im letzten Moment konnte er sich an einen Vorsprung im Gestein klammern und hielt sich krampfhaft dort fest. Sein Herz klopfte so heftig, dass es fast schmerzte, und der scharfkantige Fels zerschrammte seine Hände. Vorsichtig blickte er nach unten. Es ging mindestens 30 Meter in die Tiefe. Ein Anflug von Panik überwältigte ihn.

Jack wusste, selbst wenn er um Hilfe rief, war es sehr unwahrscheinlich, hier von jemandem gehört zu werden. Und auch sein Vater war schon zu weit weg. Verzweifelt versuchte er, sich hochzuziehen. Doch nach mehreren vergeblichen Versuchen gab er es auf. Seine Arme wurden langsam taub und die Hände waren mittlerweile dermaßen aufgeschürft, dass ihm das Blut die Handgelenke herunterlief. Er schloss die Augen, um sich etwas zu beruhigen. Dann sah er sich prüfend um. Ich brauche irgendeinen Halt, dachte er.

Sein Blick fiel auf eine kleine Ritze im Fels, gut einen Meter neben sich. Er streckte den Fuß aus und zwängte ihn mühsam in den kleinen Spalt. Er schaute hoch und entdeckte dichtes Gestrüpp, das direkt über ihm wuchs. Aber um das zu erreichen, musste er mit einer Hand den Felsvorsprung loslassen. Angst stieg in ihm hoch. Trotzdem ließ er hastig seinen Halt los und griff in die Büsche.

Doch der aufgeweichte Boden konnte sein Gewicht nicht halten. Die Sträucher lösten sich und Jack prallte mit seiner Schulter vor die Felswand. Ein heftiger Schmerz durchfuhr ihn, und alles begann sich um ihn zu drehen. Er verlor den Halt und rutschte den scharfen Fels entlang.

In dem Moment packte ihn eine Hand und zog ihn nach oben. Jack blickte in goldene Augen. Kurz bevor er das Bewusstsein verlor, sah er in ein fremdartiges Gesicht, das von nassen hellen Haaren umrahmt war.

Der Regen hatte aufgehört, und die Sonne schien wieder warm und hell. Nur vereinzelte dunkle Wolken zeugten noch von dem Regen. Langsam kam Jack wieder zu sich. Zu seinem Unbehagen spürte er etwas Feuchtes in seinem Gesicht. Jemand leckte ihn hingebungsvoll ab. Als er die Augen öffnete, stand ein großes weißes Wollknäuel über ihm. „Verdammt! Was ...?" Entschieden schob Jack das Schaf beiseite und versuchte sich aufzusetzen. Stöhnend fiel er wieder zurück. Seine Schulter schmerzte so sehr, dass er sie fast nicht bewegen konnte. Auch die aufgeschürften Wunden an seinen Händen brannten furchtbar. Zu allem Überfluss kam das Schaf wieder näher.

„Hau ab, Mann! Sonst vergesse ich mich!", zischte er wütend. Er schubste das Tier ein wenig zur Seite und es trottete davon.

Plötzlich fiel ihm sein Retter wieder ein. Er setzte sich mühsam auf und schaute sich um. Es war niemand mehr da. „Hallo?", rief Jack laut. „Ist hier jemand?" Keine Antwort, man hörte nur das leise Rauschen des Windes. Der junge Mann ließ die Situation von vorhin noch einmal an sich vorüberziehen und dachte an das Gesicht, das er vor seiner Bewusstlosigkeit gesehen hatte. Eigentlich ganz normal – und auch wieder nicht.

Kopfschüttelnd stand er auf und machte sich auf den Weg nach Hause. Als er den größten Teil des schlammigen Pfades hinter sich gebracht hatte, fiel ihm sein Rucksack wieder ein. Er hatte ihn oben liegen gelassen. „Oh verdammt!", sagte er, drehte sich ärgerlich um und wollte zurückgehen. Doch er blieb verwundert stehen: Keine fünf Meter vor ihm lag seine Tasche.

„Was ... ?" Er schaute sich um, sah aber niemanden. „Hallo?" Nichts. Kein Laut war zu hören. Langsam wurde ihm die Sache unheimlich. Eilig nahm er seine Sachen und lief so schnell nach Hause, wie es seine schmerzende Schulter zuließ.

Lórian beobachtete nachdenklich, wie Jack davonging. Er war nur als Schemen wahrzunehmen und stand perfekt getarnt hinter einem Baum. Für einen kurzen Augenblick sah man ein goldenes Schimmern. Dann war es verschwunden.

Als Jack zu Hause ankam, blickte seine Mutter ihn entsetzt an. „Jack, was ist passiert? Du meine Güte! Du siehst aus als ob ... Was ist mit deinen Händen passiert? Was ...?"
„Mum! Hör auf! Ist ja schon gut, alles okay", unterbrach er sie.
„Alles okay?", erwiderte sie erstaunt. „Sieh dich doch mal an!"
Jack seufzte, er verspürte nicht die geringste Lust, ihr jetzt alles zu erklären. Außerdem war es ihm peinlich. „Mum bitte, ich erzähl es dir nachher, okay?" Schnell verschwand er in seinem Zimmer.
„Jack! Was ...?" Nachdenklich sah ihm seine Mutter nach.
Als Jack allein war, seufzte er auf. Er liebte seine Mutter über alles. Aber er war kein kleines Kind mehr. Er war erwachsen und konnte sich sehr gut selbst helfen. Vorsichtig zog er sich aus. Alles war mit Blut und Schlamm verschmiert und Jack konnte ein leises Fluchen nicht unterdrücken. Er ging in das naheliegende Bad und stellte sich unter die Dusche. Im Vorbeigehen hatte er im Spiegel gesehen, dass die Haut seiner Schulter begann, sich blau zu verfärben und langsam anschwoll. Aber er wollte das gar nicht so genau sehen.

Noch lange Zeit nachdem Jack bereits fort war, stand sein Retter auf der Schafweide und blickte auf die untergehende Sonne. Der Wind spielte mit seinem langen hellen Haar. In seinem jungen und schönen Gesicht zeigte sich keine Regung. Langsam färbte sich der Himmel rot und alles wurde in ein warmes Licht getaucht. Der See, der unter ihm im Tal lag, spiegelte jeden Schatten wider. Nachdenklich setzte er sich ins Gras, eines der jüngeren

Schafe gesellte sich zu ihm. Lórian murmelte ihm leise etwas zu und begann es hinter den Ohren zu kraulen. Das Tier grunzte zufrieden und ließ sich neben ihm nieder. Lórian lächelte, als auch einige andere Schafe sich zu ihm gesellten. Es schien, als ob er Tiere magisch anzog.

Lórian seufzte leise auf und vertiefte sich wieder in seine Überlegungen. Der Junge hatte ihn gesehen, dessen war er sich sicher. Eigentlich sollte ihn diese Vorstellung beunruhigen. Das tat sie aber nicht. Lórian hatte schon lange das Gefühl, dass sein Volk vergessen war. Das war ja beabsichtigt gewesen. Aber wollte er es auch? Wollte er wirklich zu einem vergessenen Volk gehören? Eines musste Lórian zugeben. Nach all den Jahren verspürte er Sehnsucht danach, wieder Kontakt mit Menschen zu haben. Trotz allem. Und vor allem mochte er diesen Jungen.

Lórian beobachtete ihn schon eine ganze Weile, und es war gut, dass er da gewesen war und ihn gerettet hatte. Dieser Junge hatte etwas Besonderes, Lórian wurde von ihm angezogen, wie die Tiere von ihm.

Er richtete sich auf und stieß einen schrillen Pfiff aus. In nur wenigen Augenblicken kam ein Rabe in seine Nähe geflogen, setzte sich auf einen Felsen und beäugte ihn. Dann schien das Tier ihn zu erkennen, denn es hüpfte auf ihn zu und flog auf Lórians ausgestreckten Arm. Lórian strich ihm sanft über das glänzende pechschwarze Gefieder. „Ich grüße dich, Kael." Seine Stimme war sanft und Lórian sprach in einer fremden, weichen Sprache, die sich harmonisch in das Rauschen des Windes und das Fließen der kleinen Bergbäche einpasste.

Der Rabe gab einen leisen Ton von sich, als würde er die Begrüßung erwidern. „Der Junge", begann Lórian und sah den Raben eindringlich an, „der Junge, der die

Schafe hoch geführt hat. Berichte mir, wann er wieder in die Nähe des Waldes kommt. Wirst du das für mich tun?" Der Rabe krächzte leise und auf Lórians Lippen stahl sich ein Lächeln. „Bitte ...", fügte er hinzu und schüttelte belustigt den Kopf über den Stolz des Vogels. Der Rabe erhob sich unterdessen in die Luft und flog auf die kleine Stadt Killarney zu.

Lórian sah ihm noch eine Zeit lang nach, dann brach die Dunkelheit herein und er machte sich auf den Weg nach Hause. Rasch lief er durch den Wald, fast lautlos wie ein Schatten, und verschwand in den aufkommenden Nebelschleiern.

Als Jack am nächsten Morgen aufwachte, wäre er am liebsten im Bett geblieben. Er hatte furchtbar schlecht geschlafen und sein ganzer Körper schien zu schmerzen. Vor allem seine Schulter tat ihm so heftig weh, dass er sogar kurzzeitig daran dachte, zum Arzt zu gehen, die Idee jedoch sofort wieder verwarf. Er wollte erst einmal abwarten.

Jemand stieg die Treppe hinauf, und wenig später kam seine Mutter ins Zimmer. „Hey, Jack, gut geschlafen?"

„Morgen, Mum." Müde richtete er sich auf. „Wie spät ist es denn?"

Seine Mutter konnte ein Grinsen nicht verkneifen. „Elf Uhr. Nicht der Rede wert. Du bist noch früh dran", sagte sie ironisch. Sie verschwand lächelnd aus dem Zimmer und man hörte ihre leisen Schritte, als sie die Treppe wieder hinunter stieg.

Jack ließ sich wieder zurück ins Bett fallen. Er war froh, dass die Schule vorbei war und dass er noch nicht angefangen hatte zu arbeiten oder zu studieren. Jack fand die Vorstellung grässlich, mit 19 Jahren jeden Tag von morgens bis abends in irgendeinem Betrieb zu arbeiten oder gar zu studieren, was natürlich hieß, dass er wieder lernen musste. Das Abitur hatte ihm völlig gereicht. Deshalb half er seinen Eltern vorübergehend mit ihrer Pension. Es wunderte ihn, dass seine Mutter ihn nicht schon viel früher geweckt hatte.

Jack kroch stöhnend aus seinem Bett und taumelte schlaftrunken ins Badezimmer. Im Spiegel schaute ihn ein mürrisches Gesicht an, das aber ausgesprochen hübsch war. Das dunkle kurze Haar stand wild ab und er musste unwillkürlich grinsen. „Hab wohl 'ne schwere Nacht gehabt", murmelte er zu sich selbst und seine grünen Augen blitzten spöttisch.

Der junge Mann widmete seine Aufmerksamkeit dem Waschbecken, drehte den Wasserhahn auf und beäugte einen Moment den Strahl kalten Wassers, der nun in das Porzellanbecken floss. Dann presste er die Lippen aufeinander, beugte sich vor und hielt den Kopf unter Wasser. Er keuchte wegen des eisigen Strahls auf, der sich nun über ihn ergoss, doch er fühlte sich danach wesentlich frischer. Schließlich überlegte er, ob er vor oder nach dem Frühstück duschen sollte, und beschloss dann, es danach zu tun. Erst sollte seine Mutter sich die Schulter ansehen. Er zog sich schnell etwas über und polterte die Treppe hinunter.

Seine Mutter blickte auf, als Jack in die gemütliche Küche geschlendert kam. Dort roch es nach frischem selbstgebackenen Brot und Kaffee. Außerdem brutzelten kleine, fettige Würstchen in einer Pfanne, die einen unwiderstehlichen Geruch verbreiteten.

Jacks Magen knurrte laut. Er schnupperte genießerisch und nahm sich einen duftenden Keks von einem

Backblech, das seine Mutter vor nicht allzu langer Zeit aus dem Backofen geholt hatte.

„Finger weg!" Jacks Mutter schlug ihm mit dem Kochlöffel auf die Hand.

„Au!", beschwerte sich Jack.

„Die sind für heute Nachmittag! Für die Gäste!"

Jack rollte mit den Augen. Doch er setzte sich gehorsam an den Tisch und unterdrückte das aufkeimende Gefühl, noch mehr von den leckeren Plätzchen erbeuten zu wollen. Seine Mutter lächelte und stellte einen Teller mit allerlei Köstlichkeiten vor ihn hin. Jack stürzte sich auf das Frühstück, seine Mutter setzte sich ihm gegenüber ebenfalls an den Tisch. Sie blickte ihn fragend an. Jack bemerkte den Blick, hörte auf zu kauen und starrte zurück. Seine Mutter hatte weitaus mehr Geduld. Jack schluckte seinen Bissen geräuschvoll hinunter. „Was?!"

„Hast du dich gestern mit einem Waldgeist im Schlamm gewälzt oder bist du nur von einem Baum oder dergleichen gefallen?"

Jack ließ die Gabel, die er in Richtung Mund führen wollte, wieder sinken und kratzte sich verlegen am Kopf. „Ach, das war ein blödes Schaf."

„Du hast dich also mit einem Schaf im Schlamm gewälzt?"

„Ja ... ich ... nein!" Jack seufzte und gab nach. Er erzählte seiner Mutter den Vorfall in äußerst knappen Worten. Die Tatsache, dass er sich in Lebensgefahr befunden hatte, ließ er völlig weg.

„Zeig mal her!", sagte sie und zeigte dabei auf Jacks verletzte Schulter.

Jack zog gehorsam sein Oberteil aus. Seine Mutter sog scharf die Luft ein. „Die Schulter sieht böse aus, aber sie ist nur geprellt", murmelte sie nach einer eingehenden

Untersuchung. „Hast du eine Ahnung, wer dir da geholfen hat?" „Ich weiß nicht, Mum, es war niemand mehr da. Aber ist ja auch egal."

Doch in Wahrheit ließ ihn das Gesicht seines Retters nicht mehr los. An Einzelheiten konnte Jack sich nicht erinnern, dafür war alles viel zu schnell gegangen. Aber irgendwie sah er anders aus als die Jungs, die er bisher in seinem Leben kennen gelernt hatte. Ein ungeduldiges „Jack!?" seiner Mutter riss ihn aus seinen Gedanken. Überrascht blickte er auf: „Hm? Was hast du gesagt? Ich hab nicht zugehört."

Seine Mutter lächelte ihn spöttisch an. „Ja, das hab ich gemerkt, ich habe dich jetzt schon dreimal gefragt, ob du mir einen Gefallen tun könntest?"

„Welchen denn?"

„Könntest du unsere neuen Gäste ein wenig herumführen?" Jack blickte sie etwas verwundert an. „Sonst macht Dad das doch immer. Ist er nicht da?"

„Er musste heute nach Cork und irgendeinen Geschäftskram erledigen. Machst du es jetzt, oder nicht?"

„Ja doch, sicher. Was soll ich ihnen denn zeigen?"

Seine Mutter überlegte. „Mmh, vielleicht den Torc-Wasserfall und Muckross House. So was kommt doch immer an. Überleg dir halt was."

„Okay, wann soll's losgehen?"

Genervt schaute sie ihn an. „Jack, du tust gerade so, als würdest du das zum ersten Mal tun. Frage halt die Gäste, wann sie wollen."

„Jaaa, schon gut." Jack aß sein Frühstück in Ruhe auf, stellte seinen Teller auf die Spüle und gab seiner Mutter einen Kuss auf die Wange. Sie lächelte ihn liebevoll an. Dann ging er aus der Küche und suchte die neuen Besucher der Pension.

Etwas später fuhr er die Gäste mit dem Auto zu dem alten Muckross Haus, einem großen elisabethanischen Herrensitz, der beeindruckend zwischen gepflegten Parkanlagen ruhte. Die Gäste, ein älteres Ehepaar und ein alleinstehender Mann in den mittleren Jahren, waren entzückt und nervten Jack mit tausend Fragen. Als sie endlich an der offiziellen Besichtigung im Herrenhaus teilnahmen, wartete Jack draußen. Er kannte die Besichtigungstour des alten Hauses längst in- und auswendig und war froh, eine Weile allein zu sein. Seufzend ging er zu dem kleinen glitzernden See, der direkt hinter dem Muckross Haus lag, setzte sich dort ins Gras und träumte vor sich hin.

Ein Rabe setzte sich in seiner Nähe ins Gras und sah ihn mit seinen kleinen schwarzen Knopfaugen aufmerksam an. Jack sah kurz zu ihm hin, doch beachtete ihn nicht weiter. Es gab reichlich viele Raben und Krähen in Killarney. Doch der Vogel krächzte leise und hüpfte etwas auf ihn zu.

Jack zog die Augenbrauen zusammen. „Tut mir leid. Ich habe nichts zu fressen für dich." Er zuckte entschuldigend mit den Schultern. Der Rabe stieß erneut seinen heiseren Schrei aus, kam noch ein wenig näher und zupfte plötzlich an Jacks Hose.

„Hey!", rief dieser entrüstet. Krächzend flog der Rabe davon. Jack schüttelte den Kopf.

Kurze Zeit später waren seine Begleiter wieder bei ihm und erzählten ihm aufgeregt die Geheimnisse des alten Hauses, die sie gerade erfahren hatten. Jack hörte ihnen zwar höflich zu, nur kannte er diese Geschichten schon von seiner Kindheit an und fühlte sich gelangweilter denn je. Nachdem sie die Gegend um das alte Herrenhaus ausgiebig erkundet hatten, fuhr Jack mit seinen

Gästen zum Torc-Wasserfall. Dort gefiel es ihnen so gut, dass sie eine Weile spazieren gehen wollten. Darüber war Jack überaus erleichtert und vereinbarte mit ihnen, sich in zwei Stunden wieder an gleichem Ort zu treffen.

Als er endlich allein war, schaute er sich um. Der Wasserfall war größer als sonst, denn der viele Regen hatte ihn mächtig anwachsen lassen. Überall auf den Steinen und auf den Bäumen wuchs grünes, dichtes Moos und Sumpfblumen blühten vereinzelt am Ufer des Baches. Hier am Wasser war deutlich mehr Nebel und nur einzelne Sonnenstrahlen bahnten sich ihren Weg durch den dichten, düsteren Wald.

Wieder hörte er das Krächzen eines Raben. Jack blickte erstaunt in die Bäume und entdeckte den Vogel hoch oben im Geäst. Er neigte verwundert den Kopf. „Komm nicht auf dumme Gedanken!", rief er dem Raben zu. „Ich habe ..." Jack verstummte, als eine Gruppe Touristen vom Parkplatz kam und sich ihm näherte.

Der Rabe flog nun so dicht an Jack vorbei, dass seine Flugfedern leicht dessen Gesicht streiften. „Also ...! Du lieber Himmel! Was ist denn heute los?", schimpfte Jack und sah verblüfft dem Vogel hinterher, der nun rasch in den Wald flog.

Jack ging kopfschüttelnd den Pfad hinauf, der zu der Stelle führte, wo der Wasserfall in die Tiefe stürzte. Feuchte, in den Stein gehauene Treppen führten serpentinenförmig den Berg hinauf. Nach geraumer Zeit hörten die Treppen auf und wurden von einem schmalen Pfad ersetzt. Der Weg wurde immer enger und steiler, und als Jack endlich atemlos oben angekommen war, entdeckte er erneut seine Mitfahrer. „Verflixt noch mal", flüsterte er und huschte schnell hinter ein Gebüsch. Er verspürte nicht die geringste Lust, ihnen so schnell wieder zu begegnen. Sie kamen möglicherweise noch auf die Idee, dass er sie begleiten sollte, und darauf war Jack nicht besonders scharf.

Suchend blickte er sich um. Links von ihm brauste der kleine Fluss Richtung Wasserfall. Überall war dichtes Gestrüpp, also konnte er nicht so ohne weiteres durch den Wald laufen, aber wenn er durch den Fluss gehen würde, wäre er außer Sichtweite. Also lief er geduckt dorthin, zog sich die Schuhe aus und stieg barfuß in den Fluss. Einen Moment lang blieb ihm die Luft weg, so kalt war das Wasser. Doch Jack stapfte entschlossen flussaufwärts. Erst als der Wald lichter wurde, kletterte er ans Ufer und zog sich die Schuhe wieder an.

Da hörte er aus dem Wald ein Rascheln und sofort darauf einen unterdrückten Schrei. Jack sah überrascht in die Richtung, aus der das Geräusch gekommen war. „Hallo? Ist da jemand?", rief er in den Wald. Nichts. Alles war wieder ruhig. Mit Herzklopfen beschloss Jack, diesem Schrei auf den Grund zu gehen, und er ging in den Wald hinein.

Lórian saß versteckt auf einem der großen Eichenbäume. Mit seiner besonderen Kleidung, die in verschiedenen Waldtönen changierte, war er in dem dichten Laubwerk so gut wie unsichtbar. Amüsiert hatte er Jacks Flucht über den Fluss beobachtet, ihn dann aber aus den Augen verloren. Nun sprang er gewandt vom Baum, um nachzusehen, wo Jack nun bliebe. Der Rabe flog unterdessen krächzend auf Lórian zu und setzte sich vor ihn auf einen naheliegenden Ast, wie, um ihn aufzuhalten. „Was? Er kommt hierher?" Lórian sah den Raben durchdringend und fragend an. Der Vogel flatterte aufgeregt auf dem Ast herum und schnatterte eine Reihenfolge von seltsamen Tönen. „Oh!" Rasch wandte Lórian sich um und wollte zurück in den Wald laufen, doch dann hielt er inne und blickte den Vogel an, der abwartend auf dem Ast saß. „Ich danke dir, Kael!", sagte er lächelnd zu dem Raben. Zufrieden flog Kael davon und verschwand zwischen den Bäumen.

Lórian zögerte nicht länger. Rasch lief er in den dichten Wald hinein. Plötzlich erklang ein metallisches Klicken und ein heftiger Schmerz fuhr durch seinen Fuß. Ein erstickter Schrei kam aus seinem Mund und er stürzte vornüber auf den Waldboden. Erschrocken blickte er an sich herab. Irgendjemand hatte hier mitten im Wald eine Falle für Kleintiere aufgestellt, und er, Lórian, hatte sich nun mit seinem Fuß darin verfangen. Wütend zischte Lórian etwas in seiner eigenen Sprache. Doch dann blieb er still liegen und horchte, ob der Junge ihn gehört hatte. Als alles still blieb, untersuchte er vorsichtig die Falle. Die scharfen Zähne, die normalerweise jedes kleine Tier töteten, steckten wie Widerhaken in seinem Fuß. Mit aller Kraft versuchte Lórian, sie auseinander zu biegen, aber es gelang ihm nicht. Die Falle schnitt sich nur noch tiefer in sein Fleisch. Vor Schmerzen verzog er das Gesicht. Wenn er so weitermachen würde, würde er sich wohl den halben Fuß zerfleischen. Er wusste nicht, was er nun tun sollte. Zum einem war die Falle fest in der Erde verankert. Zum anderen konnte er damit sowieso nicht laufen, selbst wenn er sie aus dem Boden lösen könnte. Auch wenn er gelernt hatte, Schmerzen zu ertragen, so unempfindlich war er nun doch nicht, als solch eine Pein ertragen zu können. Zu allem Übel hörte er, wie jemand im Wald direkt auf ihn zukam. Der so unglücklich Gefangene gab keinen Laut von sich und hoffte, dass der Junge oder sonst wer ihn nicht entdeckte. So sehr er sich den Kontakt mit Menschen gestern noch gewünscht hatte, jetzt war nur noch Angst geblieben. Die uralte Angst vor Menschen, die seinem Volk angeboren war und sich von Generation zu Generation vererbte.

Jack hatte eine Gestalt auf dem Boden gesehen und ging nun zielstrebig darauf zu. Die Person, die am Boden lag, hatte das Gesicht von ihm abgewandt. Jack konnte nur das lange Haar und die fremdartige Kleidung sehen.
„Hey, ist alles in Ordnung mit Ihnen?", fragte er.
„Geh! Ich komme schon zurecht", rief der Fremde.
Jack wunderte sich über den eigenartigen Akzent, den der andere hatte. Dann sah er das Fangeisen. „Du meine Güte! Wie haben Sie denn das geschafft? Warten Sie, ich ..."
„Nein es ist schon gut. Geh jetzt. Bitte!" Der Mann versuchte immer noch, Jacks Blick auszuweichen.

Jack ging derweil in die Hocke und ließ sich von dem Fremden nicht beeindrucken. Er würde ihm auf jeden Fall helfen. „Wenn ich Ihnen nicht helfe, sitzen Sie noch in drei Jahren hier. Das Ding bekommen Sie nie alleine auf." Irgendwie spürte Jack aber, dass der Mann Angst hatte. Und er hatte das unbestimmte Gefühl, dass er der Grund dafür war. „Was haben Sie denn? Ich tu Ihnen schon nichts. Ich will Ihnen doch nur helfen." Jack versuchte es mit einem Scherz. „Nur weil ich hier im Wald herumstreune, bin ich noch lange kein Waldgeist", sagte Jack schmunzelnd, um den Mann aufzuheitern.

Doch dieser zuckte bei seinen Worten zusammen. Langsam drehte er sich um. „Ich schon", flüsterte er. Jack verschlug es die Sprache, als er in das Gesicht des anderen blickte. Er erkannte seinen Retter vom Vortag wieder, doch das war nicht das Erstaunliche. Das Wesen vor ihm sah durchaus menschlich aus, wirkte aber trotzdem völlig anders. Jack selbst war groß und hatte einen schlanken Körperbau. Die Gestalt vor ihm war sicher nicht kleiner als er, aber noch wesentlich schmaler. Alles an ihm schimmerte auf seltsame Weise und das lange Haar, das ihm weit über die Schultern fiel, war von einem sehr hellen Goldbraun. Seine Ohren waren deutlich spitzer als die der Menschen und mit seinen bernsteinfarbenen Katzenaugen starrte er Jack herausfordernd an.

„Jetzt weißt du, warum du gehen solltest", zischte das fremdartige Geschöpf.

Doch Jack sah ihn nur fassungslos an. Er starrte auf die schmalen ebenmäßigen Gesichtszüge mit den hohen Wangenknochen und wusste nicht, was er sagen oder tun sollte. Als der Waldgeist versuchte, sich in eine bequemere Lage zu setzen, stöhnte er leise auf und verzog schmerzhaft das Gesicht. Da erwachte Jack aus seiner Starre, denn er begriff, dass das Wesen vor ihm Schmerzen hatte und seine Hilfe brauchte. Er schaute den Fremden an und sagte äußerst verlegen: „Ähm, ich denke ... ich sollte Ihnen wohl jetzt mal helfen." Jack untersuchte vorsichtig den Fuß. Bei jeder Berührung zuckte der Mann zusammen, doch er gab keinen Laut von sich und ließ es geschehen.

„Verdammt", rief Jack. „Das sieht böse aus. Welcher Idiot stellt bloß solche Fallen hier auf?" Jack schaute kopfschüttelnd auf das Fangeisen. „Hören Sie, so ohne weiteres kriege ich das Ding hier nicht auf. Aber ich habe ein paar Werkzeuge in meinem Auto. Das steht aber unten auf dem Parkplatz am Wasserfall. Ich hole sie, aber 20 Minuten werde ich brauchen. Halten Sie es so lange noch aus?" Der Mann nickte nur zur Antwort.

„Okay, ich beeile mich." Jack wandte sich um und wollte schon gehen, doch er hielt noch einmal inne. „Wie heißt du eigentlich?", fragte er den Fremden ohne Umschweife und ließ die förmliche Anrede fallen.

„Lórian, mein Name ist Lórian."

„Fein, ich bin Jack." Dann stürmte er davon.

Als Jack den Weg zu seinem Auto zurücklief, schaute er auf die Uhr. Ihm blieb etwas mehr als eine Stunde, danach würden seine nervigen Mitfahrer wieder auf ihn warten. Er beschleunigte seine Schritte und lief diesmal mit Schuhen durch den Fluss. Innerhalb kürzester Zeit war er auf dem Parkplatz angekommen. Er holte seinen Werkzeugkoffer und den Verbandskasten aus dem Auto. Dann hastete er zurück. Unterwegs fragte er sich ständig, ob er das nun träumte oder nicht. Er hatte den alten Geschichten, die über solche Wesen erzählt wurden, noch nie Glauben geschenkt. Normalerweise ging er alles mit Logik an. Aber dies war kein Traum.

Als Jack an die Stelle zurückkam, lag der Waldgeist noch dort. Seine Augen waren allerdings nun geschlossen und das Gesicht, das vorhin noch golden geschimmert hatte, war nun aschfahl. Auf dem Waldboden neben der Falle hatte sich eine Blutlache gebildet. Vorsichtig berührte Jack ihn an der Schulter. „Lórian?"
Erschrocken fuhr Lórian zusammen und sagte etwas in einer Sprache, die Jack nicht verstand.

„Was? Ich verstehe dich nicht?" Jack sah ihn verstört an. Langsam kam Lórian zu sich. „Entschuldige, ich ... hast du dein Werkzeug?" Seine Stimme war nur noch ein Flüstern.

„Ja, ich habe alles. Sehen wir zu, dass wir deinen Fuß da herausbekommen. Du siehst nicht sehr gut aus." Jack durchsuchte seinen Werkzeugkoffer. „Damit wird es gehen", murmelte er. Er nahm einen langen schmalen Schraubenschlüssel und schaute Lórian an. „Das

wird jetzt weh tun. Ich versuche, das Fangeisen mit dem Schraubenschlüssel aufzuhebeln und du musst irgendwie deinen Fuß daraus bekommen. Ich kann das nur einmal tun. Wenn die Falle noch mal zuschnappt und du dann noch immer drin steckst, wird von dem Fuß nicht mehr viel übrig bleiben. Okay?"
Lórian nickte nur.

Jack steckte vorsichtig den Schraubenschlüssel durch die Falle und stemmte ihn etwas in die Erde. Mit seinem Fuß hielt er das eine Ende der Falle am Boden und begann nun mit dem Werkzeug diese aufzuhebeln. Das war nicht ganz so einfach, denn er konnte seine verletzte Schulter noch nicht richtig belasten. Mit aller Kraft versuchte er, mit einer Hand das Fangeisen auseinander zu biegen. Langsam öffnete es sich, und die scharfen Zähne wurden aus dem verletzten Fuß herausgezogen. Lórian stöhnte, in seinen Ohren begann es zu rauschen, sein Blick verschwamm und er versuchte krampfhaft, nicht das Bewusstsein zu verlieren. Endlich hatte Jack die Falle offen und rief: „Jetzt! Schnell! Zieh ihn raus!"

Lórian nahm sein Bein mit den Händen und zog den Fuß aus der Falle. Jack ließ das Fangeisen wieder zuschnappen und warf es angewidert fort. Dann zog er rasch einen Verbandskasten, den er ebenfalls aus dem Auto mitgebracht hatte, zu sich heran und kramte darin herum. Lórian lag zusammengekrümmt auf der Seite und rührte sich nicht.

„Ist alles okay?" Jack saß neben Lórian und versuchte ihn vorsichtig auf den Rücken zu drehen.

Mühsam schlug Lórian die Augen auf und antwortete: „Ja, es geht schon." Er blickte Jack eindringlich an. „Danke."

„Kein Problem. Aber vor allem sind wir jetzt quitt. Ich

muss mich nämlich auch bedanken. Wegen gestern. Das warst doch du, oder nicht?"

Lórian nickte. „Ja, das war ich."

„Okay, dann also zu deinem Fuß. Ich werde den Schuh ... ähm ... oder was immer du da an hast, aufschneiden müssen."

Als Lórian nichts erwiderte, holte Jack eine Schere aus seinem Werkzeugkoffer und schnitt vorsichtig den Schuh auf. Die Wunden am Fuß waren äußerst tief. Und natürlich bestand die Gefahr einer Infektion, weil die Falle nicht sauber gewesen war. Jack versuchte, den Fuß so gut es ging zu säubern und legte eine Kompresse darauf. Dann verband er alles notdürftig. Lórian biss die Zähne zusammen, gab aber keinen Ton von sich. Als Jack fertig war, schaute Lórian ihn etwas verwundert an. „Bist du ein Heiler in eurem Volk?"

„Was bin ich?"

„Ein Heiler. Ich meine ..."

Jack winkte ab. „Ja, ja, ich weiß, was du meinst. Nein, bin ich nicht. Ich kann das aus dem Erste Hilfe Kurs unserer Schule."

„Erste Hilfe was?"

„Na ja, wo man so'n Zeug halt lernen muss", erklärte Jack knapp. „Meinst du, dass du aufstehen kannst?"

Lórian versuchte es mit Jacks Hilfe. Er stand, aber sein Gesicht war wieder vor Schmerz verzerrt und den Fuß konnte er unmöglich belasten. Vorsichtig setzte er sich wieder hin.

„Was machen wir jetzt? Hast du es weit bis nach Hause?", fragte Jack.

„Ja, es ist weit", antwortete Lórian.

„Wo wohnst du denn? Kommt man da vielleicht mit dem Auto hin?" Jack sah Lórian fragend an.

„So ohne weiteres kommt man nicht dorthin", erwiderte Lórian. Er wusste nicht, was er tun sollte. Er konnte Jack nicht ihr Versteck zeigen. Seit unzähligen Jahren hatte kein Mensch mehr ihr Zuhause gesehen. Das war Gesetz.
„Ich kann dir nicht sagen, wo ich lebe."
„Ich verstehe dich ja", sagte Jack. „Dass du nicht mitten in Killarney wohnst, hab ich mir schon selbst gedacht. Aber irgendwas müssen wir unternehmen. Ich würde mit der Wunde am Fuß nicht spaßen. Du kannst nicht hier bleiben und warten, bis du wieder laufen kannst. Sag mir, wo du wohnst, und ich versuche, dich dorthin zu bringen."
Lórian schüttelte entschieden den Kopf. Jack war ratlos.
„Ich habe dir doch gerade auch geholfen. Warum vertraust du mir nicht?"
„Ich habe noch nie einem Menschen vertraut", flüsterte Lórian.

Ihre Blicke begegneten sich. Keiner von beiden wusste, was er nun tun sollte. Plötzlich fiel Jack ein, dass er nicht alleine hierher gekommen war. „Oh nein ...", stöhnte er, „das hab ich ja völlig vergessen." Er schaute auf die Uhr. Ihm blieben keine fünf Minuten mehr.
Lórian schaute ihn fragend an.
„Pass auf, wir haben ein Problem", erklärte Jack, „ich muss in ein paar Minuten drei Leute zurück zu unserer Pension fahren. Aber ich komme wieder!" Jack drehte sich um und wollte gehen. Da hielt er inne und sah sich noch einmal um. „Wir lassen uns irgendetwas einfallen." Dann rannte er los.

Lórian hievte sich auf einen Baumstumpf und versuchte, immer wieder vorsichtig aufzutreten. Aber jedes Mal, wenn er den Fuß auch nur irgendwie bewegte oder ihn belastete, durchfuhr ihn ein stechender Schmerz, der kaum auszuhalten war. Er atmete tief durch und dachte nach. Jack hatte recht. Die Wunde war nicht sauber und schmerzte immer mehr. Wenn sie nicht richtig behandelt werden würde, wäre eine Entzündung sicher. Und da war ja auch noch das Eisen. Aber er konnte doch Jack nicht zu ihrem Versteck führen. Oder doch? Alleine konnte er nicht laufen. Es war ein Weg von sicher zwei Stunden, wenn man nicht verletzt war. Lórian zerbrach sich den Kopf. Es war das erste Mal in seinem Leben, dass er begann, einem Menschen zu vertrauen. Bisher hatten die Menschen seinem Volk nur Leid zugefügt. Lórian hoffte, dass Jack anders war.

Jack kam etwas verspätet bei seinen Begleitern an. „Entschuldigen Sie bitte. Ich wurde aufgehalten. Würde es Ihnen etwas ausmachen, wenn ich Sie jetzt zur Pension zurückfahre?"
Einer der beiden Männer ergriff das Wort. „Kein Problem, es ist ja sowieso Zeit zum Abendessen. Schließlich ist es ja schon spät genug."
„Okay, also bringe ich sie jetzt zurück", erklärte Jack.
Sie stiegen alle in das Auto und fuhren zur Pension. Jack lief sofort zu seiner Mutter, die in der Küche arbeitete. „Mum, pass mal auf. Es kann sein, dass ich heute spät oder gar nicht nach Hause komme. Mach dir keine Sorgen. Ich muss einem Freund helfen."
Seine Mutter schaute ihn erstaunt an. „Was? Welchem Freund denn?", fragte sie.
„Kennst du nicht", rief er und stürmte die Treppe zu seinem Zimmer hinauf.
„Jack! Du lieber Himmel, dieser Junge." Kopfschüttelnd ging sie wieder ihrer Tätigkeit nach.

Jack saß in seinem Zimmer und musste sich erst einmal sammeln. „Entweder fang ich an zu spinnen oder, oh Mann! Hab ich das gerade auch wirklich nicht geträumt?" Doch da sah Jack auf seine Hände. Sie waren immer noch verschmiert mit Lórians Blut. Es war rot wie jedes andere Blut, doch seltsame glitzernde Partikel ließen es aufschimmern wie einen Rubin. „Himmel!", flüsterte er nur leise und überlegte, was er tun sollte. Er musste dem Wesen einfach helfen, denn es übte eine unwiderstehliche Anziehungskraft auf ihn aus. Und da er ihn nicht in ein Krankenhaus bringen konnte, musste er irgendeine andere Möglichkeit finden. Jack stand auf und ging zu seinem Schrank. Er holte zwei dicke Jacken heraus, wechselte seine nassen Schuhe gegen trockene und lief wieder hinunter in die Küche.

„Mum, wenn jemand eine unsaubere Wunde hat, womit würdest du sie auswaschen?" Jack stand neben seiner Mutter und blickte sie fragend an.

„Was? Eine ... sag mal, was treibst du denn da draußen?"

„Mum, bitte. Ich kann's dir nicht sagen. Komm schon, bitte."

Sie überlegte. „Okay, ich würde dafür Jod nehmen."

„Hast du was da?"

„Ja, im Medikamentenschrank. Aber Jack, ich ... ach, schon gut. Du wirst wissen, was du tust."

Jack sah seine Mutter dankbar an. „Du bist die Beste", sagte er und gab ihr einen raschen Kuss auf die Wange. Dann holte er das Jod und packte noch ein paar Verbände ein. Er stopfte alles in einen Rucksack und nahm gleich noch etwas zu essen mit.

Eilig fuhr er zum Torc-Wasserfall zurück. Er rannte in den Wald zu dem Ort, wo er Lórian zurückgelassen

hatte, aber dieser war fort. „Lórian? Wo steckst du? Ich bin es, Jack."
Da kam eine Stimme aus dem Baum über ihm. „Hier bin ich. Hier oben."
Jack sah auf. Lórian saß auf einem der Äste und hatte sich mit Laub bedeckt. Jack konnte sich ein Grinsen nicht verkneifen. „Also sag mal, was tust du denn da oben? Vor allem, wie bist du da herauf gekommen mit deinem Fuß?"
„Zu deiner ersten Frage: Ich verstecke mich immer. Vor allem, wenn ich nicht fortlaufen kann. Einer von euch Menschen am Tag ist genug. Nun zu deiner zweiten Frage: Ich habe mich mit den Armen hier hinaufgezogen. Nur ich komme nicht mehr herunter, weil ich nicht springen kann."
Jack brach in lautes Gelächter aus.
„Äußerst komisch. Würdest du mir bitte helfen!", rief Lórian.
„Ich helfe dir schon, keine Sorge. Was glaubst du, warum ich hier bin. Doch wie kriegen wir dich da herunter?", fragte Jack.
„Warte, ich komme bis zu dem untersten der dicken Äste." Lórian schüttelte sich die Blätter ab und kletterte vorsichtig mit einem Bein nach unten. Jack musste unwillkürlich grinsen. Lórian sah ihn nur strafend an.
„Gib mir deine Hand", forderte Jack ihn auf. Lórian streckte ihm seine Hand entgegen und Jack ergriff sie.
„Okay, jetzt spring! Ich versuche dich zu halten", rief Jack.
Lórian atmete tief durch und sprang. Beide purzelten auf den Boden. Anschließend saßen sie nebeneinander mit schmerzverzehrten Gesichtern. Der eine hielt sich die Schulter, der andere den Fuß.

„Oh Mann, mit dir mach ich was mit", murmelte Jack und musste lachen. Doch Lórian blieb ernst. Er hielt sich immer noch den Fuß und rührte sich nicht. Jack sah, dass der Verband mit Blut durchtränkt war.
„Himmel! Blutet das die ganze Zeit so stark oder ist das jetzt bei dem Sprung passiert?"
Lórian sah ihn an. „Nein, es blutet die ganze Zeit so", flüsterte er, „es ist das Eisen. Wir vertragen es nicht."
Jack sah ihn besorgt an. „Ich habe noch einmal frische Verbände mitgebracht, weil ich die Wunde richtig auswaschen wollte. Vielleicht wird es dann besser."
Lórian schaute ihn forschend an. „Jack, wieso tust du das alles für mich?", fragte er.
Jack begegnete seinem Blick. „Ich bin doch der einzige, der hier ist, und ich, ich kann dich doch nicht einfach hier allein lassen", antwortete Jack.

Lórian sah ihn lange und forschend an. Sein Gegenüber senkte verlegen den Blick. Lange Zeit sprach keiner von beiden. Jack machte den alten Verband ab und wusch die Wunde mit dem Jod aus. Anschließend verband er den Fuß neu. Lórian lag still auf dem Boden und hielt die Augen geschlossen. Dass er Schmerzen hatte, sah man nur an seinen geballten Fäusten.
Als Jack fertig war, richtete Lórian sich etwas auf. „Danke", sagte er mit leiser Stimme. „Ich wollte dich fragen, steht dein Angebot noch? Ich meine, mir zu helfen, nach Hause zu kommen?"
„Ja. Das Angebot steht. Ich helfe dir", erwiderte Jack.

Das verborgene Tal

Es wurde kälter, Nebel wallte auf und der Wald verwandelte sich in einen zwielichtigen feuchten Ort. Jack stützte Lórian mit seiner gesunden Schulter und Lórian benutzte einen langen, dicken Ast als zusätzliche Krücke. Sie bahnten sich langsam einen Weg durch das unwegsame Gelände, denn Lórian führte Jack nicht auf den angelegten Wanderwegen, sondern querfeldein durch den Wald. Für Jack war es, als wenn sie ziellos durch das Unterholz stapften, doch da es bergauf ging, vermutete er, dass sie durchaus auf dem richtigen Weg waren. Oder vielleicht doch nicht?

„Du glaubst, wir haben uns verlaufen", sagte Lórian plötzlich leise in die Stille hinein.

„Steht mir das auf die Stirn geschrieben?"

„So ungefähr." Lórian lächelte kaum merklich, er schien leicht amüsiert zu sein. „Du glaubst also, ein Waldgeist kennt sich in seinem eigenen Wald nicht aus." Dies war keineswegs als Frage, sondern als Feststellung formuliert.

„Ähm, das ist schon sehr unwahrscheinlich." Jack schüttelte grinsend den Kopf. „Du kommst mir allerdings nicht wie ein Geist vor. Was genau bist du?"

Sie blieben stehen, verharrten einen Augenblick und Lórian sah ihn mit einem seltsamen Blick an. Jack blinzelte. Er fühlte sich mehr und mehr seltsam in seiner Nähe.

„Wir nennen uns Sídhe. Ihr würdet wohl Elfen sagen."
„Ja, das dachte ich mir. Deine Ohren sind ziemlich unverkennbar."
„Meine Ohren? Du hast mich an meinen spitzen Ohren erkannt? Erstaunlich!" Lórians Stimme triefte vor Ironie.

Jack jedoch lachte vergnügt, verstummte aber abrupt, als sie über eine Baumwurzel stolperten. Lórian war gezwungen den verletzten Fuß voll aufzusetzen, um nicht das Gleichgewicht zu verlieren. Er stöhnte vor Schmerz leise auf, seine Hand krallte sich in Jacks Arm und er drohte zu fallen. Doch Jack hielt ihn eisern fest. Lórian zischte ein paar leise Worte in seiner Sprache, die sich verdächtig nach einem Fluch anhörten. Dann deutete er Jack an, dass er sich hinsetzen müsse. Er war kalkweiß geworden, sein Atem ging schwer und Jack begriff plötzlich, dass Lórian kurz davor stand, das Bewusstsein zu verlieren.
„Himmel! Leg dich hin!"
Doch Lórian winkte ab. „Es geht gleich wieder."
„So siehst du aber nicht aus. Leg dich hin! Eine kurze Pause kann dir wirklich nicht schaden." Jack drückte Lórian sanft in das weiche Moos. Wieder murmelte der Elf Worte, die Jack nicht verstand.
„Hey, du wirst mir doch jetzt nicht ohnmächtig werden!" Lórian blinzelte, versuchte wieder etwas Klarheit in seine Gedanken zu bekommen, doch es gelang ihm nicht sonderlich gut.
„Komm trink mal was." Jack kramte aus seinem Rucksack eine kleine Plastikflasche hervor. Er öffnete sie mit einem zischenden Geräusch und setzte sie Lórian an die Lippen. Nach einer ganzen Weile hatte Lórian sich wieder gefangen und setzte sich vorsichtig auf.

„Ist es besser?", fragte Jack besorgt. Der Elf nickte nur.
„Magst du was essen? Ich hab Mums Küche geplündert. Ich schätze, zu Hause gibt es heute kein Brot zum Abendessen."
„Ja, etwas zu essen wäre gut. Was hast du mir vorhin zu trinken gegeben?"
„Das war Limonade."
„Und was ist Limonade?" Lórian sah ihn mit einer hochgezogenen Augenbraue an.
„Willst du mir sagen, ihr kennt keine Limonade? Also ich meine auch nichts Vergleichbares?" Jack blickte Lórian ungläubig an.
Doch dieser schüttelte nur mit dem Kopf. „Es schmeckte gut. Wie stellt ihr so etwas her?"
„Öh ... wir kaufen es in einem Geschäft. Ich hab keine Ahnung, wie die das Zeug machen."
„Du weißt nicht wie? Ihr seid wirklich ein seltsames Volk", murmelte Lórian.
Jack zuckte nur mit den Schultern, dann seufzte er. „Wie weit ist es noch?"
„Siehst du den Berg, der nach diesem kommt?" Lórian zeigte in die Richtung, die er meinte.
Jack folgte seiner Geste. „Du meinst den Mangerton Mountain", sagte Jack.
„Hat er bei euch jetzt diesen Namen?", erkundigte Lórian sich.
„Wieso? Wie heißt er denn bei euch?"
„Wir nennen ihn An Mhangarta."
Jack blickte erstaunt auf. „Hey, den Namen kenne ich auch. Das ist Gälisch!"
Lórian nickte zustimmend. „Ich weiß, vor langer Zeit habt ihr diesen Namen von uns übernommen."
„Kannst du denn gälisch?", fragte Jack.

„Ich kann viele Sprachen", antwortete Lórian, „aber jetzt zurück zu dem Berg. Er ist an einer Stelle geteilt. Kurz vor dem Gipfel ist eine weite Schlucht, die verborgen in ..."

„Warte mal", unterbrach Jack ihn, „ich war schon oft dort oben und da ist keine Schlucht. Auch in den Landkarten ist keine verzeichnet."

Lórian lächelte geheimnisvoll. „Unser Tal ist verborgen."

Jack sah ihn verwirrt an. „Kannst du mir mal sagen, wie man ein komplettes Tal versteckt?"

„Du wirst es sehen, Jack."

Der Aufstieg auf den Mangerton Mountain wurde immer beschwerlicher. Sie mussten sich durch dichtes Gestrüpp kämpfen und stetig ging es bergauf. Die Dämmerung war mittlerweile hereingebrochen und nur ein paar letzte Sonnenstrahlen verirrten sich in den Wald.

„Meinst du, wir schaffen es, bevor es ganz dunkel wird?", fragte Jack völlig außer Atem.

„Ja, es ist nicht mehr weit", keuchte Lórian.

Jack musterte ihn besorgt. Lange konnten sie nicht mehr laufen, denn Lórian ging es immer schlechter. Der Verband hatte sich wieder mit Blut getränkt und er stolperte immer wieder. Jack war sich sicher, dass er Fieber hatte, doch Lórian beschwerte sich nicht und sprach auch nicht darüber.

Dann kam Nebel auf. Und je weiter sie kamen, desto mehr verdichtete sich dieser. Doch dies war nichts Ungewöhnliches für diese Gegend.

„Ich habe diesen Teil des Berges noch nie ohne Nebel gesehen. Irgendwie witzig", bemerkte Jack.

„Das hat mit witzig nichts zu tun. Den Nebel machen wir", erwiderte Lórian ernst. Jack starrte ihn ungläubig an, doch er kam nicht dazu etwas zu fragen, denn Lórian bedeutete ihm ihn loszulassen. Einen kurzen Augenblick verharrte Lórian vor den Nebelschleiern. Diese waren nun so dicht, dass man kaum noch etwas sehen konnte. Nichts war zu hören, nur das Rauschen des Windes. Dann hob er seinen Arm und flüsterte ein seltsames, fremd klingendes Wort. Langsam machte er dabei eine Bewegung, ganz so, als wolle er den Nebel teilen.

Und genau das geschah! An einer Stelle lichteten sich die Nebelschwaden und verschwanden dann völlig. Ein Gang war entstanden. Jack sah fassungslos zu. Seine Augen weiteten sich. Hatte er bis dahin noch irgendwelche Zweifel an den alten Legenden gehegt, so waren sie nun mit einem Schlag weggewischt.

„Komm", flüsterte Lórian.

„Wie hast du ..."

„Jack, nicht jetzt. Bitte. Ich erkläre es dir später."

Jack atmete tief durch, nickte aber und stützte Lórian wieder. Dann gingen sie in den entstandenen Tunnel hinein. Auf beiden Seiten war dichter Nebel, und hinter ihnen schloss dieser sich sofort wieder. Man sah nur den Weg, wo der Nebel geteilt war. Jack konnte es fast nicht glauben.

Eine kurze Weile folgten sie diesem Pfad. Dann kamen sie aus dem Nebel heraus und vor Jack breitete sich ein großes Tal aus. Obwohl es mittlerweile dunkel geworden war, konnte er es gut erkennen, denn der Mond schien diese Nacht sehr hell. Jack blieb stehen und starrte sprachlos auf die schöne Schlucht, die eigentlich gar nicht da sein sollte. „Lórian, wie kann das sein? Ich war schon so oft hier und bin auch schon oft durch den Nebel gegangen, aber nie war hier eine Schlucht", flüsterte Jack voller Ehrfurcht.

„Dieses Tal war immer hier", erklärte Lórian, „wir schützen es."
„Wie kann man denn ein ganzes Tal im Nebel verstecken. Ich weiß, dass man an manchen Tagen sogar durch den Nebel hindurchschauen kann und ..."
„Jack." Lórian berührte ihn sanft an der Schulter. „Es ist nicht nur der Nebel. Alles was du normalerweise siehst, ist eine Illusion."
„Eine Illusion?"
„Ja. Wir erzeugen sie durch unsere Kräfte. Man sieht dieses Tal einfach nicht. Wenn du glaubst, du gehst geradeaus, läufst du in Wirklichkeit einen Bogen um die Schlucht. Der Nebel unterstützt diese Illusion nur."

Jack blickte noch immer auf das Tal. Ungefähr in der Mitte befand sich eine Lichtung, umgeben von dichtem Wald. Jack konnte schemenhafte Umrisse von Häusern sehen. Das Licht, das diese ausstrahlten, hüllte die ganze Umgebung in rotgoldenes Leuchten ein. Selbst der Himmel hatte diesen Schimmer angenommen.
„Ich bin in Tír nan Óg", flüsterte Jack ehrfürchtig. Tír nan Óg ... das Land der ewigen Jugend, wo nach den Legenden Irlands all die mystischen Völker beheimatet waren, die für Jack bislang nur in Büchern existiert hatten. Bis jetzt! Jack war für einen langen Moment kaum fähig den Blick abzuwenden. Lórian wartete geduldig, bis er sich wieder gefangen hatte. Dann begannen sie langsam den Abstieg ins Tal.

„Lórian, was sind das eigentlich für Kräfte, von denen du erzählt hast?"
„Du fragst nach unserer Magie?"
Jack nickte.
Lórian seufzte. „Es ist schwer zu erklären. Diese Kräfte gehören zu uns, sie sind ein Teil von uns. Diese Gabe ist

aber auch sehr unterschiedlich in unserem Volk verteilt."

„Also hat nicht jeder die gleichen Kräfte?"

„Nein, beileibe nicht."

„Und du?"

„Was ist mit mir?"

„Bist du stark? Also hast du viel von dieser Magie?"

„Ja, wenn ich nicht unbedingt von einer Eisenfalle zur Strecke gebracht werde."

Die Lichter zwischen den Bäumen kamen immer näher.

„Warte, Jack. Ich ... ich kann nicht mehr." Lórian sagte nichts weiter, er sackte erschöpft zusammen.

Jack half ihm, sich zu setzen. „Soll ich jemanden holen gehen?"

Lórian schüttelte den Kopf. „Glaub mir, sie haben uns schon längst bemerkt." Wie von Geisterhand erschienen Gestalten auf dem Hügel, lautlos wie Schatten näherten sie sich. Dann rief jemand etwas in einer fremden Sprache. Lórian antwortete ihnen mit heiserer Stimme.

Jack bekam Herzklopfen und presste die Lippen aufeinander. Was würde ihn erwarten? Geschichten kamen ihm plötzlich in den Sinn, Sagen und Legenden, die er schon fast vergessen hatte. Die meisten berichteten über gute Feen und Elfen, doch es gab auch andere keltische und irische Erzählungen. Geschichten, die von Menschen erzählten, die man nie wieder gesehen hatte, nachdem sie von den Sídhe entführt worden waren, Geschichten von bösen Geistern und Kobolden, die einem Krankheit und Tod brachten.

Lórian wandte sich zu ihm um und sah ihn eindringlich an. Es schien, als habe er gespürt, was Jack gedacht hatte. Er schüttelte ganz leicht den Kopf, als wolle er sagen: Glaube nicht alles! Jacks Blick traf auf Lórians sanfte goldene Augen und er erkannte: Ob Lórian nun ein Elf oder ein Feenwesen war, ob ein Waldgeist oder ein Sídhe – er war nicht böse.

Er wurde aus seinen Gedanken gerissen, als ein Mann sich ihnen näherte. Die anderen, die mit ihm gekommen waren, blieben in einiger Entfernung stehen. Jack konnte ihn bei der Dunkelheit nicht genau erkennen. Der Fremde sagte etwas, ging auf Lórian zu und warf dabei Jack einen erstaunten Blick zu. Dann sah er das Blut. Sie redeten miteinander, doch Jack verstand kein Wort von der melodischen Sprache, die sie benutzten.
„Gütige Geister! Was ist passiert, Lórian?!"
Lórian seufzte. „Ein Fangeisen."
„Du bist in ein Fangeisen geraten?!"
„Eryon! Du kannst mir später Vorhaltungen machen. Gott! Hilf mir! Es tut weh!"
Eryon reagierte rasch. Er fasste Lórian unter einen Arm und half ihm auf.
Jack griff wie selbstverständlich nach seinem anderen Arm.
Lórian sah Jack dankbar an. „Er hat mir das Leben gerettet, Eryon", sagte Lórian leise auf Sídhe.
„Es kommt nicht oft vor, dass wir Besuch bekommen", antwortete Eryon und wechselte in die englische Sprache. „Ich bin Eryon, Lórians Bruder."
Jack ergriff seine dargebotene Hand. „Ich bin Jack."
Eryon sah Lórian forschend an. „Wird es gehen mit deiner Verletzung?" Er war wieder in seine Muttersprache verfallen.
„Ich bin mit Jacks Hilfe den ganzen verdammten Berg hoch gelaufen. Es wird gehen."
Eryon führte sie den Weg entlang, der zu den Lichtern führte. Lórian stützte sich schwer auf seinen Bruder

und Jack. Sie kamen an den anderen vorbei, die in der Nähe gewartet hatten. Neugierige, zum Teil sogar angstvolle Blicke streiften Jack. Doch keiner sprach mit ihm, alle starrten ihn nur fassungslos an. Lórian murmelte ihnen ein paar Worte zu, dann verschwanden sie wieder in der Dunkelheit.

Die schemenhaften Umrisse der Häuser des Sídhe-Dorfes wurden nun immer deutlicher. Jack sah erstaunt auf die Bauten aus Stein, die mit Holz versetzt waren. Man hatte den Eindruck, als wäre das Holz freiwillig so gewachsen. Als Jack genauer hinsah, bemerkte er mit Erstaunen, dass dies sogar der Wahrheit entsprach. Die Bäume hatten sich völlig mit dem Stein verbunden und wuchsen hoch über den grazilen Gebäuden einfach weiter. Viele dieser Häuser hatten ihre Wohnräume hoch oben in den riesigen Ästen und Zweigen. Das ganze Dorf leuchtete in einem sanften Rotton, denn der glänzende Stein, mit dem fast alles hier gebaut war, spiegelte das Feuer der unzähligen Fackeln wieder, die überall aufgestellt waren.

„Was ist das für eine Steinart, die überall hier ist? Ich habe so etwas noch nie gesehen", fragte Jack.

„Wir haben ganz normalen Stein verwandt und ihn ... nun ja ... etwas bearbeitet", antwortete Eryon lächelnd. „Gefällt es dir?"

„Ja!"

Als Jack fasziniert in die Baumkronen schaute, erblickte er unzählige Lichter. In den hochgewachsenen Bäumen schimmerten goldene, silberne und zartgrüne Funken, die wie Irrlichter umhertanzten. Jack hatte das Gefühl, dass glänzende Sterne über ihm funkelten. Fast betört von dem Anblick starrte er hinauf. „Sind ... sind das da oben Feen oder so?" Eryon folgte seinem Blick. „Die Lichter?" Eryon lachte leise. „Nein, keine geflügelten Feen. Die gibt es nicht einmal hier. Das sind nur Lichter."

„Nur Lichter?" Jack hob erstaunt die Augenbrauen. „Es sieht aus, als hättet ihr die Sterne in die Bäume gelockt."

„Sie sind magisch, Jack", erklärte Lórian leise. Ihm ging es gar nicht gut. Mittlerweile schleppten sie ihn mehr, als das sie ihn stützten.

Eryon blieb stehen. „Warte, Jack! So geht es nicht." Er rief jemandem etwas in Sídhe zu. „Setz dich hin, Lórian", fuhr er dann in Englisch fort, so dass auch Jack ihn verstehen konnte. Sie ließen Lórian langsam zu Boden gleiten. Er stand kurz davor, bewusstlos zu werden. Zwei Gestalten kamen mit einer Trage und halfen Eryon, seinen Bruder darauf zu legen.

„Jack?"

Jack musste seinen Blick mühsam von den funkelnden Lichtern fortreißen, die nun begonnen hatten ihre Farben zu wechseln. Er begegnete Eryons forschendem Blick.

„Ich muss mich um Lórian kümmern. Ich werde jemanden rufen, der dir ein Bett zeigt und dir etwas zu essen gibt. Ist dir das recht?"

„Ja, vielen Dank", sagte Jack erleichtert. Er war erschöpft, hungrig, durstig und zum Umfallen müde.

Eryon rief einen Namen, und ein anderer Mann kam zu ihnen. Er schien noch sehr jung zu sein und lugte neugierig zu Jack hinüber. Sie unterhielten sich wieder in ihrer Sprache.

„Gehe mit ihm, Jack. Ruh dich aus", sagte Lórian leise und sah ihn erschöpft an. „Danke ... du hast mir heute das Leben gerettet. Ich werde das nicht vergessen."

Jack schluckte und nickte nur zaghaft. „Ich hoffe, es geht dir morgen besser. " Lórian sah ihn mit einem schmerzerfüllten Blick an, doch er lächelte tapfer. „Es wird mir besser gehen."

Lórian lag mit geschlossenen Augen auf einem Bett. Vorsichtig nahm Eryon den Verband ab und sog scharf den Atem ein, als er die Verletzung sah. „Wann ist es passiert, Lórian?"
„Heute Nachmittag."
Eryon sah seinen Bruder besorgt an. Seine Haut war kalkweiß und fiebrig glänzend. Er atmete schwer und unregelmäßig. Das Gesicht war von Schmerz gezeichnet.
„Wie fühlst du dich?", fragte Eryon tief besorgt.
„Ganz wunderbar", ächzte Lórian mit heiserer Stimme.
„Nun, solange du deinen Humor noch hast", murmelte Eryon kopfschüttelnd. „Ich spreche von dem Eisen, Lórian."
„Oh ... es ... es ist schlimm. Es schmerzt. Mehr als der Fuß."

Eryon seufzte resigniert. „Gleich wird es noch mehr schmerzen", flüsterte er fast unhörbar. „Diese verdammten Jäger! Aber wie konntest gerade du ein Fangeisen übersehen! Himmel, Lórian!", zischte Eryon aufgebracht.
„Ich war abgelenkt", sagte Lórian nur ausweichend.
„Was für eine dumme Ausrede!", blaffte Eryon ihn an. „Du hättest tot sein können!"
„Dessen bin ich mir bewusst."
„Und wie hast du bloß mit all dem Eisen im Körper den Nebel des Tals öffnen können?", murmelte Eryon stirnrunzelnd.
Lórian schien selbst etwas verwirrt darüber nachzuden-

ken. „Ein wenig Magie war mir da wohl noch verblieben", antwortete er Schulterzuckend. „Die Wunde hat immer noch nicht aufgehört zu bluten", flüsterte Eryon mehr zu sich selbst. „Und was ist das für ein rotes Geschmiere auf deinem Fuß? Das ist kein Blut."
Lórian richtete sich mühsam etwas auf und begutachtete seinen Fuß. „Jack hat die Wunde damit ausgewaschen."
„Vielleicht hat er dir damit das Leben gerettet", sagte Eryon. „Leg dich wieder hin, ich muss nachsehen, wie weit das Eisen in deinen Körper eingedrungen ist." Eryon drückte Lórian sanft in die Kissen zurück und legte die Hände auf seine Stirn.

Lórian rührte sich nicht, aber er fühlte, wie Eryons Sinne seinen Körper nach Spuren von Eisen erforschten. Dann nahm Eryon seine Hände wieder von Lórians Stirn. „Es ist nicht so schlimm, wie ich befürchtet hatte. Der Junge hat die Wunde wirklich ordentlich behandelt. Und die rote Tunke scheint das Gröbste verhindert zu haben."
Lórian nickte lächelnd. „Er hat sich wirklich Mühe gegeben."
„Dieser Junge scheint dich sehr zu mögen. Warum?"
„Ich weiß nicht, ich habe ihm wohl auch einmal geholfen, aber das ist es, glaube ich, nicht."
„Du hast dich ihm schon einmal gezeigt?", fragte Eryon seinen Bruder erstaunt.
„Nicht direkt. Ich habe ihn gestern vor einem Absturz von dem Felsplateau am Gipfel bewahrt. Er wurde ohnmächtig, ich hatte mich versteckt."
„Wieso hast du dich nicht verwandelt?"
„Mir fehlte die Zeit dazu. Der Junge baumelte am Abgrund der Schafweide!"
„Ja, aber warum hast du dich nicht sofort verwandelt,

gleich nachdem du aus dem Nebel getreten bist?!" „Ich ..." Lórian stockte, presste die Lippen aufeinander und schwieg.

Eryon schüttelte tadelnd den Kopf. „Er ist anders als die anderen Menschen", bemerkte Eryon dann.

„Ja, das ist er auf jeden Fall. Jack ist ..." Wieder fehlten Lórian die richtigen Worte. „Ich vertraue ihm!"

Eryon nickte nur. Dann atmete er tief ein. „Lórian, du weißt, was ich jetzt tun muss. Das Eisen muss aus deinem Körper, sonst kann ich die Wunde nicht schließen." Lórians Gesichtsausdruck wandelte sich und Angst zeigte sich auf seinen schönen Zügen. „Ich weiß ..."

Eryon befasste sich wieder mit der Verletzung und wischte vorsichtig das Blut vom Fuß ab.

Lórian wurde übel vor Schmerz, als sein Bruder die Wunde säuberte. Vorsichtig legte Eryon dazu die Hände darauf und schloss die Augen. Über seinen Händen entstand ein bläulicher Schimmer. Ein scharfer Schmerz durchzog Lórians ganzen Körper. Er stöhnte und krallte sich im Laken fest. Er spürte, wie das Eisen unendlich langsam aus seinem Körper wich. Lórian hatte das Gefühl, als ob ihn etwas auseinanderreißen würde. Der unerträgliche Schmerz machte ihn fast wahnsinnig. Ihm schwanden die Sinne und tiefes erlösendes Dunkel hüllte ihn ein. Der bläuliche Schimmer wechselte plötzlich seinen Farbton, wurde golden, und endlich begann die Wunde sich zu schließen.

Als Eryon seine Augen öffnete, verschwand der Schimmer. Er sah seinen Bruder besorgt an. „Lórian?", flüsterte er. Aber Lórian gab keine Antwort, er war in eine tiefe Ohnmacht gefallen. Eryon stand auf und strich ihm das feuchte Haar aus dem Gesicht. Vorsichtig legte er ein kaltes Tuch auf seine heiße Stirn. Dann trug er eine

Salbe auf die nun geschlossene Wunde und verband sie. Er deckte Lórian zu und setzte sich nachdenklich auf einen Stuhl neben das Bett.

Nach einiger Zeit klopfte es leise. Eryon sah auf. „Ja?"

„Ich bin es, Eryon. Mínya."

„Komm herein." Leise öffnete sich die Tür. Der junge Mann, der Jack zu einem Zimmer geleitet hatte, trat ein. Sein schulterlanges, tiefrotes Haar leuchtete sanft in dem Feuerschein des Kamins, der in einer Ecke des Raumes entzündet war.

„Wie geht es ihm?", fragte er leise mit Blick auf die schlafende Gestalt Lórians.

„Ich weiß es nicht. Er hat das Bewusstsein verloren. Ich werde heute Nacht bei ihm bleiben."

Mínya nickte. „Ich habe unseren Gast gut versorgt. Er muss sehr erschöpft gewesen sein. Als ich noch einmal in sein Zimmer kam, um ihm etwas zu essen zu bringen, schlief er schon tief und fest."

Eryon schaute nachdenklich an die Wand. „Ich glaube, ohne den Jungen wäre Lórian jetzt tot. Er hat die Wunde mit irgendetwas ausgewaschen, so dass das Eisen nicht allzu viel Schaden anrichten konnte."

„Wie konnte das nur passieren?"

Eryon begegnete Mínyas Blick. „Er schlich wieder ohne Verwandlung in der Nähe von Killarney herum."

Mínya schüttelte seufzend den Kopf. „Wenn du etwas brauchst, rufe mich einfach. Ich bin nebenan, in Ordnung?"

Eryon nickte. Mínya verließ das Zimmer. Eryon betrachtete seinen Bruder und wechselte vorsichtig das Tuch auf seiner Stirn. „Pass das nächste Mal besser auf dich auf", flüsterte er.

Die Nacht war vorbei und es dämmerte langsam. Die ersten Sonnenstrahlen brachen durch den Morgennebel und der Tau glitzerte auf den grünen Blättern. Die ersten Schmetterlinge waren schon unterwegs und flatterten aufgeregt zwischen den Blumen hin und her. Ein Rotkehlchen setzte sich auf das Fensterbrett und beäugte den Schlafenden, der in diesem Zimmer lag. Es wusste, in diesem Dorf gab es immer etwas zu futtern, es hatte keine Angst, hier war es in Sicherheit. Der kleine Vogel flog auf das Bett und tippelte darauf herum. Warum wurde der Junge denn bloß nicht wach? Es hatte Hunger! Dann fing der Vogel laut an zu zwitschern.

Jack träumte von kleinen Elfen mit zarten Flügeln, die auf ihm herumtanzten. Aber piepsten Elfen wie kleine Vögel? Langsam kam Jack zu sich, doch das Tippeln und Zwitschern hörte nicht auf. „Was ...?" Blinzelnd öffnete er die Augen. Das Rotkehlchen stand direkt vor seinem Gesicht und schaute ihn an. Erschrocken setzte er sich auf. Schnell flatterte der Vogel auf die Bettkante und piepste protestierend. Jack rieb sich die Augen und starrte erstaunt auf den kleinen Vogel. „Was tust du denn in meinem Bett?" Das kleine Tier hüpfte wieder zurück auf die Bettdecke und dann auf Jack zu. Dieser streckte vorsichtig seine Hand aus. Sofort war es auf einem seiner Finger.

„Wie kommt es, dass du so zutraulich bist? Hast wohl Hunger, was?" Jack sah sich um. Neben seinem Bett stand eine Schale mit Obst und köstlich duftendem Brot. Er nahm ein Stück von dem Brot und zerbröselte ein wenig auf das Bett. Das Rotkehlchen stürzte sich regelrecht darauf. Jack lächelte verschlafen. „Na, ich hoffe meine Gastgeber haben nichts gegen Krümel im Bett." Plötzlich hörte er ein Kichern und schaute sich neugierig um.

„Hier bin ich, Jack, hier am Fenster." Jack blickte zum Fenster und vergaß für einen Moment das Atmen. Eine junge Frau stand dort – mit einem engelsgleichen Gesicht. Ihr Haar war schneeweiß und schimmerte in der Sonne abwechselnd golden und silbern. Sie lachte und kletterte durch das Fenster in sein Zimmer. Als das Rotkehlchen sie erblickte, flatterte es auf sie zu und platzierte sich auf ihrem Kopf. Jack war völlig sprachlos. Dann wurde ihm bewusst, dass er nur mit seiner Unterhose bekleidet war. Verlegen zog er die Bettdecke etwas höher und starrte das Mädchen mit großen Augen an.

Ihr Haar war so lang, dass es ihr fast bis zu den Knien reichte. Es lag um sie, als würde ein Schleier sie umrahmen. Ihre Gestalt war zierlich und anmutig. Sie trug nur ein schimmerndes zartes Gewand, was zudem noch sehr kurz war. Lächelnd strich sie sich ihr Haar hinter die spitz geformten Ohren und setzte sich auf sein Bett.
Jack hatte Herzklopfen und brachte immer noch kein Wort heraus.
„Ich wollte dich eigentlich wecken, aber das Rotkehlchen war wohl schneller", sagte das Mädchen und nahm den kleinen Vogel von ihrem Kopf. Behutsam setzte sie ihn auf ihren Schoß, und er kuschelte sich in ihr Kleid. „Ich bin Célia", sagte sie und richtete ihren silberblauen Blick wieder auf ihn.
Jack fand einigermaßen seine Sprache wieder. „Wie ... wie geht es Lórian?", fragte er.
„Oh, seit Eryon das Eisen entfernt hat, geht es ihm besser", antwortete sie.
Jack blickte sie abwartend an.
Sie lächelte liebevoll. „Du fragst dich jetzt sicher, was es mit dem Eisen auf sich hat." Jack musste schlucken und starrte wie gebannt in ihre funkelnden Augen. Dann räus-

perte er sich. „Lórian hatte gestern etwas erwähnt, dass ihr es nicht vertragen würdet, aber sonst ..."

„Das Eisen vergiftet uns", erklärte sie ihm, „wenn wir es nur berühren, haben wir kaum Magie mehr. Doch wenn es durch eine Wunde in unseren Körper gelangt, sterben wir nach einer gewissen Zeit. Es ist pures Gift für uns."

„So schlimm ist es?"

Célia nickte bedeutsam.

„Aber wie macht ihr das mit der Nahrung? Fast überall sind doch Eisenbestandteile drin?"

Célia hob ihren Arm. „Siehst du das Glitzern auf meiner Haut?"

„Ja, natürlich."

„Unser Blut ist mit Kristallpartikeln verbunden. Diese können einen bestimmten Anteil des Eisens neutralisieren. Doch sobald die Eisenmenge größer wird, als die, welche in der normalen Nahrung ist, werden die Kristallpartikel angegriffen. Stell dir das Eisen als einen Virus vor. Es tötet dann die Kristalle."

„Ihr habt Kristalle im Blut?", fragte Jack und ihm schwirrte der Kopf.

„Mmh ... nicht so direkt. Wir nennen es symîch. Es gibt kein Wort in eurer Sprache, was dies vollendet beschreiben könnte. Kristall oder Kristallpartikel ist das einzige Wort, das mir eingefallen ist, welches symîch wohl am nächsten kommt."

Sehr zu Jacks Unbehagen knurrte plötzlich laut sein Magen. Sie neigte den Kopf ein wenig zur Seite. „Du hast Hunger", stellte sie belustigt fest. Er zuckte verlegen mit den Schultern.

„Kleide dich erst einmal an", sagte sie, „ich werde dich dann gleich holen." Célia setzte das Rotkehlchen wieder auf das Bett, wo es sofort wieder anfing, die Brotkrumen aufzupicken. Dann sprang sie flink aus dem Fenster und war verschwunden.

Jack sah ihr verdutzt nach und erhob sich rasch. Er ging zum Fenster, blickte nach draußen, doch sie war schon fort. Dann nahm er seine Umgebung wahr und die unterschiedlichsten Gefühle stiegen in ihm auf. Er schaute sich ausgiebig um. Alles hier versetzte ihn in Erstaunen.

Dieser Ort war so still und friedlich. Keine Straßen, keine Autos, keine Leute, die hin und her hetzten. Die schönen Wesen gingen geschäftig ihren Tätigkeiten nach, aber niemand war in Eile. In Irland konnte man sehr wohl Einsamkeit und Frieden finden, doch dies hier war anders. Hier herrschte pure Harmonie. Selbst die wilden Tiere hatten keine Angst und strolchten ungehindert durch die Häuser. Sogar die sonst so scheuen Rehe schienen hier zahm zu sein und grasten am Rande des Dorfes. Die ganze Umgebung glitzerte, denn der glänzende Stein, der in der Nacht das Feuer widergespiegelt hatte, fing nun das Licht der Sonne ein. Die Bäume, die mitten im Dorf und durch die filigranen Häuser wuchsen, waren so hoch, dass Jack sich weit aus dem Fenster lehnen musste, um ihre obersten Äste sehen zu können.

Jack berührte das unregelmäßige Fensterbrett aus Holz und stellte dann fest, dass das Fenster wohl eher ein Astloch des Baumes war, der über diesem Haus wuchs. Alles wirkte luftig und grazil. Feine, in den Stein gemeißelte Verzierungen schmückten die Gebäude und zwischen den Häusern wuchsen bunte Blumenmeere, die in voller Blüte standen.

„Gefällt dir, was du siehst, Jack?" Eryon stand plötzlich vor ihm. Jack erschrak und sein Herz pochte schnell in seiner Brust. Er hatte Eryon nicht kommen hören und ihn auch nicht gesehen. „Oh ja, es ist ... hier ist ...", stotterte Jack. Eryon lächelte. „Ich weiß, was du meinst."

Jetzt wo es hell war, konnte Jack sehen, wie ähnlich er Lórian war. Seine schmalen schönen Gesichtszüge konnte man mit denen Lórians vergleichen und doch wirkte er gänzlich anders als sein Bruder. Ihn umgab nicht diese unschuldige, besonnene Aura Lórians. Er wirkte noch geheimnisvoller, doch in seinem Innern schien ein wildes Feuer zu brennen. Sein langes Haar war von einem dunklen Kastanienbraun und mit seinen leuchtend grünen Augen sah er Jack forschend an. Dieser wurde verlegen und senkte den Blick. Eryon schmunzelte etwas wegen dieser scheuen Reaktion.

„Wann kann ich denn Lórian sehen?", fragte Jack vorsichtig.

„Oh, du wirst ihn jetzt gleich sehen", antwortete Eryon, „es geht ihm schon besser." Dann sah Eryon auf Jacks verbundene Schulter. „Du hast dich verletzt?"

Jack sah ihn fragend an. „Was?"

Eryon zeigte auf den Verband.

„Ach so, ja. Aber das ist schon vorgestern passiert."

„Schmerzt es noch?"

„Wenn ich ehrlich sein soll, ja."

„Warte, ich komme herein."

Eryon entfernte sich vom Fenster, denn anders als Célia kam er zur Tür herein. „Darf ich mir die Schulter einmal ansehen?", fragte er, nachdem er den Raum betreten hatte.

„Ja klar." Jack setzte sich auf das Bett.

Eryon nahm vorsichtig den Verband ab. Die Schulter hatte eine schwere Prellung und die Haut schillerte in Grün- und Blautönen. Eryon runzelte die Stirn. „Und damit hast du Lórian den ganzen Weg hierher gebracht?"

„Öh, na ja, er hat sich auf die andere Schulter gestützt. Aber er hat mich ja auch gerettet. Ich wäre sonst einen Abgrund heruntergestürzt. Dabei hab ich mich dann auch verletzt."

„Ja, er hat es mir erzählt. Entspann dich jetzt, es wird nicht weh tun." Eryon legte seine Hände auf Jacks Schulter. Über seinen Händen breitete sich ein goldenes Flimmern aus, welches Jack allerdings nicht sah. Dafür spürte er ein angenehmes Kribbeln – und plötzlich war der Schmerz fort. Eryon nahm seine Hände von der Schulter. Er schaute Jack einen Moment durchdringend und etwas irritiert an.

Jack begegnete diesem Blick. „Ist etwas nicht in Ordnung? Ich meine ..."

Eryon blinzelte und winkte ab. Er schüttelte den Kopf und lächelte. „Ist es besser jetzt?", erkundigte er sich stattdessen.

Jack begutachtete seine Schulter. Nichts war mehr zu sehen. „Wie hast du ...? Das kann doch nicht ...??? Ist ... könnt ihr das alle?"

Eryon zuckte mit den Schultern. „Jeder hat so seine Gaben, nicht wahr?", antwortete er. Dann wurde sein Gesichtsausdruck ernst. „Dir gebührt unser Dank, Jack. Du hast Lórian gestern das Leben gerettet."

Jack sah ihn verdattert an. „War es so schlimm?" Er schien ehrlich erschrocken. „Aber es geht ihm doch besser, oder nicht?"

Eryon wunderte sich erneut, dass dieser Junge sich ehrliche Sorgen um seinen Bruder machte. „Es war schlimm, aber es geht ihm erheblich besser", antwortete er dann. „Ich bin ganz gut in der Heilkunst", antwortete Eryon freundlich und erhob sich elegant. „Célia wird dich gleich abholen", sagte er noch, dann ging er aus dem Zimmer.

Jack stand eine Zeit lang verwirrt da und tastete seine Schulter ab. Dann fiel ihm ein, was Eryon gesagt hatte. Célia, dachte er mit plötzlichem Herzklopfen. Sie kommt gleich wieder! Himmel! Schnell sah er sich im Zimmer um und fand einen Spiegel und eine Schüssel mit Wasser. Er ging dorthin und betrachtete sich stirnrunzelnd. „Oh je", murmelte er. Das Haar stand ihm wild zu Berge und er versuchte es rasch mit den Fingern etwas zu richten. Doch erst als er es anfeuchtete, ließen die abstehenden Strähnen sich bändigen. Nachdem Jack seine Frisur einigermaßen geordnet hatte, wusch er sich das Gesicht und blickte sich suchend nach seiner Kleidung um. Jack fand sie nicht, aber stattdessen lagen frische Kleider für ihn bereit. Bewundernd faltete er sie auseinander.

Die Hose war aus weichem, hellen Leder. Als er sie anzog, passte sie perfekt, denn das Material schmiegte sich eng an seinen Körper. Dann begutachtete er die Schuhe. Sie sahen recht orientalisch aus, vorne spitz zulaufend. Aber sie waren aus dem gleichen Leder wie die Hose und äußerst bequem. Jack fragte sich, woher die Sídhe seine Kleidergröße gewusst hatten, denn auch das Oberteil schien perfekt zu sitzen. Es bestand aus dem gleichen schimmernden Material wie Célias Gewand und war eng geschnitten. Als er es in den Händen hielt und anschaute, spürte er ein feines Kribbeln im Nacken. Er wandte sich um. Célia stand lächelnd hinter ihm. Sie war wieder unbemerkt durch das Fenster geklettert. Diese zartgliedrige Elfe verwirrte Jacks Gefühle zusehends und er versuchte vehement, sein pochendes Herz zu beruhigen.

Célia trat näher. Sie hatte ihr langes Haar zu einem hohen Zopf zusammengebunden, was ihr exotisches Aussehen noch unterstrich. „Ich sehe, dass dein Arm wieder in Ordnung ist." Zart berührte sie ihn an der Schulter.

Jack erschauerte. Ihm war, als hätte ein Schmetterling ihn gestreift. Für einen Moment versank er in Célias Blick. Ihre Augen hatten die Farbe eines hellblauen Sommerhimmels. Er starrte sie fasziniert an. Dieses Wesen nahm ihn völlig gefangen.

Célia durchbrach die Stille. „Sollen wir nun essen gehen?" Jack blinzelte und löste mühsam den Blick von ihr. Rasch nickte er und zog sich das Oberteil an. Nun schaute sie ihn bewundernd an. „Das steht dir sehr gut. Viel besser als deine alte Kleidung. Und deine Haare stehen auch nicht mehr ab", sagte sie schmunzelnd und fuhr ihm mit den Händen durch sein dichtes Haar. Ihre blauen Augen blitzten, sie nahm ihn an die Hand und zog ihn zur Tür hinaus.

Célia führte Jack durch das Dorf. Es war nicht sehr groß, aber eindrucksvoll.

„Sag mal, Célia, wie habt ihr die Bäume dazu gekriegt, so zu wachsen?"

„Ach, wir haben es ihnen gezeigt und es gefiel ihnen. Aber sie wachsen eigentlich, wie sie es wollen." Célia strich liebevoll über einen der großen Baumstämme.

„Ihr habt es ihnen gezeigt? Wie zeigt man denn einem Baum, wie er wachsen soll?", fragte Jack.

„Man erklärt es ihm und wenn er will, wächst er so."

Jack sah sie verwirrt an. „Man erklärt es ihm? Dem Baum?"

Célia lachte und ihre fröhliche Stimme hallte durch die hohen Bäume des Waldes. Für Jack war sie erfrischend wie kühles klares Bergwasser. Dann nickte sie einfach und ging nicht weiter auf das Thema ein. Sie gingen den Weg hinauf, der zwischen den Häusern hindurch führte. Jack griff das Thema noch einmal auf. „Könnt ihr wirklich so richtig mit Tieren und Pflanzen sprechen?", fragte er neugierig, denn schließlich hatte er in vielen Sagen und Legenden schon darüber gelesen.

Sie warf ihm einen kecken Blick zu. „Wir reden mit ihnen natürlich nicht so, wie wir beide jetzt. Aber wir können uns schon verständigen. Aber sieh! Da ist Lórian."

Jack sah in die Richtung, in die Célia zeigte.

Lórian lag auf einer Wiese und sonnte sich. Sein Fuß war noch verbunden, aber er sah entspannt aus und schien keine großen Schmerzen mehr zu haben. Vor ihm war eine Decke ausgebreitet, auf der allerlei köstliches Essen lag. Der Duft von frischem Brot wehte durch die Luft.

Célia bedeutete Jack still zu sein. Dann schlich sie sich an Lórian heran. Dieser hatte die Augen geschlossen und schien eingeschlafen zu sein. Sie nahm einen langen Grashalm und kitzelte ihn damit im Gesicht. Lórians Hand schnellte vor und umfasste ihr Handgelenk so blitzartig, dass sie erschrocken kiekste. Er setzte sich auf und lachte leise. Sie sagte etwas in ihrer wunderschönen melodischen Sprache. Auch wenn Jack es nicht verstand, so hörte er ihnen gerne zu, wenn sie sprachen. Er fühlte sich regelrecht betört. Es war, als wenn ihre sanften Stimmen über seine Haut strichen, weich und warm wie das Fell einer Katze. Es ließ in seinem Innern etwas erklingen – eine ungekannte Sehnsucht, ein Feuer. Vollendeter Gesang konnte manchmal solche Gefühle hervorrufen. Wenn die Stimme zum Lied und das Lied zur Stimmung passte, dann fühlte man bisweilen, was der Sänger oder die Sängerin damit ausdrücken wollte. Und Jack hatte genau dieses Gefühl bei einem normalen Gespräch zwischen Elfen. Als er bemerkte, dass Célia und Lórian ihn schmunzelnd ansahen, senkte er mit einem verlegenen Lächeln den Blick.

Lórian streckte sich genüsslich auf dem Boden aus und gähnte hinter vorgehaltener Hand: „Guten Morgen." Jack fand, dass er in diesem Augenblick äußerst menschlich wirkte und grinste amüsiert. „Hallo, geht es dir besser?"
„Oh ja, der Fuß pocht nur noch. Hat Eryon deine Schulter behandelt?"
„Allerdings. Sie sieht aus wie neu."
„Kommt, setzt euch zu mir, ich warte schon geraume Zeit", sagte Lórian.
Das ließ Jack sich nicht zweimal sagen.
Célia dagegen schüttelte den Kopf. „Ich habe schon gegessen. Ich komme nachher wieder." Sie lächelte Jack zu und ging. Jack sah ihr schmachtend nach.
Lórian musste schmunzeln. „Oh je, sie hat dir schon den Kopf verdreht."
„Was? Ich ... äh ..."
„Schon gut." Dann reichte er Jack den Korb mit Brot und sie begannen zu frühstücken.
„Wir sollten uns etwas beeilen. Es wird gleich regnen", murmelte Lórian.
Jack sah zum Himmel. Es war ein wolkenloser Tag, mit strahlend blauem Himmel. „Es sind keine Wolken da, Lórian."
„Warte es ab. Der Wind kommt heute von Westen. Da sind Wolken."
Jack stand auf und suchte forschend den Himmel ab. Im Westen sah man tatsächlich Wolken, aber weit entfernt. „Na ja, sie sind noch weit weg."
„Nicht weit genug. Ich denke, der Regen wird in knapp 15 Minuten hier sein."
Jack zuckte mit den Schultern. „Wenn du meinst." Er schaute auf seine Uhr und merkte sich die Zeit. Die bei-

den begannen ein unbefangenes Gespräch, musterten sich ausgiebig, beobachteten einander. Eine seltsame Vertrautheit entwickelte sich zwischen ihnen. Für Lórian war Jack wie eine frische Frühlingsbrise, die die Wolken vertrieb. Und Jack wurde zunehmend von Lórian angezogen, er war fasziniert und wurde regelrecht von Lórians zurückhaltendem und geheimnisvollem Wesen gefangen genommen. Eine Weile unterhielten sie sich noch, dann begann Lórian plötzlich die Essenssachen in einen Korb zu packen.

„Was ist denn?", fragte Jack.

Lórian zeigte nur zum Himmel. Jack folgte seiner Geste und blickte erstaunt auf die sich verdunkelnde Sonne. Die Wolken waren da, erste Regentropfen fielen bereits auf die Erde. Jack schaute auf seine Uhr. Es waren genau 16 Minuten seit seinem ersten Blick auf die Uhr vergangen. Er musste lachen. „Wow, besser als jeder Wetterdienst. Kannst du das immer so genau voraussehen?"

„Meistens schon. Aber ich habe die Feuchtigkeit schon früh gespürt, also war es nicht sehr schwer."

Jack nahm Lórian die Sachen aus der Hand und stützte ihn wieder. Sie gingen rasch zu einem der Häuser und setzten sich auf die überdachte Veranda. Gerade noch rechtzeitig, denn der Regen wurde heftiger.

„Hast du eigentlich eine Frau? Ich meine, Célia ist nicht zufällig ...?", fragte Jack etwas verlegen.

Lórian starrte in den Regen hinaus und sagte eine Weile nichts mehr. Dann schüttelte er den Kopf. „Nein, ich habe keine Gefährtin mehr", flüsterte er.

Jack spürte, dass er einen wunden Punkt getroffen hatte. „Tut mir leid", murmelte er. Lórian stand auf und ging in den Regen. Er stand einfach nur da und sah in den Wald.

Jack näherte sich ihm unsicher. „Entschuldige, ich wollte nicht ..."
„Nein, ist schon gut. Es ist lange her."
Jack nickte.
Eine Weile standen sie nur da und sahen zu, wie der Regen langsam weniger wurde. Die feuchte Luft roch nach dem Grün des Waldes.
„Willst du es hören, Jack?"
„Was hören? Oh, du meinst ... ja."
Sie setzten sich wieder auf die Veranda.
„Ich glaube, wir sind nass geworden", sagte Jack schmunzelnd und betrachtete seine feuchten Kleider.
„Willst du etwas anderes zum Anziehen haben?", fragte Lórian.
„Ach nein, es ist ja warm. Was ist mit deiner Frau passiert?"
Lórian schaute auf den Boden. „Mein Vater lebte damals noch und ich war noch nicht König unseres Volkes."
„Du bist ihr König?", fragte Jack erstaunt.
Lórian nickte, als wäre das die natürlichste Sache der Welt und fuhr fort. „Killarney war noch ein kleines Dorf, wie dieses hier und ..."
Jack unterbrach ihn abermals. „Warte mal, Killarney ein kleines Dorf? In welchen Zeitspannen reden wir denn hier?"
Lórian sah ihn an und zuckte mit den Schultern. „Mmh, nach eurer Zeitrechnung dürfte es wohl ungefähr 150 Jahre her sein", erwiderte Lórian.
„Was??? Aber ... du ... du hast da schon gelebt? Das kann doch gar nicht sein! Ich dachte, du wärst in meinem Alter!"
Lórian lachte amüsiert auf. „Nun ja, streng genommen bin ich das auch, wenn man unsere Lebensspannen ver-

gleicht. Unser Volk wird wesentlich älter als das eure, Jack. Für mein Volk bin ich noch sehr jung. Für einen König sogar ungewöhnlich jung."

Jack sah Lórian erstaunt an. „Du lieber Himmel. Wie alt ist denn Célia?"

„Oh, sie ist noch einiges jünger als ich, aber älter als du", sagte Lórian schmunzelnd.

Jack rollte mit den Augen und musste die Information erst einmal verdauen. „Das habe ich mir fast gedacht. Aber erzähl weiter."

„In Ordnung. Ihr Name war Faíne und sie starb in der Zeit der großen Hungersnot."

Faíne

Killarneys See Loch Léin glitzerte in der untergehenden Sonne und eine sanfte Brise bewegte leicht das Wasser. Faíne saß am Ufer und beobachtete, wie ein Silberreiher nach Futter suchte. Der Wind spielte mit ihrem Haar, das sich leicht gelockt um ihre Hüften schlang. Es hatte die Farbe von rotgoldenen Herbstblättern, ihre grünen Augen erinnerten dagegen an die jungen Triebe einer Blume.

Gedankenverloren ließ Faíne einige der feinen Kieselsteine, die den See umrandeten, durch die Finger rinnen. Ihr Blick blieb auf den sanften Wellen haften, die stetig an das Ufer schwappten, und sie dachte an die Menschen. Für sie eher seltsame Gedankengänge, denn bisher hatte sie sich kaum um deren Belange gekümmert. Doch selbst Faíne blieb nicht unberührt von ihrem derzeitigen Schicksal.

Es war jetzt nach der Rechnung der Menschen das Jahr 1846. Schon über ein Jahr kämpften die Menschen mit einer Kartoffelfäule, die sie in große Hungersnot gestürzt hatte. Killarney war kaum mehr als eine Dorfgemeinschaft, die meisten Bewohner waren Bauern, lebten von dem, was ihre Felder einbrachten. Fiel eine Ernte aus, grenzte das oft an eine Katastrophe, denn Hilfe von anderen durfte sich keiner erhoffen. Jeder versuchte selbst sein Leben zu meistern. In diesen Zeiten war das Essen extrem rar geworden für die Menschen. So empfand Faíne das erste Mal wirkliches Mitleid mit ihnen. Hier am See sitzend seufzte sie leise, und ihre Hand wanderte über die sanfte Schwellung ihres Bauches. Ein Lächeln huschte über ihr Gesicht, als das Ungeborene die Berührung tief in ihr erwiderte. Leise Tritte kamen aus dem Wald hinter ihr und der Reiher erhob sich in die Lüfte. Faíne sah auf, lächelte verschmitzt. Die trübsinnigen Gedanken waren vergessen. Schnell zog sie sich ihr kurzes erdfarbenes Gewand aus und sprang ins Wasser.

Die Zweige des Gebüsches, vor dem sie gesessen hatte, teilten sich. Eine Gestalt kam aus der Dunkelheit der Wälder. „Faíne?" Lórian trat in die rötlichgoldenen Sonnenstrahlen, die langsam verblassten. Er blickte sich suchend um. Sein Blick fiel auf ihr Kleid, das sie achtlos hatte fallen lassen, und er verengte die Augen zu Schlitzen. Er sah auf das Wasser und spürte sie mit seinen Sinnen. Sein Mund verzog sich zu einem Lächeln. Rasch verbarg er sich hinter einem Felsen. Das Wasser sprudelte und Faíne tauchte auf. Langsam schwamm sie hinaus auf den See und ließ sich im Wasser treiben. „Lórian, ich weiß, dass du hinter dem Felsen steckst", rief sie.
Er kam schmunzelnd aus seinem Versteck. „Was tust du da?"
Sie lachte und wandte sich zu ihm. „Ich schwimme."
„Nun, das sehe ich. Aber wolltest du nicht eigentlich nach Kräutern suchen?"
„Mmh, ja, aber ich habe keine geeigneten gefunden. Komm doch auch herein!"
Lórian schüttelte den Kopf. „Nein, besser nicht. Wir bekommen Besuch. Ich habe Menschen gesehen und sie kommen in unsere Richtung."

Stimmen hallten plötzlich durch den Wald. Lórians Herz begann schneller zu schlagen und er spähte wachsam in den Wald. So bald hatte er die Menschen nicht erwartet. „Faíne! Schnell! Komm aus dem Wasser. Ich höre sie schon."

Hastig schwamm sie zum Ufer zurück, klaubte ihr Kleid auf und verschwand mit Lórian zwischen den Bäumen. Genau in diesem Moment traten die Menschen aus dem Wald. Sie erhaschten einen letzten Blick auf Faínes golden schimmernde, nackte Gestalt, bevor sie zwischen den Bäumen verschwand. Wie erstarrt blieben sie stehen.

„Haben meine Augen mich getrogen oder hast du das auch gesehen, Patrick?"

„Ja, John", erwiderte Patrick mit einem seltsamen Gesichtsausdruck, „ich habe es gesehen. Das war eine von diesen verdammten Sídhe!"

„Verdammt?" John hob etwas erstaunt die Augenbrauen an.

„Sie sind schuld an allem!", murmelte Patrick.

„Die Sídhe? Woran sind sie schuld?" John sah seinen Freund perplex an.

„Ach hör doch auf! Jeder weiß doch, dass die Elfen unsere Ernten vernichtet haben", schimpfte er. „Gestern haben sie meine Milch wieder sauer gemacht! Die sind verflucht launisch, wenn nicht sogar bösartig!"

John rollte mit den Augen. „Die Sídhe haben deine Milch bestimmt nicht sauer gemacht. Du hast sie nur wieder zu lange stehen lassen. Und der Rest von dem, was du erzählst, ist Schwachsinn."

„Du willst mich wohl beleidigen", zischte Patrick.

John schnaubte. „Niemand will dich beleidigen. Aber du kannst nicht immer alles dem Guten Volk der Elfen in die Schuhe schieben."

„Wer soll es sonst gewesen sein? Mehrere Ernten hintereinander vernichtet!"

„Es war die verfluchte Kartoffelfäule! Verdammt, Patrick! Hüte deine Zunge! Die Sídhe sind nicht böse! Aber sie mögen es gar nicht, wenn man sie zu Unrecht beschuldigt!"

„Pah! Zu Unrecht! Pass du lieber auf, dass du anstelle deines Kindes nicht eines Tages ein Wechselbalg vorfindest!"

John blickte ihn wütend an. „Lass meine Familie aus dem Spiel!", fuhr er ihn an.

Zornig blickten sich die beiden Männer an, doch Patrick besann sich und murmelte eine Entschuldigung. John nickte besänftigt. „Schauen wir, dass wir wenigstens ein paar Fische auf den Speiseplan kriegen." Missmutig über ihren Disput setzten sich die Freunde ans Ufer und machten sich daran zu fischen.

Mittlerweile hatten Lórian und Faíne sich in den Wald zurückgezogen und waren auf dem Weg zu ihrem Dorf. Von dem Streit hatten sie nichts mitbekommen. Sie kamen in die Nähe eines Gutshofes und blieben verwundert stehen. Für einen Moment hielt das Paar inne und lauschte. Jemand weinte dort. Faíne und Lórian versteckten sich im dichten Unterholz und schauten von dort auf das Geschehen:

Eine abgemagerte Frau in schmutzigen Kleidern kniete auf der Erde und schluchzte leise. Sie krallte fast zornig die Hände in die Erde, griff nach einer verfaulten Kartoffel und warf sie wütend über das Feld. Im Haus hörte man ein Baby schreien. „Ich hab nichts! Ich hab doch nichts!", schrie sie in Richtung des Hauses. Tränen rannen über ihr Gesicht. „Ich hab nichts, Kleine. Hör doch auf zu weinen ... bitte ... hör auf", flüsterte sie. Sie nahm wieder eine der verfaulten Erdfrüchte in die Hand und ihr Schluchzen hallte über das große Ackerfeld bis hin zu den hohen Bäumen des Waldes. Voller Verzweiflung murmelte sie leise Gebete vor sich hin und wiegte sich dabei wie ein kleines einsames Kind, die verdorbene Kartoffel fest an ihre Brust gepresst.

Faíne und Lórian starrten betroffen auf die Szene.

„Lórian, wir müssen ihnen helfen", flüsterte sie. „Sie scheinen nichts mehr zu essen zu haben. Diese Familie verehrt uns. Das weißt du und ..."

„Faíne." Sanft nahm er ihr schönes Gesicht in seine Hände. „Ich sehe es doch auch. Meinst du, es tut mir nicht weh, sie so zu sehen? Aber du weißt, was Vater gesagt hat. Niemand darf sich den Menschen jemals wieder zeigen. Ich kann mich nicht gegen das Wort meines Vaters stellen."

Faíne schaute ihn bittend an. „Und wenn wir einfach heimlich etwas zu essen vor die Tür legen? Oh bitte, Lórian. Sie haben doch ein kleines Kind."

Lórian sah auf die verhärmte Frau und ein tiefer Schmerz durchfuhr ihn. Doch er musste auch an die Vergangenheit denken. Zu oft hatten die Menschen ihnen Leid zugefügt. „Was, wenn sie uns doch sehen?", flüsterte er voller Sorge.

Tränen glitzerten in Faínes schönen Augen. Sie schaute ihn einfach nur an. Ihr Blick traf ihn wie ein Pfeil ins Herz. Lórian rang mit sich. Das Weinen des Babys fuhr ihm bis ins Mark. „Also gut. Aber nur einmal, nicht öfter. Und wir legen das Essen nachts hin." Erleichtert nahm Faíne ihn in die Arme.

„Wie konnte so etwas nur geschehen?", flüsterte Lórian. „Diese Ernte auch. Alles ist verdorben. Niemand, wirklich niemand hat so etwas verdient." Faíne nahm sein Gesicht in ihre zarten Hände und küsste ihn. Sanft wischte er ihr die Tränen von den Wangen. „Wir müssen vorsichtig sein, Faíne." Seine Hand legte sich schützend auf ihren schwangeren Leib. Sie nickte nur, legte ihre Hand auf seine.

Später, als es schon Nacht war, gingen Lórian und Faíne zurück zu dem Bauernhof. Sie hatten einen Korb mit Früchten und Brot dabei. Vorsichtig schlichen sie durch die Dunkelheit. Durch die Bäume sah man den Sternenhimmel, der nur von einigen Wolkenfetzen verdeckt wurde, und der Mond beschien ihren Weg. Bald sahen sie die Lichter des Hofes.

„Faíne, du bleibst hier. Ich werde den Korb vor die Tür stellen." Sie nickte und er verschwand zwischen den Bäumen. Es dauerte nur einen Moment, bis er schmunzelnd wiederkam.

„Was ist so lustig?", fragte sie.

„Sie haben wieder Milch für uns hingestellt."

„Hast du sie getrunken?", fragte sie lächelnd.

Er lachte vergnügt. „Nein, aber ich habe sie der Katze gegeben, die sah hungriger aus als ich."

„Wer kam bloß irgendwann auf die Idee, dass wir verrückt nach Milch sind?"

„Die Tiere freuen sich", erwiderte Lórian und zuckte mit den Schultern. „Komm, fort von hier, Faíne."

„Warte, ich mache sie nur auf das Essen aufmerksam." Sie nahm einen Stein, zielte damit auf die Haustür und warf ihn blitzschnell durch die Luft. Mit lautem Gepolter schlug er auf die hölzerne Tür. Rasch huschten Faíne und Lórian zurück in den Wald und verschwanden im Schutz der Nacht.

Erschrocken blickten John und Annie auf, als sie das Poltern an ihrer Tür hörten. „Was war das?", flüsterte Annie.

„Ich weiß nicht." John stand auf, holte rasch ein Messer aus dem Schrank und ging mit Herzklopfen zur Tür. Vorsichtig öffnete er sie einen Spaltbreit und spähte hinaus. Da sah er den Korb und die leere Schale mit Milch. „Annie ...", rief er heiser.

Ängstlich kam sie näher.

„Annie, sieh doch nur." Er nahm den Korb und hielt ihn ihr unter die Nase.

Tränen stiegen in ihr hoch. „Oh John, das ist ein Geschenk des Himmels!" Sanft berührte sie das Essen.

„Annie, die Schale ist leer."

„Was? Oh, sie haben die Milch angenommen." Vor Freude fing sie an zu weinen.

„Wir müssen uns das Essen einteilen", sagte er.

„Ja, und wir müssen Patrick und Sharon ein wenig davon abgeben", bemerkte Annie.

John nickte, doch er zog nachdenklich die Augenbrauen zusammen. „Ich bezweifle nur, dass Patrick von dem Guten Volk etwas annimmt", murmelte er.

Am nächsten Morgen brachten sie Patrick und seiner Frau einen Teil des Brotes und der Früchte. Doch als Annie erzählte, wie sie dazu gekommen waren, lehnte Patrick, wie befürchtet, das Geschenk ab.

„Patrick, willst du nur wegen deiner Verbohrtheit verhungern?", schrie Sharon verzweifelt.

„Halt du dich da heraus, Sharon!", zischte Patrick und richtete dann das Wort an seine Freunde. „Ich danke euch. Aber wir wollen es nicht", sagte er ruhig.

„Du kannst nicht ..."

„Nein, John, hör auf. Die Sache ist erledigt. Du kennst meinen Standpunkt."

John schüttelte resigniert den Kopf. „Annie, komm. Wir

haben es versucht." Er nahm seine Frau an die Hand und ging fort.
Sharon wandte sich weinend ab. Behutsam strich Patrick ihr durch das Haar.
„Wie konntest du nur ...", schluchzte sie und schob seine Hand fort.
„Liebste, es war nur zu unserem Besten."
„Zu unserem Besten? Du lässt uns verhungern, Patrick!", schrie sie.
„Es tut mir leid, aber du weißt, was Jeff sagt."
Erstaunt blickte sie auf. „Patrick, du glaubst doch nicht etwa an das, was Jeff sagt?", fragte sie.
„Doch, ich glaube ihm. Er ist ein Mann der Kirche."
„Patrick, wir beide sind gläubige Menschen, aber Jeff denkt, er wäre ein Mann der Kirche. Seine Worte und Taten sind aber das genaue Gegenteil. Im Neuen Testament der Bibel steht, man soll seinem Nächsten mit Liebe begegnen. Tut er das, Patrick? Tut er das? Sag es mir!"
Patrick schüttelte nur den Kopf.
Sharon nahm seine Hand. „Ich will Jeff doch nicht verurteilen, aber ich glaube, man sollte jedem Wesen eine Chance geben. Auch dem Guten Volk", sagte sie beschwichtigend.
„Und ich will dich nur beschützen. Egal was du sagst, ich will von diesen Sídhe nichts wissen! Wer weiß, was sie als Gegenleistung verlangen. Ich meine, für das Essen. John und Annie sollen bloß auf ihr Kind aufpassen", zischte er und stürmte aus dem Haus.
„Patrick! Bleib doch hier! Patrick!"
Aber er hörte sie nicht mehr. „Lasst euch nur hier blicken!", schrie er in den Wald hinein. „Kommt nur her! Wenn ich nur einen von euch Sídhe hier erwische, dann ..." Ärgerlich schlug er mit der Faust gegen einen Baum.

Von dem Tag an legte er sich des Nachts auf die Lauer. Nicht aus Angst um seine Familie oder seine Freunde, auch nicht um sie zu beschützen. Es war purer Starrsinn, aber auch Entschlossenheit. Er wollte allen unbedingt beweisen, dass er recht hatte. Patrick wollte um jeden Preis die Wahrheit über die Sídhe herausfinden. Er würde ihnen schon zeigen, wer oder was diese Wesen wirklich waren.

„Gute Feen! Hilfsbereite Elfen! Pah!" Er schüttelte unwillig den Kopf. „Böse Geister seid ihr!", zischte er. „Nichts anderes."

Patrick verstand nicht, dass die Sídhe einfach nur anders waren. Eine Feindschaft mit den Menschen war das Letzte, was sie wollten. Die Elfen hatten nicht die Absicht, die Kämpfe der Vergangenheit zu wiederholen. Sie hatten nur den Wunsch, in Frieden zu leben.

Es war früher Morgen. Nebelschwaden streiften durch die hohen Bäume und hüllten alles in einen milchigen Dunst ein. Die Vögel begrüßten die ersten Sonnenstrahlen und ihr Gesang hallte durch den Wald. In der Ferne sang eine hohe Stimme. Voll und klar, sanft und schön, betörend und geheimnisvoll. Das Lied verströmte eine tiefe Harmonie und war völlig im Einklang mit der Natur. Auf einer sonnenbeschienene Lichtung, die fast nur aus hohem Gras bestand, schimmerte rotgoldenes Haar in der Morgensonne.

Faíne saß am Ufer eines kleinen Baches und ließ ihre Füße im Wasser baumeln. Lórian watete in dem Bach und suchte nach Kräutern, die am Ufer wuchsen. Vorsichtig ging er auf den glitschigen Steinen hin und her. Behutsam und ohne die Wurzel zu zerstören, zupfte er Pflanzen ab, die er benötigte. Plötzlich hielt er inne

und beobachtete seine Gefährtin, die verträumt in den Himmel schaute. „Wenn du weiter singst, wirst du noch das ganze Menschendorf hierher locken", neckte er sie.
Faíne verstummte und blinzelte ihn an. „Was?", fragte sie etwas verwirrt. Sie war sich der Wirkung ihres Gesanges nicht bewusst.
„Dein Lied schallt über alle Wälder und Berge. Und wir sind nicht in unserem Tal. Sie hören es, Faíne."
Sie runzelte die Stirn. „So schlimm?"
Lórian lächelte. „Nein, nicht schlimm. Zu schön. Selbst ich bin vor deiner Stimme nicht gefeit! Du solltest beim Singen nicht soviel Magie benutzen."
Sie seufzte ergeben auf. „Ja, ja." Nichtsdestotrotz nahm sie ihren Gesang wieder auf.
Lórian verengte die Augen zu Schlitzen. Ihr Lied wand sich in weichen Wellen in sein Inneres und wühlte eine Vielzahl von Gefühlen auf. „Faíne!", mahnte er sie, doch sie gluckste nur vergnügt und sang weiter.
Plötzlich stockte sie. „Au!"
„Au?", fragte er verwundert.
„Er ist mit dir im Bunde! Er tritt mich!", sagte Faíne mit spielerischem Erstaunen und zeigte mit dem Finger auf ihren Bauch.
Lórian lachte laut auf. „Aber sicher ist er das! Mein Sohn ist mir völlig ergeben", rief er belustigt.
„Schon jetzt? Und das, obwohl er noch nicht einmal auf der Welt ist! Das kann ja heiter werden. Er ist nicht einmal fünf volle Monde in meinem Leib und hintergeht mich schon." Sie versuchte es ernst zu sagen, doch das Lachen brach aus ihr hervor.
Der junge Mann beugte sich vor, um sie zu packen, aber sie entglitt ihm und rutschte ein Stück von ihm fort. Lórian hatte sich eindeutig zu weit nach vorne gelehnt. Er

rutschte aus, verlor seinen Halt und fiel der Länge nach ins Wasser. Keuchend richtete er sich wieder auf und ein Fluch entglitt ihm. Der Bach war eisig kalt. Faíne schaute ihn belustigt an. „Ist es schon so warm heute morgen, dass du schwimmen gehst?", fragte sie.

Blitzschnell griff er nach ihrem Arm und zog sie ebenso in den Bach. Sie kämpften spielerisch im Wasser und ihr Lachen hallte durch den Wald. Völlig außer Atem und nass bis auf die Haut ließen sie sich auf der Wiese neben dem Bach fallen. Er nahm sie in die Arme und küsste sie zart. Sie lächelte und strich ihm sanft das nasse Haar aus dem Gesicht. Dann küssten sie sich leidenschaftlicher und vergaßen die Welt um sich herum.

In der Nacht schlich sich Faíne heimlich aus dem Dorf. Sie wollte noch einmal Essen zu den Menschen bringen. Nur einmal noch. Und sie musste es allein tun. Sie konnte Lórian nicht darum bitten. Er konnte das Wort seines Vaters nicht noch einmal mißachten. Das wusste sie. Auf ihrem Weg ins Menschendorf verschmolz sie förmlich mit dem nächtlichen Wald. Unterwegs spähte sie sorgsam auf den Boden. Die Menschen hatten die Angewohnheit, seltsame Fallen aufzustellen. Nur zu oft wurde durch sie ein Tier getötet oder verletzt. Die Sídhe hatten es sich zur Aufgabe gemacht, diese Fallen unschädlich zu machen. Ihre Sinne erspürten diese Fangeisen fast immer, sie fühlten das Eisen darin, sie rochen das Metall, doch nur, wenn sie sich darauf konzentrierten.

Faíne hielt inne und griff nach einem dicken Zweig, der am Boden lag, mit ihm stocherte sie in dem dichten Laub herum. „Wo bist du? Ich weiß, dass du hier bist", murmelte Faíne und beugte sich zum Boden hinunter. Sie schnupperte wie eine vorsichtige Katze bis ihr Blick an einer Stelle haften blieb, die dick mit Moos bedeckt war. In dem Moment schlich sich ein Fuchs in ihre Nähe. Er schnüffelte argwöhnisch in ihre Richtung, erkannte Faíne als Sídhe und wandte sich zufrieden und beruhigt ab. Faíne erschrak, als sie sah, dass das Tier auf die Stelle zulief, die deutlich nach Eisen roch. „Nicht!" zischte sie.

Der Fuchs wandte sich überrascht zu ihr um. Faíne signalisierte dem Tier mit einem leisen Ruf, das Gefahr drohte. Der Fuchs wich zurück und verschwand in der Dunkelheit.

Lautlos huschte Faíne zu der alten Buche, zwischen deren Wurzeln sie überdeutlich den Geruch von Metall wahrgenommen hatte. Sie stocherte mit ihrem Ast in dem Moos herum und die Falle, die darunter verborgen lag, schnappte mit einem lauten metallischen Geräusch zu. Angewidert wandte sie sich ab und setzte ihren Weg fort. Ihre Schritte wurden behutsamer und lautlos, als sie die ersten Lichter der Bauernhöfe sah.

Patrick hockte am Boden und versuchte, sein Fangeisen aus den Ästen eines Brombeerstrauches zu befreien. Irgendein Tier hatte den Mechanismus ausgelöst, war aber unverletzt entkommen. Die Falle war zugeschnappt und hatte sich in den stacheligen Zweigen des großen Busches verfangen. Er fluchte leise, als die Dornen des Gestrüpps seine Hände aufschürften.

Es war spät, mitten in der Nacht, und nur der Mondschein erhellte die kleine Lichtung, auf der er saß und sich bemühte, seine Falle zu retten. Den halben Tag war er durch den Wald gestreift und hatte nach seinen Fangeisen geschaut, die er in der ganzen Umgebung verteilt hatte, um die mageren Vorräte der Familie etwas aufzustocken. Doch nicht ein Tier hatte er fangen können. Nun befestigte er jede Falle wieder ordentlich, denn die meisten waren zwar zugeschnappt, doch hatten nichts gefangen. Er war müde und verärgert, sehnte sich nach Essen und Schlaf. Seine Arbeit hatte länger gedauert, als er zunächst angenommen hatte, wieder und wieder verfluchte er seine Situation. Bei Sonnenaufgang war die Nachtruhe für ihn vorbei. Viel Schlaf würde ihm also nicht bleiben.

Plötzlich hörte er ein leises Rascheln. Er horchte erstaunt auf. Jemand kam auf ihn zugelaufen. Er spähte in die Dunkelheit und sah, wie eine schlanke, schimmernde Gestalt genau auf ihn zusteuerte. Als sie an ihm vorbei huschen wollte, packte er sie blitzschnell an den Haaren und riss sie zurück. Ein leiser Aufschrei war zu hören, doch Patrick kümmerte sich nicht darum, sondern zog das zierliche Wesen, das er gefangen hatte, in den Schein des Mondes.

Erschrockene Augen schauten ihn aus einem unsagbar schönen Gesicht an, das umrahmt war von lockigem, langem Haar. Die Gestalt schimmerte golden in der Dunkelheit. Erstaunt und überrascht starrte Patrick sie an. Für einen Moment wurde er von der Schönheit dieses Wesens förmlich geblendet, dann aber traten seine ursprünglichen Gefühle für die Sídhe wieder in den Vordergrund. Voller Angst blickte die geheimnisvolle Frau in Patricks forschendes Gesicht. Der Korb, den sie bei sich trug, fiel zu Boden.

„Ich wusste, dass ihr euch mir irgendwann zeigen würdet", flüsterte Patrick. Unterschiedlichste Gefühle stritten in ihm. Ehrfurcht, Misstrauen, Erstaunen, aber auch Angst und eine Spur von seinem Hass auf die Elfen.

Faíne verstand nur die Hälfte von dem, was er sagte, denn sie kannte die Sprache der Menschen nicht so gut. Verschreckt und verstört versuchte sie, sich aus sei-

nem eisernen Griff zu befreien, aber es gelang ihr nicht.
„Essen ... sieh ... bringe Essen ...", wisperte sie angstvoll.
„Sei still!", fuhr Patrick sie an. „Wir wollen euer Essen nicht! Eine Gabe der Sídhe fordert immer einen Preis! Ich bin nicht bereit, ihn zu zahlen!"
Die Elfe verstand ihn nicht, doch sie murmelte leise Worte. Sie versuchte, einen Bannspruch auszusprechen, der ihn für eine Weile erstarren lassen würde, so dass sie freikommen konnte. Doch Patrick musste die Wirkung des Zaubers vorzeitig gespürt haben, denn er schlug Faíne hart ins Gesicht. „Still, sag ich! Deine Zaubersprüche kannst du an jemand anderem ausprobieren." Vor Überraschung und Schmerz stiegen Faíne Tränen in die Augen. Niemals zuvor war sie geschlagen worden! In panischer Angst sandte sie einen stummen Hilferuf.
„Das ist das letzte Mal, dass ich es toleriere, wenn einer von euch wagt, in die Nähe unserer Häuser zu kommen", zischte Patrick wütend. „Sei gewarnt! Oder jemand bezahlt mit dem Leben!"
„Nein, bitte ... Essen", wimmerte sie und zeigte auf den Korb, der am Boden lag.
Er wollte sie erneut schlagen, doch instinktiv hob Faíne die Hände, um sich zu schützen.

Alles, was Patrick sah, war, dass ihre Hände sich hoben und ihre Gestalt stärker anfing zu leuchten. Angst durchströmte ihn, Angst vor den angeblich todbringenden Kräften der Elfen. Er dachte schlichtweg, sie wolle ihn verhexen. Rasch und ohne zu überlegen, packte er in ihr Haar, holte ein langes Messer aus der Tasche und hielt es ihr an die Kehle. Die Sídhe keuchte auf, als sie die blitzende Waffe sah. Für einen Augenblick schaute sie ihr Gegenüber mit vor Schreck geweiteten Augen an. Dann wehrte sie sich mit allen Mitteln. In wilder Panik setzte sie ihre Kräfte ein und versetzte ihm einen Magiestoß. Patrick prallte etwas zurück, doch er ließ sie nicht los, sondern fiel mit ihr hintenüber auf den harten Waldboden. Das Messer bohrte sich tief in ihren Körper. Als er das bemerkte, stieß er sie erschrocken von sich und hastete auf. Sie schlug hart auf der Erde auf. Patrick stand fassungslos dort, und ihm wurde bewusst, was er getan hatte. In dem Augenblick, als er ihre Augen gesehen hatte, wusste er, sie war nicht böse. Sie wollte nur helfen – und leben.

Lórian schlief in dieser Nacht unruhig und wälzte sich in seinen Decken hin und her, als Faínes stummer Ruf ihn vollends weckte. „Faíne?", flüsterte er verschlafen. Doch sie war fort. „Faíne!" Wieder ereilte ihn der verzweifelte Ruf seiner Gefährtin. Er schnellte aus dem Bett und rannte panisch hinaus. Lórian wusste in jenem Moment, in dem er ihren Ruf ein zweites Mal vernommen hatte, wo sie sich befand, wohin sie gegangen war. Geäst und Büsche peitschten ihm ins Gesicht, als er durch den Wald hetzte, aber er achtete nicht darauf. Er benutzte alles an Magie, was er besaß, um schneller zu sein. Aber es war zu spät.

Lórian stürmte aus dem Unterholz. Faíne lag reglos am Boden. Als er Patrick sah, machte er eine schnelle Handbewegung, und dieser wurde, ohne dass Lórian ihn körperlich berührt hätte, buchstäblich von den Beinen gerissen. Der Mann spürte einen Schlag und wurde mit voller Wucht vor einen Baum geschleudert. Alles wurde schwarz vor seinen Augen, Patrick wurde bewusstlos.

Lórian kniete sich neben Faíne und strich ihr das Haar aus dem Gesicht. „Faíne?", sagte er ganz leise. Mühsam schlug sie die Augen auf. Sie lächelte, als sie

ihren Gefährten sah. „Faíne, ich werde dich heilen." Er setzte an und wollte die Wunde verschließen.
Doch sie schüttelte den Kopf. Tränen liefen über ihre Wangen. „Zu spät ... Geliebter ... ich ... wollte ..."
Entsetzt nahm er wahr, wie ihre Seele den Körper verließ. Und mit ihr ging sein Sohn.
„Nein! Nein! Faíne! FAÍNE!!!" Völlig erstarrt blickte Lórian auf ihre leblose Gestalt. „Oh mein Gott, nein", flüsterte er heiser. Mit zitternden Fingern berührte er ihre tränennasse Wange. Dann nahm er sie vorsichtig in die Arme und wiegte sie sanft hin und her. Lórian verbarg sein Gesicht in ihrem Haar und schluchzte leise auf. „Faíne, oh bitte nicht." Lange Zeit kniete er am Boden und hielt sie an sich gedrückt. Er nahm nichts um sich herum wahr, nur den zarten leblosen Körper seiner Geliebten.

Langsam graute der Morgen und es fing leicht an zu regnen. Nebel stieg von den Wiesen und Feldern auf und versetzte die Umgebung in dunstiges Zwielicht. Patrick kam wieder zu sich. Er stöhnte leise auf, hielt sich den Kopf und richtete sich langsam auf.

Lórian riss sich aus seiner Lethargie. Er schaute auf und sah völlig verstört auf Faínes Mörder. Unendlich vorsichtig legte er seine Gefährtin ins Gras, stand langsam auf und ging auf Patrick zu. Dieser blickte erschrocken auf die hochgewachsene Gestalt vor ihm. Lórian packte Patrick am Kragen und hob ihn ein Stück in die Höhe. Der Rücken des Mannes prallte schmerzhaft gegen die Rinde des Baumes, der hinter ihm stand.
„Warum?! Warum hast du das getan?!", fragte Lórian heiser. Seine sonst so sanfte Stimme war scharf und voller Schmerz. Patrick wusste nicht, was er antworten sollte. Unsagbare Furcht quälte ihn, aber auch schwere

Selbstvorwürfe, weil er die Elfe getötet hatte. Er schwieg betroffen, schaute diesem fremden Wesen in die Augen und sah dort nur dessen Leid.

Lórian fasste ihn noch fester. „Sag mir warum?!" Ohne dass er es hätte aufhalten können, stiegen Tränen in seine Augen.

„Ich ... es ... ich wollte das nicht", stammelte Patrick, „ich dachte, dass ... es tut mir leid."

Lórian starrte ihn fassungslos an. Das erste Mal in seinem Leben verspürte er den Wunsch, jemandem ein Leid zuzufügen, jemanden zu töten. Genau so, wie dieser Mensch hier es mit Faíne getan hatte. Doch er tat es nicht. Stattdessen stieß er ihn von sich. Patrick erkannte seine Chance und rannte in panischer Flucht fort. Der Sídhe blickte der flüchtenden Gestalt lange nach.

Lórian schien zu Stein erstarrt zu sein. Bewegungslos verharrte er und schaute in den Nebel. Er hatte das Gefühl, als hätte man seine Seele in Stücke gerissen. Und ein großer Teil seines Innersten war mit der toten Faíne gegangen.

Langsam wandte er sich um und sah auf Faínes leblosen schönen Körper. Sie sah aus, als ob sie schlafen würde. Ihr Haar lag um sie herum wie ein Schleier. Der Regen glitzerte auf ihrer Haut. Nur das Blut verriet die Wahrheit. Lórians Herz krampfte sich zusammen, während stille Tränen an seinen Wangen hinabliefen. Er empfand fast körperlichen Schmerz bei ihrem Anblick und eine tiefe Leere breitete sich in ihm aus. Behutsam nahm er Faíne auf die Arme und brachte sie nach Hause.

Lórians Gefährtin wurde auf einer Lichtung bei dem kleinen Bach begraben. Ihr zarter Körper war in durchsichtige Gewänder gehüllt. Langsam wurde die Bahre, auf der sie lag, ins Erdreich gelassen. Feine, aber starke Seile hielten sie und trugen sie in ihr dunkles Grab. Eine einzelne zarte Stimme hallte durch die Lichtung, sie trug den Schmerz und die Klage eines ganzen Volkes, das einen der ihren verloren hatte. Der Wind strich über die Lichtung und einzelne Sonnenstrahlen brachen durch den feinen Nebel.

Als Faíne den Boden ihres Grabes berührte, fiel Lórian auf die Knie. Sein junges Gesicht schien um Jahre gealtert, pures Leid spiegelte sich in seinen Zügen wider. Er konnte seine Tränen einfach nicht aufhalten, sein Blick war starr auf Faínes Körper gerichtet. Einige Sídhe legten eine schlichte Decke auf die Tote und begannen, sie mit Erde zu bedecken. Da entfuhr Lórian ein ersticktes Schluchzen. Eryon kniete sich neben ihn und zog ihn in seine Arme. Lórian klammerte sich verzweifelt an Eryon, der ihn schweigend hielt. Später, als die Sonne unterging, kniete Lórian allein am Grab. Wie versteinert starrte er auf das Blumenmeer, das die Sídhe darauf angepflanzt hatten. Inzwischen hatte er keine Tränen mehr. Er senkte den Blick und holte sein Messer aus der Tasche. Lange Zeit hielt er die Waffe unschlüssig in seiner Hand. Dann schnitt er sich tief in die Handfläche. Blut floss aus der Wunde und fiel auf die Grabstätte. Lórian schaute ausdruckslos zu, wie es in der fruchtbaren Erde des Grabes versickerte.

In diesem Moment näherte sich Eryon. Erschrocken blickte er seinen Bruder an und nahm ihm dann hastig die scharfe Waffe weg. „Was tust du denn da!", rief er.
„Nichts ...", flüsterte Lórian.
Eryon riss sich ein Stück Stoff aus seiner Tunika und presste es auf Lórians tiefe Wunde. „Hör auf damit!", bat Eryon eindringlich. „Das bringt sie nicht zurück. Du zerstörst dich nur selbst."

„Ich will ... ihr doch nur etwas von mir mitgeben", flüsterte Lórian.

„Aber nicht dein Leben, du ..."

„Nein, du verstehst mich nicht, ich ..." Er hielt inne und starrte wieder auf die Blumen. „Gib mir das Messer zurück!"

Eryon schüttelte den Kopf.

„Bitte Eryon, ich werde mich nicht wieder verletzen."

Eryon zögerte. Doch dann reichte er seinem Bruder die Waffe zurück. Lórian nahm sie entgegen und griff sich entschlossen ins Haar. Strähne für Strähne schnitt er sich sein langes Haar ab und ließ es auf den Boden fallen. Eryon schaute ihm erschüttert zu. Lórian jedoch sammelte die abgeschnittenen Haare auf und verstreute sie auf Faínes Grab. Dann berührte er die Erde darauf und setzte seine Magie ein. Die Haare verbanden sich mit den Blumen und formten sich zu kunstvollen glitzernden Gebilden.

Mit Tränen in den Augen beobachtete Eryon ihn. „Sie ist nicht verloren. Du wirst sie wiedersehen. Das weißt du", flüsterte er leise. Lórian erwiderte nichts. Eryon suchte seinen Blick. „Lórian?"

Einen Moment schien es, als ob Lórian ihn nicht gehört hätte. Doch dann antwortete er. Seine Stimme war leise, aber unnatürlich klar. „Bis ich diese Schuld nicht gesühnt habe, wird mein Mund verschlossen bleiben."

Lórian hielt tagelang Wache an Faínes Grab. Niemand war fähig, ihn von dort wegzubringen, und er wäre ihr am liebsten gefolgt. Tiefe Verzweiflung hatte ihn erfasst und sich in seiner Seele festgesetzt, hatte sein Innerstes zu Eis erstarren lassen. Lórian gab sich die Schuld an Faínes Tod. Daran wäre er damals fast zerbrochen. Ein Jahr lang sprach er mit niemandem mehr.

Dunkle Schatten

Jack starrte erschüttert vor sich auf den Boden. Der Regen hatte wieder angefangen und man hörte nur sein leises Rauschen. Er sah zu Lórian hinüber, als dieser seine Erzählung beendet hatte. „Es tut mir leid", flüsterte er.

Lórian richtete sich etwas auf und begegnete ernst seinem Blick. „Wenn Vater nicht gestorben wäre, ich weiß nicht, was ich damals getan hätte. Ich wurde König und hatte eine Aufgabe, die mich von Faínes Tod ablenkte."

„Was ist mit deinem Vater passiert?"

„Einer aus unserem Volk, Rakúl, war mit Vaters Ansichten nicht zufrieden und wollte ihn stürzen. Er tötete ihn ohne Gnade. Das ließ mich damals zur Besinnung kommen. Ich wusste, Rakúl würde unser Volk in den Untergang treiben. Ich kämpfte mit all meiner Wut gegen ihn und gewann. Ich verbannte ihn aus unserem Tal. Keiner weiß, wo er sich jetzt aufhält." Lórian starrte eine Weile in den Regen, der wie feine Bindfäden vom Himmel fiel. „Ich habe das noch nie zuvor jemandem so genau erzählt", sagte Lórian und schien darüber selbst erstaunt zu sein.

Jack sah ihn überrascht an.

„Weißt du", fuhr er fort, „ich habe lange gebraucht, aber ich habe ihm verziehen. Ich meine Faínes Mörder. Er wollte es, glaube ich, gar nicht."

„Aber du hast dir selbst noch nicht verziehen", flüsterte Jack.
Lórian sah ihn bestürzt an. „Ich war nicht da, Jack. Ich war nicht bei ihr. Wenn ich da gewesen wäre, dann ..." Er stockte, schüttelte den Kopf und schwieg.
„Du kannst es nicht mehr ändern. Niemand konnte so etwas ahnen. Und ich glaube nicht, dass sie wollte, dass du dich so schuldig fühlst."
„Nein, sicher nicht. Ich weiß", sagte Lórian leise.
„Aber eines geht mir nicht aus dem Kopf", meinte Jack. „Wie konnte es passieren, dass du in diese Falle getappt bist? Wo ihr doch Eisen riechen könnt."
„Ähm, ich war ... abgelenkt."
„Du hast mich an diesem Tag beobachtet, nicht wahr? Und deshalb hast du das Eisen der Falle nicht gerochen! Weil du nicht darauf geachtet hast."
Lórian wand sich sichtlich bei der Antwort auf Jacks Frage. „Ich ... es ..." Er seufzte und murmelte einen Fluch. „Ja, ich habe dich beobachtet."
„Aber wieso?"
Lórian lachte freudlos. „Ich weiß nicht."
„Ich meine, es ist doch sicher nicht ungefährlich für dich so nah am Touristengebiet zu sein und na ja ... eigentlich müsstest du doch ziemlich wütend auf uns Menschen sein. Trotzdem suchst du unsere Nähe. Warum?"
„Ich glaube, dass ich immer noch eine Antwort suche."
„Eine Antwort worauf?"
„Warum Faíne sterben musste. Du musst wissen, ich habe in den Augen dieses Mannes Angst und Unwissenheit gesehen. Aber warum fürchtete er sich? Wir haben den Menschen niemals Grund dazu gegeben. Kannst du es mir sagen?"
Jack schüttelte traurig mit dem Kopf. „Es gibt eine Men-

ge Legenden, Gerüchte, Sagen, Märchen und vieles mehr. Sie erzählen von Feen und Elfen, die mit dem Teufel im Bunde sind, einem Krankheiten anhexen oder die Kinder stehlen."

„Aber warum, Jack? Das ist nicht wahr! Wie kommt ihr auf so etwas?"

„Da bin ich überfragt."

Beide starrten in den Regen hinaus und hingen ihren Gedanken nach. Ihnen wurde bewusst, dass manche Fragen einfach unbeantwortet bleiben mussten. Und vielleicht war das auch gut so.

Es war mittlerweile Nachmittag geworden und die Schatten der Sonne, die sich beharrlich durch die Regenwolken kämpfte, wurden länger. Jack schaute auf seine Uhr. „Lórian, ich muss nach Hause. Meine Eltern wissen ja nicht, wo ich bin und ..."

Lórian unterbrach ihn, indem er ihm seine Hand auf den Arm legte. „Jack, du darfst niemanden von uns erzählen!"

„Das hatte ich auch nicht vor. So war das nicht gemeint. Vor allem würde mir wahrscheinlich sowieso niemand glauben."

„Bitte Jack, versprich es mir!"

„Ich verspreche es."

Lórian nickte. „Gut. Sollen wir dich bis in die Nähe von Killarney bringen?"

„Nein, das braucht ihr nicht. Ich kenne mich auf dem Mangerton Mountain gut aus. Nur aus dem Tal komme ich nicht alleine heraus ... denke ich ... oder?"

Lórian grinste. „Das glaube ich auch nicht. Ich werde Célia bitten, dir den Weg zu zeigen."

Als Jack Célias Namen hörte, hellte sich seine Miene zusehends auf. Lórian entging das keineswegs, er lächelte. „Ich denke, das wird dir recht sein, oder?", fragte er. Jack nickte erfreut.

Nur kurze Zeit später traf Célia ein, als hätte Lórian sie laut gerufen, was er nicht getan hatte. Es sei denn ... Hatte er ihr vielleicht auf andere Weise mitgeteilt, dass sie kommen sollte? Jack fragte sich das noch, als er in Célias silberblaue Augen blickte und jegliche Überlegungen dieser Art unwichtig wurden. Sie war hier! Das genügte. Dann stand Jack etwas verlegen vor dem Elfenkönig und wusste nicht, wie er sich von ihm verabschieden sollte. „Ich hoffe ... vielleicht ..." Er brach ab und blickte in Lórians bernsteinfarbene Augen, die im Licht der Sonne dunkelgold schimmerten. „Darf ich wiederkommen?", fragte Jack leise.

Lórian fasste ihn sanft an den Schultern. „Wir werden uns wiedersehen." Er gab Jack ein kleines Päckchen. „Ich gebe dir eine Nebelflöte. Verspürst du den Wunsch, zu uns zu kommen, spiele darauf. Wir werden kommen! Ich stehe tief in deiner Schuld."

„Ich kann aber gar nicht auf einer Flöte spielen", gab Jack leise zu bedenken.

Célia legte ihre Hand auf seine. „Du musst nicht spielen können. Man muss nur einen einzigen Ton erzeugen. Alles andere macht sie von allein. Du wirst sehen. Komm jetzt, sonst ist es dunkel, bis du heim kommst." Jack nickte.

Célia führte ihn in den Wald. Er warf noch einen letzten Blick auf den König der Sídhe, der nachdenklich und fast unbeweglich stand und ihnen nachsah. Der Wind bewegte sein langes helles Haar und seine hochgewachsene Gestalt wurde langsam vom ersten Nebel der Dämmerung umhüllt, welcher langsam von der Ebene aufstieg.

In diesem Moment erschien ihm Lórian unwirklicher denn je. Fast wie ein Traum, eine Legende. Dann wandte Lórian sich ab und verschwand zwischen den Bäumen. Als Jack sich erneut umdrehte, stand Eryon abseits des Dorfes und schaute ihnen ebenso nachdenklich nach wie sein Bruder. Doch aus einem anderen Grund ...

Denn schon einmal hatte Eryon jemanden namens Jack gekannt, nun sah er in seinem Inneren diesen Jungen mit blondem Haar und meerblauen Augen. Bei der Erinnerung an ihn flammte Schmerz in seinem Blick auf und seine Hand glitt zu einem Medaillon an seinem Hals. Er trug es stets unter seiner Kleidung, nahm es niemals ab. Aus einem tiefen Bedürfnis heraus holte er es hervor und öffnete es. Eine Locke hellblonden Haares lag darin. Sanft strich Eryon darüber.

Eine tiefe Wunde in seiner Seele war wieder aufgerissen worden. Leid spiegelte sich in seinen Gesichtszügen wider, als die Bilder vom Tod des Jungen auf ihn einströmten. Er sah wieder den verletzten, blutüberströmten Körper vor sich. Sah, wie er in seinen Armen gestorben war. Eryon hatte ihn nicht retten können. Trotz aller Magie, trotz all seiner Heilkräfte war der Tod doch schneller und stärker gewesen als er. Nun schüttelte er leicht den Kopf, blinzelte und verdrängte die Erinnerungen. Rasch schloss er das Medaillon und verbarg es wieder unter seinem Hemd. Seine Augen suchten nach Célia und Jack. Irgendetwas war mit diesem Jungen. Eryon wusste nicht was, aber er hatte etwas gespürt, als er seine Schulter geheilt hatte. Ein Anflug von ... nein, das kann nicht sein, dachte er. Er konnte den Blick kaum von ihm abwenden. Zu ähnlich war er dem anderen Jack, den er einmal wie einen Sohn geliebt hatte.

Célia und Jack sprachen nicht viel auf dem Weg zum Ausgang des Tals. Sie hielten sich nur schweigend an der Hand und schauten fast unentwegt zum anderen hin. Als sie sich dem Ende des Tales genähert hatten, verdichtete sich der Nebel vor ihnen. Auch Célia vollführte die Handbewegung und flüsterte das leise Wort, wie Lórian es bei ihrer Ankunft getan hatte, und sie gingen in die auseinander weichenden Nebelschwaden. War das wirklich erst gestern gewesen? Jack konnte es kaum fassen.

Auf der anderen Seite angekommen, konnten er und Célia sich nur schwer voneinander trennen. Sie wussten nicht, was sie sagen sollten. Da nahm Célia Jacks Gesicht in ihre Hände und küsste ihn zart auf den Mund. „Wir sehen uns wieder", sprach sie zärtlich. Dann verschwand sie rasch in dem schützenden Dunst des verborgenen Tals.

Jacks Herz klopfte heftig in seiner Brust, wie angewurzelt stand er da. Er konnte den Blick nicht von dem Nebel abwenden. Seine Finger verkrampften sich um das kleine Paket, in der die Flöte verstaut war. Er verspürte den Drang, sie sofort zu benutzen, Célia zurückzurufen. Ein starkes Gefühl des Verlustes breitete sich in ihm aus. Und nicht nur wegen Célia. Der Zauber des ganzen Tales zog ihn noch immer unwiderstehlich an. Er sehnte sich schon jetzt nach dem Schimmern der Steine, aus dem alles dort gebaut war. Er sehnte sich nach den Abendlichtern, die wie bunte Edelsteine in den Baumkronen tanzten. Er sehnte sich nach dem Land selbst, das dort vollkommener schien, schöner, ursprünglicher als seine eigene Heimat.

In dem Moment, in dem der Nebel sich hinter Célia geschlossen hatte, fühlte Jacks Inneres sich an, als hätte sie ein Stück von ihm mitgenommen. Pure Sehnsucht erfasste ihn, das alles wiederzusehen, Célia wiederzusehen, Lórian wiederzusehen. Niemals hätte er gedacht, dass es so sein würde. Dass es ihn so schmerzen würde, dieses Reich wieder zu verlassen, die Sídhe zu verlassen, die er doch erst so kurze Zeit kannte.

Unschlüssig stand er da und war einfach nicht fähig fortzugehen. Doch nach einiger Zeit klärten sich seine Gedanken. Plötzlich fiel ihm auf, dass er noch die fremde Kleidung trug, während seine eigene im Sídhe-Dorf geblieben war. Ich hoffe, das ist ein Grund, sich wiederzusehen, dachte er wehmütig. Dann überlegte er fieberhaft, was er seinen Eltern erzählen sollte. Sie würden ihn sicher fragen, wo er gewesen war.

Er riss mühsam den Blick von den Nebelschleiern los und wandte sich ab. Langsam und traurig stieg er den Berg hinab. In seinem Kopf kreisten die Erinnerungen der letzten beiden Tage und er stapfte seltsam mutlos nach Hause. Ihm war, als hätte man ihm das Schönste entrissen.

Der Abend war mild und Musik hallte durch das Dorf der Sídhe. Sie tanzten und lachten, nur Lórian stand abseits und war tief in Gedanken versunken. Er fühlte wieder diese alte Einsamkeit. So gut er solche Gedanken normalerweise verdrängen konnte, heute gelang es ihm nicht.
Eryon gesellte sich zu ihm. „Was hast du?", fragte er.
Lórian senkte den Blick. „Wieder das alte Leiden!"
Eryon schaute ihn betroffen an. „Wann wird das endlich aufhören, Lórian?"
„Ich ... es tut mir leid ... es ist nur, ich habe es dem Jungen erzählt."
„Du bist jetzt über ein Jahrhundert allein. Selbst für einen

Sídhe ist das zu lange. Das ist nicht gut." Lórian nickte.
„Geh zu ihr, Lórian! Ich weiß doch, dass du sie liebst. Sie wartet jetzt schon so viele Jahre auf dich."
„Ich habe Angst, dass es nie wieder wie früher wird, Eryon. Faíne verfolgt mich stets wie ein Schatten."
„Lórian, du musst sie loslassen. Sonst überwindest du das Erlebte niemals. Faíne ist tot, daran lässt sich nichts ändern."
„Ja, ich weiß."
Eryon legte ihm seine Hand auf die Schulter. „Du weißt es, aber du akzeptierst es nicht. Tu etwas! Sonst findet Deíra irgendwann einen anderen", mahnte Eryon. Er warf seinem Bruder noch einen letzten Blick zu bevor er sich entfernte.

Lórian schaute sich suchend in der Menge um. Dann fand er sie. Wie ein sanfter Engel stand sie inmitten der anderen. Das goldene Haar wehte leicht im Wind und das zarte durchsichtige Gewand, welches sie trug, umspielte bei jeder Bewegung ihren schlanken Körper. Sie sprach mit Célia und ihr angenehmes Lachen hallte über die kleine Lichtung.

Der Sídhekönig beobachtete die junge Frau, dann schweiften seine Gedanken zurück. Sie war immer für ihn da gewesen. Besonders nach Faínes Tod. Und doch hatte sie ihn nie gedrängt, hatte immer still abgewartet. Ihre Beziehung war kompliziert und schwer zu beschreiben. Sie war bisher kaum über das Platonische hinausgegangen, obwohl ihrer beider Gefühle anderer Natur waren.

Aber Lórian wusste, dass sich nun etwas ändern musste. Er fasste einen Entschluss, denn ihm wurde immer klarer, dass er dies schon viel eher hätte tun sollen. Er wollte nicht mehr alleine sein, und sie war so greifbar.

Faíne dagegen existierte nur noch in seiner Erinnerung. Zwar schmerzte noch immer jeder Gedanke an sie, aber Lórian ertrug die Einsamkeit einfach nicht mehr. Eryon hatte recht. Irgendetwas musste er tun, und nun traf er endlich eine Entscheidung. Er suchte Deíra mit den Augen, doch Célia und sie waren nicht mehr an der Stelle, an der er sie zuletzt gesehen hatte. Nach einer Weile erspähte er sie unter den Tänzern. Anmutig tanzte sie zu den zarten Flötenklängen. Ihre Bewegungen waren so leicht und fließend, dass man glaubte, sie würde fliegen. Sie lachte und warf ihre goldblonden Haare zurück. Mit einer anmutigen Drehung wirbelte sie im Kreis und ließ ihrer Magie freien Lauf. Ihre Kräfte entluden sich in der Erde, und als sie sich von dieser Stelle fortbewegte, öffneten sich die verschlossenen Blütenknospen der Blumen. Das Gras wurde grüner und höher und schimmerte sonderbar im Mondlicht.

Die zarten Klänge verstummten und eine andere, schnellere Musik begann, die alle mitriss.

„Lórian, komm! Du hast schon so lange nicht mehr getanzt", rief Eryon ihm zu. Doch Lórian schüttelte mit dem Kopf, ihm war nicht nach Feiern zumute. Eryon zuckte mit den Schultern und lief zur Tanzfläche.

Deíra hatte aufgehört sich im Rhythmus zu wiegen und sah zu Lórian hinüber. Er erwiderte ihren Blick. Langsam ging sie auf ihn zu und blieb nah vor ihm stehen. Ihre Blicke versanken ineinander, keiner von beiden brauchte Worte für das, was sie empfanden. Er brauchte sie so sehr. Und sie liebte ihn ... immer schon.

Deíra spürte plötzlich die Veränderung in Lórians Blick. Er nahm entschieden ihre Hand und zog sie mit sich. Sie gingen durch den Wald zu einem kleinen See, der umrahmt war von hohen Birken. Im Wasser spiegelte sich der Schein des Mondes und über dem See waren Tausende winziger Funken zu sehen, die wie Irrlichter umher tanzten. Unzählige Glühwürmchen schwebten über dem See und es schien tatsächlich, als wären die Sterne vom Himmel gefallen. Lange standen sie nur so da und blickten auf das schöne Festgeschehen.

Nach einer Weile schaute Deíra Lórian mit ihren schimmernden grünen Augen an und sah in seinem Blick Verlangen und Liebe, aber auch tief sitzenden Schmerz, der nicht so leicht zu überwinden war. Schließlich durchbrach sie das Schweigen. „Lórian, ich weiß, dass du ..." Er legte ihr sanft seinen Finger auf die Lippen und schüttelte den Kopf. „Sag nichts." Zart küsste er sie auf die Stirn und zog sie an sich. „Es ist so lange her, ich will jetzt nicht daran denken", flüsterte er.

Ihre Hand hob sich zaghaft und mit einer zarten Berührung ihrer Fingerspitzen streifte sie seine Lippen. Da nahm er sanft ihr Gesicht in seine Hände und küsste sie. Die kleinen Lichter tanzten über ihnen und tauchten die Umgebung in einen silbrigen Schimmer, als sie sich engumschlungen ins Moos niederließen.

Am nächsten Morgen wurde Lórian schon früh von den Vögeln geweckt. Verschlafen öffnete er die Augen und wunderte sich im ersten Augenblick über den ungewohnten Schlafplatz. Doch dann erblickte er Deíra und lächelte versonnen. Sie schlief noch, ihr goldblondes Haar war zerzaust und breitete sich über das Moos aus. Ihre Gesichtszüge waren noch weicher als sonst, sie sah fast aus wie ein Kind. Er küsste sie sanft auf die Wange.

Davon erwachte Deíra und richtete sich fröstelnd auf. Sie rückte näher zu Lórian und schmiegte sich an ihn. „Mmh, gestern Abend war es aber wärmer", wisperte sie.

„Das stimmt wohl. Lass uns zum Dorf zurückgehen."
Sie nickte zustimmend.

Später schlenderten beide den kleinen Waldweg entlang. Als sie kurz vor dem Dorf waren, hielt Lórian sie zurück. Fragend schaute sie ihn an, doch er zog sie einfach an sich und küsste sie ungestüm. Er hatte seine Vergangenheit endlich hinter sich gebracht. Sie erwiderte die Berührung mit dem gleichen Verlangen und schlang die Arme um ihn.

Die Tage vergingen. Lórian war so gelöst wie schon lange nicht mehr. Er ging durch das Dorf und beobachtete schmunzelnd zwei halbwüchsige Jungen, die lachend versuchten, mit einem Bogen zu schießen. Es gelang ihnen nicht so recht, denn der große Langbogen überragte sie fast um eine Kopfeslänge, sie mussten die Sehne der edlen Waffe zu zweit spannen, so schwer war es für sie.

Als Lórian sich umwandte um fortzugehen, schaute ihm der Kleinere von beiden verschmitzt hinterher. Er zwinkerte seinem Freund zu und schlich sich an Lórian heran. Der Junge entwand Lórian blitzschnell das Band, das sein Haar zusammenhielt, und stürmte kichernd davon. Es war ein ausgesprochen stürmischer Tag, so dass das Haar augenblicklich in Lórians Gesicht wehte. Einen Moment lang nahm es ihm jegliche Sicht, er kämpfte fluchend mit den widerspenstigen Strähnen. Dann strich er sich mühsam das Haar aus dem Gesicht, blickte sich suchend um und lächelte verschmitzt.

Er musste ein Stück in den Wald hineinlaufen, ehe er den Burschen zu fassen bekam. Doch Lórian war schnell. Er schnappte den kleinen Kerl am Kragen und begann einen spielerischen Kampf mit ihm. Sie rollten sich lachend auf dem Boden. Doch plötzlich versteifte sich der

Junge und schaute mit großen Augen zum Wald hinüber. Lórian folgte seinem Blick. Was er sah, ließ ihn das Blut in den Adern gefrieren.

„Lauf!", flüsterte Lórian dem Jungen ins Ohr, doch dieser rührte sich nicht. „Lauf! Lauf zurück zum Dorf!" Der Junge starrte wie gelähmt auf die Stelle im Wald. Lórian schüttelte ihn und schubste ihn in die Richtung des Dorfes. „Lauf!!!", schrie er ihn an. Endlich begriff er und lief fort.

Lórian richtete sich auf. Eine dunkle große Gestalt näherte sich ihm, die immer wieder vor seinen Augen verschwamm, als wäre sie nur eine Erscheinung. Doch das war sie nicht. Lórian nahm eine gewaltige Macht wahr, die von diesem Wesen ausging. Langsam näherte die düstere Kreatur sich. Lórian wich zurück. Er spürte, dass dieser Fremde etwas abgrundtief Böses ausstrahlte.

Unendlich langsam nahm die dunkle Gestalt die Kapuze ihres Umhangs ab. Lórian sah ein fahles Gesicht, doch die Gesichtszüge waren verzerrt und nicht erkennbar. Da vernahm Lórian in seinen Gedanken ein leises heiseres Flüstern. Zuerst konnte er es nicht verstehen, aber es wurde zunehmend deutlicher: „Du kommst mit mir!"

Lórian schüttelte den Kopf. „Ich komme ganz sicher nicht mit!", flüsterte er fast unhörbar zurück. Doch der Fremde grinste nur.

Lórian hörte wieder diese Stimme in seinem Kopf: „Was willst du dagegen tun?", fragte sie spöttisch. Plötzlich durchfuhr ihn ein stechender Schmerz, der sich durch seinen ganzen Körper zog. Keuchend stürzte er zu Boden und spürte nur noch, wie etwas Unsichtbares nach ihm griff. Dann wurde sein Geist in tiefes Dunkel gehüllt.

Jack konnte ungesehen in sein Zimmer flüchten. Seine Eltern stellten später natürlich die üblichen Fragen: „Wo warst du? Was hast du gemacht? Warum warst du so lange fort?" Jack blieb bei seiner Geschichte, dass er einem Freund geholfen hatte, den seine Eltern nicht kannten.

Die Tage vergingen und nichts Außergewöhnliches geschah. Jacks Sehnsucht zu dem zauberhaften Tal verblasste zwar ganz langsam, aber war noch immer schemenhaft vorhanden.

Fast zehn Tage waren schon seit seinem Besuch vergangen, als Jack sich eines Abends auf den Weg zu einem Pub machte, wo er sich mit Freunden treffen wollte. Er strolchte durch die Gassen von Killarney, die Kaufläden hatten schon längst geschlossen, aber in der Stadt tummelten sich immer noch viele Leute. Aus allen Restaurants tönte irische Musik, auf den Straßen spielten Musikanten um die Wette. Die meisten Leute, die ihm entgegenkamen, kannte und grüßte er. Jack liebte das alles.

Im Pub angekommen, steuerte er direkt auf die Bar zu. Seine Freunde begrüßten ihn lautstark: „Wo warst du die letzten Tage? Haben dich vermisst! Weißt du das?" Ein großer rothaariger Hüne klopfte ihm auf die Schulter. Er war um einiges größer als Jack.

„Aidan, als ob du irgendetwas anderes vermissen würdest als dein Bier", erwiderte Jack grinsend.

Aidan schüttelte belustigt den Kopf. „Trink dir ein Guinness, Jacky. Dann bist du nicht mehr so bissig."

Lachend bestellte Jack sich etwas. „Also ich schätze, euer Alkoholspiegel ist schon um einiges höher als meiner. Ich hab was nachzuholen", sagte Jack.

Sehr viel später saß Jack auf einem Hocker und betrachtete die Leute im Pub. Er hatte so viel getrunken, dass er das Gefühl hatte, seine ganze Umgebung würde sanft hin und her schaukeln. „Wie auf'm Schiff fühl ich mich", murmelte er.

„Häh?", antwortete Aidan, der neben ihm saß. Er lag schon halb auf der Theke und war kurz vor dem Einschlafen.

Jack schaute zu ihm herüber und grinste. „Bist ganz schön abgefüllt, he? Kannst nix vertragen. Siehste, ich sitz noch, du bist ja schon am Schlafen." Und das war Aidan in der Tat. Mit einem Mal wurde Jacks Aufmerksamkeit auf eine Person an der Tür gelenkt. Sie hatte einen langen, dunklen Mantel mit Kapuze an und schlich durch das Lokal. Jack wunderte sich, dass sie so eingemummt war, obwohl es ein warmer Sommertag war. Selbst jetzt am Abend war es höchstens ein wenig frisch draußen. Aber diese Person hatte sogar ihre Kapuze auf. Jack drehte sich zum Fenster und schaute blinzelnd hinaus, ob es vielleicht regnete. Aber auch das war nicht der Fall.

Plötzlich steuerte die Person zielstrebig auf ihn zu und blieb direkt vor ihm stehen. Jack konnte das Gesicht nicht erkennen, weil es von der Kapuze verdeckt war. Er hob etwas erstaunt die Augenbrauen hoch. „Is' was?", fragte er.

„Jack", flüsterte eine zarte Stimme.

Der Angesprochene beugte sich etwas hinunter, um in das Gesicht seines Gegenübers sehen zu können. Als er es erkannte, schüttelte er den Kopf und drehte sich wieder zur Bar um.

„Hey Brian! Was hast du in mein Guinness gemischt? Ich sehe schon Gespenster", rief er dem Barkeeper zu.

„Jack!" Die eingemummte Gestalt flüsterte noch eindringlicher als zuvor seinen Namen und fasste dieses Mal sanft seinen Arm. Jack erschrak und wandte sich hastig um. Zu hastig, denn der Alkohol forderte seinen Tribut. Der ganze Raum schwankte plötzlich vor seinen Augen und der Barhocker kippte gefährlich zur Seite. Jack konnte sich nicht mehr halten und fiel polternd zu Boden. Fluchend trat er den Hocker zur Seite. Keiner nahm groß Notiz davon. Dafür war es zu voll und zu laut in der Bar. Nur die Person, die ihn angesprochen hatte, ging in die Hocke und half ihm auf. „Komm, wir gehen besser hinaus", sagte sie und nahm Jack entschieden am Arm. Der stand mühsam auf und begleitete sie nach draußen, nachdem er seine Rechnung bezahlt hatte. Vor der Tür sah sich die vermummte Gestalt gehetzt um und lüftete etwas ihre Kapuze.

Jack stand mit großen Augen vor ihr und starrte sie an. „Sag mal, stehst du wirklich hier vor mir? In Killarney? Vor meiner Stammkneipe? Oder war mein letztes Bier schlecht?"

„Ich habe keine Ahnung, ob dein Bier schlecht war, aber ich stehe hier. Was ist nur mit dir los? Du bist so seltsam."

Jack fasste die Kapuze und nahm sie seinem Gegenüber ganz ab. „Meine Güte, Célia! Was tust du hier?" Er hatte ihr Gesicht in seine Hände genommen.

„Jack, du musst uns helfen. Bitte!"

Er nickte. „Komm erst mal weg hier." Er zog sie entschieden in eine enge dunkle Gasse. Nur das Mondlicht schien auf ihre Gesichter. Jack streichelte ihr Haar und lächelte verträumt.

„Jack, was ist mit dir?"

„Oh ... ich ... äh ... ich bin etwas betrunken. Tut mir leid. Ich vertrage nicht so viel. Bin dann immer etwas wunderlich. Aber jetzt sag, was ist passiert?" Er bemühte sich, nicht undeutlich zu sprechen, aber es gelang ihm nicht ganz.

„Jack! Lórian ist entführt worden!"

„Was? Wer hat ... ich meine, wie ... oh je!" Er rieb sich die Augen und schüttelte sich. „Moment, ich hab's gleich."

„Ist schon gut. Wie es passiert ist, wissen wir nicht, aber wir vermuten, dass es Abtrünnige waren. Aber sie sind verbannt, jemand muss ihnen geholfen haben. Vielleicht waren es die Phuka, was anderes kann ich mir nicht vorstellen, denn Lórian ist sehr stark und niemand ..."

„Célia, bitte!", unterbrach Jack sie sanft. „Nicht alles auf einmal. Ich muss erst mal klar im Kopf werden. Komm mit mir nach Hause. Dann erzählst du mir alles in Ruhe, okay?"

Die Sídhe atmete tief durch und nickte. Dann huschten die beiden Gestalten durch die dunklen Gassen.

„Sag mal, woher wusstest du eigentlich wo ich bin?", fragte er sie.

„Ich habe dich durchs Dorf gehen sehen und bin dir gefolgt. Als du in das Haus gegangen bist, beschloss ich zu warten. Aber du warst lange dort drin. Dann ging ich hinein und suchte dich einfach."

Jack musste kichern. „Du hast den ganzen Abend vor dem Pub auf mich gewartet?"

„Ich finde das nicht lustig, Jack. Ich ..."

„Es tut mir leid", sagte er und versuchte ein Kichern zu unterdrücken. Es gelang ihm nicht völlig. Célia sah ihn verwundert an.

„Ich ... es ... oh, das verdammte Bier ... ich kann nicht glauben, dass du hier bist." Er griff sich in die Haare und massierte sich den Kopf. „Ich bin völlig benebelt", murmelte er, „ich brauch 'nen Kaffee."

Wenig später standen sie vor dem Haus, in dem Jack

mit seinen Eltern wohnte. Célia schaute das Gebäude eindringlich an. „Ich kenne dieses Haus", flüsterte sie verwundert, „ich bin mir nicht sicher, aber ..." Sie schüttelte verwirrt den Kopf.

 Jack starrte sie einen Augenblick lang an. Dann fing er wieder hilflos und ohne Grund an zu lachen. Er gluckste leise vor sich hin. Célia wandte sich zu ihm um und zog die Augenbrauen hoch. Jack setzte sich auf einen Mauervorsprung und stützte seinen Kopf auf die Hände. Er konnte einfach nicht aufhören zu lachen. Célia kniete sich neben ihn und berührte ihn sanft am Arm. „Jack", flüsterte sie eindringlich, fast mahnend. Er schaute hoch und sah direkt in ihre Augen. Sie sah ihn sorgenvoll an, und endlich erkannte er den Ernst der Lage. Eine leichte Brise blies ihr das Haar ins Gesicht.

 Zärtlich schob er es beiseite und seine Hand blieb auf ihrer Wange liegen. „Ich dachte, ich sehe dich nie wieder", flüsterte er, dann zog er sie an sich und küsste sie kurz und sanft. Danach hielt er sie einfach in den Armen. Sie presste sich fest an ihn und fing leise an zu weinen.

„Célia, was ...?" Erst wusste Jack nicht so recht, was er tun sollte, doch dann strich er zart über ihr Haar und flüsterte leise beruhigende Worte.

„Ich hatte solche Angst, dass mich jemand findet. Lórian ist fort und ..." Der Rest ging in ihrem Schluchzen unter. „Es ist ja gut. Komm wir gehen rein. Es ist zu kühl. Erzähl mir alles drinnen, okay?"

 Célia nickte und beide erhoben sich. Jack kramte seinen Schlüssel aus der Tasche und schloss auf. Leise schlichen sie die Treppe hinauf. Jack fühlte sich immer noch schwindelig, er hatte das Gefühl, Hunderte von Bienen würden in seinem Kopf summen. Aber er wusste

nicht, ob das an Célias Nähe lag oder am Bier. „Wohl eher am Bier", murmelte er grinsend vor sich hin. Célia warf ihm nur einen ihrer verwunderten Blicke zu. Sie und ihr betrunkener Begleiter schlichen sich in Jacks Zimmer und setzten sich auf das Bett. „Kann ich dir irgendwas bringen?", fragte er.
Sie schüttelte nur mit dem Kopf. Schweigend saßen sie nebeneinander, als Jack endlich die Stille durchbrach. „Erzähl es mir", flüsterte er.
„Lórian ist verschwunden und wir wissen nicht wie oder warum. Nur dass er nicht freiwillig mitging, das wissen wir." Jack legte einen Arm um ihre Schultern. „Wen hast du da gerade mit Phuka gemeint?"
„Du kennst sie nicht?", fragte sie etwas überrascht.
„Na ja", antwortete er, „ich kenne ein paar irische Märchen über sie. Böse Geister, die sich in ein Pferd oder einen Adler verwandeln können, aber sonst ..."
„Sie sind mehr als das! Sie sind grausame Dämonen. Ihr Menschen könnt sie nicht sehen. Für euch sind sie unsichtbar. Sie sind die bösen Geister dieser Welt und sehr mächtig."
„Und ihr könnt sie sehen?"
Sie nickte.
„Hast du schon einen gesehen?"
„Nein, das möchte ich auch nicht. Jack, du musst uns helfen. Seraya sagt, du kannst es."
Erstaunt sah er sie an. „Seraya? Wer ist das? Und was sagt sie über mich?"
„Seraya ist die Älteste unseres Volkes. Sie lebt zurückgezogen in einem abgeschirmten Bereich. Sie hat gesagt, dass du uns helfen kannst. Die anderen wollten das nicht glauben. Ich aber schon. Deshalb bin ich hier."
Jack massierte sich seine Schläfen. Langsam wich die

Benommenheit, dafür dröhnte ihm jetzt der Kopf.
„Jack?"
„Okay, ich helfe euch. Ich habe zwar keine Ahnung wie, aber ich helfe euch. Nur Célia, bitte erst morgen."
„Ja, ich werde morgen früh wiederkommen."
„Du willst doch jetzt nicht gehen?! Es ist ...", Jack sah auf seine Uhr, „drei Uhr früh. Du kannst doch hier schlafen." Verlegen bemerkte er, dass er rot wurde. „Ähm, nur wenn du möchtest natürlich. Ich kann auch auf der Couch schlafen."
„In Ordnung", sagte Célia sichtlich erleichtert.
„Ich meine, du kannst doch nicht mitten in der Nacht zum Mangerton Mountain gehen. Wer weiß, was dir passiert und ..."
„Jack, ich habe gesagt, es ist in Ordnung."
Ungläubig starrte er sie an. „Du ... du bleibst hier?"
Sie lächelte. „Und du brauchst auch nicht auf der Couch zu schlafen, was auch immer das sein mag", fügte sie hinzu.
Jacks Röte wurde noch tiefer. „Äh ... das ... das ist ... gut. Okay."

Am Morgen kam geschäftiges Scheppern aus der Küche. Jacks Mutter bereitete das Frühstück für die Pensionsgäste zu. Sie hatte ihr langes Haar zu einem Knoten zusammengesteckt. Einzelne widerspenstige Strähnen hatten sich aus ihrer Frisur herausgewunden und kringelten sich wild umher. Jacks Vater saß am Tisch und las interessiert die Morgenzeitung.
„Wie steht's mit dem Wetter heute?", fragte seine Frau.
Er schaute auf und grinste. „Ellen, ich glaube du solltest lieber aus dem Fenster schauen. Diese Wettervorhersage ist sicherer, als die aus der Zeitung."

Sie zog eine Grimasse und schnappte sich die Zeitung.
„Hey, gib sie wieder!", rief er lachend.
„Im Leben nicht, Shawn. Du deckst nämlich jetzt den Frühstückstisch und ich wecke unseren Faulpelz."
„Das ist unfair! Ich war noch nicht einmal bei der Sportseite!"
„Tja, später. Erst die Arbeit, dann das ..."
Blitzschnell packte er sie von hinten und biss ihr leicht ins Ohr. Sie kiekste und versuchte sich aus seinem Griff zu befreien. Doch er hielt sie fest und spielte belustigt mit einer aus ihrer Frisur herausgerutschten Haarsträhne. „Ich liebe deine feuerroten Haare, weißt du das?"
Sie schmunzelte und wollte gerade zu einer Antwort ansetzen, als es an der Tür klopfte. Überrascht gingen sie auseinander.
„Ja?"
Die Tür ging auf und ein junges Mädchen schaute herein.
„Guten Morgen. Ich wollte nur fragen, in welchem Raum das Frühstück ist."
„Oh warte, ich zeige es dir."
Ellen warf ihrem Mann ein Lächeln zu und ging mit dem Mädchen hinaus. Shawn seufzte und nahm sich wieder die Zeitung. Doch nur wenig später öffnete die Tür sich erneut. Erschrocken legte er sie zur Seite.
„Oh, ich wusste es!", rief Ellen vergnügt. „Abmarsch! Ich sag nur: Tisch decken!"
Grummelnd stand er auf und ging Richtung Frühstücksraum. Ellen hielt ihn noch einmal zurück und küsste ihn sanft. Shawn erwiderte ihren Kuss und umarmte sie. „Hol unseren Langschläfer aus dem Bett", sagte er und strich über ihr Haar. Dann löste er sich widerstrebend von ihr und schlenderte Richtung Frühstücksraum.
Ellen ging die Treppen zu Jacks Zimmer hinauf. Sie

öffnete die Tür und wollte gerade etwas sagen, da erstarrte sie. Er war nicht allein. Schnell wollte sie die Tür wieder schließen, doch in dem Moment bewegte sich Célia und Ellen konnte ihr ins Antlitz sehen. Augenblicklich wich alle Farbe aus ihrem Gesicht und ihr wurde schwindelig. Nein! Das kann nicht sein, dachte sie. Vorsichtig zog sie die Tür zu und blieb einen Moment davor stehen. Dann fasste sie sich und ging wieder nach unten.

Shawn sah sofort, dass etwas nicht stimmte. „Ellen, was ist denn? Kommt Jack herunter?"
Sie musste schlucken.
„Ellen?"
„Ich ... nein ... er ... er ist nicht allein", sagte sie stockend.
„Oh, kennst du das Mädchen?", fragte Shawn neugierig. Sie sah ihn ernst an und ihre Gefühle wirbelten wild durcheinander. Erinnerungen keimten in ihr hoch, unbarmherzig und schmerzhaft. „Ja", flüsterte sie leise, „ich kenne sie."

Seraya stand reglos am Ufer eines Baches. Morgentau glitzerte auf den Blättern der alten Weide, neben der sie stand. Die Sonne schien hell an einem blauen Himmel und keine Wolke war zu sehen. Doch Seraya sah die Schönheit des Morgens heute nicht. Sie war tief in Gedanken versunken und konnte noch immer nicht begreifen, dass man Lórian so einfach hatte entführen können. Er war stark. So stark, wie sie selbst. Das wusste sie nur zu gut. Seine Kräfte würden eines Tages die ihren bei Weitem übertreffen. Wie also hatte dieses Unglück geschehen können? Er war jung, eigentlich viel zu jung für die Königswürde. Doch er meisterte seine Verantwortung nun schon viele Jahre und er war kein Mann, der sich so schnell besiegen ließ. Lórian war ein Sídhe, den so gut wie niemand ernsthaft bezwingen konnte, nicht in einem körperlichen und auch nicht in einem geistigen Kampf.

Ihre Überlegungen wurden abrupt unterbrochen, als ein drängendes Gefühl, dass sich in ihrem Inneren regte, sie warnte. Sie spürte deutlich Gefahr. Und plötzlich erkannte sie die Bedrohung. Nein, fuhr es durch ihre Gedanken und Panik flackerte in ihrem Blick. Hastig wandte sie sich um und lief in den Wald hinein. Sie rannte, als ginge es um ihr Leben. Dann stand sie vor einer Felswand. Seraya schaute sich wachsam um. Niemand war in ihrer Nähe. Sie berührte die Wand und ging mit ihren Fingerspitzen einer unsichtbaren Linie nach. Der Fels begann zu schimmern und ein Eingang entstand. Schnell huschte sie hinein und verschloss ihn wieder.

In der Höhle dahinter war Licht, obwohl kein Schein von draußen eindrang und auch keine Fackeln aufgestellt waren. Das Licht kam aus einer kleinen Steinnische. Seraya steuerte zielstrebig darauf zu und ging hindurch. Vor ihr breitete sich ein großer Raum aus, in dessen Wänden überall kunstvolle Zeichen eingeritzt waren. In der Mitte befand sich ein Ständer, in dem ein Kristall ruhte. Er schimmerte golden, das Licht in der Höhle ging eindeutig von ihm aus. Er ähnelte einem glitzernden Bergkristall, doch er berührte seine Halterung nicht, wie es wohl normale Kristalle tun würden, sondern wurde nur von dem schimmernden Licht getragen.

Seraya berührte das magische Artefakt und das Leuchten wurde intensiver. Da fiel ihr Blick auf ein Stück zerbrochene Wand. Sie ließ den Kristall los und untersuchte die herausgebrochenen Steine. Vorsichtig fügte sie die Einzelteile wieder zusammen. Ein eiskalter Schauer fuhr über ihre Haut, als sie die Schriftzeichen nun lesen konnte: Einer der Schutzzauber war durchbrochen worden! Plötzlich fasste sie jemand grob am Arm und zog sie nach oben. Ihr Herz raste und Seraya blickte zu ihrem Angreifer auf. Sie sah in ein grausames Gesicht, das kaum zu erkennen war. „Nein", flüsterte sie erstarrt. „Doch! Und du kannst nichts tun!", zischte die heisere Stimme.

Seraya wurde gegen die Wand geschleudert und prallte schmerzhaft auf. Die dunkle Kreatur ging gelassen zu dem Kristall. Benommen richtete die Elfe sich auf und stellte sich ihrem Widersacher in den Weg. Lachend schob der Dunkle sie zur Seite und nahm den Kristall an sich. „Nein!" Seraya griff nach ihm, umklammerte fest seinen Arm und setzte ihre Kräfte gegen ihn ein.

Er sah sie aufmerksam an. Doch es schien nicht so, als ob Serayas Angriff ihm etwas ausmachen würde. Sie wich zurück, hob ihre Hände und schleuderte ihm eine regelrechte Feuersalve ihrer Magie entgegen. Helles Licht blitzte für einen Moment über ihren Händen auf und traf mit voller Wucht ihren Feind. Doch das dunkle Wesen schien die Kraft eher aufzusaugen, als Schaden zu nehmen.

„Du kannst mir mit deiner Magie keinen wirklichen Schaden zufügen. Es müssen schon stärkere Mächte, stärkere Gegner kommen, um mich zu bezwingen. Das solltest du wissen! Du bist nicht mehr als eine lästige Mücke, die mich sticht."

„Aber eine Mücke saugt auch dein Blut und hinterlässt einen unangenehmen Stich auf der Haut zurück", konterte sie.

Sein Lachen hallte durch die Höhle. Als Seraya jedoch erneut versuchte ihn zu bekämpfen, schüttelte er sie ab und schlug sie erneut gegen die Wand. Sie kam mit dem Kopf auf, das Blut lief ihr die Stirn entlang. Er blieb vor ihr stehen und sah sie spöttisch an. „Eine Mücke kann man erschlagen."

Seraya fixierte das dunkle Wesen mit funkelnden Augen. „Einer wird euch besiegen, wird gegen euch bestehen!", zischte sie.

„Na, wer sollte das wohl sein?", erwiderte er mit triefendem Hohn. „Euer König? Wo ist er denn? Ich sehe ihn ja gar nicht."

„Ich frage dich, wo er ist, Phuka!", schrie Seraya zornig. Doch er antwortete nicht. Sie hörte noch sein raues, hässliches Lachen. Dann begann seine Gestalt sich aufzulösen und er verschwand einfach. Tränen und Blut liefen ihr Gesicht entlang und sie stand taumelnd auf. Hastig riss sie sich ein Stück Stoff aus ihrem Kleid und drückte es auf die Wunde am Kopf. Bestürzt starrte sie auf den leeren Ständer des goldenen Kristalls.

Lórian kam langsam zu sich. Mühsam öffnete er die Augen. Im ersten Moment sah er nur Dunkelheit. Nur allmählich gewöhnten sich seine Augen an die Lichtverhältnisse, doch dann nahm er die winzige Kammer wahr, in der er gefangen war. Dort war nichts. Lórian sah nur kahle, feuchte Mauern. Vorsichtig versuchte er, sich aufzurichten, doch irgendetwas hielt ihn am Boden fest und als er sich bewegte, klirrten leise die Ketten, mit denen er jeweils an den Händen gefesselt war. Er konnte zwar seine Arme bewegen, weil man die Hände einzeln mit längeren Ketten an den Boden gefesselt hatte und nicht zusammengebunden hatte. Aber aufstehen konnte er nicht. Lórian berührte eine der Ketten und versuchte sie mit seiner Magie aufzusprengen. Doch nichts passierte.

Er erschrak. Eisen, schoss es ihm durch den Kopf.

Sie sind aus Eisen! „Nein", flüsterte er heiser. Solange das Eisen nicht durch eine Wunde in den Körper gelangte, unterdrückte es nur die Magie. Aber wenn ...

Lórian wollte nicht darüber nachdenken. Aber er musste aufpassen, dass er sich nicht die Haut an den Ketten aufschürfte, sonst würde das Eisen ihn langsam vergiften. Hastig riss er sich zwei Stücke Stoff aus seiner Tunika und band sie sich so gut es in seinem gefesselten Zustand ging um die Handgelenke, an den Stellen, wo seine Haut mit dem Eisen in Berührung kam. Da ertönten Schritte und die Tür wurde knarrend geöffnet. Eine dunkle Gestalt erschien und blieb vor ihm stehen. Lórian konnte sie nicht erkennen, weil das Licht die Person von hinten anstrahlte.

„Wie geht es dir Lórian? Ist die Unterkunft zu deiner Zufriedenheit?"

Lórian kannte die Stimme. Furcht und Unbehagen schlich sich in seinen Geist. „Rakúl?!"

Langsam ging Rakúl in die Hocke und betrachtete den Gefangenen. „Schön, dass du mich wiedererkennst." Eine Fackel wurde hereingebracht und die Tür wieder verschlossen. Rakúl sah verändert aus. Sein einstmals schönes Haar hing ihm nun filzig die Schultern herab, sein bleiches, eigentlich schönes Gesicht glich dem einer harten Porzellanpuppe. Alles an ihm wirkte dunkel und böse.

„Was willst du von mir?", fragte Lórian.

„Oh, eigentlich etwas sehr Einfaches. Ich habe ein paar Freunde, die gerne wieder frei sein möchten. Du verstehst, was ich meine?" Lórian starrte ihn an.

„Sag mir die Worte!", zischte Rakúl.

Lórian schüttelte den Kopf. Rakúl erhob sich und trat ihn mit voller Wucht in den Bauch. Lórian keuchte vor Schmerz, die Luft wurde für einen Moment aus seinen Lungen gepresst. Rakúl packte ihn an den Haaren und riss seinen Kopf brutal nach oben. Dann griff er in seine Tasche und holte den von dem Phuka gestohlenen Kristall heraus. Lórian sah ihn entsetzt an. Wenn Seraya als die Hüterin des Kristalls dieses magische Artefakt der Sídhe nicht beschützen konnte, was konnte man dann überhaupt noch gegen Rakúl unternehmen? Pure Hoffnungslosigkeit überwältigte Lórian.

„Das hier, mein Freund, wird unsere Freiheit sein. Und du wirst uns dabei helfen", sagte Rakúl.

„Lieber sterbe ich", flüsterte Lórian kaum hörbar.

„Wir werden sehen", zischte Rakúl und starrte ihn erbost an. Seine Finger krallten sich immer noch in Lórians Haar fest. Dann schlug er ihn mit der Faust hart ins Gesicht und ließ ihn auf den Steinboden fallen. Rakúl drehte sich um, nahm die Fackel wieder an sich und ging hinaus. Die Tür fiel hinter ihm laut ins Schloss.

Lórian blieb in der Dunkelheit zurück. Zusammengekrümmt lag er auf dem Boden. Das Atmen fiel ihm schwer und Blut sickerte aus einer Verletzung am Kopf, dort, wo er auf dem Boden aufgeschlagen war. Eine Weile blieb er nur regungslos liegen. Dann richtete er sich etwas auf und tastete vorsichtig nach der Wunde. Sie war tief und blutete. Sein ganzes Gesicht schmerzte und Übelkeit stieg in ihm hoch. Er spürte, wie etwas Feuchtes seine Wange hinunterlief. Lórian wischte es fort. Es war ebenfalls Blut. Pure Verzweiflung überkam ihn und Erinnerungen drängten sich ihm auf. Der Tod seines Vaters und die damalige Begegnung mit Rakúl standen ihm wieder klar vor Augen.

Lórian versuchte krampfhaft diese quälenden Gedanken zu verdrängen. Es gelang ihm jedoch ebenso wenig, wie den Schmerz nicht zu beachten. Mit einem leisen Stöhnen umfasste er seinen Kopf, wiegte sich leicht vor und zurück. Er wollte sich nicht an all das Blut erinnern, welches seinen Vater bedeckt hatte, er wollte nicht wieder Rakúls dunkle Macht spüren. Doch es ließ sich nicht aufhalten. Rakúl hatte all dies in seinem Innern bei seinem Besuch wieder aufgewühlt, und es ließ sich nicht bannen. In seiner Not dachte er an Deíra, an Jack, an Eryon, suchte eine Verbindung zu ihnen, doch sie waren ihm alle so fern.

Dann nahm er verblüfft wahr, wie gerade Jacks Aura sein Inneres berührte. Irgendwie hatte er eine geistige Verbindung zu ihm gefunden. Es war kaum mehr als eine flüchtige Berührung, wie, als hätte ein Blatt ihn gestreift. Doch Lórian klammerte sich daran.

„Jack", flüsterte er in die Finsternis hinein. Resigniert ließ er sich gegen die Wand sinken, starrte in das Dunkel und ließ die Erinnerungen durch seinen Geist strömen.

Der Mann stand vor dem leblosen Körper und blickte in die erstarrten Gesichter des Volkes, dessen König er gerade umgebracht hatte. Dann lachte er, boshaft und triumphierend, aber im nächsten Augenblick erstarb dieses Lachen wieder, denn ein Pfeil sirrte durch die Luft und traf ihn in die Schulter. Er keuchte leise auf. Wütend blickte er in die Richtung, aus der das Geschoss gekommen war.

Am Waldrand stand eine schlanke helle Gestalt, die jetzt langsam auf ihn zuschritt. Zornig brach der Getroffene das Ende des Pfeils ab und zog diesen unter leisem Stöhnen aus seinem Fleisch. Der andere setzte einen neuen Pfeil auf seinen Langbogen und schoss zurück. Doch diesmal wich der Mann aus und lief ihm zornig entgegen.

Als beide sich gegenüberstanden, sahen sie sich hasserfüllt an.

Der junge Mann, der den Pfeil abgeschossen hatte, warf seinen Bogen fort und zog stattdessen sein Schwert. Er war wesentlich jünger als sein Feind, sein Blick verriet Schmerz und Wut. Sein Gegenüber lachte nur und sagte hämisch: „Du willst mich herausfordern? Sieh dich vor! Dein Vater war stark, doch nun schwimmt er in seinem eigenen Blut."

Er bekam keine Antwort, denn er wurde augenblicklich angegriffen. Der Mörder hob das blutverschmierte Schwert, das er noch in den Händen hielt, und wehrte den Hieb ab. Die Männer attackierten sich mit blinder Wut, nach kurzer Zeit bluteten beide aus zahlreichen Schnittwunden. Doch langsam wurde der junge Mann zurückgedrängt. „Nun, was ist?", höhnte der ältere, der den König getötet hatte. „Willst du nicht aufgeben? Aber was rede ich überhaupt mit dir, du sprichst ja doch nicht und kannst ..." Er konnte die Worte nicht zu Ende sprechen, denn ein plötzlicher Schmerz erfasste ihn. Erschrocken blickte er den Jüngeren an.

Der hatte das Schwert sinken lassen und starrte ihn nur wutentbrannt an. In seinen Augen loderte ein Feuer, er schien seinem Feind die eigene Kraft zu rauben und sie gegen ihn einzusetzen.

Der Schmerz wurde stärker, stöhnend sank der Angegriffene zu Boden. „Du Narr! Du ... weißt nicht ... was ... du tust. Diese Kraft ... vernichtet ... dich selbst ..."

Da ließ der junge Mann ab von ihm und sprach die ersten Worte nach über einem Jahr: „Ich vernichte lieber mich selbst, als dass ich mein Volk durch dich ins Verderben stürzen lasse." Seine Stimme klang rau, weil sie so lange nicht gebraucht worden war. Entschlossen starrte

er seinen Gegner an. „Geh", flüsterte er dann, „sonst töte ich dich."
Der andere erwiderte seinen harten Blick. „Und dich selbst gleich mit?", fragte er unsicher.
„Das Risiko gehe ich ein", antwortete sein Gegenüber ihm.
Langsam richtete der Besiegte sich auf. Er wusste, er hatte verloren. Niemals hätte er gedacht, dass jemand es wagen würde, seine eigenen Waffen gegen ihn einzusetzen. Und dass dieser jemand stärker war als er selbst. Er stand vollends auf und ging. Doch dann drehte er sich noch einmal um. „Hütet euch", rief er, „das war noch nicht das Ende!" Dann verschwand er im Wald. Der Sieger taumelte und sank auf die Knie. Sofort war jemand bei ihm und stützte ihn. „Du hast Rakúl besiegt", flüsterte er erstaunt.
„Ja ... aber zu welchem Preis", antwortete der junge Mann. Dann wurde er ohnmächtig und glitt zu Boden. Ein vereinzelter Sonnenstrahl verirrte sich und erhellte sein Gesicht, man konnte es endlich erkennen.

Schweißgebadet erwachte Jack aus einem unheimlichen Traum. „Lórian", flüsterte er erschrocken und richtete sich auf. „Oh", stöhnte er dabei leise. Sein Kopf dröhnte und seine Gedanken überschlugen sich. Neben ihm regte sich etwas und er starrte etwas fassungslos auf die Person, die in seinem Bett schlief. „Célia", sagte er leise und starrte sie verwundert an. „Es war also doch kein Traum." Und noch etwas anderes erkannte er. Nämlich, dass er furchtbare Kopfschmerzen hatte. Seufzend sank er in die Kissen zurück und beobachtete die schlafende Gestalt neben sich. Wie ein Engel, dachte Jack. Vorsichtig berührte er ihr perlmuttfarbenes Haar und streichelte dann sanft ihre Wange. Doch sie war noch nicht bereit aufzuwachen. Sie grummelte etwas vor sich hin und drehte sich dann entschieden auf die andere Seite.

Jack lächelte, doch diese Gefühlsregung erstarb rasch, als er an seinen Traum erinnert wurde. Verzagt biss er sich auf die Unterlippe. Das, was er im Traum von Lórian gesehen hatte, verhieß nichts Gutes. Grübelnd stieg er aus dem Bett. Doch als er stand, drehte sich alles um ihn und sein Magen rebellierte. „Und das letzte Bier war doch schlecht", brummte er und schwankte ins Badezimmer. Er begutachtete sich im Spiegel und bemerkte, dass er vollständig angezogen war. „Na wenigstens brauche ich mir keine Sorgen zu machen, dass ich irgendetwas heute Nacht nicht mitbekommen habe", murmelte er und steckte den Kopf unter kaltes Wasser. Seine alltägliche Schocktherapie, um wach zu werden.

Plötzlich hörte er, wie jemand leise seinen Namen rief. Schnell trocknete er sich ab und lief in sein Zimmer. Célia stand ängstlich an der Tür. „Alles in Ordnung, ich war nur nebenan", beruhigte er sie.
„Wir müssen zurück nach Shef'rhon, Jack", sagte sie.
Er blickte sie verständnislos an. „Wohin?"
„In unser Tal", erklärte sie. „Wir nennen es Shef'rhon."
„Oh ja, natürlich! Lass uns nur vorher etwas essen, ja?"
„Nein Jack, bitte, lass uns gehen. Wir haben schon viel zu lange gezögert. Die Sonne steht schon hoch am Himmel. Es ist spät."
„Also kein Frühstück", seufzte er.

Jack packte einige Sachen in seinen Rucksack und sie liefen auf dem schnellsten Weg ins Tal zurück. Als sie nach einem langen anstrengenden Marsch endlich dort ankamen, war alles in Aufruhr. „Was ist denn hier los?", fragte Jack.

„Ich weiß nicht. Komm mit!", antwortete Célia und zog ihn mit sich. Sie eilten durch das Dorf und stürmten in eines der Häuser. Dort war Eryon mit noch drei anderen in eine heftige Diskussion verwickelt, die Jack nicht verstand, denn sie sprachen in ihrer eigenen Sprache. Als sie Célia und Jack gewahr wurden, wurde alles still. Die Elfen starrten Jack an, der sich mit einem Mal äußerst unbehaglich fühlte.

„Ich habe ihn geholt, egal was ihr darüber denkt", sagte Célia trotzig in Jacks Sprache. Eryon schritt auf Jack zu und sah ihn forschend an. „Dann komm, ich bringe dich zu Seraya", sagte er.

Ein Mann mit blonden Haaren fasste Eryon am Arm und hielt ihn zurück. „Was, glaubst du, kann der Junge für uns tun? Lórian und der Kristall sind fort und du ..."

Eryon unterbrach ihn aufgebracht: „Adyan, ich glaube gar nichts und ich weiß auch nichts. Aber Jack ist hier und ich werde ihn zu Seraya bringen. Ob du das nun gutheißt oder nicht." Dann drehte er sich herum und zog Jack mit hinaus.

Célia hastete hinter ihnen her. „Der Kristall?", flüsterte sie ängstlich.

Eryon nickte nur. Mit Jack gemeinsam verließ er das Dorf, ging hinein in den nahe liegenden Wald. Célia blieb allein zurück und sah den beiden nach. Schweigsam liefen die Männer den Pfad entlang, Jacks Aufregung wuchs immer mehr. Plötzlich blieb Eryon stehen und zeigte auf eine Stelle im Wald. Es war eine Lichtung, die von riesigen Bäumen geschützt wurde. In ihrer Mitte thronte eine riesige Eiche. Sie war so hoch, dass Jack den Kopf weit nach hinten lehnen musste, um ihre obersten Zweige zu sehen.

„Sie erwartet uns ... komm", flüsterte Eryon.

In der Nähe des großen Baumes floss ein kleiner Bach, üppige Blumenmeere blühten an dessen Ufern in voller Pracht. Eine zierliche Person saß in der Nähe des Wassers. Sie hatte die Beine angewinkelt, ihre Arme darauf gestützt und beobachtete die kleinen Wellenbewegungen des Baches. Ihr langes, wild gelocktes Haar war so braun wie die Rinde der Eiche und durchsetzt mit hellen und roten Strähnen, die in der Sonne leuchteten. Überall in ihrem Haar waren Blätter und Blüten eingeflochten und ihre Kleidung bestand nur aus einem erdfarbenen Gewand.

Jack starrte sie erstaunt an. Er hatte eine große weise Frau mit grauem Haar erwartet. Stattdessen saß da ein Mädchen, das kaum älter aussah, als er selbst. Doch er wurde schnell eines besseren belehrt.

„Seraya", stellte Eryon sie vor.

Langsam erhob sie sich und kam ihnen entgegen. Dabei war ihr Blick unbeirrbar auf Jack gerichtet. Ihn schauderte, denn ihr Blick schien sein Innerstes zu durchforsten. Als Seraya vor ihm stand, konnte er den Blick kaum von ihrer Gestalt abwenden. Ihre dunkelbraunen Augen waren gold gesprenkelt und manchmal, so wie das Licht darauf fiel, leuchteten sie wie die Augen einer Katze. Sie hatte ein schönes zeitloses Gesicht und sie verkörperte Weisheit, aber auch Macht und Stolz. Doch ihr Aussehen blieb trotz allem das eines zarten Mädchens. Nur in ihren Augen, in denen sich das Leben zu spiegeln schien, sah man die Bürde der Jahre, die auf ihr lastete.

„Jack, da bist du also", sagte sie ruhig, „ich habe lange auf dich gewartet."

Ihre Stimme hatte einen weichen, melodischen Klang und die Art, wie sie sprach, berührte Jack auf seltsame Weise, fast so, als würde ein weicher Regenschauer auf seine Haut rieseln. Sie redete klares Englisch ohne irgendeinen Akzent.

Seraya lächelte sanft und berührte ihn sanft an der Wange. Jack war wie verzaubert, sein Herz klopfte rasch und seine Knie wurden weich. Sie neigte den Kopf etwas und schaute ihn forschend an. Jack spürte sie plötzlich für einen Augenblick in seinem Inneren. Es war ein sehr befremdendes Gefühl für ihn.

„Du weißt es also noch nicht", flüsterte sie und schien eher zu sich selbst zu sprechen. Dann schüttelte sie leicht den Kopf. „Aber nicht ich werde es dir sagen", fuhr sie fort. „Das wird ein anderer tun."

Jack blickte sie verwundert an. „Ich verstehe nicht."

Sie legte nur den Finger an die Lippen und er verstummte. „Hab Geduld." Ihr Blick schweifte zu Eryon und musterte ihn eine Weile. „Du musst auf ihn Acht geben, mein Freund. Denn er ist wichtig für unser Volk ... und für dich." Eryon erwiderte nichts, er wirkte genauso verwirrt wie Jack. Dann richtete sie ihr Wort wieder an Jack. „Hör mir zu, mein Junge, und behalte diese Worte, die ich dir jetzt sage. Aber warte ... ich gebe dir eine Hilfe." Seraya berührte ihn flüchtig an der Stirn, und Jack spürte ein Kribbeln. Sie lächelte nur geheimnisvoll. „Die Worte werden dir jetzt besser im Gedächtnis haften bleiben. Aber nun höre mir zu:

Tief im Dunkel liegt ihr Land,
nicht leichtfertig ihr dorthin solltet geh'n,
aber durch das Labyrinth im Sand,
das Tor dazu nur manche seh'n.
Die steinernen Mauern am See,
sind der Schlüssel zum verschlossenen Gang,
der führt dich zu allem Weh.
Doch zögere nicht! Der Weg ist lang."

Seraya machte eine kurze Pause. Die Worte hallten in Jacks Gedanken wieder und setzten sich durch Serayas Magie dort fest. Dann sprach sie weiter. „Ihr müsst das Rätsel lösen und Lórian zurückholen. Nur ihr beide." Sie zeigte auf Jack und Eryon. „Geht jetzt." Damit drehte sie sich um und ging. Noch einmal blieb sie stehen, wandte sich um und zitierte leise die warnenden Worte eines uralten Sídhegedichtes:

„Hütet euch!
Der Phuka kommt!
Bei Tag und auch bei Nacht,
und nicht nur hier, sondern überall,
er kommt mit seiner Pracht,
die schlecht und böse ist, von seinem Fall.

Hütet euch!
Der Phuka kommt!
Du siehst ihn an und siehst ihn nicht,
er wandelt sich, wie er es mag,
und gibt dir eine falsche Sicht,
schon mancher seiner Macht erlag.
Vor Ewigkeiten war er das Licht,
nun, durch seinen Fall,
ist geblieben nur die Finsternis."

Dann verschwand sie vor ihren Augen und die beiden Männer starrten auf die leere Lichtung. Irgendwann durchbrach Jack die Stille. „Sie ... sie ist einfach ... nicht mehr da. Wie hat sie das gemacht?"
Eryon schaute ihn nachdenklich an, beantwortete seine Frage aber nicht. „Weißt du die Worte noch?", fragte er stattdessen. Jack nickte, dann gingen sie langsam zurück

zum Dorf.

„Eryon, wer oder was ist Seraya?", fragte Jack nach einer Weile.

„Sie ist eine Sídhe de Môrhen, wie wir ..."

„Eine Sídhe de ... was?"

Eryon wiederholte das Wort und nickte. „Das ist der Name unseres Volkes. Er bedeutet Sídhe des Kristalls. Seraya ist die Hüterin des Kristalls. Die große Eiche, die auf der Lichtung steht, ist ihr Zuhause."

„Die Eiche?", fragte Jack erstaunt.

„Der Baum hat einen versteckten Eingang zu einer Höhle darunter. Seraya hat das alles selbst erschaffen. Es ist sehr schön dort."

„Was ist das für ein Kristall?"

Eryon legte ihm die Hand auf die Schulter. „Jack, ein anderes Mal. Ich glaube, du hast heute genug Wissen erlangt."

Jack nickte, doch eines wollte er noch wissen. „Sie ist sehr alt, oder?"

„Ja, selbst unser Volk weiß nicht, wie lange sie schon lebt", antwortete Eryon.

Das Labyrinth

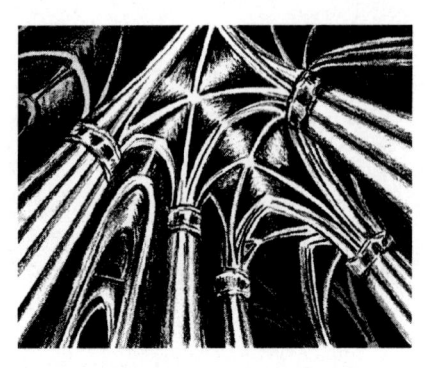

Jack und Eryon standen mit zwei anderen Sídhe am Tisch und brüteten über Serayas Worte, die Jack aufgeschrieben hatte.

„Was könnte mit dem Labyrinth im Sand gemeint sein?", fragte Thálos, ein dunkelhaariger ernster Sídhe, der neben Jack stand.

„Ich glaube, wir müssen erst einmal das Tor finden. Dort wird auch das Labyrinth sein", antwortete Eryon. „Mich beschäftigt eher, wo die steinernen Mauern am See sind."

Jack dachte über die Worte nach. „Ich kann mir vorstellen, wo die sein könnten", sagte er. Die Sídhe starrten ihn erstaunt an. „Also, ich denke mit steinernen Mauern ist eine Burg oder Ähnliches gemeint. Und ich kenne nur eine Burg, die an einem See liegt und in unserer Nähe ist: Ross Castle", fuhr Jack fort.

„Natürlich! Ross Castle! Oh, warum bin ich nicht selbst darauf gekommen", rief Eryon.

„Aber wo soll da ein Labyrinth sein?", fragte Jack. „Ich kenne die Burg in- und auswendig. Ich habe da nämlich mal in den Ferien gearbeitet."

Die Frau, die neben Eryon stand, sah Jack erstaunt an. „Du hast in der Burg gearbeitet? Aber ich dachte, sie ist nicht mehr intakt und schon zerfallen", sagte sie.

„Das war sie auch, Seyfra, doch man hat sie wieder aufgebaut", antwortete Eryon ihr und blickte Jack an, „doch sie dient nicht mehr ihrem ursprünglichen Zweck, nicht wahr?"

Jack lächelte. „Ich denke, dass Killarney nicht mehr verteidigt werden muss. Ross Castle ist einfach zum Anschauen da", erklärte Jack. „Ich habe dort meinem Freund geholfen. Aufräumen, Eintrittskarten verkaufen und so weiter. Aber ein Labyrinth? Selbst die Keller sind nicht sehr groß."

„Vielleicht ist es etwas Magisches? Das Gedicht besagt, dass das Tor nur manche sehen können", bemerkte Seyfra. „Die Phuka, um die es hier offensichtlich geht, können auch nicht von jedem gesehen werden."

„Ja, du hast recht", sagte Eryon. „Aber wir werden es erst wissen, wenn wir dort sind. Machen wir uns fertig, Jack."

Thálos fasste Eryon beschwichtigend am Arm. „Eryon, Seraya hat gesagt, ihr sollt nicht leichtfertig aufbrechen."

„Aber sie hat auch gesagt, dass wir nicht zögern dürfen", erwiderte Eryon, „Jack, was meinst du?"

„Ich stimme dir zu", antwortete Jack.

Eryon nickte. „Dann komm, wir bereiten uns vor."

Auch Seyfra zweifelte an der Entscheidung und versuchte sie zurückzuhalten. „Eryon, es ist schon später Nachmittag. Meinst du nicht ..."

„Nein, die Entscheidung ist gefallen, wir gehen jetzt."

Niemand sagte mehr etwas dagegen, denn sie verstanden es. Keiner von ihnen hätte anders gehandelt.

Etwas später saß Jack vor Eryons Haus und wartete auf ihn. Die Ereignisse der letzten Tage schwirrten in seinem Kopf und verwirrten ihn. Er versuchte Ordnung in seine Gedanken zu bringen, aber stattdessen kamen ihm die Worte Serayas wieder in den Sinn. Er schüttelte genervt den Kopf.

Dann kam Eryon aus dem Haus und Jack erstarrte. Dies war nicht der Sídhe, den er kannte. Eryon hatte normale Kleidung an, die auch aus Jacks Kleiderschrank hätte stammen können. Sein sonst schulterlanges Haar war fast so kurz wie sein eigenes. Die spitzen Ohren waren rund wie die eines Menschen, auch das Schimmern der Haut war verschwunden. Eryon sah aus wie ein normaler, gutaussehender Mann. Jack sah ihn fassungslos an. „Was hast du ... ich meine, wie ...?"

„Sieh mich nicht so an, Jack. Ross Castle ist nicht unbedingt einsam gelegen. Wir werden vielen Menschen begegnen. Was glaubst du, wie sie auf meine normale Gestalt reagieren würden?", sagte Eryon.

„Es ist nur ungewohnt. Aber wie hast du das gemacht? Ich meine, du warst vielleicht zehn Minuten fort. In der Zeit hast du dir die Haare geschnitten, dich umgezogen und dich ... äh ... verändert?"

Eryon musste grinsen. „Ich habe mich nur umgezogen. Der Rest ist verwandelt, auch die Haare, und das geht schnell."

Jack schüttelte den Kopf. „Auf jeden Fall sparst du dir das Geld für den Friseur."

Eryon führte Jack durch den Nebel, der das Tal schützte, und sie gingen eilig Richtung Torc-Wasserfall. „Ich hätte mich von Célia verabschieden sollen", sagte Jack etwas wehmütig.

„Du wirst sie wiedersehen. Ich sorge dafür", erwiderte Eryon.

„Hoffentlich. Wer weiß, was uns erwartet", murmelte Jack.

„Aber trotzdem hilfst du uns. Warum? Du hast eigentlich nichts mit dieser Sache zu tun." Eryon blickte Jack fragend an.

„Lórian ist mein Freund, zumindest sehe ich das so. Und wenn ein Freund mich braucht, bin ich für ihn da. So einfach ist das."

„Das ist nicht einfach, sondern mutig. Vielleicht sollte ich dich warnen, Jack, aber das, was wir hier vorhaben, wird gefährlich werden", erklärte Eryon.

Jack nickte. „Ich weiß ... meinst du, es geht ihm gut?"

Eryon erwiderte erst nichts, doch dann schüttelte er mit dem Kopf. „Nein", flüsterte er, „ich glaube, es geht ihm nicht gut."

Ihren Gedanken nachhängend, kamen sie an den Wasserfall.

„Schade, dass ich mein Auto nicht hier stehen habe. Aber Célia und ich mussten laufen, weil meine Mutter den Wagen hatte. Bis Ross Castle ist es noch ein ganzes Stück", sagte Jack.

„Wir nehmen meinen Wagen", sagte Eryon sachlich, als wäre dies die normalste Sache der Welt.

Jack verschluckte sich fast. „Du ... du hast ein Auto?!"

Eryon nickte nur. „Du musst wissen, dass ich fast drei Jahre unter euch gelebt habe."

„Wann war denn das?", fragte Jack erstaunt.

„Vor ungefähr 20 Jahren nach eurer Zeitrechnung. Aber jetzt komm. Das Auto steht im alten Bootshaus in der Nähe vom Muckross House."

Sie gingen den Waldweg entlang, der zum Muckross-Gelände führte. Nach kurzer Zeit kam ein großer Bretterschuppen in Sicht, das Bootshaus. Als sie davor standen, zog Eryon einen Schlüssel heraus und schloss das Tor auf. „Ich habe eine Abmachung mit dem Besit-

zer", erklärte er. Sie gingen hinein, und Eryon steuerte auf eine hintere Ecke zu, wo etwas Großes mit einer Plane abgedeckt war. Sie zogen gemeinsam die Abdeckung ab und zutage kam ein alter Wagen, der aber durchaus noch fahrtüchtig und sogar sauber war.
„Er sieht gar nicht schlecht aus", bemerkte Jack.
„Ja, ich komme von Zeit zu Zeit hierher und kümmere mich darum", bemerkte Eryon lächelnd und setzte sich gelassen in den Wagen.
„Ich werde das Tor schließen", rief Jack und Eryon fuhr hinaus.

Nachdem er alles abgeschlossen hatte, stieg Jack in das Auto ein, dann ging es los.
„Aber einen Führerschein hast du, oder?", fragte Jack etwas besorgt, als Eryon rasant den Schotterweg entlang fuhr.
Eryon blickte ihn scharf an. „Für wen hältst du mich? Meinst du, ich besitze so ein Fahrzeug, wenn ich es nicht bedienen kann?"
„Entschuldige, so war das nicht gemeint", erwiderte Jack schnell, „ich bin nur etwas verwirrt, ich dachte ..."
„Ist schon gut", unterbrach Eryon ihn, „ich verstehe schon. Es kommt sicher nicht alle Tage vor, dass du einen Elf triffst, der Auto fährt." Eryon grinste verstohlen und konzentrierte sich dann ohne ein weiteres Wort auf die Straße.

Bald kamen sie aus dem Wald heraus, Eryon lenkte den Wagen sicher auf die asphaltierte Straße. Wenig später fuhren sie auf den Parkplatz von Ross Castle und stellten das Auto dort ab. Die ganze Umgebung war voller Touristen. Jack beobachtete erstaunt, wie selbstverständlich Eryon sich unter sie mischte. Irgendwie hatte er gedacht, dass Eryon unsicher sein würde, wenn er auf andere Menschen traf. Doch das Gegenteil war der Fall. Der Sídhe fühlte sich sichtlich wohl unter ihnen. Ja, er genoss es sogar.

„Sag mal, bist du oft hier?", fragte Jack.

Eryon nickte und sagte gleichzeitig: „Wieso? Merkt man das?"

„Äh ... irgendwie schon. Es kommt mir vor, als ob du das alles genauso selbstverständlich nimmst wie ich. Den Touristenrummel, die vielen Menschen."

Eryon sah ihn lange nachdenklich an. „Für mich ist das selbstverständlich. Ich komme oft hierher. Und ich mag es sehr gern. Ihr seid anders als wir, aber gerade das gefällt mir."

„Ist das ... ich meine ... äh ... ich weiß nicht, wie ich das fragen soll, ohne das du beleidigt bist", sagte Jack verlegen.

Eryon lächelte traurig. „Du willst wissen, ob alle aus meinem Volk es so halten wie ich?"

Jack nickte.

„Nein", antwortete Eryon, „ich bin wohl allein mit dieser Einstellung." Und damit war die Sache für ihn erledigt.

Die beiden Männer gingen den schmalen Weg zur Burg entlang, schon nach wenigen Metern konnten sie die alte Festung sehen. Es war eine mittelgroße Trutzburg direkt am See Loch Léin. Touristen tummelten sich auf dem ganzen Gelände, denn der Bootsverleih am See lockte die Menschen zusätzlich an.

„Ich verstehe immer noch nicht, wo hier ein Labyrinth sein soll. Es gibt so viele gruselige Burgen, bei denen ich mir das viel eher vorstellen könnte, aber Ross Castle?", murmelte Jack.

„Ich denke, darum geht es", sagte Eryon. „Gibt es ein besseres Versteck? Hier würde sonst niemand suchen."

Jack verzog das Gesicht. „Nur wir sind so superschlau."
Eryon schmunzelte und zuckte mit den Schultern. Sie gingen in den Burghof und steuerten das Kassenhäuschen an.

„Caitlin kassiert heute, das ist gut", raunte Jack ihm zu.
Eryon sah ihn fragend an.

„Na ja, sie steht auf mich, wenn du verstehst, was ich meine. Ich aber nicht auf sie, doch das muss sie ja nicht wissen."
Eryon schüttelte belustigt den Kopf.

An der Kasse saß ein etwas pummeliges Mädchen mit feuerroten Haaren und Sommersprossen im Gesicht. Sie war vielleicht 16 Jahre alt. Als sie Jack erblickte, leuchteten ihre strahlendblauen Augen und sie lächelte ihn an. „Hallo Jack! Was machst du denn hier? Willst du mir helfen?"

Jack begegnete ihr mit einem freundlichen Lächeln. „Hallo, Caitlin. Eigentlich wollte ich dich fragen, ob du uns einen Gefallen tun kannst."

Caitlins Augen blitzten. „Oh, dir tu ich jeden Gefallen. Das weißt du doch."

Jack beugte sich zu ihr hin und winkte sie zu sich heran. Sie neigte sich zu ihm und er flüsterte ihr etwas ins Ohr. Sie wurde rot und lächelte verlegen. Eryon verdrehte die Augen. Was trieb Jack da?

„Also abgemacht?", fragte Jack an Caitlin gewandt.

„Ja, abgemacht. Aber Jack, sag das niemandem. Du weißt, ich darf euch eigentlich nicht dort hereinlassen."

„Du hast mein Ehrenwort", sagte Jack feierlich, dann fügte er leiser hinzu, „das bleibt unser beider Geheimnis, nicht wahr?" Sie nickte zustimmend, holte rasch ein Schlüsselbund aus einer Schublade und gab es Jack. Er nahm es dankend entgegen.

Jack und Eryon entfernten sich. Caitlin blickte ihnen nach. „Du kennst dich in den Kellern ja aus", rief sie ihnen noch hinterher. Jack lächelte sie noch ein letztes Mal an.

„Was hast du ihr gesagt?", fragte Eryon.

„Ich habe ihr versprochen, dass ich mit ihr ausgehen werde", erklärte Jack.

Eryon musste unwillkürlich lächeln. „Wirst du es auch tun?"

Jack nickte etwas widerwillig. „Was ich verspreche, halte ich auch. Aber ich werde ihr sagen, dass ich nicht mit ihr ... na ja eben, dass ich nicht ihr Freund sein möchte. Zumindest nicht so, wie sie es gerne hätte."

Eryon runzelte nur die Stirn, sagte aber nichts dazu.

Dann standen sie vor der Tür, die in den Keller hinabführte. Jack suchte den passenden Schlüssel und schloss auf. Dahinter führte eine Treppe abwärts. Jack schaltete das elektrische Licht ein und sie gingen hinunter. Auch das Innere der Burg, das für die Touristen zugänglich war, hatte man renoviert und weiß gestrichen. Doch sobald man in die verschlossenen Bereiche gelangte, war die Burg alt und grau.

Sie erreichten eine weitere Tür, Jack schloss diese ebenso auf. „Weißt du, ich kenne mich in diesen Räumen ziemlich gut aus. Ich habe in den letzten Ferien hier gearbeitet, hab hier alles aufgeräumt und so. War 'ne ziemliche Plackerei, aber was tut man nicht für ein bisschen Geld", erklärte Jack.

Eryon nickte verständnisvoll. „Bringe mich zu den ältesten Kellern."

Die beiden Männer gingen durch verschiedene Bereiche, die zur Lagerung dienten. Je weiter sie kamen, desto unfreundlicher wurde Ross Castle. Überall hingen Spinnweben herunter und in den Ecken raschelte es – Mäuse trieben hier ihr Unwesen. Sie stiegen erneut eine lange Treppe hinab und standen schließlich vor einer großen verschlossenen Tür.

„So, das hier ist der älteste Raum und der letzte noch dazu. Die anderen sind längst verfallen." Jack öffnete die Tür und sie traten ein. Eryon sah sich um und schüttelte den Kopf. Nicht alt genug, dachte er.

„Was ist?", fragte Jack.

„Das hier nützt uns nichts. Es ist nicht alt genug. Wir brauchen Räume, die schon vor Ross Castle hier unten waren."

„Aber diese Räume sind verfallen, Eryon. Und sie sind verriegelt."

„Wir werden sehen. Führe mich dorthin." Jack ging zu einer Stelle, wo ein Gitter in den Boden eingelassen war. Er deutete in die Dunkelheit.

„Dort ist ein alter Brunnen. Irgendwo da unten sind die verfallenen Gewölbe. Da war ich aber noch nie. Die Leute erzählen sich die übelsten Geschichten. Niemand geht dorthin! Vor 30 Jahren sind mal drei Männer da runter gestiegen und nicht wiedergekommen. Man hat sie auch nie mehr gefunden", erzählte Jack.

„Doch, genau dort müssen wir hinein. Hast du einen Schlüssel für das Gitter?"

Jack schüttelte den Kopf. „Den gibt es nicht, der ist seit Jahren verschwunden. Kannst du das Schloss nicht mit deiner Magie aufsprengen und ... ach, ja, Eisen. Mist! Aber warte mal, vielleicht geht es so."

Jack kramte in seinem Rucksack, den er mitgenommen hatte, und holte mit triumphierendem Grinsen einen Dietrich hervor. Er steckte ihn in das uralte Schloss und versuchte es zu öffnen. Doch das war nicht so einfach,

denn das Schloss war trotz seines Alters äußerst stabil. Nach fast 20 Minuten sprang es endlich auf. Jacks Hände waren voller Rost, außerdem hatten sich zwei Eisensplitter in seine rechte Hand gebohrt. Seine Finger waren rot und aufgequollen. Jack betrachtete sie und verzog schmerzhaft das Gesicht.
Eryon sah erstaunt auf Jacks zerschundene Hände. „Wieso ..."
„Ach, ich reagiere allergisch auf Eisen. Das wird schon gleich wieder weggehen", erklärte er und zog sich vorsichtig die Splitter aus der Hand.
Sie stemmten mit einiger Mühe das Gitter auf und starrten in das Dunkel.
„Hast du zufällig ein Seil dabei? Sonst kommen wir erst gar nicht runter", sagte Jack.
Eryon nahm seine Tasche vom Rücken und holte ein langes Seil heraus. Er prüfte verschiedene Stellen am Brunnenrand auf ihre Festigkeit, entschied sich für eine und machte das Seil dort fest.
„Kannst du mit deinen Händen da herunter klettern?"
Jack grinste ihn an. „Hab ich denn eine Wahl?"
„Ich denke, die hast du. Komm her und gib mir deine Hände." Jack hielt ihm seine Hände entgegen. Eryon umfasste sie vorsichtig und konzentrierte sich. Jack fühlte wieder dieses Kribbeln, dasselbe, das er bei der Heilung seiner Schulter empfunden hatte. Und diesmal sah er auch den goldenen Schimmer, der von Eryons Händen ausging. Jack riss erstaunt die Augen auf und starrte fasziniert darauf. Dann nahm Eryon seine Hände wieder fort, Jack betrachtete das Ergebnis. Sie waren gänzlich unversehrt.
„Danke", flüsterte Jack und blickte Eryon ehrfürchtig an. Der tat es mit einem Achselzucken ab und klopfte ihm

freundschaftlich auf die Schulter. „Ich denke, so geht es besser", bemerkte er. Jack nickte nur sprachlos.

Eryon kletterte über den Brunnenrand und ließ sich am Seil herab, Jack tat es ihm nach. Es war stockdunkel, als sie unten am Grund ankamen. Jack wühlte in seinem Rucksack und holte zwei große Taschenlampen heraus. Eine davon gab er Eryon. Der drehte sie unsicher in den Händen herum. „Was ist das?", fragte er.

„Licht", antwortete Jack knapp und schaltete seine Lampe ein. Dann zeigte er Eryon den Schalter, um seine ebenfalls anzuschalten. Eryon betrachtete noch ein paar Sekunden seine Leuchte. „Eine Taschenlampe", murmelte er. „Hm ... sieht anders aus als früher." Dann schaute er sich Schulter zuckend um.

Sie waren ganz unten im Brunnenschacht, um sie herum waren nur kahle schwarze Mauern. Keine Tür oder auch nur ein Schacht war zu erkennen und der Brunnen war bis auf eine Pfütze ausgetrocknet. Dann entdeckte Jack eine Vertiefung in der Mauer oberhalb von ihnen. Eryon gab Jack seine Taschenlampe und zog sich an dem Seil wieder ein Stück nach oben.

„Das ist es!", rief er. Er stand auf einem schmalen Grat vor einer fast unsichtbaren steinernen Tür. Sie war nur zu erkennen, wenn man direkt vor ihr stand, denn sie war perfekt ins Mauerwerk eingelassen, und man hatte sie mit den gleichen Steinen erbaut wie den Brunnen. Jack reichte Eryon die Taschenlampen und zog sich mühsam am Seil nach oben. Dann standen die Männer unschlüssig vor der Tür und versuchten zu ergründen, wie sie zu öffnen sei. Schließlich sah Jack an der Seite der Mauer einen alten, halb abgebrochenen Riegel. „Hier, sieh mal", rief er und zeigte darauf. Eryon betastete den verrosteten Riegel vorsichtig und versuchte ihn herunterzudrücken.

Doch er brach ab. „So funktioniert das nicht", seufzte er. „Der Mechanismus ist kaputt."
Da hatte Jack eine Idee. „Der Riegel ist aus Eisen, den kannst du nicht bewegen. Mit deiner Magie, meine ich. Aber die Tür ist aus Stein! Vielleicht kannst du den Mechanismus durch die Tür erreichen."
Eryon schaute ihn nachdenklich an. „Gar nicht so dumm", murmelte er, „das könnte tatsächlich funktionieren." Er legte seine Hände auf die Tür und schloss die Augen. Mit seiner magischen Kraft suchte er den Schließmechanismus der Steintür und versuchte ihn zu bewegen.

Plötzlich ertönte ein scharfes Knacken. Die Tür schwang so unvermittelt auf, dass Eryon, der sich voll auf die Tür gestützt hatte, der Länge nach in den Raum stürzte. Jack hörte ein gedämpftes Fluchen und half Eryon schnell wieder auf die Beine. Er war über und über mit Staub bedeckt. Jack konnte ein Lachen nicht unterdrücken. Eryon klopfte sich den Staub von der Kleidung und wischte sich angewidert über das Gesicht.
„Na, das hat doch gut geklappt, oder nicht?", sagte Jack immer noch grinsend. Eryon warf ihm einen scharfen Blick zu, doch dann zuckten seine Mundwinkel, und ein Grinsen machte sich auch in seinem Gesicht breit. Immer noch kichernd reichte Jack Eryon seine Taschenlampe, und sie gingen in den Raum hinein. Dort war nichts außer Staub, Dreck und Spinnweben, doch am Ende führte eine schmale Treppe in die Tiefe. Sie schauten sich an und waren sich einig: Hier würden sie hinuntersteigen.

Nach Hunderten von Stufen kamen sie heftig atmend und mit schweren Beinen unten an.
„Wenn ich daran denke, dass wir das alles wieder hoch müssen. Oh Mann!", japste Jack. Sie schwenkten ihre Lampen und sahen, dass es hier nicht weiterging. Die

Decke war eingebrochen, riesige Gesteinsbrocken versperrten ihnen den Weg.

„Wir müssen hier durch, wir haben keine Wahl", flüsterte Eryon.

Jack blickte ihn zweifelnd an. „Aber wie?"

Eryon schloss die Augen und suchte nach etwas. Jack starrte ihn erwartungsvoll an. „Was tust du?", fragte er leise.

Eryon öffnete die Augen und zeigte auf eine Stelle im Geröll. „Ich habe versucht, eine Veränderung der Luft zu spüren, denn da wird der Weg weitergehen. Dort müssen wir die Steine aus dem Weg räumen."

Jack schaute ihn etwas enttäuscht an. „Ach so, und ich dachte ..."

Eryon lächelte. „Das ich mal eben alle Steine mit meiner Magie wegschaffen könnte? Jack, unsere Kraft ist kein Spielzeug. Sie fordert dem Körper viel Kraft ab. Es ist leichter, die Steine von Hand wegzuräumen."

Also machten sie ihre Taschenlampen im Mauerwerk fest, so dass sie Licht hatten, und schleppten die schweren Steine nach und nach weg. Nach über einer Stunde hatten sie endlich ein Loch freigelegt, durch das sie kriechen konnten. Sie schnappten sich ihre Sachen und zwängten sich durch den Spalt.

Dahinter ließen sie sich schweißnass auf den Boden gleiten und ruhten sich aus. Eryon holte etwas zu essen aus seiner Tasche heraus. Die Freunde aßen schweigend, dabei sahen sie sich aufmerksam um. Sie saßen in einem kleinen halbrunden Raum, an dessen Wänden merkwürdige Schriftzeichen eingraviert waren, die Eryon eine Weile studierte.

„Weißt du, was sie bedeuten?", fragte Jack.

Eryon nickte. „Dies sind alte irische Schriftzeichen. Das

ist die Ogham-Schrift. Wenn ich sie richtig deute, ist das eine Warnung."

„Was für eine Warnung?" Furcht schlich sich in Jacks Gedanken. Die alten Geschichten dieser verfallenen Stätte kamen ihm wieder in den Sinn.

„Sie warnen vor etwas Bösem. Ich denke, vor den Sídh'nafért", erklärte Eryon.

„Wer ist denn das?", fragte Jack forschend.

„Abtrünnige aus unserem Volk. Sie bedienen sich der schwarzen Kraft. Das ist dunkle, starke Magie. Sie sind vor ungefähr zwei Jahrhunderten von unserem Volk verstoßen und verbannt worden. Sie richteten nichts als Unheil an und wären unser Untergang gewesen. Aber wie es aussieht, müssen wir nun zu ihnen, denn dort muss Lórian sein. Und irgendwo hier muss eine magische Tür sein. Die Zeichen deuten darauf hin."

„Wenn es erst zwei Jahrhunderte her ist, wieso ist die Warnung mit der Ogham-Schrift in den Stein gehauen? Die ist doch schon uralt!", fragte Jack und runzelte die Stirn.

Eryon blinzelte, dann sah er wieder auf die Schriftzeichen. „Du hast recht. Die Ogham-Zeichen hier sind älter. Vielleicht warnen sie auch vor etwas anderem."

„Und vor was?"

„Ich weiß nicht, Jack."

Sie packten schließlich ihre Sachen zusammen und machten sich auf die Suche nach dem magischen Zugang. Sie tasteten alle Wände ab und forschten intensiv am Boden, aber vergeblich. Erst nach über einer Stunde entdeckte Jack etwas. Vorsichtig kniete er sich hin und räumte ein paar Steine fort. Doch das, was er dann sah, ließ ihn erschrocken hochfahren. „Eryon!"

Der Elf drehte sich zu ihm hin und blickte auf die

Stelle, auf die Jack wies. Eine Skeletthand ragte aus den Steinen.

Jack packte das Grauen, er wich zurück. „Die Männer, das sind die Männer, die verschollen sind", stammelte er.

„Ja", flüsterte Eryon, „sie müssen hier verschüttet worden sein. Man hat wohl nicht richtig nach ihnen gesucht. Oder man wollte es nicht."

Die Hand des Toten umklammerte etwas. Nur mit Widerwillen berührte Eryon sie und versuchte vorsichtig, die Umklammerung zu lösen. Doch die Hand zerfiel. Zutage kam ein aus dem Boden hervorstehender, beweglicher Stein.

„Geh in Deckung, falls das hier die Steinlawine ausgelöst hat."

Jack drängte sich in die hinterste Ecke des Raumes und wartete mit klopfendem Herzen, was nun passieren würde. „Pass auf, dass du nicht genauso endest wie der Mann unter den Steinen", sagte er leise.

Eryon nickte und bewegte den Stein vorsichtig in eine Richtung. Nichts passierte. Dann in die andere Richtung.

Plötzlich rumpelte etwas neben Jack. Erschrocken sprang er zur Seite. „Was ...?", rief er und betrachtete erstaunt die Mauer, neben der er gestanden hatte.

Ein flacher Stein hatte sich zur Seite bewegt. Dahinter lag eine dunkle Oberfläche, die schwarz und schimmernd wie Obsidian war. Eryon ging zielstrebig darauf zu und legte, ohne es zu erklären, die Fingerspitzen an das glänzende Felsstück. Dieses fing auf einmal an zu leuchten, in seinem Inneren begann goldenes Licht zu pulsieren. Eryon schloss die Augen, seine Finger fuhren einer unsichtbaren Linie nach. Dann verschwamm das ganze Mauerwerk und löste sich komplett auf. In diesem Moment erinnerte Jack sich an Serayas Worte: „... das Tor dazu nur manche sehn ...", und begriff, dass sie dieses Tor nun gefunden und geöffnet hatten.

Eryon stand der Schweiß auf der Stirn, er fiel auf die Knie. Erschrocken hielt Jack ihn fest. „Eryon! Was hast du?" Eryon winkte ab. „Nichts, ist schon gut, es geht gleich wieder. Es ... war nur anstrengend." Langsam erhob er sich mit Jacks Hilfe, die beiden sahen sich erstaunt um. Vor ihnen erstreckte sich ein riesiges Gewölbe. Unzählige Gänge zweigten in die verschiedensten Richtungen und mehrere Treppen führten in die Tiefe. In der Mitte stand ein riesiger Brunnen. Drei große, elfenhafte Figuren aus glänzendem hellem Stein, erhoben sich von dem Grund des Wasserbeckens fast bis zur Decke der gigantischen Halle. Kristallklares Wasser floss an den Gebilden aus elfenbeinfarbenem Stein entlang und verschwand in der Finsternis. Das Gewölbe wurde von Säulen gestützt, die aus jadegrünem, durchsichtigem Glas waren. Eine davon war geborsten. Ihre Splitter glitzerten auf dem Boden wie Smaragde.

Überall an den Wänden wuchsen eigenartige leuchtende Pflanzen, die entfernt an Moos erinnerten. Sie verströmten sanftes grünes Licht. Türkisfarbene Fliesen waren am Boden und bildeten ein kompliziertes Mosaik. Sie sahen aus, als hätte sie niemals jemand betreten. Jack starrte erstaunt und fasziniert auf die Schönheit dieses Saales und brachte kein Wort heraus. Und Eryon erkannte sofort, was sich da vor ihnen ausbreitete. „Das Labyrinth im Sand", flüsterte er ehrfürchtig.

In der Finsternis

Lórian saß in einer Ecke und starrte in das Dunkel, dass ihn umgab. Sein Magen schmerzte, weil er in der ganzen Zeit seiner Gefangenschaft kaum etwas zu essen bekommen hatte. Nur ab und zu stellten seine Bewacher ihm einen Becher mit dreckigem Wasser hin, wenn er Glück hatte, war sogar ein hartes Stück Brot dabei.

Mittlerweile hatte die Zeit für ihn hier keine Bedeutung mehr. Er sah keine Sonne, keinen Mond, nichts, nur dunkle Schatten. Er konnte nicht sagen, wie lange er schon hier unten war. Tage, Wochen, er wusste es nicht.

Als Lórian sich bewegte, klirrten leise die Ketten an seinen Händen. Sie waren inzwischen so nah am Boden festgemacht, dass er gerade eben noch sitzen konnte. Er verzog das Gesicht. Lórian hasste das Klirren seiner Fesseln. Jedes Mal, wenn er sich auch nur irgendwie bewegte, machten sie ihn auf seine unerträgliche Situation aufmerksam. Er fühlte sich schmutzig, war verletzt und konnte sich kaum bewegen. Außerdem stank dieses Loch, in dem er gefangen war, erbärmlich.

Die ganze Zeit über dachte er angestrengt nach. Was hatten sie mit ihm vor? Er war jetzt so lange hier, nur einmal am Anfang war Rakúl bei ihm gewesen. Die Einsamkeit zermürbte ihn. Immer mehr überkam ihn das Gefühl, wahnsinnig zu werden. Irgendwo in der Dunkelheit tropfte stetig Wasser von der Decke und erinnerte ihn an seinen Durst. Lórian atmete tief ein und versuchte, an irgendetwas anderes zu denken, als an diesen Ort, aber es gelang ihm nicht. Aufgrund der Haltung schmerzte jede Faser seines Körpers. Er wünschte sich, nur einmal seine Glieder wieder ausstrecken zu können.

Plötzlich hörte er Geräusche. Jemand näherte sich. Erst hörte er Schritte, dann das Klirren eines Schlüsselbunds. Jemand machte sich draußen an der Tür zu schaffen. Nur wenige Augenblicke später wurde sie geöffnet. Der Fackelschein, der von draußen eindrang, kam ihm unendlich hell vor und schmerzte in seinen Augen, die so lange Zeit nur Dunkelheit gesehen hatten. Schnell beschattete er seine Augen mit den Händen. Jemand kniete sich vor ihn hin und berührte ihn leicht am Arm. Lórian zuckte zurück und erwartete, geschlagen zu werden.

„Hoheit ... wir tun Euch nichts", flüsterte die Gestalt.

Erstaunt über die Wortwahl seines Gegenübers nahm Lórian die Arme herunter und versuchte, in die Helligkeit zu blinzeln. Langsam gewöhnten sich seine Augen an das Licht der Fackel, die man in den Raum gebracht hatte, und er konnte die Person sehen, die vor ihm hockte. Eine Frau der Sídh'nafért saß dort mit dunklem, schimmerndem Haar und einem Gesicht, wie es schöner nicht sein konnte.

Freundlich lächelte sie ihm zu. „Ich werde Eure Fesseln lösen, Herr, denn ich habe gutes Wasser und frisches Brot mitgebracht", sagte sie und schloss die Ketten auf. Dann reichte sie ihm Brot und Wasser.

Lórian starrte zuerst sie und dann ihre Gabe an. Er überlegte kurz, dann nahm er Brot und Wasser und verschlang es gierig.

„Es tut mir leid, dass ich nicht eher kommen konnte, aber es war nicht leicht, Rakúl und seine Anhänger zu

umgehen", flüsterte sie. „Ihr müsst wissen, fast alle von uns haben sich geändert. Die Verbannung hat uns viel gelehrt. Wir haben der schwarzen Kraft abgeschworen und sie gemeinsam besiegt. Aber Rakúl tyrannisiert uns. Er hält an dem Bösen fest. Ihr, Lórian, müsst uns helfen, dass wir ihn ein für allemal besiegen und ..."
„Warte, nicht so schnell", warf Lórian ein. „Was meinst du, ihr habt der schwarzen Kraft abgeschworen. Und wie soll ich euch helfen?", fragte er wachsam.
„Mein Herr, es ist wahr. Die meisten von uns stehen auf Eurer Seite. Aber wir wussten nicht, wo die Phuka Euch hingebracht hatten, deswegen hat es so lange gedauert."
Lórian blickte gedankenverloren zur Fackel. „Also war es doch ein Phuka ...", murmelte er.
„Ja, ein Phuka. Darum müsst Ihr uns helfen ... bitte ... Ihr seid unsere einzige Chance. Die Rettung für unser Volk."
Er sah sie etwas verwirrt an. „Was wollt ihr von mir? Wie kann ich euch helfen?"

Eine Weile sagte sie nichts, schaute ihn nur an, dann wisperte sie: „Oh, Ihr wisst es doch! Befreit uns, damit wir Rakúl gemeinsam besiegen können ... und die Phuka."
Lórian sah sie forschend an und schüttelte den Kopf. „Nein, das kann ich nicht. Wie soll ich sicher sein, dass du die Wahrheit sprichst."
„Seht doch in meine Augen. Ihr seid mächtig. Würdet Ihr es denn nicht erkennen, wenn ich Euch belügen würde?"

Er war verstört und wusste nicht, was er jetzt tun sollte. Mit so etwas hatte er nicht gerechnet. Aber vielleicht war das wirklich ihrer aller Chance, endlich in Frieden zu leben. Oder war sein Kopf von der Dunkelheit und der Einsamkeit in diesem Verlies schon so vernebelt, dass er eine derartige Lüge nicht erkannte? Lange sah Lórian der Frau in die Augen. Sie sah ihn offen und mit Ehrfurcht an. Dann hob sie die Hand und strich ihm sanft die zerzausten Haare aus der Stirn. Nach den Tagen in diesem Gefängnis berührte ihn diese Geste. Er sehnte sich nach Nähe, und sei es nur von einer Fremden, die ihm diese gab.

Sie spürte das und legte den Arm um ihn. Vorsichtig tastete sie seine Wunde am Kopf ab. Er zuckte leicht zurück.
„Rakúl hat dir viel Leid angetan."

Eine Weile saßen sie nur da und starrten stumm vor sich hin. Dann ergriff sie erneut das Wort. „Ich muss Euch noch etwas sagen. Rakúl hält Eure ... Gefährtin gefangen."

Lórian sah sie entsetzt an. „Deíra?"

Sie schüttelte den Kopf. „Nein ... Faíne."

Er hatte das Gefühl, sein Herz würde aussetzen. Mühsam versuchte er, seiner Gefühle wieder Herr zu werden. „Was meinst du damit? Faíne ist tot", flüsterte er heiser.

„Ja ... aber ihre Seele ist nicht dort, wo sie sein sollte. Die Phuka ..."

„Nein! Das kann nicht sein. Du lügst! Das können sie nicht ... nein, ich glaube dir nicht!"

Traurig sah sie ihn an. „Aber es stimmt. Und wir alle wissen, wie sehr Ihr sie geliebt habt und es immer noch tut. Versteht Ihr? Deshalb müssen wir einander helfen."

Lórian wurde wütend. „Hör auf, ich glaube dir nicht, ich ..." Er stockte. Eine zweite Gestalt erschien im Eingang. Sie hatte einen Umhang mit Kapuze an und nahm diese vorsichtig ab. Vor ihm stand Faíne. So schön, wie er sie in Erinnerung hatte, und mit traurigem Blick. Aber ihr zartes Gesicht lächelte und war umrahmt von ihren rotgoldenen Locken. Lórian starrte sie an. Tränen stiegen in ihm auf.

Die Frau neben ihm legte erneut vorsichtig den Arm um ihn. „Ihr könnt sie nicht berühren, es ist nur ihr Geist. Die Phuka haben sie geholt und halten sie hier fest. Sie muss durch diese dunklen Gänge irren, aber lange hält sie es nicht mehr aus. Ihre Seele verkümmert hier."

Lórian machte sich von ihr los und versuchte, Faíne näher zu kommen. Aber ihre Gestalt flackerte und wurde immer wieder durchsichtig. Langsam schritt Faíne auf ihn zu und kniete vor ihm nieder. „Faíne!" Er versuchte, sie zu berühren, aber seine Finger glitten durch sie hindurch. Lórian sah sie unter Tränen an und brachte kein Wort heraus. So viele Jahre hatte er um sie getrauert, nun war er wie erstarrt. Er wollte ihr noch so viel sagen, aber er konnte es nicht.

Da hörte er eine leise Stimme in seinem Inneren, Faínes Stimme: „Lórian, Geliebter, hilf mir. Rette uns alle. Sie spricht die Wahrheit. Hilf ihr! Tu es schnell, denn sonst ist alles zu spät."

Lórian zögerte. Er fühlte sich wie in einem Traum. Wieder wisperte die vertraute Stimme und flehte eindringlich um Hilfe. In seinem Kopf schwirrte es, ein starker Schwindel erfasste ihn. Er dachte an sein Volk, aber dann war da Faíne. Sie brauchte ihn!

Leise sagte er zu der Sídh'nafért: „Ich brauche den Kristall, sonst kann ich nichts tun."

Schnell griff die Frau in ihren Mantel und holte einen Beutel heraus. „Ich habe ihn genommen, während Rakúl schlief", erklärte sie.

Lórian nahm den Beutel und tastete nach dem Inhalt. Es war tatsächlich der Kristall. Scharf sog er den Atem ein. Irgendetwas in seinem Inneren versuchte ihn zu warnen, aber dann sah er Faíne und sein Widerstand brach. Er zögerte nicht mehr, nahm den Kristall in beide Hände und konzentrierte sich. Dann begann er, leise beschwörende Worte zu flüstern. Mit jedem Wort leuchtete der Kristall heller. In seinem Inneren wabberte es wie flüssiges Gold. Plötzlich blitzte es grell auf, der Kristall wurde dunkel. Die Verbannung war gelöst.

Lórian schwankte und fiel gegen die Mauer. Benommen öffnete er die Augen und blickte in ein höhnisch grinsendes Gesicht. Die Sídh'nafért war wie verwandelt. Blitzschnell nahm sie den Kristall an sich und blickte ihn hochmütig an. Dann stieß sie ihn mit dem Fuß auf den Boden und presste brutal ihre Hand an seine Stirn. Brennender Schmerz floss durch seinen Kopf, er wurde ohnmächtig. Nur kurze Zeit später kam er wieder zu sich und stellte fest, dass die Ketten wieder an seinen Händen waren. Fassungslos blickte er sie an. Er verstand nicht. „Warum ... ich ..."

Die Sídh'nafért, die immer noch vor ihm stand, sah ihn abfällig an. „Was glaubst du wohl, du Narr", sagte sie lachend.

„Nein! Das kannst du nicht tun. Ich habe dir vertraut!", rief Lórian.

„Was kann ich dafür, wenn du so einfältig bist." Sie wollte sich umdrehen und fortgehen, aber er hielt verzweifelt ihren Mantel fest. „Was wird aus Faíne? Was habt ihr vor?"

„Sieh dir deine Faíne an, Lórian."

Er blickte zu Faíne und erschrak. Ihre Gestalt verschwamm und verzehrte sich. Dann verwandelte sie sich – vor ihm stand ein Phuka! Lórian starrte ihn an. Alle Farbe war aus seinem Gesicht gewichen, plötzlich erkannte er seinen verhängnisvollen Fehler. Man hatte ihn hereingelegt. „Nein", flüsterte Lórian erschüttert. „Tja, deiner lieben Gefährtin geht es wunderbar. In die Gefilde, wo sie ist, kommt kein Phuka hin. Das hättest du eigentlich wissen müssen."

Lórian blickte sie flehend an. „Bitte lasst mein Volk leben, tut ihnen nichts. Bestraft sie nicht für die Vergangenheit. Die meisten von ihnen hatten nichts mit eurer Verbannung zu tun!"

Die Sídh'nafért schlug ihm hart ins Gesicht. „Sei still! Dein Volk wird sterben! Und du wirst hier ebenfalls verrotten. Du kannst sie im Jenseits wiedertreffen." Mit diesen Worten ging sie hinaus und schlug die Tür hinter sich zu.

Lórian hörte nur noch ihr triumphierendes Lachen. „Nein!", schrie er verzweifelt. Pure Verzweiflung erfasste ihn. Sein ganzer Körper fing an zu zittern, kalter Schweiß brach ihm aus. Lórian wusste, nun war alles verloren. Das Todesurteil für sein Volk war unterschrieben und er allein war schuld. Er bedeckte das Gesicht mit seinen Händen und weinte.

Lórian lag zusammengekrümmt am Boden und rührte sich nicht. Nach einiger Zeit regte sich etwas in der Dunkelheit. Lórian nahm ein Geräusch wahr. Erschrocken blickte er auf. Der Phuka war noch da! Langsam trat das dunkle Wesen aus dem Schatten in das Licht der noch brennenden Fackel und näherte sich ihm. Vor Angst wich Lórian zurück und sah den Phuka erstarrt an. „Was willst du von mir?", flüsterte Lórian fast unhörbar. Der Phuka legte den Kopf schief und setzte sich in die Hocke. Seine ganze Gestalt war nur schemenhaft zu erkennen und war geistlicher Natur. Doch das Gesicht, auch wenn Lórian es nur undeutlich sehen konnte, lehrte ihn das Grauen.

Niemals hatte er einen Phuka aus der Nähe gesehen, nicht einmal bei seiner Entführung in das Verlies. Die Haut, sofern man es Haut nennen konnte, war aschfahl und spannte sich so fest um die Knochen, dass die Gesichtszüge eher einem Skelett ähnelten. Dieses Gesicht sah aus wie der Tod selbst. Schwarze leere Augenhöhlen starrten Lórian an. Er wollte schnell den Blick abwenden, doch da fing der Phuka an, sich zu verwandeln. Er nahm körperliche Form an. Lórian stockte der Atem.

Vor ihm saß nicht mehr die schreckliche, dunkle Kreatur, sondern das schönste Wesen, dass er je gesehen hatte. Es war weiblich und in lange fließende Gewänder gehüllt, die strahlend weiß waren. Lange silbern schimmernde Haare schlangen sich um ihren Körper. Ihr Gesicht war derart ebenmäßig und perfekt, dass Lórian den Blick nicht davon lösen konnte. Aber als er in ihre dunklen, fast schwarzen Augen blickte, packte ihn erneut das Grauen. Die Schönheit war nur Fassade, er sah es in ihrem Blick.

Dann ergriff sie das Wort. Ihre Stimme war einflüsternd, aber scharf wie ein Schwert. „Bist du erstaunt über meine Schönheit? Das, was du jetzt siehst, war ich einmal, vor langer Zeit. Ein Wesen des Lichtes, geführt von hoher weiser Macht. Oh ja, so weise." Sie lachte abfällig und fuhr fort: „Doch ist es nicht schöner, diese Macht so zu benutzen, wie man es selbst will? Das haben wir getan. Wir wandten uns ab von dem Herrscher aller Welten und folgten einem anderen Fürsten. Denn dieser sagte uns mehr zu. Leider wurden wir darum auf diese erbärmliche Erde verbannt." Sie machte eine Pause und blickte Lórian erwartungsvoll an.

„Aber was willst du von mir?", fragte er leise.

„Was ich will? Du und dein Volk, ihr seid anders als die

Menschen. Und eure Abtrünnigen, die Sídh'nafért, können mich nicht mehr vergnügen. Sie tun, was wir wollen, aber sie sind Verbannte wie wir und Sklaven unserer Wünsche. Du aber und dein Volk, ihr seid die Ursprünglichen. Ich bin begierig darauf zu erfahren, was für Vorzüge du hast." Sie beugte sich nah zu ihm hin. Lórian konnte nicht zurückweichen, seine Fesseln hinderten ihn daran.

Ihre Augen musterten ihn, und ihre Hand fuhr sanft seine Gesichtszüge nach. Dann strichen ihre Fingerspitzen seinen Hals hinab und öffneten langsam sein zerrissenes Hemd. Lórian erschauerte unter ihrer Berührung, sein Herz schlug schneller. Er wusste nur nicht, ob aus Angst oder aus Erregung. Was tat dieses Wesen mit ihm?

Sie streifte ihm sein Oberteil von den Schultern. Bewundernd berührte sie seine nackte Haut. „Du bist schön, König der Elfen", wisperte sie in sein Ohr. „Oder soll ich lieber König der Sídhe sagen? Euer Volk hat von den Menschen viele Namen bekommen, aber das ist der Eure, nicht wahr ... Sídhe." Ihre Hand glitt wieder seine Brust hinab und sie liebkoste seinen Hals mit ihren Lippen.

Er verstand nicht, was mit ihm geschah. Ihre Berührungen entfachten ein so starkes Verlangen in ihm, dass er keine Gewalt mehr über sich hatte. Er bemühte sich verzweifelt um Selbstbeherrschung, aber ihre drängenden und sanften Liebkosungen machten all sein Kämpfen sinnlos.

„Du hast gefragt, was ich von dir will?", fragte sie flüsternd. „Ich will dich!" Und als sie begann, seinen ganzen Körper mit Händen und Lippen zu erforschen, geriet er vollends in ihren Bann. Sein Blick verschleierte sich und ein leises Stöhnen entglitt ihm. Seine Sinne begannen sich zu verwirren. Langsam vergaß er, wer und was sie war. Als ihr Mund sich um seinen schloss, wehrte er sich nicht mehr. Lórian spürte nur die Süße ihrer Lippen und verfing sich in seinen Gefühlen. Er erwiderte den Kuss mit einer Wildheit, wie er es sich selbst nicht zugetraut hätte. Lodernde Hitze stieg in ihm auf. Irgendwann, er wusste nicht, wann oder wie es geschah, war er frei von seinen Ketten, und ohne etwas dagegen tun zu können, umarmte er sie. Er fühlte ihren weichen, geschmeidigen Körper unter ihrer dünnen Kleidung, sein Verlangen nach ihr steigerte sich in Ekstase.

Sie öffnete rasch ihre Gewänder und Lórian spürte ihre seidige Haut. Dann, plötzlich und unerwartet, hörte er tief in seinem Inneren seinen Namen. Für den Bruchteil einer Sekunde sah er Deíra vor seinem geistigen Auge. Er keuchte erschrocken auf und wusste nicht, ob es eine Erinnerung oder eine Vision war. Aber sie gab ihm Kraft. Seine Gedanken wurden wieder klarer. Verzweifelt versuchte er, sich aus dem Bann der Dämonin zu befreien. Er unterdrückte sein Verlangen und stieß sie von sich. Sie blickte ihn erstaunt an und erkannte, dass er versuchte, sich gegen ihre Verführungen zu wehren. Heftig atmend wich er vor ihr zurück. Doch sie lächelte hochmütig. „Was glaubst du, kannst du dagegen ausrichten? Wir werden das hier jetzt zu Ende bringen!", zischte sie. Ihre Augen glitzerten vor abgrundtiefer Bosheit. Langsam näherte sie sich ihm wieder.

Lórian kroch bis an die Mauer zurück. „Nein ... lass mich ...", flüsterte er heiser. Doch sie griff nach ihm und zwang ihn, sie zu küssen. Wieder wallte heißes Begehren in ihm auf. Aber er wehrte sich, kämpfte vielleicht sogar um seine Seele. Erneut stieß er sie von sich weg. „Bitte ... nicht ...", flehte er. Lórian hatte nur noch Angst. Wütend schlug sie ihm ins Gesicht und blickte etwas ratlos auf ihn hinab. „Du bist jämmerlich", schrie sie aufgebracht. „Bist du nicht einmal fähig, mir körperliches Vergnügen zu schenken?" Wieder schlug sie nach ihm, doch diesmal schützte er sein Gesicht mit den Händen.

Voller Zorn packte sie ihn und zerrte ihn zu seinen Fesseln. Es brauchte nur einen Blick von ihr und die Ketten umschlangen wieder Lórians Hände. Dann nahm sie grob sein Gesicht und presste ihren Mund auf seine Lippen. Wilder Schmerz durchströmte ihn plötzlich. Er versuchte entsetzt, sich aus ihrer Umarmung zu lösen. Sie drang tief in seinen Geist ein. Und in diesem Moment zerbrach etwas in ihm. Er wollte nur noch sterben. Das war der einzige Wunsch, der ihm verblieben war. Ein Schrei stieg in ihm hoch, er konnte ihn nicht aufhalten. Der Dämon hätte ihn in diesem Augenblick zerstören können, aber er tat es nicht. Stattdessen ließ er von ihm ab, Lórian prallte auf den Steinboden.

Langsam verebbte der Schmerz, aber Wahnsinn hatte ihn befallen, seine Gedanken wurden von maßloser Angst und Panik, schierer Hoffnungslosigkeit und purer Verzweiflung beherrscht. Der Phuka starrte ihn noch einen Moment an, dann verwandelte er sich wieder in seine wahre, düstere Gestalt und verließ die Zelle. Doch Lórian bemerkte es gar nicht. Er lag auf dem Boden, tiefe Dunkelheit hatte ihn umschlossen. Stunden später befiel ihn ein Fieber.

Der verzweifelte Schrei hallte durch die düsteren Gänge. Die Sídh'nafért blickten auf. Ein grimmiges Lächeln umspielte ihrer aller Lippen, denn der König war gestürzt. Sie hatten gewonnen. Sie waren frei.

Shíra, die Frau von der Lórian so furchtbar betrogen worden war, schlug die große Tür hinter sich zu und hastete die steilen Wendeltreppen hinauf. Ihr blasses Gesicht hatte einen wütenden Ausdruck und ihre grünen Augen glitzerten im Fackelschein. Er hat mir den Kristall weggenommen, dachte sie erbost. Verflucht seiest du, Rakúl! Sie stand vor einer weiteren Tür und trat ohne anzuklopfen ein.

Das Zimmer, in dem sie nun stand, war düster und unbehaglich. Es war nur mit einer Fackel beleuchtet. Überall reihten sich Bücher in den Regalen und zahllose Pergamente lagen auf dem Boden und wirbelten herum, als Shíra die Tür hinter sich zustieß. Sie blickte sich um. „Gorweyn?"
Ein Schatten trat aus einer Ecke. „Was störst du mich?", zischte er.
„Gorweyn ... verzeih ... es ist Rakúl. Er hat mir den Kristall weggenommen und ..."
Er brach ihre Antwort ungehalten ab. „Was interessiert mich das. Die Verbannung ist gelöst."
„Aber ..."
„Sei still und verschwinde!"
Unsicher sah sie ihn an, dann nickte sie widerstrebend und verließ den Raum.

Langsam kam Gorwcyn aus dcm Schattcn ins flackernde Licht. „Dummes Weib!", murmelte er und starrte auf die Pergamente am Boden. Sein schwarzes Haar fiel ihm dabei in die Augen, er strich es unwirsch nach hinten. Er hob eines der Papiere auf, seine dunklen Augen lasen den Inhalt. Gorweyns mageres Gesicht verdüsterte sich noch mehr und durch seine pergamentartige Haut konnte man die feinen Blutgefäße schimmern sehen. Er zerknüllte das Gelesene zornig und warf es achtlos zu Boden. Nichts! Hier war nichts Brauchbares zu finden in diesen alten schäbigen Schriften, die er in diesem

Labyrinth vor so unendlich langer Zeit gefunden hatte. Nicht einmal der Ansatz von Hilfe. Jedoch würden sie diese schlussendlich brauchen, denn Gorweyn war sich bewusst, dass das Tal geschützt sein würde. Und jeder, der die Losung nicht kannte, würde in dem Sídhenebel unwiederbringlich verloren sein. Ob sie nun die Hilfe der Phuka hatten oder nicht. Sie würden die magische Bewegung und das Wort brauchen, um überhaupt in das Tal der Sídhe hineinzukommen. Denn man konnte nicht davon ausgehen, dass es noch immer der alte Schutzzauber von damals war.

Ein altes Buch fiel in seine Hände, doch es war wertlos für ihn, und er warf es fort. Da klopfte es.
„Wer ist da?", fragte er mit bedrohlicher Stimme.
„Rakúl", drang es dumpf durch die Tür. Langsam wurde sie danach geöffnet und Rakúl erschien.
„Was willst du hier?", brummte Gorweyn.
„Ich dachte, dass es vielleicht hilfreich wäre, wenn du weißt, wie der neue Nebel des Tals sich öffnen lässt. Das suchst du doch hier, nicht wahr?"

Gorweyn sah ihn misstrauisch an, doch seine Miene hellte sich zusehends auf. Rakúl entging das keineswegs, er lächelte.
„Du bist aus dem Tal verbannt", stellte Gorweyn fest.
„Wen interessiert das schon. Ich weiß aber trotzdem, wie man hinein gelangt. Und ich kenne mich in der neuen Welt aus. Ihr nicht."
„Warum bist du nicht in dieser neuen Welt, das frage ich dich. Du kannst dich frei bewegen."
Rakúl zuckte mit den Schultern. „Ja, aber eben nicht im Tal, dafür hat Lórian gesorgt. Und ich möchte ebenso Rache wie ihr." Gorweyn musterte ihn eingehend und drehte sich dann weg. „In Ordnung", sagte er schließlich. „In

ein paar Tagen brechen wir auf. Wir haben viel vorzubereiten. Du erklärst uns, was sich die letzten Jahrhunderte in der neuen Welt, so wie du sie nennst, getan hat. Und du zeigst uns den Weg durch den Nebel."

Rakúl nickte und wollte gehen, doch Gorweyn hielt ihn zurück. Er fasste ihn grob am Arm. Sein Gesicht war nur wenige Zentimeter von Rakúls entfernt.

Rakúl roch seinen stinkenden Atem und machte sich angewidert von ihm los.

„Ich warne dich, Rakúl! Ein Fehltritt, eine Täuschung und du bist tot. Ich kenne dich. Du bist wie eine Schlange. Aber vergiss nicht! Ich bin die Kobra, du nur eine dreckige Natter." Einen kurzen Augenblick flackerte Angst in Rakúls Augen, doch schnell hatten sie wieder ihren hochmütigen Ausdruck angenommen. Er starrte Gorweyn noch eine Weile an, verließ dann aber eilig den Raum.

Gorweyn stellte sich aufrecht hin und flüsterte unverständliche dunkle Worte. Augenblicklich erschien die dunkle Gestalt eines Phuka vor ihm. „Was will die Kobra von mir?", fragte der Phuka hämisch.

„Herr, ich ... verzeih ... das eben sollte sicher nicht heißen, dass ich mich als König aufspielen wollte. Es war nur ..."

„Schon gut! Erzähl mir, warum du mich gerufen hast. Dann lass mich in Ruhe."

Gorweyn nickte gehorsam. „Werdet ihr uns bei dem Kampf gegen die Sídhe unterstützen?" Der Phuka legte den Kopf schief und grinste. Bedächtig ließ sich die leicht verschwommene Gestalt auf Gorweyns Stuhl nieder. „Glaubst du, wir sollten das?"

„Ja, Herr", antwortete Gorweyn.

„Warum zerfleischt ihr euch nicht einfach selbst? Das ist viel amüsanter."

„Herr, ich bitte euch!"

„Wage es nicht noch einmal, mich zu unterbrechen", sagte der Phuka eisig. „Das nächste Mal könntest du noch einen deiner Finger verlieren. Schade um die sieben die du noch hast, nicht wahr?"

Gorweyn starrte ihn entsetzt an und verstummte.

„Ich sage dir, Gorweyn, sei zufrieden, dass ihr unsere Kräfte nutzen dürft. Denke nicht, dass wir uns auch noch unsere Hände schmutzig machen. Dafür seid ihr doch da, oder nicht?" Der Phuka stand auf und stellte sich nah vor Gorweyn hin.

Dieser spürte frostige Kälte in sich aufsteigen, als er der dunklen Kreatur so nah war. Doch er traute sich nicht, auch nur einen Schritt zurückzuweichen.

„Mein lieber Gorweyn, zerfetzt euch gegenseitig, meinetwegen. Benutzt dafür die schwarze Kraft, in Ordnung. Aber wir werden nur eure Zuschauer sein, nicht mehr! Um den Dreck könnt ihr euch selbst kümmern." Dann war er von einer Sekunde auf die andere verschwunden.

Gorweyn dröhnten noch seine letzten Worte in den Ohren. Zornig stieß er mit der Faust gegen die Wand. Ein dünner Blutfaden lief sein Handgelenk herunter, aber das störte ihn gar nicht. Er, Gorweyn, hatte alles begonnen! Er würde es auch beenden! Der Verlust seiner Seele konnte nicht umsonst gewesen sein. Und er würde sich seinen Triumph auch nicht von so einem Lakaien wie Rakúl nehmen lassen. Er allein führte die Sídh'nafért! Dann würden sie eben ohne die Phuka kämpfen.

Er ließ sich auf seinen Stuhl fallen und starrte ins Feuer. Schon so lange verharrten sie hier in der Dunkelheit, brüteten vor sich hin. Einige hatten es nicht ausgehalten, all diese vielen Jahre lang. Er wusste von einem, der sich ein Messer in die Brust gerammt hatte. Ein anderer hatte sich die Pulsadern aufgeschlitzt. Was aus den drei Sídh'nafért geworden war, die einfach in den Gängen verschwunden waren, wusste wohl niemand. Es war alles schon viel zu lange her. Doch ihm war das alles egal. Er wollte nur Rache und Freiheit. Er hatte es damals überhaupt möglich gemacht die Phuka zu rufen! Er hatte die Dämonen dazu überredet, ihnen einen Teil ihrer Kräfte zu geben.

Er hatte ... Gorweyn stockte, hielt inne. Seufzend stoppte er seinen Gedankenfluss. Denn dass sie alle ihre Seele dabei an das Böse verlieren würden, war selbst ihm nicht klar gewesen. Ob es überhaupt einigen gelungen war, ihr Innerstes auch nur ein wenig vor dem Bösen zu schützen? Er wusste es nicht. Ihm war dies nicht gelungen. Aber er hatte sich dem auch voll und ganz geweiht.

Mit einem seltsamen Gesichtsausdruck betrachtete er seine Hände, an denen drei Finger fehlten. Wut stieg in ihm auf und seine Augen wurden so finster wie seine Seele es schon längst war. Er ballte die Hände zu Fäusten, stand abrupt auf und stürmte aus dem Raum. Nur fort von diesem Ort, dem noch immer die kalte Aura des Phuka anhaftete.

Rhian'na

Jack und Eryon standen ratlos im Eingang des Gewölbes. „Wo müssen wir jetzt hin?", fragte Jack. Eryon starrte angestrengt in die große Halle hinein. „Ich habe keine Ahnung", erwiderte er.

Jack sah ihn erstaunt an. „Du hast keine Ahnung? Aber ich dachte ... Und was machen wir jetzt? Willst du jeden dieser Gänge erforschen?"

„Wenn es sein muss. Irgendeinen Anhaltspunkt muss es geben. Dieser Brunnen, das Ganze hier sieht aus, als ob ab und zu jemand hierher kommt. Es liegt nicht einmal Staub auf dem Boden."

„Du meinst, hier kommt jemand zum Putzen her?"

Eryon grinste ihn schelmisch an. „Sieht ganz so aus."

Jack zuckte mit den Schultern und wollte das Gewölbe betreten, aber Eryon hielt ihn zurück.

„Warte! Du willst dir doch nicht den Kopf stoßen, oder?"

Jack schaute ihn stutzig an. „Den Kopf stoßen? Wovon redest du?"

Eryon führte ihn zwei Schritte vorwärts und griff ins Leere hinein. Erstaunt beobachtete Jack, wie Eryon in der Luft auf einen Widerstand traf.

„Fühle es selbst", forderte Eryon ihn auf.

Vorsichtig streckte Jack eine Hand aus – und fühlte etwas, dass sich wie warmes Glas anfühlte.

„Was ist das?"

„Das ist so etwas wie ein Schutz. Diese Mauer unterstützt den Verbannungszauber. Sie ist aus Magie."

Jack berührte bewundernd die angenehm warme durchsichtige Wand. Dann hielt er inne. „Ich glaube, es ist an der Zeit, dass du mich aufklären solltest. Ich habe die ganze Zeit den Mund gehalten. Aber ich möchte jetzt endlich einiges wissen."

Eryon nickte verständnisvoll. „Ja, du hast ein Recht darauf. Frage mich, was du willst. Ich werde es dir beantworten, so gut ich kann."

„Ich habe Sachen aufgeschnappt, wie Phuka und Kristall. Darüber möchte ich etwas erfahren. Ich weiß nicht, wo wir hier sind oder warum Lórian überhaupt entführt worden ist. Und ich will mehr über die Sídh'nafért wissen. Eigentlich weiß ich gar nichts! Und das stört mich", erklärte Jack. „Und wer oder was seid ihr eigentlich? Und gibt es noch andere von euch in Irland oder irgendwo anders?" Jack machte eine kurze Pause und runzelte nachdenklich die Stirn. „Ähm ... ich glaube, das war alles."

Eryon zog erstaunt die Augenbrauen hoch. „Das sind", er neigte anerkennend den Kopf, „eine Menge Fragen. Ich darf mir das doch sicher aufschreiben?"

Jack verzog das Gesicht und knuffte Eryon in die Seite. „Ich wusste ja gar nicht, dass du auch witzig sein kannst", foppte Jack ihn.

„Oh, dann kennst du mich nicht!", konterte der Sídhe und lächelte. „Pass auf", fuhr er dann fort, „ich sehe zu, dass wir durch das Schutzschild kommen. Danach erzähle ich dir alles von Anfang an, in Ordnung?" Jack nickte zustimmend.

Eryon berührte das unsichtbare Schild und fuhr sanft mit den Fingern an ihm entlang. „So, jetzt komm. Hier können wir durch."

„Das war alles?", fragte Jack etwas erstaunt. Er hatte einen komplizierten Zauber oder sonst etwas erwartet, aber das!

„Wir haben keine dunkle Magie in uns. Also lässt uns der Schutz passieren", erklärte Eryon knapp und ging einfach durch die unsichtbare Wand hindurch. Jack tat es ihm rasch gleich.

„Ich denke, wir werden uns einen Moment setzen, und ich erzähle dir alles", sagte Eryon. Die beiden setzten sich auf den Brunnenrand. Jack schaute fasziniert auf die Elfenfiguren, die über ihm emporragten.

„Also, was möchtest du zuerst wissen?"

Jack riss den Blick von den Statuen los. „Wo sind wir hier überhaupt? Und warum kann man durch Ross Castle hierher gelangen?

„Das ist eine gute Frage. Das Erste ist leicht zu beantworten, das Zweite weniger." Eryon kaute einen Augenblick auf seiner Unterlippe, als ob er abwägen würde, wie er dies erklären sollte. Dann sah er Jack an, um dessen Aufmerksamkeit zu bekommen, denn Jack starrte wieder den filigranen Brunnen an. Jack blinzelte und wartete dann gespannt darauf, was Eryon für Geheimnisse lüften würde.

„Einst war dies hier eine Verbindungsstätte für unser Volk", erklärte der Sídhe. „Tunnel, die durch halb Irland führten. Man nannte es carlián sylîn, verborgener Pfad. Damals war hier alles viel heller und schöner. Der Brunnen ist wohl eines der letzten Überbleibsel dieser alten Schönheit. Die Wände waren verziert, überall leuchteten Sídhelichter, so wie im Dorf. Es war niemals still, denn irgendwer ging immer hier entlang. Auch war es immer warm hier unten, man traf sich an den Feuern, erzählte sich Geschichten.

Warum Ross Castle hier gebaut wurde, kann ich dir nicht beantworten. Diese Gänge und auch der magische Eingang, den wir durchquert haben, sind wesentlich älter. Doch es blieb unserem Volk damals nichts anderes übrig, als dies hier dem Bösen zu übergeben. Damit wir und auch die Menschen davor geschützt sind."
Jack schaute sich nervös um. „Vor dem Bösen?"
„Ja, vor dem Bösen. Und da kommen die Phuka ins Spiel. Genaues wissen wir auch nicht. Aber sie sind geistige Wesen dieser Welt. Einst waren sie gute Geschöpfe, so besagt es zumindest unsere Legende. Doch irgendwann genügte das einigen von ihnen nicht mehr und sie wandten sich von ihrem Schöpfer ab, gingen ihre eigenen Wege. Was sie genau taten, ist nicht bekannt. Auf jeden Fall kann es nichts Gutes gewesen sein, denn sie wurden aus ihrer ursprünglichen Heimat verbannt und in die Welt der Menschen geschickt. Und seitdem treiben sie hier ihr Unwesen. Die Menschen können sie nicht sehen, wir Sídhe aber schon. Sie sind abgrundtief böse und schlecht. Das ist alles, was in unseren Schriften von ihnen überliefert ist", erzählte Eryon.

Als Jack nichts erwiderte, fuhr er fort: „Mit den Sídh'nafért verhält es sich ähnlich wie mit den Phuka. Sie gehörten einst zu unserem Volk. Doch sie experimentierten mit dunkler Magie und gerieten in ihren Bann. Als sie anfingen, Unheil zu stiften, zum Teil sogar bei den Menschen, beschlossen wir anderen sie zu heilen. Doch es gelang uns nicht. Die Sídh'nafért kämpften sogar gegen uns und wären wohl unser Untergang gewesen, hätten wir sie nicht verbannt. Sieben von uns, jene, deren Magie am stärksten war, verbannten sie mit Hilfe des Kristalls hierher. Das hier ist ihr Verbannungsort."

Jacks Neugier war noch nicht gestillt. „Was ist das für ein

Kristall?", forschte er schließlich noch weiter nach.
„Der Kristall stammt aus uralter Zeit. Wir haben ihn wohl damals in diese Welt mitgebracht. Genaues weiß ich nicht."
„In diese Welt mitgebracht? Was meinst du damit? Ihr ... ihr kommt nicht ... äh ... von hier? Woher ... na ja ... du weißt schon. Woher kommt ihr?"
Eryon musste über Jacks erstaunten Gesichtsausdruck schmunzeln. „Ach, das wissen wir selbst nicht mehr. Das ist in den Jahrtausenden wohl untergegangen. Aber ein paar Legenden unseres Volkes erzählen davon. Wenn du willst, kannst du sie ja mal lesen."
„Öh ... die sind nicht zufällig in Englisch geschrieben, oder? Sonst werde ich doch ein paar Sprachprobleme haben."
„Oh, daran hatte ich nicht gedacht. Entschuldige. Natürlich sind sie nicht in Englisch. Aber lassen wir das. Also der Kristall, er ermöglicht bestimmte und wichtige Zauber festzuhalten. Er hat zwar auch eine eigene Magie, aber um durch ihn eine Wirkung zu erzielen, braucht man die Worte der Macht. Das sind bestimmte magische Worte. Unser Volk lebt in unmittelbarer Nähe des Verbannungsortes, deshalb haben wir auch die Hüterin des Kristalls, Seraya."
Eryon runzelte für einen Moment nachdenklich die Stirn. „Unglaublich, dass sie ihn nicht schützen konnte. Deshalb nehmen wir an, dass die Phuka ihre Hand im Spiel haben. Ich glaube, sie haben Lórian entführt, um ihn zu zwingen, die Verbannung zu lösen. Aber das ist nur eine Vermutung."
Jack blickte ins Leere und ließ das Gehörte erst einmal sacken. Doch eines brannte ihm noch auf der Zunge. „Gibt es in Irland noch andere Sídhevölker?", wollte er

wissen.

„Nicht nur in Irland. Ich schätze, es gibt überall Sídhe."

Jack zog überrascht die Augenbrauen hoch. „Aber gut verstecken könnt ihr euch."

Eryon lächelte nur. „Lass uns weitergehen. Ich denke, dein Wissensdurst ist etwas gestillt", wandte Eryon ein und hoffte, dass Jack nicht noch mehr Fragen einfallen würden.

„In welche Richtung gehen wir?", meinte Jack.

„Das müssen wir herausfinden", antwortete Eryon „Wir werden jeden Gang erforschen und sehen, ob irgendwann in letzter Zeit jemand hier war. Dann folgen wir der Spur, die derjenige hoffentlich zurückgelassen hat."

Doch es gab keine Spur. Sie suchten lange, erforschten jeden Tunnel, jede Treppe, prüften jeden kleinsten Winkel und jedes Loch, doch es gab nicht einen einzigen Fußabdruck zu entdecken oder einen anderen Anhaltspunkt, dass in letzter Zeit jemand hier gewesen war. Bis ihnen auffiel, dass die leuchtenden Pflanzen immer nur ein Stück in die Tunnel und Gänge hineingingen und dann endeten. Nur bei einem wuchsen die Pflanzen üppig weiter und spendeten Licht. Diesen Weg wählten sie. Auch deshalb, weil sie sich im Licht wohler fühlten. Die tiefe Dunkelheit in den anderen Tunneln machte ihnen Angst. Sie hatte etwas Bedrohliches an sich. Selbst der Lichtschein ihrer Taschenlampen genügte nicht, um die Furcht zu vertreiben. Im Gegenteil, denn durch den Lichtkegel sahen sie ständig flackernde Schatten. Und sie waren sich nicht sicher, ob sie nur Einbildung waren!

In dem Gang, den sie gewählt hatten, war das Licht der Pflanzen stark und verströmte eine warme grüne Helligkeit, die ihre Furcht langsam vertrieb. Sie drangen immer tiefer in den Tunnel. Je weiter sie kamen, desto stärker wurde der Pflanzenbewuchs. Sogar am Boden wuchs so etwas wie leuchtendes Gras. Jack und Eryon blickten auf die üppig bewachsenen Höhlenwände.

Jack ließ seine Finger durch die Pflanzen gleiten. „Sie sind unheimlich weich, fühl mal", forderte er Eryon auf. Eryon besah kritisch die Pflanzen und berührte ebenfalls das Grün. „Sie sind magisch!", stellte er fest.

„Du meinst, sie sind nicht natürlich hier gewachsen?", fragte Jack interessiert.

„Nein, ich bin ganz sicher. Jemand hat sie extra hier wachsen lassen und ..." Eryon stockte.

Vor ihnen breitete sich eine unglaubliche Höhle aus. Sie war gigantisch. Man konnte das andere Ende nicht erkennen. Und in ihrem Inneren erstreckte sich ein majestätischer Wald. Ein Wald, der ohne Sonnenlicht auskam. Mit einer Mischung aus Erstaunen, Ehrfurcht und Vorsicht gingen sie in die Höhle hinein und blickten erstaunt auf die riesigen und unzähligen Bäume. Alles wuchs hier in voller Pracht. Unter den großen Bäumen fanden sich bunte Sträucher und Blumen, der Boden bestand aus Moos, an den Wänden wuchsen dieselben Kletterpflanzen wie in dem Gang. Nebelschwaden schweiften durch den düsteren Wald und spendeten Feuchtigkeit. Irgendwo in der Ferne plätscherte ein Bach. Der einzige Unterschied zu einem normalen Wald war das unnatürliche Leuchten, das jede Pflanze ausströmte.

„Heilige Geister! Was ist das?", flüsterte Eryon.

„Ich dachte, gerade du müsstest das wissen", sagte Jack leise. Plötzlich kam ein Schatten aus den Baumkronen und landete direkt vor ihnen. Jack sah nur eine dunkle Gestalt mit glühenden Augen. Er erschrak so heftig, dass er, als er zur Seite sprang, stolperte und Eryon gleich mit sich riss. Beide fielen unsanft zu Boden und behinderten sich anschließend gegenseitig beim Aufstehen. Das Wesen, das vor ihnen stand, beäugte sie neugierig.

Als sie sich endlich wieder aufgerichtet hatten, standen sie beide kampfbereit nebeneinander. Sie starrten verwundert die dunkle Gestalt vor sich an. Es war eindeutig zu erkennen, dass es eine Frau war, denn sie hatte keine Kleidung an. Aber genau genommen brauchte sie die auch nicht. Ihr kompletter Körper war so mit Schlamm und Schmutz überzogen, dass man noch nicht einmal ihre Gesichtszüge ausmachen konnte. Nicht ein Zentimeter ihrer Haut war zu sehen, nur ihre goldenen Augen stachen aus dem schlammverschmierten Gesicht hervor. Niemals zuvor hatten Jack und Eryon eine derart verdreckte Person gesehen. Ihre Haare lagen wild durcheinander um sie herum und waren so lang, dass sie sich überall in den Bäumen verfingen. Sie waren voller kleiner Zweige und Blätter und starrten genauso vor Schmutz wie der Rest von ihr. Ihr kohlrabenschwarzes Gesicht neigte sich vogelähnlich zur Seite und musterte sie.

Jacks Herz klopfte, aber dennoch hatte er sich seine Gegner irgendwie anders vorgestellt. „Ist das eine Sídh'nafért?", raunte Jack.

„Ich habe keine Ahnung, sie ..."

Überraschend fing das verdreckte Wesen an zu kreischen. Die beiden Männer wichen erschrocken zurück. „Nein, nein, nein, keine Sídh'nafért, bin ich nicht, niemals ... keine Sídh'nafért bin ich!"

Jack und Eryon schauten sich verwirrt an.

„Sie ist wahnsinnig!", flüsterte Jack.

„Ja, aber ist dir was aufgefallen? Sie spricht Englisch!"

Jack schaute zu der Frau zurück während Eryon vorsichtig auf sie zuging. „Wer bist du? Willst du uns das vielleicht sagen?"

Langsam beruhigte sie sich wieder. „Rhian´na ... keine Sídh'nafért, bin nicht böse, habe Wald gemacht. Jawohl, Bäume sind meine ... hab ich gemacht, ich gemacht ... ganz alleine ... Rhian´na bin ich."
„Warum sprichst du diese Sprache?", fragte Jack neugierig.
„Hab sie gelernt, wie die anderen. Aber will die anderen nicht sprechen, nein, Rhian´na will nicht sprechen die Sprache der Sídh'nafért ... kommt ausruhen." Rhian´na strebte plötzlich auf den Wald zu und bedeutete ihnen mitzukommen. Misstrauisch sahen sie ihr nach, folgten ihr aber schließlich.

Sie gingen durch den dichten Wald und schauten sich erstaunt um. Durch die Bäume zogen sich riesige Ranken, an denen Rhian´na leichtfüßig empor kletterte. Sie schwang sich auf die dickeren Äste und bewegte sich von dort aus weiter. Jack und Eryon versuchten ihr am Boden zu folgen, doch das dichte Gestrüpp ließ sie nur langsam vorwärtskommen.
„Wir werden uns verirren, ich sehe sie kaum noch, sie ist zu schnell!", keuchte Jack. „Rhian´na! Warte, Rhian´na! Du bist zu schnell, wir ..." Erschrocken brach Jack ab, als sie plötzlich vor ihnen auftauchte.
„Wir sind schon da ... wir sind da ... Rhian´nas Haus", rief sie aufgeregt.

Sie teilte die Äste und trat in eine mannshohe Höhle ein, die nur aus Pflanzen und Bäumen gemacht worden war. Mittendurch schlängelte sich der kleine Bach, den sie aus der Ferne gehört hatten. In einer Ecke war so etwas wie ein Beet angelegt, in dem stark duftende Kräuter wuchsen. Jack und Eryon waren ihr ins Innere der Höhle gefolgt. Schließlich pflückte Rhian´na einige der Kräuter, die auf ihrem Beet wuchsen und reichte jedem der Männer ein paar Blätter. Dabei grinste sie und zeigte blitzend weiße Zähne, die aus ihrem schmutzigen Gesicht hervorstachen. Dann setzte sie sich auf den Boden. Die beiden Männer schauten sich an und ließen sich neben ihr nieder. Hungrig biss Rhian'na in die Pflanzen und bedeutete Jack und Eryon, es ihr gleichzutun. Zaghaft probierten sie die Kräuter und stellten fest, dass sie gar nicht schlecht schmeckten. Nach einer Weile kamen sie ins Gespräch.

„Warum bist du hier?", fragte Eryon sie.

„Mutter hat mich mitgebracht ... mitgebracht nach hier unten ... im Bauch."

„Du warst noch nicht geboren?", wollte Jack wissen.

„Ja ... nicht geboren ... Mutter wollte mich nicht ... hat mich hierher gebracht ... schöne Pflanzen ... Rhian'nas Pflanzen."

Jack wollte noch mehr fragen, doch Eryon legte seine Hand auf Jacks Arm. „Du hast diesen ganzen Wald allein erschaffen?", begann Eryon.

Rhian'na nickte heftig und freute sich offensichtlich, dass jemand sich für ihre Pflanzen interessierte.

„Wie hast du das gemacht, Rhian'na? Ist das deine Magie?"

„Ja, ja, meine Magie ... gute Magie ... Tote wachsen wieder."

„Was meinst du damit? Was für Tote?", fragte jetzt wieder Jack.

„Oh, tote Blumen, tote Samen, tote Bäume, totes Wasser, tote Sträucher, tote ..."

„Ist schon gut", sagte Eryon schnell, „wir verstehen. Würdest du uns vielleicht helfen?" Sie neigte den Kopf zur Seite und schaute Eryon an. „Wie kann Rhian'na helfen?"

„Weißt du, wo die Sídh'nafért ihre Gefangenen hinbringen?"

„Nicht hier ... hier keine anderen ... nur Rhian´na", erwiderte sie.

„Aber du weißt, wo?" Eryon sah Rhian´na flehend an. „Bitte Rhian´na, es ist sehr wichtig."

Sie nickte nur.

„Könntest du uns dorthin führen?"

Ihre Augen weiteten sich. Angsterfüllt blickte sie Eryon an. „Nein, nein, nein, nicht hinführen ... Rhian´na Angst ... Sídh'nafért sind da ... nicht hinführen, aber sagen ... ist sagen gut?"

Eryon beugte sich zu ihr hin und berührte ihre Hand. In dem Moment lief ein Schauer über seinen Rücken und er fühlte etwas, dass er nicht erklären konnte. Es war durchaus kein unangenehmes Gefühl, aber gerade deshalb wich er erschrocken zurück.

„Eryon, was ist?", fragte Jack ihn besorgt.

„Nichts", erwiderte er hastig, „nichts."

Rhian´na schien nichts bemerkt zu haben, denn sie zappelte ungeduldig. „Ist sagen gut, ist sagen gut, ist sa ..."

„Ja, ja, Rhian´na, sagen ist gut", warf Jack schnell ein.

„Erzähl es uns", flüsterte Eryon. Er schien immer noch durcheinander. Rhian´na nahm einen Stock und malte die unterschiedlichen Gänge des Labyrinths in den Sand und erklärte, wo sie hinführten.

„Hast du einen Stift?", fragte Eryon Jack und dieser nickte. Er kramte eilig aus seinem Rucksack einen Kugelschreiber heraus. Eryon schnappte sich seine eigene Tasche und malte darauf Rhian´nas Zeichnung ab. Sie musste es ihnen dreimal erklären, bis sie alles verstanden und aufgeschrieben hatten.

Wenig später standen sie zusammen am Rand des

wundersamen Waldes. Eryon schien es seltsam schwer zu fallen, dieses Geschöpf wieder allein zu lassen. Doch schlussendlich verabschiedeten sich die beiden Männer von Rhian´na und gingen davon.

Eryon sah sich noch einmal um und begegnete ihrem Blick. Tränen liefen an ihren Wangen hinunter und bildeten helle Schlieren auf ihrer Haut. Sie hatte sie angefleht, nicht dorthin zu gehen, weil sie wusste, dass sie dort sicher sterben würden. Aber sie ließen sich nicht aufhalten. Die ersten Personen, die gut zu ihr gewesen waren, gingen in das gefährlichste Gebiet, das sie kannte. Und Rhian´na war überzeugt, dass sie die beiden nie wieder sehen würde. Dann machten sich Jack und Eryon auf den Weg. Sie liefen zurück durch den wundersamen Wald. Einige kleine Tiere sprangen erschrocken ins Unterholz.

Stunden später, als Jack und Eryon schon lange fort waren, bekam Rhian´na erneut Besuch. Sie starrte voller Furcht auf die dunkle Gestalt. „Du kommst mit uns", sagte diese scharf. Rhian´na schüttelte den Kopf.

„Wehre dich nicht. Du wirst nicht hier bleiben. Du kommst mit uns. Wir haben das so beschlossen."

Rhian´na wollte fortlaufen, aber die dunkle Gestalt packte grob ihr Haar und zog sie zurück. Rhian´na wehrte sich verzweifelt. Als sie in das Gesicht ihres Gegners blickte, erstarrte sie.

„Mutter", wisperte sie. Doch diese stieß sie vor sich her und lachte nur. Rhian´na geriet ins Stolpern und schlug hart gegen einen Felsbrocken. Ein heftiger Schmerz erfasste sie am Kopf und sie verlor das Bewusstsein.

Die Befreiung

Jack und Eryon liefen durch die verzweigten Gänge und versuchten, anhand Rhian'nas Erklärungen die richtigen Wege zu finden. Stunden später jedoch ließen sie sich erschöpft und entmutigt auf den Boden gleiten und lehnten sich gegen die kühle Felswand.

„Ich glaube, wir finden hier nie wieder heraus", sagte Jack niedergeschlagen.

„Raus finden wir schon wieder, ich habe die Gänge markiert. Aber ich weiß nicht mehr weiter", erwiderte Eryon.

Plötzlich hörten sie Schritte, und aus dem Tunnel vor ihnen kam Fackellicht. Sie sahen sich erschrocken an und sprangen hastig auf. Die Stimmen zweier Männer hallten durch die Tunnel. Sie sprachen in der Sprache der Sídhe.

Eryon stieß Jack zurück in den Tunnel. „Versteck dich!", zischte er.

Jack rannte in die Dunkelheit. Doch nach wenigen Metern stoppte er, als er merkte, dass Eryon ihm nicht folgte.

„Verdammt!", murmelte er und schlich zurück.

Eryon presste sich an die Wand und wartete mit klopfendem Herzen. Die Boshaftigkeit der beiden Männer, die plötzlich wie aus dem Nichts erschienen waren, wogte wie eine dunkle Wolke vor ihnen her. Eryon spürte dies mit seinen Sídhesinnen überdeutlich. Seine Gedanken überschlugen sich. Nie zuvor hatte er getötet. Er war in vielen Kampftechniken geschult worden, doch er hatte nie jemandem den Tod gebracht. Leise zog er ein Messer aus seinem Gürtel. Er würde nicht zögern ...

Zwei Gestalten kamen um eine Tunnelbiegung und näherten sich. Ihre dunkle, bösartige Kraft strömte ihm entgegen. Eryon wurde übel. Er atmete tief durch – dann tauchte er wie ein Schatten vor ihnen auf. Für den Bruchteil einer Sekunde blickten sie überrascht auf. Dann wirbelte das Messer durch die Luft und traf den, der die Fackel trug, mitten ins Herz. Noch bevor dieser zu Boden fiel, stürzte der andere sich auf Eryon. Aber der hatte den Angriff erwartet und wehrte ihn geschickt ab. Doch der Sídh'nafért war nicht auf einen körperlichen Kampf aus. Er packte Eryon, stieß ihn an die Wand und presste ihm seine Hand auf die Stirn. Schmerz durchzuckte Eryons Körper, als die dunkle Magie in ihn floss und ihn verletzte.

Jack hörte, wie Eryon aufschrie und lief schneller. Er kam um eine Biegung und sah den ungleichen Kampf. Sein Gefühl sagte ihm, würde er nicht eingreifen, so müsste Eryon sterben. Jack dachte nicht nach, sah nur den toten Mann am Boden und das Messer, das in seiner Brust steckte. Er handelte schnell. Wie in einem seltsamen Traum ging er zu dem Toten und zog ihm das Messer aus dem Leib. Einen Augenblick starrte er auf das Blut, das noch an der Waffe klebte. Dann stieß er zu.

Vorsichtig öffnete Eryon die Augen. Er lag zusammengekrümmt auf dem Boden. Schmerzen strömten durch seinen Körper, sein Blick war verschwommen und unklar. Er stöhnte leise, richtete sich jedoch auf und bemühte sich um Klarheit. Langsam klärte sich seine Sehfähigkeit wieder, die Schmerzen ebbten zu einem dumpfen Pochen ab, nur in seinen Schläfen brannte ein nicht zu linderndes Feuer. Eryon sah sich um. Die Fackel lag auf der Erde und brannte noch ein wenig. Die beiden Sídh'nafért waren tot.

„Jack?", flüsterte er heiser. Dann sah er ihn im Dunkeln sitzen. Er hatte die Knie angezogen und bedeckte sein Gesicht mit den Händen. Das Messer lag blutverschmiert zu seinen Füßen. Sein leises Schluchzen hallte durch die Dunkelheit.

Mühsam richtete Eryon sich auf und ging zu ihm. Vorsichtig legte er eine Hand auf seinen Kopf. „Jack? Ist alles in Ordnung?"

Jack schüttelte nur den Kopf.

Eryon kniete vor ihm nieder. „Schau mich an, Jack."

Langsam hob Jack den Kopf. Sein Gesicht war tränenüberströmt. „Oh Gott ... Eryon, ich ... ich habe ihn ... umgebracht. Oh mein Gott, hilf mir ... ich hab ihn erstochen."

„Du hast mir das Leben gerettet", flüsterte Eryon und umfasste Jacks Gesicht.

„Ich hab ihn getötet!", schluchzte Jack.

Eryon nahm ihn in die Arme und presste ihn an sich. „Ich weiß. Aber wenn du es nicht getan hättest, dann wären wir jetzt beide tot." Jack beruhigte sich in Eryons Umarmung langsam. Er hob den Kopf, schniefte leise und wischte sich mit der Hand über die Augen. „Komm, wir können hier nicht bleiben. Lass uns von hier verschwinden", sagte Eryon heiser. Jack nickte stumm.

Gemeinsam standen sie auf, traten die Fackel aus und eilten so schnell sie konnten den Tunnel entlang. Sie blickten nicht zurück. Nach einiger Zeit blieb Eryon hinter Jack zurück. „Ich ... warte ... ich kann nicht ...", sagte Eryon plötzlich und brach bewusstlos zusammen.

„Eryon! Was ..." Jack kniete sich erschrocken neben ihn. Der Angesprochene kam wieder zu sich, öffnete aber nur mühsam die Augen. „Hilf mir auf", flüsterte er.
Jack half ihm, sich aufzusetzen, und sah ihn fragend an. „Was ist ... was ... was hast du denn?"
„Der Sídh'nafért ... er hat mich ... verletzt. Ich muss ... mich heilen", antwortete Eryon schwer atmend.

Jack wollte etwas sagen, aber Eryon bedeutete ihm zu schweigen und schloss die Augen. In der Dunkelheit der Tunnel erschien der goldene Schimmer, der von Eryons Magie ausging. Jack beobachtete ihn trotzdem voller Sorge, denn sein Gesicht war verzehrt und er schien starke Schmerzen zu haben. Dann plötzlich erlosch das Leuchten und Eryon schwanden erneut die Sinne. Tief besorgt hielt Jack ihn fest, doch die Bewusstlosigkeit hielt nicht lange an.
„Eryon, ist alles in Ordnung?"
Er schüttelte den Kopf. „Ich ... muss schlafen. Ich ... du musst ..." Die anderen Worte, die er sprach, verstand Jack nicht, sie waren in der Sprache der Sídhe. Dann schlief Eryon ein. Jack blickte ihn etwas fassungslos an. Verwirrt ließ er Eryon in eine liegende Position gleiten, seinen Kopf in Jacks Schoß gebettet. Erschöpft und ängstlich lehnte er sich an die Wand und wartete.

„Hast du sie?", fragte Rakúl schroff.
„Ja", antwortete Shíra und zeigte auf Rhian'na, die gefesselt am Boden lag und weinte.
Gorweyn trat zu ihnen und blickte abfällig auf das wimmernde Mädchen. „Was sollen wir mit dieser Verrückten?"
Rakúl lächelte. „Es wäre sinnlos, sie hier zu lassen. Wer weiß, vielleicht können wir ihre Magie noch gebrauchen.

Niemand kann so gut Totes erwecken wie sie." Gorweyn hockte sich vor Rhian´na hin und starrte sie an. Diese wich entsetzt zurück.

„Zerstört ihren Wald!", sagte er kalt und richtete sich wieder auf. „Wir werden früher aufbrechen, als geplant." Dann ging er aus dem Raum.

„Nein! Nein! Nicht mein ... mein Wald ... mein ..."

Shíra schlug ihr hart ins Gesicht. „Sei still!"

Rakúl blickte sie etwas erstaunt an. „Macht es dir denn gar nichts aus? Schließlich ist sie dein Kind."

Shíra sah ihn böse an. „Wen interessiert das schon? Gorweyn war es, der damals ihre Seele verletzt hat. Nicht ich. Also komm mir nicht so."

Rakúl umfasste sie und zog sie an sich, doch sie spukte ihn an. „Oho, du bist böse auf mich, weil ich den Kristall habe. Meine Liebe, bei mir ist er besser aufgehoben." Grob küsste er sie. Sie schlang ihre Arme um ihn, doch plötzlich stieß er sie von sich und presste die Hand auf seine Lippen. „Du Miststück hast mich gebissen!"

Sie blickte ihn kalt an und grinste. „Vergnüge dich doch mit Rhian´na. An mich kommst du erst wieder heran, wenn du mir den Kristall gibst."

Wütend starrte er sie an und wischte sich das Blut von der Lippe. „Was willst du damit, er ist nutzlos für dich."

„Er ist meine Trophäe. Schließlich habe ich die Verbannung gelöst", rief sie ärgerlich.

„Du hast gar nichts gelöst. Der Phuka hat Lórian dazu gebracht, niemand anderer", antwortete Rakúl eisig, drehte sich um und ging.

Shíra bebte vor Zorn und schaute ihm hasserfüllt hinterher. In der Stille konnte man nur Rhian´nas leises Weinen hören. Rakúl lief eilig durch die dunklen, von Fackeln erleuchteten Gänge. Vor einem großen Torbogen hielt er inne und spähte hinein. Gorweyn war in dem Raum dahinter und begutachtete verschiedene Waffen.

„Darf ich hereinkommen?", fragte Rakúl.

Gorweyn drehte sich um und sah ihn nur genervt an. Schulterzuckend trat Rakúl näher. „Wann denkst du können wir aufbrechen?"

„In einer Stunde", antwortete Gorweyn.

„Brauchen wir so viele Waffen? Ich dachte, dass wir ..."

„Nur mit Magie kämpfen? Du Narr! Wie lange, glaubst du, könntest du die schwarze Kraft ertragen? Wenn du sie längere Zeit anwendest, verschlingt sie dich. Willst du, dass wir alle wahnsinnig werden und uns anschließend selbst vernichten?", zischte Gorweyn wütend.

„Aber wir sind viele."

„Nicht genug. Und selbst mit der dunklen Macht haben die meisten von uns nicht genug Kraft in sich, um auch nur fünf von Lórians Brut zu beseitigen", zischte Gorweyn. „Wir kämpfen mit der schwarzen Kraft und mit Waffen, die ich ein wenig verändert habe", sagte er grinsend.

Rakúl schüttelte etwas verwirrt den Kopf. „Aber was ist mit den Phuka? Werden sie uns ..."

Gorweyn unterbrach ihn, indem er ihn hart ins Gesicht schlug. „Die Phuka, mein Freund, werden sich hier nicht einmischen. In einer Stunde brechen wir auf. Und du wirst uns ins Dorf führen!" Seine tiefe Stimme hallte bedrohlich durch den Raum. „Verschwinde jetzt!"

Rakúl starrte ihn voller Hass an und stürmte hinaus. Er hetzte wütend die dunklen Gänge entlang, als plötzlich eine dunkle Gestalt vor ihm auftauchte. Erschrocken blieb er stehen.

„So zornig?", fragte der Phuka. Seine schwarzen Augen blitzten spöttisch.

„Es ... es ist ... nur, weil ...", stotterte Rakúl und hielt inne. Der Phuka beugte sich nah zu ihm hin und berührte ihn an der Schulter. Ein starker Sog erfasste Rakúl. Er hatte das Gefühl, als würde seine Lebenskraft aus ihm weichen. Entsetzt keuchte er auf, doch da war es schon vorbei, Rakúl fiel schwer atmend auf die Knie. „Was ... was hast du ... getan?", flüsterte er.

„Ich habe dir mehr Kraft gegeben und dir ein bisschen Leben genommen", sagte der Dämon mit einem hämischen Gesichtsausdruck. Fassungslos starrte Rakúl den Phuka an.

„Ist es nicht das, was du wolltest? Macht? Du wirst feststellen, dass du nun stärker bist als Gorweyn." Er lachte heiser. „Ja, ja, die Natter frisst die Kobra."

„Aber warum?", fragte Rakúl.

„Weil ich es amüsant finde." Mit diesen Worten verschwand die düstere Kreatur.

Lange Zeit starrte Rakúl auf die leere Stelle. Irgendwann rappelte er sich mühsam auf und streifte nachdenklich durch die düsteren Gänge. Die dunklen Kräfte rauschten durch seine Adern. Dann kam er zu einem Entschluss. Er eilte in seinen Schlafraum, packte seine Sachen zusammen und ging zu den anderen zurück. Ein böses Grinsen umspielte seine Lippen.

Eryon erwachte und blickte in tiefe Dunkelheit. „Jack?", fragte er erschrocken.

„Ich bin hier. Geht es dir besser?"

„Ja."

„Was ist denn nur passiert?"

„Der Sídh'nafért hat mich mit seiner Magie verletzt. War nicht sehr angenehm." Eryon richtete sich leise stöhnend auf. „Komm jetzt, wir müssen weiter."

Jack erhob sich und stemmte die Hände in die Hüften. „Das ist alles? Du fällst um, schläfst wer weiß wie lange und ..."

„Jack, nicht jetzt. Wir reden später darüber", sagte Eryon bestimmt und ging voraus.

Jack starrte ihm mit offenem Mund hinterher. „Hey, nun warte doch auf mich!", rief er schnell als er Eryon fast nicht mehr erkennen konnte.

Eryon blieb stehen bis Jack neben ihn trat. Dann schalteten sie ihre Taschenlampen ein und suchten anhand Rhian´nas Erklärungen die Kerker.

Unendlich viele Gänge später wurde es heller. Sie betraten vorsichtig einen mit Fackeln beleuchteten Gang und standen vor mehreren Türen.

„Meinst du ...", flüsterte Jack.

„Das müsste es sein. Aber warum ist niemand hier? Die ganzen Bereiche scheinen verlassen zu sein. Da stimmt doch etwas nicht."

Eryon und Jack schauten sich um, aber tatsächlich war niemand dort. Dann suchten sie nacheinander alle Zellen ab, Eryon auf der einen Seite, Jack auf der anderen. Sie waren alle unverschlossen und leer – bis auf die letzte. Jack schaute sich um und suchte den passenden Schlüssel. Schnell entdeckte er ein Schlüsselbund am Boden. Man hatte es einfach achtlos fallengelassen. Jack hantierte an dem Schloss und probierte jeden Schlüssel aus. Endlich knackte die Verriegelung und sprang auf. Jack stieß vorsichtig die Tür auf und spähte hinein.

„Eryon", rief er heiser. Eryon drehte sich zu ihm um. Als er Jacks Gesicht sah, eilte er zu ihm hin.

Eryon trat in den Raum. Beim Anblick seines Bruders erstarrte er, ein Stich fuhr durch sein Herz. Lórian lag zusammengekrümmt auf dem Boden. Seine Kleidung

war zerrissen und schmutzig. Er bewegte sich nicht und hielt das Gesicht verborgen. Langsam kniete sich Eryon vor ihn hin und berührte ihn sanft an der Schulter.
„Lórian", flüsterte er. Doch der zeigte keine Reaktion. Unendlich vorsichtig drehte Eryon ihn auf den Rücken. Da endlich reagierte Lórian, doch nicht wie erwartet. Er öffnete die Augen, keuchte erschrocken auf, als er jemanden in seiner Nähe gewahrte, und hielt sich schützend seine Arme vor das Gesicht. Hastig drehte er sich weg und zog verzweifelt an seinen Ketten. Eryon und Jack starrten ihn erschrocken an.
„Lórian, ich bin es. Eryon."
„Nein ... lass mich ... lass mich ...", wimmerte Lórian nur. Eryon fasste ihn sanft an der Schulter und zog ihn zu sich hin. Lórian wehrte sich mit purer Verzweiflung. Mit vor Angst geweiteten Augen sah er seinen Bruder an – und erkannte ihn nicht!
Eryon packte seine Arme und hielt ihn fest. „Lórian! Lórian, hör auf! Ich bin es! Dein Bruder!"

Tränen rannen Lórians Wangen hinab. Sein Gesicht war blutverkrustet von einer Wunde an seiner Schläfe. Die Lippen waren vor Trockenheit aufgesprungen, Schweiß stand auf seiner Stirn. Er glühte förmlich vor Fieber, sein Gesicht war kalkweiß und schmutzig. Und dann gab er auf. Er wehrte sich nicht mehr und starrte mit leerem Blick an die Steinwände.

Eryon zog seinen Bruder an sich und hielt ihn fest an sich gedrückt. Ein goldener Schimmer breitete sich um beide aus, als er versuchte, Lórian zu heilen. Aber irgendwas stimmte nicht. Eryon stockte und sah die eisernen Fesseln. Vorsichtig ließ er Lórian auf den Boden gleiten.
„Jack, die Eisenketten!", rief er erschrocken aus.

Jack hatte die ganze Zeit wie erstarrt dagestanden, doch er besann sich rasch. Eilig untersuchte er das Schlüsselbund, das er verkrampft festgehalten hatte, und öffnete, nachdem er den passenden Schlüssel gefunden hatte, Lórians Fesseln. Sie fielen klirrend zu Boden, Jack trat sie angewidert in die Ecke.

Eryon nahm Lórian, der ohnmächtig geworden war, wieder in die Arme. Die Luft um die beiden Brüder flimmerte bläulich auf. Lórian stöhnte leise und schmerzerfüllt auf, doch als das Flimmern immer mehr zu einem Goldton überwechselte und Eryon ihn so gut er es vermochte heilte, entspannte Lórian sich etwas.

Nach einiger Zeit schwankte Eryon. Schnell packte Jack ihn und hielt ihn fest. „Eryon!"
Mit entsetztem Blick schaute er Jack an. „Ich habe gefühlt, was er ... fühlt. Ich ... jemand hat ihn verletzt ... hat seinen Geist ... verletzt!", stammelte er völlig verstört.
Jack fasste Eryon erschrocken am Arm.
„Ich kann ihm hier nicht richtig helfen. Ich konnte nur die körperlichen Verletzungen lindern, nicht heilen. Zuviel Kraft, es kostet zuviel Kraft. Nicht hier. Wir müssen noch zurück, aber er weiß jetzt, dass wir es sind."

Jack strich Lórian zart das verwirrte Haar aus der Stirn und versuchte ihn aufzuwecken. „Lórian?" Lórians Lider flatterten, schließlich öffnete er die Augen.
„Komm", wisperte Jack. „Wir bringen dich nach Hause."
Lórian lehnte sich an Eryon, der ihn immer noch festhielt. „Eryon", flüsterte er fast unhörbar.
„Ja, ich bin hier." Sie halfen ihm auf und stützten ihn.
„Er muss etwas essen, Eryon. Sieh ihn dir an!"
Eryon nickte. „Ja, ich weiß. Aber erst, wenn wir aus dem Gebiet der Sídh'nafért heraus sind."

Sie gingen denselben Weg zurück, den sie gekommen waren, und mussten Lórian mehr tragen, als dass er ging. Dann entdeckte Jack die Verletzung an Lórians Kopf. Sie war mittlerweile verkrustet, aber stark entzündet. Sie hatte das Fieber ausgelöst Und war nun erneut aufgeplatzt, Blut sickerte aus ihr.

„Eryon, er hat eine ziemlich tiefe Wunde hinten am Kopf. Wir müssen sie wenigstens verbinden. Sie sieht nicht gut aus." Langsam ließen sie Lórian zu Boden gleiten.

„Er hält das nicht lange durch", murmelte Eryon und sah sich die Wunde an. Resigniert schüttelte er den Kopf und riss ein Stück aus seinem Mantel. Vorsichtig verband er sie damit. „Es wird nicht viel nützen, sie ist unsauber und entzündet", sagte er tief besorgt. Dann wandte er sich an Lórian: „Wirst du es schaffen?"

Dieser schaute ihn erschöpft an, nickte und fasste seinen Bruder am Arm. „Warte, ich ... sie hat ... mich verraten. Die Verbannung ... sie ist ... gelöst."

„Was?!" Eryon sah seinen Bruder entgeistert an.

„Sie haben mich hereingelegt", erklärte Lórian mit heiserer Stimme. „Ein Phuka hat sich in Faíne verwandelt und ..." Er stockte und hielt sich die Hand vor den Mund, schluchzte leise auf.

Eryon nahm Lórians Gesicht in seine Hände. „Ich weiß, was du erlitten hast, und ich weiß auch, dass du die Verbannung nicht leichtfertig gelöst hast."

„Ich dachte, sie haben der dunklen Macht abgeschworen, ich wollte so sehr ..."

Eryon legte einen Finger an seine Lippen. „Ich mache dir keine Vorwürfe, Lórian."

Doch Lórian schüttelte den Kopf. „Hör mir zu! Wenn ich gewusst hätte, dass sie noch immer in dem Bann der Phuka stehen, hätte ich mich lieber foltern und töten lassen, als dass ich sie befreit hätte. Aber sie haben mir mit Hilfe eines Phuka etwas vorgegaukelt. Er hat sich in Faíne verwandelt! So wirklich, dass ich dachte, sie würde vor mir stehen. Sie sagten mir, ich müsse die Verbannung lösen, um unser aller Rettung und Frieden willen. Ich wollte ..." Lórian holte erschöpft nach Luft „Ich wollte es gut machen. Ich wollte Frieden für unser Volk. Ich wollte uns wieder zusammenführen." Er wischte sich fast zornig mit der Hand über die Augen, um die aufkommenden Tränen zu vertreiben. „Die Sídh'nafért hat mir geschworen, dass sie der dunklen Kraft abgeschworen haben!" Er bedeckte das Gesicht mit den Händen. „Ich habe ihre Lüge nicht durchschaut, Eryon! Ich habe ihre dunklen Kräfte nicht wahrgenommen! Wie konnte das sein?!" So geschwächt und verstört Lórian auch war, seine Verzweiflung übertraf alle anderen Gefühle.

„Du konntest nichts spüren oder wahrnehmen, Lórian", flüsterte Eryon leise. „Man hat dich vergiftet. Du hattest überall Eisen im Körper."

Lórian blickte auf und sah ihn mit dunklen Augen an, in denen sich Hoffnungslosigkeit und innerer Schmerz widerspiegelte. „Aber ich hatte meine Haut mit Stoffstreifen geschützt. Ich ..." Die Erinnerung, die er erfolglos versucht hatte zu verdrängen, kam langsam wieder. Er betrachtete seine Handgelenke. Die eisernen Ketten hatten die Haut aufgeschürft, sie sah aus, als wäre sie mit Säure in Berührung gekommen.

„Nein, nicht nur das, Lórian. Haben sie dir Wasser zu trinken gegeben?"

Lórian schaute auf und nickte.

„Deine gesamte Haut hat überall rote Flecken, wie nach einer allergischen Reaktion. Als ich dich geheilt habe, hattest du soviel Eisen in dir, dass du in spätestens einem

Tag, höchstens zwei gestorben wärest. Sie müssen das Wasser mit purem Eisen gemengt haben."

Lórian starrte ihn einen Moment an, dann senkte er den Kopf und sackte sichtlich zusammen. Das Sprechen, aber auch die Rückkehr der Erinnerungen hatte ihm zugesetzt. Schweigend halfen Jack und Eryon Lórian wieder auf und gingen weiter.

Es war ein qualvoller Weg, denn Lórian wurde immer wieder ohnmächtig, sie mussten ihn sogar die meiste Zeit tragen. Sie liefen durch die zahllosen Gänge und Tunnel des Labyrinthes. Alle drei waren mittlerweile völlig erschöpft und an ihren Grenzen angelangt. Die Männer folgten ihrem Weg wie in Trance. Aber mit Hilfe von Eryons Markierungen fanden sie schneller aus dem verzweigten Gewölbe hinaus, als sie erwartet hatten.

Schon bald erreichten sie Rhian´nas Wald. Doch ihre Erleichterung verwandelte sich schnell in Entsetzen. Der Wald war niedergebrannt. Sie starrten die verkohlten Baumstümpfe an und Trauer stieg in ihnen hoch.
„Was ist hier passiert?", fragte Jack bekümmert. Doch niemand antwortete ihm. Sie riefen Rhian´na, aber kein Leben regte sich mehr in der großen Höhle, die mit so viel Sorgfalt und Liebe geschaffen worden war. Schnell verließen sie den traurigen Ort und eilten weiter.

Dann kamen sie endlich in das Gewölbe, in dem der Brunnen mit den Elfenfiguren thronte. Sie hatten das Gebiet der Sídh'nafért endgültig verlassen. Müde machten sie kurz Rast, gingen aber wenig später weiter, schleppten sich die Treppen hoch und gelangten endlich zum Brunnenschacht. Jack hätte am liebsten vor lauter Erleichterung geweint.
„Ich klettere zuerst hoch und ziehe dann Lórian hinauf", sagte Eryon leise.

Jack stimmte ihm zu. Eryons Leichtfüßigkeit hatte sich verflüchtigt. Schwerfällig hievte er sich den Schacht hinauf. Jack band Lórian das Seil um die Taille und versuchte ihn aufzuwecken.

Als dieser endlich die Augen einen Spalt öffnete, zeigte Jack nur auf das Tau und flüsterte: „Du musst mithelfen, sonst geht es nicht." Lórian nickte schwach und hielt sich fest. Eryon zog ihn langsam und mit letzter Kraft nach oben. Danach lehnte er sich schwer atmend und gegen Schwindel ankämpfend gegen die Mauer. Lórian befreite sich mühevoll von dem Seil und warf es Jack hinunter. Dieser packte es und versuchte dann nach oben zu klettern. Auf halber Strecke jedoch versagten ihm die Kräfte und er stürzte polternd wieder zurück. Ein derber Fluch entglitt ihm.

Erschrocken beugte sich Eryon über die Grube. „Jack! Ist alles in Ordnung? Hast du dich verletzt?"
„Es ... es ist alles ... okay. Nicht so schlimm", kam Jacks Stimme aus der Tiefe. Aber Jack betastete vorsichtig seinen Fuß während er antwortete. Er schmerzte heftig, Jack verzog das Gesicht. Seine Hände waren ebenfalls in Mitleidenschaft gezogen, sie waren aufgeschrammt und blutig.
„Wie komme ich jetzt, verdammt noch mal, hier hoch?", stöhnte er.
„Jack? Kommst du?", rief Eryon.
„Ja ..."
Jack richtete sich auf und keuchte vor Schmerz. Er konnte den Fuß nicht belasten. „Eryon?"
„Was ist mit dir?", fragte dieser.
„Wir haben ein Problem. Ich ..." Jack brach ab, denn plötzlich kam ein lautes Geräusch aus den Lagerräumen über ihnen.

Geister der Vergangenheit

Es war mitten in der Nacht und der helle Vollmond warf unheimliche Schatten durch das Dunkel. Ross Castle stand als gespenstischer Umriss am See – fast wie ein Mahnmal der Vergangenheit. Jacks Mutter Ellen lief durch das milchige Mondlicht und steuerte auf die alte Wehrburg zu. Voller Sorge um ihren Sohn kramte sie aus ihrer Tasche ein Handy heraus und rief aufgelöst ihren Mann an. Als dieser sich meldete, sprudelten die Worte nur so aus ihr hinaus. „Shawn? Ich weiß nicht, was ich machen soll. Jack ist immer noch nicht zurück. Caitlin, die hier auf Ross Castle die Eintrittskarten verkauft ist eine Bekannte von ihm. Sie hat gesagt, sie hätte ihn das letzte Mal gesehen, als er in die Keller der Burg gegangen ist mit irgendeinem Fremden. Ich wollte nachschauen gehen, aber sie haben mich nicht in die Keller gelassen und mir auch nicht geglaubt. Aber vielleicht ist er noch dort, womöglich ist ihm etwas passiert und ..."
„Ellen! Jetzt beruhige dich doch. Vielleicht ist er bei seiner neuen Freundin. Er ist doch alt genug", kam Shawns Stimme aus dem Telefon.
Sie schüttelte den Kopf. „Er hat das noch nie gemacht, hat sich immer abgemeldet, wenn er länger als zwei Nächte fortgeblieben ist. Ich gehe jetzt in die Burg!"
Shawn stöhnte am anderen Ende der Leitung auf. „Ellen, mach doch keine Dummheiten. Das ist Einbruch!"
„Das ist mir egal!", sagte sie störrisch.

„Du alter Dickschädel, wie willst du überhaupt da hereinkommen? Noch dazu mitten in der Nacht!"
„Ich ... ich habe eine Brechstange dabei", sagte sie etwas kleinlaut.
„Ellen, verdammt noch mal, jetzt hör mir mal zu. Du kannst nicht einfach ..."
„Nein, du hörst mir zu. Du bist erst in zwei Tagen wieder hier. Ich erledige das jetzt", erklärte sie ihm.
„Ellen!", schrie er wütend. Aber sie kümmerte sich nicht darum.
„Ich liebe dich", sagte sie noch und legte auf. Sie schaltete vorsichtshalber das Handy ab, so dass Shawn sie nicht mehr erreichen konnte. Er war in Dublin und regelte dort etwas für die Pension. Sie konnte nicht auf ihn warten. Ellen schaute zur Burg hinüber und ging zielstrebig auf die Mauern zu, welche die Burg umschlossen. Ross Castle lag düster und bedrohlich in der Dunkelheit und war nur als großer Schatten erkennbar.

Ellens Herz raste, als sie die Brechstange über die Burgmauer warf und diese mit lautem Geschepper auf den Boden fiel. Hastig blickte sie in alle Richtungen, ob irgendwer etwas gehört hatte. Als alles still blieb, kletterte sie mühsam selbst die verwitterten Steine der Wand hinauf und sprang die andere Seite wieder hinunter. Dann nahm sie die Brechstange, ging zur verschlossenen Eingangstür und versuchte diese aufzubrechen. Die Tür war zum Glück schon etwas morsch und leistete nur wenig Widerstand. Das alte Holz zersplitterte, die Tür ließ sich öffnen. Ellen zuckte mit den Schultern. „Sie musste sowieso erneuert werden." Dann schaltete sie die Taschenlampe ein. „Ihr Dummköpfe seid selbst schuld! Hättet ihr mich gleich in die Keller gelassen, dann bräuchte ich das hier nicht tun. Aber nein! Ihr musstet euch ja stur stellen. Eine Genehmigung müsste ich haben. Ich frage mich wirklich, wie Jack hier hereingekommen ist", schimpfte sie ärgerlich vor sich hin. Dann sah sie sich in der Burg um.

Es dauerte eine Weile, bis sie die Türen zu den Kellerbereichen fand, aber schließlich stand sie davor. Ellen versuchte, die Tür zu öffnen und musste feststellen, dass sie nicht einmal verschlossen war. Also ging sie durch die Öffnung und schlich die Treppen hinunter. Sie wagte nicht, die Beleuchtung anzuschalten, denn in den oberen Kellern waren Schlitze nach draußen, wo man eventuell das Licht hätte sehen können. Ihre Taschenlampe musste genügen.

Vorsichtig und nicht ohne Furcht durchforschte sie die verschiedenen Kellerbereiche. Zumeist waren es nur Lagerräume, wo es nicht immer weiterging, aber irgendwo fand sie stets einen Durchgang, der in andere Keller mündete.

Irgendwann jedoch war sie derart desorientiert, dass sie befürchtete, sie würde aus diesem Gemäuer nie wieder herausfinden. Sie bekam das Gefühl, dass hinter den Schatten jemand lauern könnte. Die Geräusche der alten Burg ängstigten sie und die Furcht in ihrem Inneren wurde stärker. Ihr Herz klopfte wie wild. „Komm schon Ellen, hier sind keine Geister", wisperte sie und versuchte, sich selbst Mut zu machen. Aber sicher war sie sich nicht. Auch sie kannte die Geschichten der Burg. Wieder fragte sie sich, wo sie war, und blickte sich suchend um. Vor ihr zweigten mehrere Gänge ab, der Keller hatte mehrere Türen, die aber alle verschlossen waren. Sie schwenkte die Taschenlampe umher. Da entdeckte sie die Fußspuren. Für einen Moment starrte sie die Abdrücke an, die sich in dem dicken Staub am Boden deutlich abzeichneten. Es waren Fußabdrücke, die in einer klar zu sehenden Spur zu einer unscheinbaren Tür führten. Und eine der Fußspuren trug das unverkennbare Profil der Sportturnschuhe, die sie Jack zu Weihnachten geschenkt hatte. „Jack", flüsterte sie wie im Gebet. „Oh mach, dass ihm nichts passiert ist", bat sie leise und richtete ihren Blick kurzzeitig nach oben. Eilig ging Ellen den Spuren nach, öffnete die Tür und schlüpfte hindurch.

Ellen lief fast eine Viertelstunde. Dann hörte sie plötzlich Stimmen. Sie hatte das Gefühl, ihr Herz würde aussetzen. Erschrocken ließ sie ihre Lampe fallen. Das Glas zerbrach und alles um sie herum wurde in tiefe Finsternis gehüllt. Ellen hörte nur noch, wie die Lampe davon kullerte. „Oh nein", flüsterte sie. Leichte Panik flackerte in ihr auf. „Ruhig, Ellen", ermahnte sie sich. Sie atmete tief durch und versuchte, ihre Augen an die stockdunklen Lichtverhältnisse zu gewöhnen. Sie musste herausfinden, zu wem diese Stimmen gehörten. Vielleicht hatten sie Jack gefunden!

Dieser Gedanke gab ihr Mut und sie tastete sich an den alten Steinwänden entlang. Ständig glitten ihre Finger in Spinnweben hinein. Panisch und angeekelt strich sie diese an ihrer Hose ab. „Geht bloß weg, ihr blöden Viecher!", zischte sie. Dann nahm sie auf einmal einen Lichtschein wahr und die Stimmen wurden zunehmend deutlicher. Vorsichtig näherte sie sich, voll und ganz auf das Licht konzentriert. Plötzlich stieß ihr Fuß gegen etwas Festes. Sie verlor den Halt und stolperte laut zu Boden. Die Stimmen verstummten und leise Schritte kamen auf sie zu. Erschrocken durchquerte Ellen auf allen Vieren den Raum und kauerte sich in einer Ecke zusammen.

„Wer ist da?", rief eine Stimme. Der Lichtkegel einer Taschenlampe schwenkte suchend durch den Raum. Ellen verharrte regungslos in der Dunkelheit. Sie traute sich kaum zu atmen.

„Ist da jemand?", fragte die Stimme wieder.

Dann wurde Jacks Mutter von dem Schein der Lampe getroffen. Vor Schreck ließ der andere sie fallen. Sie hörte, wie er danach suchte, dann wurde ihr Gesicht wieder in Licht getaucht.

„Ellen?", flüsterte die Stimme ungläubig.

Ein Mann kam auf sie zu. Im ersten Moment sah sie nur seine leuchtenden Augen, die das Licht wie Katzenaugen widerspiegelten. Ellen wich ängstlich zurück, doch er ließ sich vor ihr auf die Knie sinken.

„Ellen, bist du es wirklich?", fragte der Mann erneut.

„Wer ... wer bist du?", kam es vorsichtig von ihr zurück.

Er ließ den Schein der Lampe auf sein Gesicht gleiten. Als Ellen ihn erkannte, wich alle Farbe aus ihrem Gesicht. Sie starrte ihn an und Tränen schossen ihr in die Augen.

„Eryon", wisperte sie. Sprachlos starrten sie sich in dem Zwielicht der Lampe an.

Dann ergriff Eryon das Wort: „Was tust du denn bloß hier?"

„Ich suche meinen Sohn", erwiderte sie.

Eryon sah sie ungläubig an. „Hier?"

„Jack ist in die Keller gegangen und ..."

Eryon unterbrach sie. „Jack ist dein Sohn?"

„Ist er hier? Ist er bei dir?", wollte sie aufgeregt wissen.

Eryons Gedanken überschlugen sich. Er sah sie völlig verwirrt an.

„Ist er hier, Eryon?!" Sie fasste nach seinem Arm.

Er brachte nur ein Nicken zustande.

„Wie ...?", begann sie, brachte den Satz jedoch nicht zu Ende.

Eryon fing sich. „Ich erkläre es dir später. Wir brauchen deine Hilfe!"

Sie richteten sich auf und gingen eilig zum Brunnenschacht. Auf dem Weg dorthin musterte Ellen Eryon eingehend. Er sah müde und abgezehrt aus. Sein Haar war völlig zerzaust und voller Staub, seine Kleidung war verschmutzt und zerrissen. Außerdem zeigte er Spuren eines Kampfes. Kleine, aber nicht bedrohliche Wunden und Kratzer bedeckten fast jede freie Stelle seines Körpers.

„Du siehst nicht gut aus. Was ist denn bloß passiert?", fragte Ellen und hoffte, dass ihr Sohn in einem besseren Zustand war.

„Man hat Lórian entführt. Wir haben ihn befreit, aber er ist verletzt. Und Jack hat sich, glaube ich, den Fuß verstaucht."

Ellen starrte ihn fassungslos an. „Du lieber Himmel!" Fragen wirbelten ihr durch den Kopf, und sie wusste nicht, was sie zuerst, geschweige denn, wie sie dies alles in ihrem Kopf formulieren sollte. Dann erblickte sie Lórian, der zusammengekauert an der Wand lehnte. Alle Fragen traten in den Hintergrund. Sie stockte und hockte sich vor ihn hin. „Wer hat ihm das angetan, Eryon?", flüsterte sie bestürzt.

„Jack und ich haben ihn aus den Kerkern der Sídh'nafért befreit."

Mit dem Begriff *Sídh'nafért* konnte Ellen nichts anfangen, doch das war im Moment unwichtig. Erschüttert betrachtete sie die zusammengesunkene Gestalt des Sídhekönigs. Lórian hatte die Augen geschlossen und war eingeschlafen. Zahlreiche Blutergüsse schillerten bläulich im Lichtkegel. Überall war getrocknetes Blut, eine Gesichtshälfte war angeschwollen. Er war kreidebleich und Fieberschweiß stand auf seiner Stirn. Lórian sah mehr tot als lebendig aus.

Da ertönte Jacks Stimme aus dem Brunnen. „Eryon? Was ist denn da los?"

Eryon beugte sich über den Rand des Schachtes. „Jack, deine ... Mutter ist hier. Sie hat dich gesucht."

„Meine ...? Hör auf mit dem Quatsch und hilf mir hier raus."

Ellen trat neben Eryon. „Jack?", rief sie, „das ist kein Quatsch. Ich bin wirklich hier."

Jack blickte nach oben und sah erstaunt auf das Gesicht seiner Mutter. „Mum? Was ... was tust du denn hier? Wie hast du uns gefunden?"

Eryon ließ das Seil herunter. „Komm, wir ziehen dich herauf."

Aber Jack stand wie erstarrt da. Seine Mutter war hier, er konnte es kaum glauben. Das Seil baumelte vor ihm hin und her.

„Jack, das Seil!", rief Ellen. Endlich packte er das dicke Tau und sie zogen ihn gemeinsam hoch. Ellen schloss ihren Sohn wortlos in die Arme und Jack spürte, wie die Anspannung der letzten Tage von ihm wich. Dann wollte er Eryon seiner Mutter vorstellen, aber beide winkten ab.

„Wir kennen uns, Jack. Von früher. Sie weiß alles über die Sídhe", erklärte Eryon ihm.

Jack beäugte die beiden argwöhnisch, die wie zwei Schulkinder, die man bei einer Untat erwischt hatte, vor ihm standen. „Ihr ... ihr kennt euch, und ... und Mum ... weiß Bescheid?" Ellen biss sich auf die Unterlippe und nickte zaghaft.

„Unglaublich!" Jack schüttelte mit dem Kopf. „Das erklärt ihr mir aber noch", murmelte er mehr zu sich selbst.

Er war zu erschöpft und sehnte sich nur nach Schlaf, um noch weiter darauf einzugehen.

Sanft weckte Eryon seinen Bruder, der kaum ins Bewusstsein zurückfand. Langsam durchquerten sie die Keller. Ellen half dem hinkenden Jack, Eryon stützte Lórian. Als sie endlich ins Freie gelangten, atmeten sie erleichtert auf.

„Eryon, du kannst Lórian in dem Zustand nicht noch bis ins Dorf bringen. Komm mit zu uns nach Hause", bat Jack. Eryon erwiderte nichts, sondern nickte nur dankbar. Ellen führte sie zu ihrem Auto, und sie fuhren in die Pension.

Sie brachten Lórian in eines der unvermieteten Zimmer und halfen ihm, sich ins Bett zu legen. Mit einem Seufzen versank er in den weichen Laken und schloss die Augen.

Eryon begann ihn zu heilen, doch Lórian bemerkte es nicht. Er hatte sein Inneres fest verschlossen und kämpfte währenddessen mit seiner geistigen Qual. Eryon ließ sich nicht beirren, schloss nacheinander jede Wunde und versuchte, Lórians seelisches Leid wenigstens etwas zu lindern. Er bemühte sich auch, den Wahnsinn, den die Berührung des Phukas in Lórian verursacht hatte und der in seinem Bruder tobte, zu beenden. Aber ob ihm dies gelingen würde, wusste er selbst nicht. Die Heilung dauerte lange ... zu lange.

Oft geriet Eryon vor Erschöpfung ins Stocken. Doch er gab nicht auf. Irgendwann fing seine Gestalt an zu flackern. Als er seinen menschlichen Verwandlungszauber nicht mehr aufrecht halten konnte, nahm er wieder sein normales Aussehen an. Nach über einer Stunde, Jack war neben Lórian eingeschlafen, sank Eryon ohnmächtig zu

Boden. Ellen, die ihn die ganze Zeit sorgenvoll beobachtet hatte, fing ihn erschrocken auf. „Jack! Jack, wach auf!"

Müde richtete Jack sich auf. „Was ..." Dann sah er das Problem.

„Er ist einfach umgefallen", rief Ellen.

Jack half ihr, Eryon neben seinen Bruder zu legen. Beide wussten im ersten Moment nicht, was sie tun sollten. Doch Ellen fing sich schnell wieder.

„Jack ... geh schlafen, du fällst ja gleich um vor Müdigkeit. Ich kümmere mich um alles. Okay?" Er nickte und schlurfte zu seinem Zimmer. Dort ließ er sich, so dreckig wie er war, ins Bett fallen, und schlief augenblicklich ein.

Ellen besorgte sich Wasser, Tücher und Verbandsmaterial. Nun stand sie vor den beiden Sídhe und wusste nicht, wem sie zuerst helfen sollte. Sie betrachtete Lórian und stellte etwas verwundert fest, dass seine Verletzungen geheilt waren. Man sah nur noch die helleren Stellen auf seiner Haut, die von den schwereren Wunden am Kopf und an der Schläfe zurückgeblieben waren. Eryon hatte ganze Arbeit geleistet.

Ellen wusste, dass die Sídhe mit ihrer Magie heilen konnten, doch richtig gesehen hatte sie es nie. Fasziniert betrachtete sie Lórian. Er war jetzt von den Wunden nicht mehr verunstaltet, sie blickte in seine klaren, unglaublich schönen Gesichtszüge. Er ähnelte Eryon sehr und doch wirkte er mit seinem hellen goldbraunen Haar und der blassen Haut völlig anders. Unschuldig und noch zerbrechlicher als damals, dachte sie und deckte ihn vorsichtig mit einer Decke zu.

Lórian atmete gleichmäßig und ruhig, deshalb beschloss sie, ihn schlafen zu lassen.

Dann wandte sie sich Eryon zu und sah ihn lange nachdenklich an. Das Gesicht unbewegt und ungläubig. Noch immer konnte sie es kaum glauben: Er war hier! Eryon seufzte leise auf und Ellens Gesichtsausdruck wandelte sich. Tränen stiegen in ihr auf, in ihren Zügen spiegelten sich Erinnerungen, spiegelte sich Sehnsucht und Liebe. Zaghaft strich sie ihm das feuchte Haar aus der Stirn. „Es ist so lange her", flüsterte sie.

Vorsichtig begann sie seine Wunden zu säubern. Nach einer Weile wachte er auf und Ellen hielt inne. Im ersten Augenblick schaute er sie verwirrt an und schien nicht zu wissen, wo er war. Doch er besann sich rasch und richtete sich auf. Sie sahen sich lange an, ohne ein Wort zu sprechen.

„Geht es dir etwas besser?", fragte Ellen schließlich etwas befangen.

Eryon nickte. „Ich glaube, ich schulde dir einige Erklärungen", begann er und senkte den Blick. „Es ist in letzter Zeit viel geschehen. Jack war uns eine große Hilfe und ..."

Sanft legte sie einen Finger auf seine Lippen. „Du kannst es mir später erzählen. Möchtest du dich nicht lieber waschen oder vielleicht etwas essen?"

Eryon lächelte. „Beides, wenn es geht."

Sie erwiderte sein Lächeln und führte ihn in eines der Badezimmer. „Ich werde dir frische Sachen hinlegen. Wenn du fertig bist, komm in die Küche. Sie ist noch dort, wo sie früher war." Mit diesen Worten verließ sie ihn und ging davon.

Eryon sah ihrer schlanken Gestalt so lange nach, bis Ellen die Treppe nach unten gestiegen war und sich seinem Blick entzog. Seufzend zog Eryon sich seine schmutzigen Sachen aus und stieg unter die Dusche. Er schloss erleichtert die Augen, als das warme Wasser auf seine Haut prasselte. Seine Kratzer und Wunden brannten, aber er beachtete es nicht. Seine Gedanken kreisten um Ellen. Er konnte immer noch nicht ganz glauben, dass er sie nach all der Zeit wiedergesehen hatte. Jack ist ihr Sohn, dachte er und schüttelte ungläubig den Kopf.

Ellen war in der Küche, saß mit gefalteten Händen am Tisch und wartete. Als Eryon eintrat, schaute sie auf und betrachtete ihn eingehend. Sein Haar war noch feucht, er hatte es locker zurückgestrichen. Aber jetzt, wo er geduscht hatte und ordentlich gekleidet war, sah er wesentlich besser aus als auf der Burg. Er hatte sich nicht wieder verwandelt und stand vor ihr in seiner normalen Elfengestalt. Ellen konnte den Blick kaum von ihm abwenden.

„Dein Haar ist länger als vorhin in der Burg. Ich dachte schon, du hättest es wieder abgeschnitten", sagte sie leise.

Er lächelte und schüttelte den Kopf. „Nur eine Verwandlung. Ich wollte nicht auffallen." Eryon setzte sich an den Tisch und aß hungrig ihr zubereitetes Essen. Ellen beobachtete ihn, genoss das Gefühl seiner Gegenwart.

Nach einer Weile berichtete Eryon ihr alles. Er erzählte von Jacks Zusammentreffen mit Lórian und dessen Entführung, ihrer Suche nach ihm und von der Befreiung aus den Kerkern. Ellen hörte ihm schweigend und aufmerksam zu. Es tat ihm so gut, wieder mit ihr zu reden. Danach sah er sie lange an.

„Wo sind deine Eltern?", wollte er leise wissen.

Ellen sah auf. „Sie sind tot. Alle beide."

Eryon sah sie bestürzt an. „Du hast ihn Jack genannt", sagte er plötzlich.

Ellen blickte ihn mit fast schmerzverzehrten Zügen an.

„Ja ... Jack ... wie meinen Bruder."
 Eryon betrachtete sie. Sie trug ihr langes rotes Haar offen und er sah, dass feine goldene Strähnen dazwischen schimmerten. Sie hatte feine und schöne Gesichtszüge und bis auf ein paar Lachfältchen war ihre Haut glatt und zart. „Du hast dich kaum verändert", sagte er.
 Ellen lächelte freudlos. „Eryon, ich bin keine 17 mehr. Ich bin fast 38 Jahre alt und du sagst, ich hätte mich nicht verändert. Ich weiß nicht, ob du blind bist oder ob du mich nur aufziehen willst."
 „Für mich bist du genauso schön wie damals."
 Sie schaute ihn forschend an und merkte, dass er es ehrlich meinte. „Es ist so lange her. Ich hätte nicht gedacht, dass ich dich jemals wiedersehe", flüsterte Ellen. Eryon sagte nichts. Tränen stiegen ihr in die Augen und sie wandte sich schnell ab.
 Eryon umfasste sanft ihre Schultern und drehte sie wieder zu sich herum. „Meinst du, ich kenne deine Tränen nicht mehr?"
 Sie schüttelte den Kopf. „Es sind fast 20 Jahre vergangen und ... ich weiß nicht, wie ich es sagen soll ... es ist so viel passiert. Ich habe einen Mann und ..."
 „Ich weiß, Ellen ... du brauchst mir nichts zu erklären."
 „Doch ... etwas muss ich dir erklären", sagte sie so leise, dass er es kaum verstand. Eryon sah sie fragend an. Wieder rannen Tränen über ihre Wangen und sie war unfähig zu sprechen, doch sie wandte sich nicht wieder ab. Mit ernstem Gesicht blickte sie fest in seine Augen.
 „Ich muss dir etwas sehr Wichtiges sagen. Ich hatte damals keine Gelegenheit, denn du warst schon fort. Und ich kannte den Weg in dein Dorf nicht. Du hast ihn mir nie gezeigt. Verstehst du? Ich hatte keine Möglichkeit dich zu erreichen."

Eryon musterte sie verwirrt. „Was wolltest du mir sagen?"
Ihr Herz klopfte, und ihre Hände fingen an zu zittern. „Jack ist dein Sohn."

Jack stand inmitten eines düsteren Waldes. Ein Moor breitete sich vor ihm aus. Verkrüppelte, tote Bäume ragten starr aus dem Wasser und ihre Zweige reckten sich wie missgestaltete Finger zum Himmel. Das modrige Wasser stank nach Fäulnis und Verwesung. Er wusste nicht, wie er hierher gekommen war, aber er wusste, dass er Angst hatte. Etwas war hier, in seiner Nähe. Aber er konnte es nicht sehen, nur fühlen. Da vernahm er plötzlich ein leises Geräusch, das aus dem Moor zu kommen schien. Jack starrte auf das sumpfige Gewässer. Das Herz hämmerte in seiner Brust, als ein lebloser Körper aus den Tiefen des abgestorbenen Wassers aufstieg. Jack trat unwillkürlich einen Schritt zurück. Der Körper drehte sich ... und es war er selbst ... vom Tod entstellt. Weit aufgerissene leere Augen blickten ihn an. Entsetzt schrie er auf und geriet in Panik. Er wollte fortlaufen, nur fort von diesem grauenvollen Ort, doch er konnte nicht. Seine Beine wollten ihm nicht gehorchen.

Dann packte ihn eine Hand und drehte ihn grob herum. Es war Lórian. Doch sein Gesicht war verzehrt vor Hass und Wut. Plötzlich verwandelte er sich auf grausame Weise: Er wurde zum Phuka. Schwarze Augenhöhlen starrten Jack an und er sah nur noch das grausige Todesgesicht des Bösen.

Laut schreiend erwachte Jack und fuhr entsetzt hoch. In seinem Kopf hallten die Worte: „Sei gewarnt Jack!" Er wusste nicht, ob er nun endlich wach war oder noch immer träumte. Sein Körper war schweißgebadet und das Gefühl der Angst wollte nicht weichen. Unwillkürlich musste Jack an Lórian denken. Seine Gedanken wirbelten umher und wollten nicht zur Ruhe kommen. Müde und erschöpft rieb er sich die Augen und schaltete die Nachttischlampe an. Der Schein der Lampe vertrieb die Furcht etwas. Aber ihm war klar, dass er noch einmal nach Lórian sehen musste. Eher würde er nicht wieder einschlafen können.

Er stand auf und ging die Treppe herunter. Dann hörte er Gesprächsfetzen aus der Küche. Seine Mutter und Eryon unterhielten sich leise. Jack wunderte sich über den vertraulichen Ton, in dem sie sprachen. Er stellte sich hinter die Tür und lauschte.

Das was er dann hörte, ließ ihn erstarren. Ihm wurde eisig kalt, als er die Wahrheit mit anhörte, die seine Mutter ihm so lange verheimlicht hatte.

Alle Farbe wich aus Eryons Gesicht, als er die Botschaft vernahm, und er starrte Ellen erschüttert an. „Jack ist ... mein ...?"
Ellen nickte. Sie wünschte sich, ihm alles zu erzählen. Die ganzen Jahre über hatte sie sich gewünscht, Eryon wüsste, dass er der Vater ihres Sohnes ist. Sie liebte Shawn über alles, aber Eryon, er war ... sie konnte es nicht beschreiben, selbst nicht begreifen, aber er war für sie etwas Besonderes. Für ihn hatte sie eine besondere Liebe.

Leise fing sie an zu erzählen. „Es ist wahr, Eryon. Er ist dein Sohn. Als ich merkte, dass ich ein Kind bekomme, war ich verzweifelt, weil du fort warst. Und wir hatten ja vereinbart, uns nie wieder zu sehen. Weil wir wussten, dass es nicht gut gehen würde, weil ... weil du ja ein Sídhe bist ... und ich ein Mensch ... und ... ich ..."

Ihre Stimme versagte, als die Erinnerungen sie einholten, und sie fing wieder an zu weinen.

Eryon stand wie erstarrt vor ihr und wusste nicht, was er tun oder sagen sollte. Langsam wandte er sich ab und blickte aus dem Fenster. Wenn er sie doch damals nur nicht verlassen hätte! Wenn er sie doch mitgenommen hätte! Aber sie hatte Killarney nicht verlassen wollen und er hatte nicht für immer dort bleiben können. Er drehte sich wieder um und als er sprach, war seine Stimme nur ein Flüstern. „Es tut mir so leid ... verzeih mir ... wie konnte ich wissen, dass ..." Er vergrub sein Gesicht in den Händen und weinte bitterlich. Die ganzen Jahre hatte er sie geliebt und ihrer beider Entscheidung bereut. Einmal noch hatte er sie gesehen, ein Jahr nach ihrer Trennung. Sie hatte ein Kind in ihren Armen getragen, doch wie konnte er wissen, dass dies sein Sohn war, wo doch ein anderer Mann an ihrer Seite gegangen war. Er hatte gedacht, sie wäre glücklich und für ihn unerreichbar.

Als Ellen begriff, wie verzweifelt er war, zog sie ihn zu sich und hielt ihn fest. Sie klammerten sich aneinander und Eryon vergrub sein Gesicht in ihrem leicht duftenden Haar. Nach einer Weile nahm sie sanft sein Gesicht in ihre Hände und zwang ihn, sie anzusehen. „Eryon ... sieh mich an. Sieh mich an und sag mir, was du siehst."
Eryon blickte sie verwirrt an.
„Verstehst du nicht? Warum hatten wir uns denn getrennt? Ich bin fast 40 Jahre alt. In weiteren 20 Jahren bin ich alt. Du aber nicht!" Zart strich sie über seine Wange und fuhr fort: „Du wirst auch in 50 Jahren noch jung sein. Dann bin ich vielleicht schon tot. Wenn wir so zusammen gelebt hätten, wäre das nicht noch schmerzhafter für uns beide gewesen? Es war alles gut und richtig so. Eine andere Möglichkeit gab es nie und wird es auch nie geben.

Das weißt du."

Eryon senkte den Blick. „Ja", antwortete er leise. „Weiß Jack, dass ... dein Mann nicht sein Vater ist?"

Ellen senkte den Blick. „Ich lernte Shawn nach Jacks Geburt kennen. Er war stets an meiner Seite und liebte mich mit einer solchen Hingabe, dass ich seinen Heiratsantrag niemals hätte ausschlagen können. Mit der Zeit liebte ich ihn mit der gleichen Hingabe. Doch du warst immer da, hast zwischen uns geschwebt wie ein Schatten. Jack wurde dir immer ähnlicher. Das brach mir fast das Herz. Und jetzt, wo ich dachte, endlich meinen Frieden gefunden zu haben, da tauchst du wieder auf. Du tauchst einfach wieder auf ... mein Gott ... du bist wirklich hier!"

Er schaute gequält auf. „Weiß er es, Ellen?"

Sie schüttelte den Kopf. „Nein, er weiß es nicht. Shawn und ich hatten vereinbart, dass niemand jemals erfährt, dass Jack nicht von ihm ist. Auch Jack selbst nicht."

„Ellen ... aber jetzt muss er es wissen. Bitte ... ich möchte, dass er es weiß. Bitte, Ellen."

„Ja, ich werde es ihm sagen. Er soll wissen, wer sein Vater ist. Jetzt, wo ihr euch kennt, kann und will ich es nicht mehr verheimlichen. Aber Eryon, da ist noch etwas anderes. Als Jack geboren wurde, hat eine aus deinem Volk mir geholfen, ihn zu entbinden. Du musst wissen, dass Jacks jetziges Aussehen nicht der Wahrheit entspricht. Er gleicht den Sídhe mehr als den Menschen. Sie hat ihn damals verwandelt, damit ich hier mit ihm leben konnte."

„Was? Wer war diese Sídhe? Hat sie dir ihren Namen gesagt?"

Doch Ellen hörte ihn gar nicht mehr. Sie war tief in Gedanken versunken und erinnerte sich an den Moment, in dem Jack das erste Mal in ihren Armen gelegen hatte.

Der kleine Kerl hatte sie aus leuchtenden grünen Augen angeschaut. Und es war nicht das normale Leuchten der Augen gewesen. Jack hatte die Augen eines Sídhe, Eryons Augen. Sie schienen jeden Lichtstrahl aufzufangen und zu reflektieren. Sie erinnerte sich an das noch so kleinste Detail von ihm. Die spitzen Ohren, die schimmernde Haut und den feinen geschmeidigen Körper. Und obwohl er frisch geboren war, besaß er schon dunkles, feines Haar.

Dann erinnerte sie sich an ihren eigenen inneren Schmerz, als die Sídhe, die ihr bei der Geburt geholfen hatte, Jack in einen normalen Jungen verwandelt hatte. Sie hatte das Leuchten seiner Augen und das Schimmern seiner Haut verschwinden lassen und die spitzen Ohren rund geformt. Damals hatte sie geweint, denn sie hatte das Gefühl gehabt, dass sie ihrem Kind unrecht tat. Aber welche andere Möglichkeit hätte sie gehabt?

Ellen wurde aus ihren Gedanken gerissen, als Eryon sie am Arm berührte. „Ellen?"

Sie schaute auf. „Was hast du gesagt?", fragte sie.

„Ob die Sídhe dir ihren Namen gesagt hat."

Ellen nickte. „Ja, ihr Name war Seraya."

Überrascht blickte er sie an. „Seraya? Und ... und sie hat ihn verwandelt?"

„Ja. Ich wollte, dass sie mich mitnimmt zu dir. Aber sie tat es nicht. Sie sagte nur, der Zeitpunkt würde kommen, an dem wir uns wiedersehen würden. Ich konnte ja nicht wissen, dass diese Zeit fast 20 Jahre später sein würde."

Eryon war plötzlich verärgert. „Dann hat sie das alles gewusst und mir niemals etwas gesagt?" Er fühlte sich verraten. Seraya hatte ihn fast alles gelehrt, was er wusste, und er hatte ihr immer vertraut.

Ellen spürte, dass er verletzt war, und versuchte, ihn

zu beruhigen. „Ich denke, sie hatte ihre Gründe. Sie ist eine weise Frau und ..."

Er unterbrach sie unwirsch. „Ja, das ist sie. Aber sie hatte kein Recht, mir das alles zu verheimlichen", zischte er wütend.

Besänftigend legte Ellen eine Hand auf Eryons Arm. „Sie sagte mir damals, dass wir ihr Handeln erst später verstehen würden, und bat mich, wenn wir uns je wiedersehen würden, dass ich dich um Verzeihung bitten soll, für das, was sie getan hat."

„Warum sagt sie es mir nicht selbst?", fragte er immer noch zornig.

„Ich weiß es nicht", erwiderte Ellen. Für einen Moment schwiegen sie und sahen sich an.

„Ich werde es Jack sagen, wenn er wach ist", sagte sie leise.

In diesem Augenblick öffnete sich die Tür und Jack stand mit bleichem Gesicht da. „Gebt euch keine Mühe, mir etwas zu erklären", sagte er gefasst, „ich habe alles gehört." Er blieb noch einen Augenblick stehen, aber als er merkte, dass sich seine Tränen nicht mehr aufhalten ließen, wandte er sich ab und lief so schnell davon, wie er nur konnte.

Jack stürmte aus dem Haus und rannte über die Wiesen und Felder. Die dunkle Landschaft der Nacht rauschte an ihm vorbei. Immer wieder hörte er die Worte seiner Mutter in seinem Inneren. Aber er weigerte sich, sie zu glauben. Er konnte und wollte es nicht hinnehmen. Irgendwann blieb er schwer atmend stehen. Sein verstauchter Fuß schmerzte heftig, doch es war ihm egal. Er war bis in ein kleines Waldstück am Rande der Stadt gelaufen und kauerte sich unter einer Eiche nieder. Die ganze Welt schien über ihm zusammenzubrechen.

Ellen und Eryon blickten entsetzt auf die Stelle, wo Jack eben noch gestanden hatte.

„Nein, nicht so ... doch nicht so ... Eryon, so durfte er es nicht erfahren", stammelte sie und machte Anstalten, ihm nachzulaufen, doch Eryon hielt sie zurück.

„Ellen, meinst du, das ist eine so gute Idee? Er wird dir nicht zuhören wollen. Versetze dich in seine Lage. Lass mich Jack suchen gehen. Ich werde ihm alles erklären." Eine Weile blickte sie ihn verzweifelt an, dann nickte sie fast unmerklich. Zärtlich streichelte er ihre Wange. Dann küsste er sie auf die Stirn und machte sich auf, seinen Sohn zu suchen.

Eryon brauchte weit über eine Stunde, bis er Jack in dem kleinen Wald fand. Es dämmerte schon und die aufgehende Sonne bahnte sich einen Weg durch den dichten feuchten Nebel. Jack saß mit angezogenen Beinen an einen Baum gelehnt und hatte die Arme um seine Knie geschlungen. Das Gesicht hatte er verborgen.

Eryon setzte sich neben ihn. Das Herz klopfte ihm bis zum Hals. Dies war sein Sohn, sein einziges Kind. Und er wusste nicht, wie er ihm alles erklären oder wo er anfangen sollte, es ihm verständlich zu machen. Behutsam berührte Eryon ihn am Arm. „Jack?"

Langsam schaute Jack auf. Sein Gesicht war tränenüberströmt und er wandte den Blick von Eryon ab.

„Es tut mir leid, dass du es so erfahren musstest", sagte Eryon leise. Als Jack nichts erwiderte, versuchte er es noch einmal. „Jack, ich bitte dich, hör mich an. Was sollte deine Mutter denn sagen? Dass du das Kind eines Sídhe bist, den sie mit 17 Jahren zum Geliebten hatte? Ich weiß, sie hätte dir sagen können, dass Shawn nicht dein richtiger Vater ist. Aber wie konnte sie ahnen, dass wir beide uns einmal begegnen würden."

Jack schaute ihn finster an. „Schließlich hatte ihr Seraya ja gesagt, dass sie dich wiedersieht. Oder habe ich das falsch verstanden?"

„Nein, aber 20 Jahre sind eine lange Zeit und ..."

„Sie hätte mir trotzdem sagen können, dass ich einen anderen Vater habe", unterbrach ihn Jack zornig.

„Und dir eine andere Lüge erzählen?", hielt Eryon dagegen. „Die Wahrheit konnte sie dir wohl kaum sagen! Oder hättest du ihr geglaubt, wenn sie gesagt hätte, dass dein Vater ein Elf ist?"

Verlegen schüttelte Jack den Kopf. „Aber ... aber ich ... wie soll ich das alles glauben? Ich ... Mum hat mich angelogen ... und Dad auch", sagte Jack mit erstickter Stimme.

„Soll ich dir alles erzählen?", fragte Eryon.

Jack musterte ihn eine Weile, dann nickte er. „Ja."

„Also gut", begann Eryon. „Du hast ja schon selbst gemerkt, dass ich mich für die Menschen interessiere, sehr viel mehr als die anderen Sídhe. Irgendwann beschloss ich, einige Zeit unter euch zu leben. Ich verwandelte mein Aussehen und ging nach Killarney. Ich suchte dort Arbeit und fand sie schließlich bei deinen Großeltern. Ich half damals überall, wo ich gebraucht wurde. Denn eure Pension gab es ja damals schon. Deine Mutter und ich verliebten uns ineinander. Aus dem einen Jahr, das ich bleiben wollte, wurden schnell drei. Irgendwann wurde mir klar, dass ich ihr die Wahrheit sagen musste. Ich liebte sie und hatte Schuldgefühle, weil ich sie bis dahin über meine Herkunft im Unklaren gelassen hatte. Aber nun wollte ich, dass sie mich so nimmt, wie ich bin. Also offenbarte ich ihr alles, zeigte ihr mein wahres Aussehen. Und sie liebte mich trotzdem weiter. Ich glaube sogar, sie liebte mich von da an noch mehr." Eryon hielt einen

Moment inne. Doch als Jack sich nicht rührte und auch nichts erwiderte, fuhr er fort: „Für kurze Zeit lebte sogar Célia bei uns."

Jack blickte auf. „Célia?"

Eryon nickte. „Was sie dazu bewogen hat, weiß ich nicht. Vielleicht war es Neugierde, vielleicht auch mehr. Ich habe es nie hinterfragt. Nun ja, auf jeden Fall konnte es so nicht weitergehen. Das wurde Ellen und mir irgendwann klar. Ich konnte nicht länger in Killarney bleiben, weil der Verwandlungszauber mich mit der Zeit einfach zuviel Kraft kostete. Wie Seraya das mit deiner Verwandlung bewerkstelligt hat, bleibt mir ein Rätsel. Weißt du, diese Zauber zehren über einen längeren Zeitraum ganz schön an der Substanz. Ich wurde zusehends schwächer. Ich flehte deine Mutter an, mit mir zu kommen, aber sie brachte es nicht über sich, alles zurückzulassen. Außerdem wurde uns klar, dass unsere Lebensspannen so unterschiedlich sind, dass es sowieso unmöglich wäre, für immer zusammenzubleiben. Und dann starb ihr Bruder Jack."

Eryon stockte einen Moment, bevor er fortfuhr. „Die Belastung wurde zuviel. Alles brach zusammen. Also trennten wir uns und vereinbarten, uns nie wieder zu sehen. Ich ging zurück in meine Welt, aber ich sage dir eines, Jack: Diese Entscheidung bereue ich noch heute. Ein Jahr später sah ich deine Mutter mit dir im Arm und ihrem jetzigen Mann an eurer Seite. Ich dachte, sie wäre auch ohne mich glücklich. Und das war sie ja auch. Zumindest hoffte ich das. Ich ... ich dachte ..." Eryon brach ab. Tränen glitzerten in seinen Augen. Rasch senkte er den Kopf und hielt sie zurück. Jack, der die ganze Zeit schweigend zugehört hatte, sah ihn forschend an. „Du liebst sie immer noch, nicht wahr?".

„Ich wünschte es wäre anders", antwortete Eryon, „aber ja ... nach all den Jahren liebe ich sie immer noch."

Lange schauten sie sich an, dann ergriff Eryon wieder das Wort. „Aber mir ist noch etwas anderes klar geworden. Als ich damals deine Schulter heilte, habe ich einen Anflug von Magie gespürt. Jetzt weiß ich, dass ich mich nicht getäuscht habe."

Erstaunt starrte Jack ihn an. „Du meinst, ich kann auch zaubern?"

„Das werden wir zu gegebener Zeit herausfinden. Aber jetzt sollten wir zurückgehen. Deine Mutter war ziemlich verzweifelt, als ich von ihr wegging. Wirst du ihr verzeihen?"

Jack nickte nur. Vater und Sohn richteten sich auf. Einen Moment standen sie nun unentschlossen da und schauten sich an. Doch in den letzten Tagen hatten sie so viel zusammen durchgemacht, dass eine enge Bindung zwischen ihnen entstanden war. Jack ging schließlich einfach auf Eryon zu und umarmte ihn. Zum ersten Mal hielt Eryon bewusst seinen Sohn in den Armen. Er presste ihn an sich. Nach einer Weile lösten sie sich fast widerwillig voneinander. Eryon umfasste Jacks Gesicht mit beiden Händen und küsste sanft seine Stirn. Die bis zu diesem Zeitpunkt mühsam unterdrückten Tränen liefen Eryons Wangen hinunter und benetzten Jacks Gesicht. Auch Jack schluchzte leise. Er hätte ihn in diesem Moment gerne *Vater* genannt. Doch er brachte es nicht über sich. Langsam gingen die beiden den Weg zur Pension zurück.

Das große alte Haus kam in Sicht. In der Morgendämmerung wirkte es geheimnisvoll und zeitlos. Efeu und Weinblätter umrankten es, und teilweise sah man zwischen den Blätter und dem Grau des Mauerwerks die knorrigen Äste der Weingewächse. Eine große überdachte Terrasse war vor dem Haus, große Blumentöpfe mit blühenden Pflanzen waren dort aufgestellt. Ein Klangspiel, das man am Vordach aufgehängt hatte, bewegte sich leicht im Wind, und seine leisen, klingenden Töne hallten in der Luft. Ein Schild mit der verschnörkelten Aufschrift *Bed & Breakfast* hing vor dem Haus und bewegte sich in einem leichten Luftzug.

Eryon sah wehmütig auf die alte Pension, Erinnerungen überwältigten ihn. Einen Moment blieb er stehen, ließ die Gedanken auf sich wirken. Dann seufzte er und ging mit Jack zurück zu Ellen.

Schatten des Todes

Seraya stand zwischen den Bäumen und starrte in den Nebel. Ihr Gesicht glitzerte von feinen Wassertropfen und sie fror in der kalten nassen Luft. Verschwommene Bilder zogen durch ihren Geist. Sie wusste, was kommen würde. Schon lange waren ihr Teile der Zukunft bekannt und sie hatte genug Zeit gehabt, sich darauf vorzubereiten. Aber nun, da es soweit war, hatte sie Angst. Sie schloss die Augen und atmete den würzigen Geruch des Waldes ein. Dann wandte sie sich ab und ging zum Dorf.

Als sie aus dem Wald trat, sahen die Sídhe erstaunt auf. Seraya war in der letzten Zeit selten ins Dorf gekommen, die Elfen spürten, dass etwas bevorstand. Seraya blieb stehen und sah in die verwirrten Gesichter. „Die Sídh'nafért werden kommen. Bald. Lórian und Eryon werden nicht schnell genug zurück sein."

Obwohl sie sehr leise sprach, verstanden die Sídhe jedes Wort. Aufgeregte Stimmen redeten durcheinander, aber Seraya brachte sie mit einer Handbewegung zum Schweigen.

„Was sollen wir tun?", fragte Seyfra in die nachfolgende Stille hinein.

„Ihr werdet gar nichts tun. Ihr versteckt euch in den Wäldern. Ich werde sie aufhalten."

„Verzeih Seraya, aber wir können dich nicht ..."

„Schweig Adyan! Ihr werdet euch verstecken. Jetzt!"

Ein dunkelhaariger Sídhe trat zu ihnen. Seraya wandte sich ihm zu und sah ihn traurig an. „Du kannst mich nicht davon abhalten, Thálos. Das weißt du", sagte sie bedrückt.

„Das habe ich auch nicht vor", erwiderte er leise. „Du siehst Dinge, die uns verborgen bleiben, und du hast dich lange auf diesen Tag vorbereitet. Wer sollte das besser wissen als ich?"

„Auch wenn ich vieles vorher in meinem Geist gesehen habe, so konnte ich doch nichts verhindern. Ich kann nicht in das vorherbestimmte Schicksal anderer eingreifen."

Thálos nahm sanft ihr Gesicht in seine Hände und küsste sie auf die Stirn. „Ich weiß, Seraya, ich weiß. Niemand verlangt das von dir."

Ihre Blicke trafen sich. Es bedurfte keiner weiteren Worte mehr zwischen ihnen. Dann wandte sich die weise Elfe wieder den anderen zu. „Geht jetzt ... ich bitte euch."

Die Sídhe entfernten sich langsam.

Thálos blieb noch einen Moment zurück. „Sag mir nicht, dass dies ein Abschied für immer ist", flüsterte er. Jetzt, wo sie allein waren, flackerte Furcht in seinen Augen.

„Wir werden uns wiedersehen", wisperte Seraya. „Geh jetzt zu den anderen. Sie werden dich brauchen."

Thálos nickte und küsste sie sanft auf den Mund. Dann wandte er sich um und ging davon.

Seraya sah ihm lange nach. Wir werden uns in einer anderen Welt wiedersehen, Geliebter, dachte sie. Sie machte sich nicht die Mühe ihre Tränen fortzuwischen. Innerhalb weniger Minuten war das Dorf leer und eine bedrückende Stille hatte sich auf alles gelegt. Seraya ging zurück in Richtung des Nebels. Und wartete.

Der Wald war neblig und feucht. Der Wind rauschte durch die Bäume, es schien ein seltsames, warnendes Geräusch zu sein. Die Sídhe standen verwirrt und ärgerlich zwischen den Bäumen.

„Wir können sie das nicht allein machen lassen", sagte Seyfra mit gesenktem Blick.

„Feigheit ist nicht unsere Natur", zischte Adyan. „Lasst uns in die Höhlen gehen und unsere Waffen holen!"

„Aber können wir uns einfach gegen ihr Wort stellen?", fragte Mínya.

Thálos näherte sich ihnen. „Das tun wir nicht", wandte er ein. „Wir sind im Wald, wie sie es uns befohlen hat. Sie hat uns nicht verboten zu kämpfen."

„Du hast wie immer recht, Thálos", warf Seyfra ein. „Holen wir unsere Waffen. Die Kinder und die Frauen, die nicht kämpfen können oder nicht kämpfen wollen, bleiben in den Höhlen."

Es war beschlossen, und sie zögerten nicht länger. Schnell und anmutig rannten sie durch den Wald. Dann, auf einer Lichtung, hielten sie an. Seyfra legte ihre Hand auf das nasse Gras und setzte ihre Magie ein. Der Zauber, der mit dem Erdreich verwoben war, schwand und die Illusion, die er bewirkte, löste sich auf. Eine Luke erschien am Boden. Mit vereinten Kräften stemmten Thálos und Adyan die Öffnung auf, die Sídhe stiegen nacheinander die schmalen Treppen hinab. Thálos nahm ein Stück Holz mit. Er strich mit der Hand darüber, und es entzündete sich augenblicklich.

Mínya grinste ihn an. „Wenn das vorbei ist, zeigst du mir, wie das geht, nicht wahr?" Thálos erwiderte das Grinsen des Jungen und nickte.

Dann nahm er das brennende Holz und entzündete damit die aufgestellten Fackeln. Sofort erhellte sich die große Höhle und gab den Blick auf unzählige Waffen frei. Auf der einen Seite lagen große Langbögen mit Köchern voller Pfeile. Auf der anderen Seite türmten sich Schwerter und Dolche. Jede Waffe war mit Symbolen und Schriftzeichen versehen und glänzte golden im Fackelschein. Sie alle kannten ihre Stärken und wählten so auch die Waffen.

Deíra schnallte sich gerade einen Bogen um, als Thálos auf sie zu trat.

„Gehe nicht, Deíra. Lórian darf nicht noch eine Gefährtin verlieren. Wenn er wiederkommt, musst du noch am Leben sein." Sie blickte ihn zuerst betroffen an, dann aber nickte sie. Er nahm ihr den Bogen ab und schnallte ihn sich selbst um. Deíra schaute ihm wortlos zu. Er hob die Hand und strich ihr sanft über das Haar. „Er kommt zurück, Schwester", flüsterte er.

Ihre Augen füllten sich mit Tränen. „Komm du auch zurück?"

Er lächelte. „Wenn es möglich ist." Dann wandte er sich ab und ging mit den anderen.

Deíra blieb mit den anderen in der Höhle zurück, Tränen liefen über ihre Wangen. Als alle Krieger aus der Höhle gestiegen waren, versiegelte Seyfra den Eingang fest. Nur ein Sídhe würde ihn öffnen können!

Rakúl führte die dunkel gekleideten Sídh'nafért durch die dichten Wälder Killarneys. Kein Mensch begegnete ihnen. Alles war still. Sie bewegten sich wie Geister durch den Wald, bleiche Kreaturen der Dunkelheit. Kurz vor den Nebeln Shef'rhons hielten sie an. Sie hatten die unterirdischen Wege ihres Verbannungsortes benutzt, die Tunnel des carlián sylîn, die auch bis zum Mangerton Mountain gingen. Nun waren sie kurz vor ihrem Ziel und lechzten nach Blut. Der magische Nebel wogte vor ihnen auf, als wäre das Tal der Sídhe mit fließenden Schleiern geschützt.

Gorweyn trat neben Rakúl. „Nun öffne den Nebel", befahl er.

Rakúl grinste. „Leichter gesagt, als getan ... ich bin verbannt, schon vergessen?"

Gorweyn funkelte ihn böse an und packte ihn grob am Kragen. „Dann sag mir verdammt noch mal, wie er sich öffnen lässt!" Rakúl grinste ihn immer noch unverschämt an. Gorweyn fand in seinem Blick etwas, das ihm gar nicht gefiel. Und als er erkannte, was mit Rakúl passiert war, da war es zu spät für ihn. Entsetzt ließ er ihn los.

Doch Rakúl war schneller. Er zog einen Dolch und stieß ihn Gorweyn in die Brust. Keuchend presste der Anführer der Sídh'nafért die Hände auf die Wunde und versuchte sie mit seinen Kräften wieder zu schließen. Rakúl wartete gelassen bis Gorweyn sich geheilt hatte. Dann legte er ihm fast sanft seine Hand auf die Stirn. Panik flackerte in Gorweyns Augen auf und er versuchte, sich aus seinem Griff zu befreien, aber Rakúls dunkle Magie floss bereits in ihn. Sie breitete sich in seinem Körper aus und begann ihn langsam zu töten. Sein Schrei hallte durch den Wald. Dann war Stille.

Rakúl ließ den leblosen Körper achtlos fallen und blickte die Sídh'nafért mit grimmiger Miene an. Diese hatten sich aus dem Kampf herausgehalten, denn nur der Stärkste durfte ihr Anführer sein. Und sie akzeptierten nun Rakúl als den, der stärker war als Gorweyn. Die Natter hatte die Kobra tatsächlich besiegt.

Rakúl flüsterte ein leises Wort und ein Phuka erschien vor ihm. Die Sídh'nafért wichen erschrocken zurück.

Doch der Phuka lächelte. „Du enttäuschst meine Erwartungen nicht, mein Freund. Gorweyn war nie so herrlich grausam wie du. Ich wusste, dass du mir gefallen würdest. Du bist schon ohne unseren Einfluss so wunderbar böse und hasserfüllt", sagte er belustigt.
Rakúl starrte ihn mit ausdrucksloser Miene an. „Wie komme ich durch den Nebel?", fragte er.
„Ah, du bist ja verbannt. Und nun willst du meine Hilfe?", raunte der Phuka.
„Wenn du sie mir geben willst", antwortete Rakúl.
„Ha, das war die richtige Antwort. Es gefällt mir, dass du nicht bettelst wie Gorweyn. Komm näher!"
Rakúl ging auf den Phuka zu. Der dunkle Dämon brachte sein Gesicht nah an seines heran und hauchte ihn an. Rakúl musste unwillkürlich würgen.
„So, nun öffne den Nebel. Lórians Verbannung ist nicht mehr gültig. Wie geht es denn unserem Elfenkönig?"
Rakúl schaute ihn verwundert an. Wieso interessierte sich der Phuka für Lórian? „Ich hoffe schlecht", antwortete er nur.
Der Phuka grinste. „Schade um ihn. Er wäre eine Bereicherung gewesen." Der Gesichtsausdruck des Dämons änderte sich. „Aber er hat mich abgewiesen", zischte er zornig. Dann verschwand er.
Rakúl fragte sich, was sich in dem Gefängnis noch alles abgespielt hatte. Er verdrängte diese Gedanken, wandte sich dem Nebel zu und öffnete ihn.

Die Sídhe waren unsichtbar im Wald versteckt. Die Bogenschützen saßen in den Baumkronen und beobachteten wachsam die Umgebung. Thálos gewahrte eine Bewegung am äußeren Nebel und stieß einen Vogelruf aus. Sofort blickten die anderen zu ihm und er zeigte ihnen die

Richtung, aus der ihre Feinde kamen. Blitzschnell legten sie ihre Pfeile in die Bögen und warteten. Sie würden ihre Heimat verteidigen. Auch wenn sie das ihr Leben kosten würde.

Seraya bemerkte die Eindringlinge genau in demselben Moment wie Thálos und wappnete sich. Sie ging in sich, konzentrierte sich und begann leise, beschwörende Worte zu flüstern. Langsam verdichtete sich die Luft vor ihr und wurde trübe. Eine dunkle, schemenhafte Gestalt tauchte vor ihr auf. Seraya starrte sie grimmig an.
„Ich wusste, dass du irgendwann zur Vernunft kommst und mich rufst", raunte die düstere Kreatur.
„Dann gib mir, was ich will, und verschwinde wieder", zischte sie. Ein leises Lachen ertönte, die Gestalt streckte die Hand aus und berührte Seraya.

Rakúl ging zielsicher und siegesgewiss durch den Wald. Wie sollte er auch ahnen, dass man im Dorf von seinem Kommen wusste. Dass er die Sídhe unterschätzt hatte, erkannte er, als ein Hagel von Pfeilen auf ihn und die Sídh'nafért niederprasselte. Ein Pfeil bohrte sich in seinen Oberschenkel. Er fluchte laut: „Zurück! Verteilt euch in den Wäldern! Tötet sie!"
Die Sídh'nafért zogen ihre Waffen und verteilten sich im Wald. Doch plötzlich hob sich vor ihnen die Erde und gab ein Heer von grimmigen Elfenkriegern frei, die sich unter Bergen von Laub versteckt hatten. Schwerter krachten zusammen, augenblicklich tobte ein unerbittlicher Kampf. Die Bogenschützen sprangen gewandt durch die Bäume, um näher ans Kampfgeschehen zu kommen. Ihre Pfeile trafen fast immer das Ziel, aber die Sídh'nafért heilten sich schnell wieder und schossen un-

barmherzig zurück. Ihre Pfeile waren tödlicher, als die der Sídhe, denn ihre Pfeilspitzen waren aus Eisen.

Rakúl bahnte sich einen blutigen Weg durch die Reihen der Sídhe. „Jetzt!", schrie er und die Sídh'nafért setzten die Magie ihrer Schwerter frei.

Thálos schoss seinen letzten Pfeil ab und warf seinen Bogen fort. Mit einer eleganten Bewegung sprang er vom Baum. Vorsichtig schlich er mit den anderen Bogenschützen zu den Kämpfenden hin. Seine braungrüne Kleidung glänzte vor Feuchtigkeit. Er fror. Ein Windstoß wehte ihm das dichte dunkle Haar ins Gesicht. Hastig griff er in die Tasche seiner Tunika, holte ein Band heraus, womit er die vorderen widerspenstigen Strähnen nach hinten band.

Dann blieb er vor einem toten Sídhe stehen. Er hockte sich vor ihn hin und betrachtete ihn einen Augenblick lang traurig. Dann hob er die Hand, machte ein Zeichen über dessen Herzen und flüsterte leise Worte. Langsam nahm er das Schwert seines toten Freundes und lief den anderen nach, die schon in Kämpfe verwickelt waren.

Fast augenblicklich stellte sich einer seiner Feinde ihm entgegen. Die Schwerter krachten aufeinander. Thálos kämpfte erbittert um sein Leben. Doch irgendetwas veränderte sich. Der Sídh'nafért fing an zu grinsen und verwandelte sich plötzlich auf grauenvolle Weise. Er alterte zusehends und seine Haut fing an zu verwesen und zu verfallen.

Thálos keuchte entsetzt auf und wich zurück. Voller Ekel versuchte er, sich das Grauen vom Leib zu halten und wehrte den erneuten Angriff ab. Da verschwamm die Gestalt seines Gegners und plötzlich stand Seraya vor ihm. Verwirrt ließ er seine Waffe sinken. Was passierte

hier? Er wusste, sie war auf der anderen Seite des Waldes. Oder?
Seraya griff ihn an. Nun dämmerte es ihm. Er wehrte den Schwerthieb geschickt ab und sah sich rasch um. Alle Sídhe waren vollkommen verwirrt. Die Sídh'nafért waren in die unterschiedlichsten Gestalten geschlüpft. Alle hatten sich irgendwie verwandelt.
„Es ist eine Illusion! Sie wenden ihre Magie an!", schrie Thálos so laut er konnte, aber kaum ein Sídhe hörte ihn.
Dann plötzlich tauchte eine Person neben ihm auf. Erstaunt stellte er fest, dass es Lórian war. Thálos sah sich nach seinem Angreifer um, aber der war fort. Er wandte sich freudig überrascht zu seinem langjährigen Freund um. „Lórian, ich sehe dich mit Freuden, wie ..."
Seine Worte erstarben, als sein vermeintlicher Anführer ihn mit seinem Schwert durchbohrte. Thálos keuchte auf und starrte sein Gegenüber erschüttert an. Ein stechender Schmerz durchzog seinen Unterleib, als die Waffe brutal wieder aus der Wunde gezogen wurde. Er taumelte und seine Beine gaben nach. Dann sank er auf die Knie und blickte verstört zu seinem Gegner hoch. Dieser verwandelte sich wieder und grinste. „Rakúl", flüsterte Thálos entsetzt
Blut quoll aus der tiefen Wunde, und er spürte, wie seine untere Körperhälfte taub wurde. Sein Feind hockte sich vor ihn hin und beobachtete ihn triumphierend. Thálos' Atem ging stoßweise, eine Woge des Schmerzes überfiel ihn. Er wusste, dass sein Leben Stück für Stück und mit jedem Pulsschlag von ihm wich. Verzweifelt versuchte er, sich gegen die Ohnmacht zu wehren, die ihn langsam befiel. Er wusste, er würde kämpfen müssen, sich retten, aber er konnte es nicht. Sein Körper versagte ihm den Dienst.

Rakúl packte ihn an den Haaren und bog seinen Kopf nach hinten. Sie sahen sich in die Augen. Pure Angst flackerte in Thálos' Blick. Dann spürte er einen scharfen Schmerz und sein Blick trübte sich, als Rakúl, mit einer raschen Bewegung seine Kehle durchschnitt.

„Nein", rief Seraya entsetzt, als sie das Kampfgeschehen hörte. Sie hatte sich getäuscht. Die Sídh'nafért waren von der anderen Seite des Berges gekommen. Von dort, wo sich ihr Volk versteckt hielt. Sie konzentrierte sich und setzte ihre uralte Magie ein. Von einer Sekunde auf die andere war sie verschwunden und tauchte in den Wäldern, wo die Kämpfe tobten, wieder auf. Sie lief hastig zwischen den Bäumen hindurch. Ruckartig blieb sie stehen, denn eine leblose Gestalt lag vor ihr. Thálos' sanfte Augen schauten gebrochen in den Himmel, sein dunkles Haar wurde leicht vom Wind bewegt. Der Waldboden war mit seinem Blut benetzt.

Die Kämpfe hatten sich inzwischen verlagert und tobten etwas entfernt weiter. Die Schreie der Sterbenden und das Klirren der Waffen hallten durch den Wald. Doch Seraya hörte es nicht. „Nein", flüsterte sie heiser. Langsam kniete sie vor Thálos nieder, beugte sich zu ihm hinunter und nahm ihn in die Arme. Sie schluchzte leise und schmerzerfüllt auf, legte ihre Hand an sein Herz und flüsterte mit zitternden Lippen dieselben Worte, die Thálos noch kurz davor für einen anderen gesprochen hatte. Ihre Tränen fielen auf den Boden und vermischten sich mit dem Blut ihres Geliebten, das nun auch ihre Kleider tränkte. Dann heilte sie Thálos' Wunden und schloss seine Augen.

Sie zog ihren Dolch aus dem Gewand, die Waffe, die sie stets bei sich trug. Vorsichtig schnitt sie sich damit eine dichte Haarsträhne ab und flocht sie in Thálos' Haar. Dasselbe tat sie mit einer von seinen Strähnen in ihrem Haar. Seraya küsste ihn ein letztes Mal und ließ ihn zurück auf den Boden gleiten. „Leb wohl, Geliebter", wisperte sie leise. „Vielleicht sehen wir uns eher wieder, als ich dachte."

Sie steckte den Dolch zurück, richtete sich aber hastig auf, als plötzlich ein Sídh'nafért hinter ihr erschien. Wilder Zorn wallte plötzlich in Seraya auf, sie schaute ihren Feind hasserfüllt an. Sie brauchte nur einen Augenblick, um die Kräfte freizusetzen, die der Dunkle ihr verliehen hatte, der Phuka, der sie schon so lange zu verführen versucht hatte.

Die dunkle Kraft traf den Sídh'nafért mit solcher Wucht, dass er zu Boden geschleudert wurde. Seraya ließ sich von ihrer Wut und ihrem Hass verzehren und näherte sich dem Getroffenen. Dieser blickte sie voller Panik an. Die dunkle Magie strömte durch ihre Adern und verwandelte sie innerlich. Sie ließ es zu, wehrte sich mit Absicht nicht dagegen, dass das Gute aus ihrer Seele verdrängt wurde. Wie in Trance holte sie ihren Dolch heraus. Seraya sah den Sídh'nafért grimmig an. Sie packte ihn und setzte ihm den Dolch an die Kehle. „Das ist für Thálos", zischte sie und tötete ihn ohne Gnade.

Doch das Blut ihres Gegners weckte sie aus ihrem Rausch. Entsetzt sah sie auf ihre eigene Tat. Sie wandte sich rasch ab und versuchte, Ordnung in ihre Gedanken zu bringen. Dann lächelte sie wieder. Die schwarze Kraft hatte erneut die Oberhand gewonnen. Sie sammelte ihre Kräfte, um die Sídh'nafért endgültig zu vernichten.

Die Sídh'nafért schrien erschrocken auf, als die Woge von Serayas Magie auf sie traf. Die Waffen fielen aus ihren Händen und sie wanden sich vor Schmerz.

Rakúl wusste sofort, wer die Ursache dafür war. „Seraya!", schrie er erbost und kämpfte gegen den rasenden Schmerz in seinem Leib an. Er wusste, diese uralte Sídhe war stärker als alle zusammen. „Zurück! Zieht euch zurück!", schrie er aus Leibeskräften. Doch die Sídh'nafért rührten sich nicht. Sie versuchten verzweifelt, sich aus Serayas Bann zu befreien.

Aber Rakúl wusste, wenn sie siegen wollten, mussten sie sich jetzt zurückziehen. Denn Seraya würde bald zu ihnen gehören. Und dann würde nichts sie mehr aufhalten können. „Verdammt noch mal! Verschwindet von hier! Zurück, sag ich!", rief er noch einmal und lauter als zuvor.

Endlich reagierten die Sídh'nafért. Sie griffen nach ihren Waffen und flüchteten überstürzt durch den Wald. Sie liefen durch den Nebel, den Rakúl teilte, und verschwanden in der dunklen Sicherheit des Waldes.

Seraya brach den Angriff ab, als sie merkte, dass die Sídhe vorerst in Sicherheit waren. Die dunkle Magie strömte machtvoll durch sie hindurch und sie war kaum noch fähig, diese in Schach zu halten.

Die Sídhe blickten sich verstört um. Dann entdeckten sie Seraya und liefen aufgeregt auf sie zu. Doch sie hielt sie zurück. „Kommt nicht näher! Lauft in die Wälder!", befahl sie. Da erschien der Phuka vor ihr.

Überstürzt flüchteten die Sídhe in die Dunkelheit der Bäume. Atemlos beobachteten sie Seraya, die auf einer Lichtung stand. Ihre Gewänder waren mit Thálos Blut bedeckt und an ihren Händen klebte das Blut des Sídh'nafért, den sie getötet hatte. Der Wind wehte in ihrem Haar. Die Strähne von Thálos' schimmerndem dunklem Haar stach in ihrem goldbraunen Haar deutlich hervor.

Die düstere Kreatur blickte sie zornig an. „Warum hast du sie nicht alle getötet?", fragte der Dunkle zornig.

„Weil ich mich nicht selbst vernichten will", sagte sie ruhig.

Der Phuka beäugte sie misstrauisch. „Wir haben eine Abmachung!", herrschte er sie an.

„Würdest du denn deinen Teil erfüllen?", fragte sie ihn und hielt seinem Blick stand. „Ich denke doch nicht."

„Du wirst mir gehorchen und ..." Der Phuka stockte, als er ihren Gesichtsausdruck sah. Seraya stand da und blickte ihn unerschrocken an. „Nur der Tod kann mich vor eurer Verführung retten. Und ich denke, ich habe lange genug gelebt", flüsterte sie und holte ihren Dolch heraus. Sie blickte in die Gesichter ihres erschrockenen Volkes. Dann lächelte sie und stieß sich das Messer selbst ins Herz.

Lórian wurde mit einem Schrei auf den Lippen wach und richtete sich erschrocken auf. Die Hüterin des Kristalls war tot! Er hatte die Wahrheit im Traum gesehen und diese Erkenntnis erfüllte ihn mit solchem Entsetzen, dass er es kaum ertragen konnte. Selbst jetzt, wo er wach war, wollten die Bilder seiner Vision nicht verschwinden. „Nein", flüsterte er und schlug die Hände vors Gesicht.

Erst nach einer Weile wurde ihm bewusst, dass er nicht mehr im Kerker der Sídh'nafért war. Die letzten Tage waren derart verschwommen in seiner Erinnerung, dass er Traum und Wirklichkeit kaum mehr unterscheiden konnte. Er nahm die Hände von seinen Augen und blickte sich um.

Er lag in einem hohen weichen Bett in einem gemütlichen und liebevoll eingerichteten Zimmer. An den Wänden hingen gemalte Bilder, die verschiedene

Landschaften Irlands darstellten, und am Boden lag ein flauschiger Teppich. Die aprikotfarbenen Gardinen am Fenster waren zugezogen, der Raum in warmes Licht getaucht.

Lórian schlug die Bettdecke zurück und stand vorsichtig auf. Alles drehte sich um ihn und sein Kopf dröhnte derart, dass er stöhnend das Gesicht verzog. Ihm wurde übel und schwindelig. Sein Magen zog sich vor Hunger schmerzhaft zusammen. Taumelnd griff er zum Bett und hielt sich fest. Da ging die Tür auf. Lórian blickte erschrocken auf. Vor ihm stand eine große rothaarige Frau und blickte ihn ebenso erschrocken an. Aber das Schlimmste war, dass diese Frau keine Sídhe war, sondern ein Mensch!

Panik stieg in ihm auf. Er ließ das Bett los und wich zurück. In seinen Ohren begann es zu rauschen, das Zimmer fing an sich um ihn zu drehen. Vor seinen Augen flimmerten bunte Lichter und der Fußboden neigte sich gefährlich zur Seite. Dann wurde alles schwarz vor seinen Augen.

Ellen schrie erschrocken auf, als Lórian ohnmächtig zu Boden glitt. Sie stürzte auf ihn zu und versuchte ihn aufzufangen. Aber sie konnte ihn nicht halten und beide schlugen hart auf dem Boden auf. In diesem Moment kamen Eryon und Jack ins Zimmer.

Ellen blickte auf. „Schnell! Helft mir! Er ist ohnmächtig!"

Sofort kniete Eryon sich neben sie und befühlte vorsichtig Lórians Stirn. „Lórian?" Als er nicht erwachte, sah Eryon ihn einen Moment besorgt an. Dann strich er sanft über seine Stirn. „Lórian!"

Ellen, die Lórian in den Armen hielt, sah an dieser Stelle ein goldenes Schimmern, das einen Moment auf

Lórians Haut blieb. Endlich flatterten seine Lider und er schlug mühsam die Augen auf. Als er als erstes Ellen sah, weiteten sich seine Augen vor Schreck. Er wollte sich aus ihrer Umarmung befreien, aber Eryon legte beschwichtigend eine Hand auf seinen Arm.

„Es ist alles in Ordnung", beruhigte er ihn. „Du bist in Sicherheit." Da erst erkannte Lórian seinen Bruder und richtete sich langsam auf. Eryon half ihm, sich aufs Bett zu setzen.

„Was ist passiert?", fragte Lórian leise. „Wo bin ich?" Sein Kopf schmerzte furchtbar und ein Stöhnen entglitt ihm.

„Wir sind bei Ellen", antwortete Eryon.

Lórian blickte ihn etwas erstaunt an. „Bei ...?" Eryon nickte und sein Blick traf den Ellens. Lórian schaute ebenfalls auf die hübsche rothaarige Frau. Da erst erkannte er sie. Dann bemerkte er Eryons seltsamen Blick und hob verwundert die Augenbrauen.

„Sie ist Jacks Mutter", flüsterte Eryon.

„Sie ist ... Jacks ... Mutter?", stotterte Lórian verwirrt. Dann trat Jack in sein Blickfeld. Er war noch immer schmutzig und abgerissen von den Tagen im Labyrinth, außerdem waren seine Augen gerötet vom Weinen. Verlegen wich er Lórians Blick aus.

Als Lórian danach den ebenso verlegenen Blick von Eryon sah, blickte er sie abwechselnd an. Er sah die gleichen Augen, die gleichen kastanienbraunen Haare und das erste Mal fiel ihm etwas an Jacks Gesichtszügen auf. Er ähnelte Eryon so sehr, dass Lórian es nicht fassen konnte, dass es ihm nicht schon früher aufgefallen war.

„Gütige Geister! Warum hast du mir das nicht gesagt?"

„Weil ich es nicht gewusst habe", antwortete Eryon fast unhörbar.

Lórian schüttelte verstört den Kopf. Er war in einem Haus der Menschen, mit Eryons ehemaliger Geliebten und Eryons Sohn. „Hast du es gewusst?", fragte er Jack. Dieser schüttelte ebenfalls den Kopf.
Ellen versuchte es zu erklären. „Ich konnte es ihm nicht mehr sagen ... ich kannte den Weg in euer Dorf nicht und..."
„Ist schon gut", unterbrach Lórian sie sanft. „Du brauchst dich vor mir nicht zu rechtfertigen. Es ist nur, ich ... ich bin verwirrt." Er schloss die Augen, in der Hoffnung, sein Kopfschmerz würde etwas nachlassen.
„Ist dir nicht gut? Wie geht es dir?", wollte Eryon besorgt wissen.

Lórian schaute ihn mit großen Augen an. Ich habe das Gefühl, mein ganzer Körper bricht gleich unter mir zusammen und er fragt mich, ob es mir nicht gut geht, dachte er seufzend und massierte sich die schmerzenden Schläfen. Doch er sagte nichts.
„Lórian? Ist alles in Ordnung?", fragte Eryon noch einmal.
„Nein", stöhnte er. „Mir geht es nicht gut." Plötzlich erinnerte er sich wieder an seine Vision und der Schweiß brach ihm aus. Er streckte die Hand aus und ergriff Eryons Hand.
Dieser sah ihn fragend an. „Was ...?"
„Die Sídh'nafért ... ich ...", stammelte Lórian.
Eryon musterte ihn verwirrt, dann erinnerte er sich an Lórians Worte in dem Labyrinth.
„Die Verbannung", keuchte er erschrocken.
„Sie sind ... sie haben das ... das Dorf überfallen", erzählte Lórian stockend. „Ich habe es gesehen ... im Traum."
„Hast du vielleicht die Zukunft gesehen? Wir sind erst einen Tag aus den Höhlen heraus und ..."

„Nein", unterbrach Lórian ihn. „Ich habe es in dem Moment gesehen, in dem es passierte."

Eryon erbleichte. „Gibt es Tote?"

Lórian nickte nur, und in seinen Gesichtszügen konnte man seine Qual förmlich ablesen. „Seraya ist tot", flüsterte er.

Eryons Hände fingen an zu zittern. „Nein", sagte er heiser, „das ... das kann nicht sein, sie ..."

„Wir müssen zurück", sagte Lórian entschieden.

Eryon starrte ihn fassungslos an. „Seraya kann nicht tot sein. Niemand hätte sie überwältigen können, sie ist ..."

„Sie ist tot, das kann ich dir versichern", herrschte Lórian seinen Bruder an. „Sie hat die Sídh'nafért mit der dunklen Kraft vertrieben und dann ... dann hat sie ... sie hat sich selbst getötet ... mit dem Dolch, den ich ihr einst geschenkt habe." Er wandte sich ab. „Und ich bin schuld ... ich trage die Verantwortung ... ich habe zugelassen, dass ... ich ..." Ihm brach die Stimme. Ausdruckslos starrte er an die Wand und fing an, sich hin und her zu wiegen.

Eryon blickte seinen Bruder erschüttert an. Er saß da, halb verhungert und gefoltert. Alles, wofür er gelebt hatte, war in Fetzen gerissen worden. Lórian begegnete seinem Blick und Eryon sah nur Schmerz darin. Er hatte nur einen Bruchteil von dem gefühlt, was Lórian hatte erleiden müssen, als er ihn heilte, und es war schon fast mehr gewesen, als er selbst hatte ertragen können. Etwas war in Lórian zerbrochen und es würde Jahre dauern, bis seine Seele wieder vollkommen geheilt war. Wie konnte er das ertragen?

Eryon betrachtete seinen Bruder, sah wie furchtbar abgemagert er war, blickte auf die dunklen Augenringe und nahm die feinen weißen Linien seiner geheilten Wunden wahr, die ihn trotz seiner Heilung noch immer schmerzten. „Niemand ... niemand gibt dir die Schuld dafür", flüsterte Eryon.

Lórians Augen blitzten plötzlich zornig. „Wessen Schuld sollte es wohl sein, wenn nicht meine?", zischte er.

„Jeder, der dich sieht, der dir in die Augen blickt, wird verstehen, warum du es getan hast ... das du keine Wahl hattest."

„Nein! Belüge dich nicht selbst, ich ..."

„Hör auf, Lórian!"

„Nein, ich ..."

Eryon kniete sich vor seinen Bruder hin und schüttelte ihn, als er den Selbsthass in seinem Blick sah. „Hör auf! Sieh dich an! Verdammt noch mal, sieh dich doch an!" Eryon stand abrupt auf und sah sich gehetzt im Zimmer um. Dann fand er, was er suchte, und hielt es Lórian hin. „Sieh dich an ... und dann sag mir noch einmal, dass du Schuld hast!"

Lórian blickte auf den Gegenstand, den Eryon ihm hinhielt. Es war ein Spiegel. Zögernd nahm er ihn und schaute hinein. Dann ließ er ihn langsam wieder sinken. Der Spiegel glitt ihm aus der Hand, fiel auf den Boden und zersprang in tausend Splitter. Tränen stiegen in Lórian auf. Er konnte sie nicht aufhalten, nichts dagegen tun. Ein Schluchzen entrang sich seiner Kehle und er bedeckte das Gesicht mit den Händen. Eryon setzte sich neben ihn und hielt ihn einfach nur fest.

Ellen und Jack starrten erschüttert auf die Szene. Sie verstanden nicht viel von dem, was die beiden Sídhe sagten, denn sie waren nach kurzer Zeit in ihre eigene Sprache gefallen. Doch Jack hatte genug gehört, um zu verstehen. Die beiden hörten die melodischen Stimmen der Elfen, die Weichheit ihrer Sprache, aber dennoch konnten sie den Schmerz in ihren Stimmen vernehmen.

Die Unterhaltung der Brüder wurde immer hitziger und lauter. Ellen wich verstört etwas zurück, und als Lórian anfing zu weinen, nahm sie ihren Sohn am Arm und zog ihn hinaus. Sie blickte Jack fragend an, dessen Gesicht ebenfalls tränenüberströmt war.

„Hast du verstanden, was sie geredet haben?", fragte sie ihn sanft.

Er schüttelte den Kopf. „Nein ... aber ich war dort ... ich habe gesehen ... ich habe ..." Dann sah er auf seine Hände und blickte auf das Blut daran. Das Blut, das nicht sein eigenes war. Er hielt seiner Mutter die Hände hin. „Siehst du das? Das ist das Blut eines Sídh'nafért. Ich habe ihn erstochen, um Eryon das Leben zu retten." Jack senkte den Blick, um nicht den geschockten Ausdruck in dem Gesicht seiner Mutter zu sehen. „Ich weiß nur, dass die Sídh'nafért frei sind und dass sie ins Dorf eingedrungen sind. Ich kann mir lebhaft vorstellen, was da passiert ist. Und Lórian gibt sich die Schuld dafür ... so wie ich mir die Schuld gebe an dem Tod dieses Sídh'nafért."

Ellen blickte ihren Sohn fassungslos an. Doch dieser wandte sich ab. Einen Augenblick war nur das leise Knarren des großen alten Hauses zu hören. Dann streckte Ellen die Hand aus und wollte ihren Sohn an sich ziehen, aber er schüttelte den Kopf und wich ihr aus. Traurig senkte sie den Blick. „Geh dich duschen, Jack, und dann komm in die Küche", sagte sie betrübt. „Ich mache dir etwas zu essen." Er nickte nur und ging die Treppe nach oben in sein Zimmer.

Im selben Moment kamen Ellens Pensionsgäste zur Tür herein. Sie bugsierte sie sofort in den Aufenthaltsraum.

Nach Hause

Regen prasselte an das Fenster, und der Wind heulte so laut, dass man meinte, es würden Geister umhergehen. Eryon saß auf dem Bett und beobachtete, wie Lórian gierig Essen in sich hineinschlang. „Du solltest nicht so hastig essen. Dein Magen muss sich erst wieder an Nahrung gewöhnen."
Lórian schaute ihn missbilligend an. „Erstens haben wir keine Zeit", murmelte er fast unverständlich, weil er gerade ein Stück Obst zerkaute, „zweitens sterbe ich vor Hunger. Und was meinen verdammten Magen betrifft", er schluckte das Obst geräuschvoll hinunter, „er kann nicht noch mehr schmerzen als bisher."
Eryon begegnete etwas ärgerlich seinem Blick. „Du brauchst deine Wut nicht an mir auslassen."
„Du bist der einzige, der hier ist", antwortete Lórian barsch.
Eryon stand zornig auf und ging zum Fenster. „Ja, allerdings", sagte er scharf. „Derjenige, der dich gerettet hat."
Das versetzte Lórian einen Stich. Er legte das Brot, das er in der Hand hielt, beiseite und senkte den Blick. „Verzeih", seufzte er und wollte sich Eryon nähern. Doch als er aufstand, fing wieder der ganze Raum an sich zu

drehen. Krampfhaft hielt er sich an einer Stuhllehne fest. Eryon wandte sich seinem Bruder zu und war mit zwei Schritten bei ihm. Er nahm seinen Arm und half ihm, sich wieder zu setzen. „Ist der Schwindel noch immer nicht fort?"
Lórian schüttelte den Kopf. „Nein ... trotzdem müssen wir zurück."
„Ellen hat gesagt, ihr Nachbar könnte uns zwei Pferde leihen."
Lórian lachte freudlos. „Zwei Elfen, die auf Rössern durch Killarney reiten. Wurde auch Zeit, dass mal wieder neue Legenden entstehen."
„Ich finde das nicht lustig", rügte Eryon ihn, doch Lórian erwiderte nichts. Eryon starrte seinen Bruder betroffen an. Lórian hatte sich verändert. Sarkasmus war nie seine Art gewesen und er hatte ihn noch nie so erlebt. Er schwankte ständig zwischen Zorn, Trauer und einem gefährlichen Anflug von Wahnsinn.

Lórian bemerkte Eryons mitfühlenden Blick. „Starr mich nicht so an!", herrschte er ihn an. „Ich werde schon nicht zusammenbrechen."
„Nein, solange du noch derart zornig bist, bin ich überzeugt davon, dass du es mit ganz Killarney aufnehmen könntest." Eine gefährliche Stille stand zwischen ihnen. Sie starrten sich an. Das erste Mal gewann Eryon das geistige Kräftemessen zwischen ihnen. Dann flackerte plötzlich Panik in Lórians Augen, er sah sich gehetzt um.
„Lórian?" Eryon sah ihn erschrocken an. „Lórian, was hast du?" Eryon fasste seinen Bruder unsanft an den Armen und schüttelte ihn. „Lórian!" Der panische Ausdruck verschwand genau so schnell wie er gekommen war. Lórian rang einen Moment nach Atem.

„Was hast du gesehen?", fragte Eryon heiser. Lórian blickte seinen Bruder einen Moment verwirrt an. „Nichts", beruhigte er ihn dann schnell.

Aber Eryon glaubte ihm nicht. „Ich kann dir helfen. Das weißt du. Lass mich teilhaben daran und es heilen."

Lórian schaute ihn ernst an. „Ich werde im Moment niemanden in mein Inneres lassen. Auch dich nicht."

„Aber du bist verstört. Es macht dich wahnsinnig."

„Das bin ich schon längst."

„Dann lass mich dir helfen."

„Nein!"

Eryon begegnete dem Blick seines Bruders und konnte nicht anders. Er zog ihn einfach an sich, presste die Hände auf seine Stirn und ließ seine Magie in Lórians Geist gleiten. Im selben Moment wurde er von einer Woge von Gefühlen gepeinigt, die seinem Bruder gehörten. Voller Entsetzen keuchte er auf. Lórian schrie auf und stieß ihn brutal von sich. Eryon prallte hart auf dem Boden auf, Lórian stand über ihm wie ein Racheengel. Das schmutzige goldbraune Haar stand ihm wirr um den Kopf und in seinen Augen stand unbändige Wut. Doch wieder wurde der Elfenkönig von dem Schwindel getroffen. Er schloss für einen Augenblick die Augen, dann ließ er sich auf den Boden gleiten. Lórian schüttelte seinen Kopf, um Klarheit bemüht. Als die bunten Lichter vor seinen Augen endlich verblassten, griff er Eryon am Kragen.

„Versuch ... das ... nie wieder", zischte Lórian aufgebracht. „Willst du wirklich die Berührung eines Phuka spüren?", schrie er. „Willst du fühlen, wie er mich gequält hat? Willst du spüren, wie er meine Seele fast in zwei Hälften gespalten hat? Willst du das wirklich?" Seine Stimme hallte in dem kleinen Zimmer wider, Eryon fuhr erschrocken zusammen. „Ich liebe dich zu sehr, um zuzulassen, dass du das erlebst", wisperte Lórian und ließ Eryon los. „Keiner ... keiner sollte das ... sollte das fühlen", flüsterte er noch leiser.

„Wenn es dich rettet, würde ich es spüren wollen", antwortete Eryon aufgewühlt.

Lórian brachte ein gequältes Lächeln zustande und strich Eryon übers Haar. „Du verstehst nicht wirklich, was du da auf dich nehmen willst, Bruder. Aber ich danke dir." Er nahm Eryons Gesicht in beide Hände und küsste ihn sanft auf die Stirn. „Lass uns einfach nur nach Hause gehen."

Später standen beide unter dem Vordach eines Stalles und warteten auf Ellen, die wie versprochen die Pferde ihres Nachbarn holte. Der Regen war noch heftiger geworden und peitschte über die Ebene. Lórian zog fröstelnd den Regenumhang, den Jack ihm gegeben hatte, fester um seinen Körper. Eryon hielt ihn am Arm, immer noch besorgt über seine Schwindelanfälle.

Ellen kam mit zwei Pferden aus dem Stall und hörte, wie die Brüder leise auf Sídhe sprachen.

„Hamna tar nevenn? - Wie viele sind gestorben? -" Nach außen hin wirkte Eryon gefasst, als er dies fragte, doch Lórian sah die Trauer in seinen Augen.

„Abuéneth! - Zu viele! -", antwortete Lórian nur traurig.

Eryon senkte betroffen den Blick. „Son rín Shuzá! - Geht in Frieden. -"

„Hamávia", beendete Lórian den Segensspruch. Seine Stimme war so leise, dass selbst Eryon sie kaum hörte.

Ellen näherte sich mit den Pferden. Sie führte einen großen rotbraunen Hengst mit einer weißen Blesse auf der Stirn und eine schlanken Stute, deren helles, fast golden schimmerndes Fell in dem Licht der Laterne glänzte.

„Jemand müsste mir mit den Sätteln helfen", sagte sie.
Eryon schüttelte den Kopf. „Wir brauchen keine Sättel."
Lórian nickte bestätigend. Sein Blick traf den der Stute und sie näherte sich ihm schnaubend. Lórian streckte seine Hand aus und strich ihr über den Hals. „Chosán âhn loh caraíd fár? - Wirst du mich nach Hause tragen? -", fragte er das Tier, und es schien ihn zu verstehen.
Verwundert musterte Ellen die Reaktion der Stute. Sie schubberte sich an dem Sídhe und er streichelte ihre elfenbeinfarbene Mähne.
„Shí shérsa vín. - Ich danke dir. -", fuhr er mit sanfter Stimme fort. Dann zog er sich geschmeidig auf den Rücken des Tieres.
„Was hat er zu dem Pferd gesagt?", fragte Ellen Eryon, die die Worte des Sídhe natürlich nicht verstanden hatte.
„Er hat die Stute gefragt, ob er auf ihr reiten darf", antwortete Eryon. „Wirst auch du mich mitnehmen?", fragte er sogleich den Hengst ernst und wiederholte die Frage auf Sídhe, damit das Tier ihn verstand. „Chosán neva âhn loh khardién?" Das Tier wieherte ungeduldig und schubste Eryon an seine Flanke. Eryon lachte leise und klopfte dem Hengst freundschaftlich auf den Hals.
„Das soll wohl heißen, dass du nicht soviel reden, sondern aufsteigen sollst", schmunzelte Ellen.
„Ja, so ungefähr. Er mag Regen nicht besonders und will rasch wieder in einen Stall", antwortete Eryon und stieg elegant auf.
Dann kam Jack den Weg entlang und steuerte auf die Abreisenden zu.
„Was hast du Mr. O'Leary gesagt?", fragte ihn seine Mutter.
Jack zuckte die Achseln. „Dass er die Pferde schnellstmöglich zurückbekommt und er nicht in den Regen

braucht, weil wir uns um alles kümmern werden."
Sie nickte zustimmend.
Eryon steuerte den Hengst nahe an Jack heran. „Ich danke dir ... für alles", flüsterte er.
„Sehen wir uns wieder?", wollte Jack wissen.
„Wenn das vorbei ist, sehen wir uns wieder. Ich komme zu dir ... und bringe Célia mit."

 Jack lächelte traurig. Wenn ihr das überlebt, dachte er und Tränen stiegen in ihm auf. Er drängte sie zurück und sah zu Lórian. Der hatte die Kapuze über seinen Kopf gezogen und blickte ihn aus erschöpften Augen an. Jack sah in sein abgezehrtes und schmutziges Gesicht und wusste nicht, was er sagen sollte. Lórian beugte sich zu ihm und küsste ihn auf die Stirn. Es bedurfte keiner Worte zwischen ihnen. Die Tränen, die Jack so mühsam unterdrückt hatte, liefen nun seine Wangen hinunter und er wandte sich hastig ab.

 Eryon musterte Ellen, die Jack beobachtet hatte. Dann trafen sich ihre Blicke. Der Elf streckte behutsam die Hand aus, streichelte zuerst ihr Haar und zog dann zärtlich ihre Gesichtszüge nach. So wie er es schon vor langer Zeit immer getan hatte. „Ich liebe dich", raunte er ihr zu und wandte sich rasch ab. Er gab dem Hengst ein Zeichen und dieser setzte sich in Bewegung.

 Ellen trat neben Jack, legte ihren Arm um ihn und sah den beiden Sídhe nach. Ihr Herz klopfte und jeder Schlag schmerzte sie innerlich. Ich liebe dich auch, dachte sie.

 Eryon und Lórian trieben die Pferde zur Eile an, sie preschten förmlich durch das Unwetter. Binnen Minuten waren die Brüder völlig durchnässt. Ihre Kapuzen waren vom Wind heruntergeweht worden und der kalte Regen peitschte ihnen in die Gesichter. Lórian krallte sich in die Mähne der Stute und versuchte, nicht herunterzufallen. Ständig wurde ihm schwarz vor Augen, und er kämpfte gegen furchtbare Kopfschmerzen an. Doch er hielt sich eisern auf dem Rücken des Tieres. Sein einziger Gedanke galt Deíra. Bitte, lass sie am Leben sein ... lass sie am Leben sein, betete er wortlos. Denn er wusste, wenn sie es nicht war, würde er vollkommen vom Wahnsinn befallen werden. Und das würde sein Tod sein.

Seyfra öffnete die Höhle, in der sich die Frauen und Kinder versteckt hatten. Ihre Kleidung war zerrissen und mit Blut bedeckt, das nicht ihr eigenes war. Ihr Innerstes war aufgewühlt, aber seltsam leer. Sie spürte, dass mit jedem Mal, wo sie getötet hatte, auch ein Stück von ihr gestorben war.

Der Regen prasselte auf sie nieder und sie blickte in die fragenden Gesichter der Frauen, die aus der Luke traten. Seyfra wandte sich ab. Sie wollte nicht diejenige sein, die ihnen die Gefallenen aufzählte. Ihr Blick schweifte zum Waldrand. Einige hatten es sich zur Aufgabe gemacht, die Toten zu suchen und sie auf der Lichtung aufzubahren, selbst die Toten der Sídh'nafért. Man würde sie alle gemeinsam begraben. Denn auch sie hatten einst zu ihrem Volk gehört.

Plötzlich spürte sie eine Berührung an der Schulter und zuckte erschrocken zusammen. Es war Deíra. „Wo ist Thálos?", fragte sie leise. Seyfra sagte nichts. Furcht befiel Deíra, Furcht vor dem, was sie hören würde. „Wo ist mein Bruder, Seyfra?" Deíra blickte sie flehend an. Seyfra hob den Arm und zeigte zur Lichtung am Waldrand. „Dort", wisperte sie nur und wollte gehen. Doch Deíra hielt sie fest. „Er hilft ihnen, nicht wahr? Er

ist dort und sucht die Verletzten ... ist es nicht so?"
„Die Verletzten werden schon verarztet. Dort sind nur die Toten." Seyfra sah Deíra traurig an. „Thálos hilft niemandem mehr. Er liegt am Waldrand neben Seraya." Deíra erbleichte.

Seyfra fühlte, wie heiße Tränen an ihren Wangen hinunterliefen und sich mit dem Wasser des Regens vermischten. Sie drehte sich um und ging langsam zu der Lichtung, wo fast ein Viertel ihres Volkes lag. Vor einem toten Sídhe blieb sie stehen und ging die Hocke. Dann streckte sie die Hand aus und strich ihm das zerzauste Haar aus der Stirn. „Vater", flüsterte sie nur.

Deíra rannte zum Waldrand und blickte suchend auf die Gefallenen. Dann fand sie ihn. Ihn, den sie gesucht hatte. Dunkles verwirrtes Haar, das sich an goldbraunes schmiegte. Thálos lag neben Seraya, jemand hatte ihre Hände ineinander verschlungen. Mit einem leisen Schluchzen ließ Deíra sich auf die Knie sinken. Sie sah die eingeflochtene Haarsträhne von Seraya und berührte sie zart. Dann barg sie ihr Gesicht an Thálos' Brust und weinte. Der Himmel riss auf und vereinzelte Sonnenstrahlen beleuchteten den Regen, so dass die Tropfen wie glühende Funken zur Erde fielen.

Plötzlich hörte sie Pferdehufe. Hoffnungsvoll wandte sie sich dem Geräusch zu. Sie starrte das helle Pferd und seinen Reiter an und wusste augenblicklich wer es war. „Lórian!"

Lórian war am Ende seiner Kräfte und hielt sich nur mühsam auf der Stute. Sie waren so schnell geritten, wie sie konnten, so schnell wie es das unwegsame Gelände zugelassen hatte. Sein Haar war so nass, dass es ihm am Kopf klebte. Feine Tropfen rannen ständig über sein noch immer verschmutztes Gesicht und zogen helle Spuren. Sein ganzer Körper schmerzte und ihm war übel.

Eryon hatte recht gehabt. Er hätte nicht so schnell und so viel essen dürfen. Unterwegs hatten sie dreimal anhalten müssen, weil er sich übergeben musste. Aber Eryon hatte darüber kein Wort verloren. Er half ihm jedes Mal vom Pferd herunter und anschließend wieder hinauf. Jetzt waren sie endlich im Dorf angekommen. Der Regen wurde langsam weniger, bald fiel nur noch sanfter Niesel.

Dann durchbrach Eryon seine wirren Gedanken. Er war abgestiegen und stand neben ihm. „Komm ..." Lórian nickte nur und ließ sich von ihm helfen. Doch als er festen Boden unter seinen Füßen hatte, knickten seine Beine weg und er wäre gefallen, hätte Eryon ihn nicht festgehalten. Er zitterte am ganzen Körper vor Kälte. Dann spürte er plötzlich noch ein anderes Paar Hände, das ihm half. Es war Mínya. Er war genauso durchnässt wie er und eine leicht blutende Wunde zog sich über seine ganze rechte Gesichtshälfte. Sein Bein war notdürftig verbunden und er hinkte.

„Du bist verletzt", sagte Lórian.

„Nicht so schlimm", erwiderte Mínya.

„Es ... es geht schon wieder. Lasst mich", sagte Lórian.

Eryon schüttelte tadelnd den Kopf. „Er ist stur wie Brot", bemerkte er.

Mínya verzog das Gesicht zu einem schiefen Lächeln. Sie ließen Lórian los, entfernten sich aber nicht von ihm, sondern blieben bei ihm, falls er wieder umzukippen drohte. Dann sah Lórian durch den aufwallenden Nebel eine schlanke Gestalt mit wehenden Kleidern auf sich zu rennen. Und alles andere wurde unwichtig ...

Deíra lief so schnell sie konnte über den durchweichten Boden. Ihre Kleidung war voller Schlamm, ihr Haar lag wild und durchnässt um ihren Kopf herum. Wenige Meter vor Lórian blieb sie atemlos stehen und schaute ihn an, als ob sie kaum glauben könnte, dass ihre Hoffnung, ihn wiederzusehen, sich nun erfüllt hatte.

Lórian sah furchtbar dünn, abgezehrt und völlig erschöpft aus. Doch er erwiderte ihren Blick voller Sehnsucht. Schwankend ging er auf sie zu – und sie kam ihm entgegen. Mit einem leisen Aufschrei warf sie sich dem Elfenkönig in die Arme. Er konnte sie nicht halten, engumschlungen fielen sie beide auf die Knie. Lórian spürte eine Welle der Erleichterung. Sie lebte!

Langsam wich ein kleiner Teil der Anspannung in ihm. Er umklammerte Deíra und sog gierig ihren Geruch ein. Sie roch nach Gras und Blumen, er wollte am liebsten gleich in ihrem Duft ertrinken. Er spürte ihren weichen Körper und drückte sie noch fester an sich. Dann hob er den Kopf und ihre Lippen begegneten sich. Doch es war kein Kuss des Verlangens, nur eine verzweifelte Geste, um dem anderen noch näher zu kommen. Er vergrub seine Hände in ihrem Haar und fühlte das nasse Gewirr von seidig weichen Strähnen und feinen Zöpfen, die in ihrem dichten offenen Haar eingeflochten waren. Er spürte ihre nasse Haut und wollte nie mehr etwas anderes fühlen. Fast widerwillig löste er sich von ihren Lippen, ließ den Kopf an ihre Brust sinken. Sie presste ihn an sich. Zärtlich strich sie ihm übers Haar und wisperte leise, beruhigende Worte. Für einen Augenblick, auch wenn er nur kurz war, fand Lórian Frieden. Aber das genügte ihm, gab ihm neue Kraft.

Nach einer Weile trat Eryon auf sie zu. „Kommt, ihr müsst euch aufwärmen." Lórian hob den Blick und schüttelte den Kopf. „Nein, noch nicht", flüsterte er leise.

„Wo habt ihr die Toten aufgebahrt?" Deíra zeigte zum Wald und half ihm auf.

Vor ihnen war das ganze Dorf versammelt. Alle waren durchnässt bis auf die Haut. Bei vielen war die Kleidung zerrissen und mit Blut befleckt. Lórian blickte in die Gesichter, aber er sah keine Wut, keine Verurteilung. Er sah nur Trauer ... und Hoffnung. Hoffnung, die sie in ihn setzten. Er wollte etwas sagen, aber ihm brach die Stimme. Deíra legte ihm einen Finger auf die Lippen. „Du brauchst nichts zu sagen", raunte sie ihm zu und zog ihn mit sich.

Wie versteinert stand Lórian auf der Lichtung und betrachtete die Gefallenen. Schließlich hockte er sich neben Seraya. „Sie hat uns gerettet und sich dann selbst das Leben genommen", sagte Seyfra, die neben ihm und Deíra stand.

„Ich weiß ... ich habe es gesehen", flüsterte er. Sie blickten ihn etwas verwundert an, erwiderten aber nichts. „Sind die Gräber schon ausgehoben?", fragte er weiter. „Noch nicht ganz. Es wird noch bis heute Abend dauern", antwortete Seyfra. Der König nickte und erhob sich mühsam.

„Du musst schlafen, Lórian", bemerkte Deíra.

„Ja ... und baden."

Sie lächelte und brachte ihn in ihr Haus. Dort wärmte sie einen Kessel mit Wasser auf und machte ihm einen stärkenden Tee.

Mínya klopfte und kam mit dampfenden Eimern herein. „Ich hab mir gedacht, du könntest vielleicht Hilfe gebrauchen", sagte er lächelnd. Deíra nickte dankbar. Beide begannen eine Holzwanne mit heißem Wasser zu füllen. Als sie fertig waren, drückte Deíra Mínya entschieden auf einen Stuhl. Er blickte sie fragend an. „Zeig mir dein Bein", verlangte sie entschieden. „Aber es ist nicht so schlimm", antwortete er, doch sein schmerzerfüllter Blick sagte etwas anderes. Mínya machte Anstalten wieder aufzustehen, doch Deíra drückte ihn erneut auf den Stuhl.

„Aber du musst dich um Lórian kümmern", protestierte er. Sie lächelte und zeigte auf ihren Geliebten. Lórian hatte die Arme auf den Tisch gelegt und seinen Kopf darauf gebettet. Er schlief tief und fest. „Er wird mir nicht böse sein, wenn ich ihn einen Moment schlafen lasse."

Mínya zuckte ergeben mit den Schultern und streckte vorsichtig sein Bein aus. Behutsam nahm Deíra den provisorischen blutbefleckten Verband ab und prüfte stirnrunzelnd die tiefe, verdreckte Wunde. Mínya sog scharf den Atem ein.

Deíra schüttelte den Kopf und holte Wasser und Tücher. „Du bist unvernünftig", schalt sie ihn. „Diese Wunde ist schlimm! Wieso hast du nichts gesagt?"

„Ich ... ich dachte, die anderen brauchen meine Hilfe. Und Lórian geht es doch noch schlechter", murmelte er verlegen.

„Schon gut", sagte sie. „Du bist noch jung!" Sie lächelte ihn liebevoll an. „Aber sehr tapfer." Und du erinnerst mich an Thálos, dachte sie voller Trauer und versuchte die aufkeimenden Tränen zu unterdrücken, indem sie sich auf das Heilen des verletzten Beines konzentrierte. Deíra säuberte die Wunde und heilte sie mit ihrer Magie. Anschließend strich sie sanft mit ihren kühlen Fingern über Mínyas Schramme im Gesicht und schloss auch diese mittels ihrer Kräfte. Der junge Elf grinste erleichtert und versuchte, das Bein zu belasten. „Es tut überhaupt nicht mehr weh", rief er erfreut aus.

Sie wuschelte durch sein zerzaustes rotes Haar. „Das hoffe ich doch!", antwortete sie lächelnd. „Lass uns jetzt allein, ja?" Er nickte gehorsam und verließ das Haus.

Deíra wandte sich Lórian zu. Sie berührte ihn sanft an der Schulter und er erwachte.

„Komm, ich helfe dir." Sie half ihm, sich zu entkleiden und bugsierte ihn dann in die Wanne mit dem dampfenden Wasser. Deíra wusch ihm das lange Haar und entwirrte es sorgfältig. Dann flocht sie die vorderen Haarsträhnen zu zwei feinen Zöpfen und band sie hinten zusammen.

„Trink den Tee ... er wird dir gut tun", sagte sie zu ihm, als er aus der Wanne stieg. Lórian nickte und tat es, aber eigentlich sehnte er sich nur nach Schlaf. Er wollte einfach irgendwo liegen und schlafen. Und er war ihr dankbar, als sie ihn endlich zu ihrem Bett brachte. Fast augenblicklich fiel er in tiefen Schlaf.

Es war Abend geworden und der Regen hatte gänzlich aufgehört. Nur leichter Dunst schwebte über dem Dorf, als die Sonne glutrot hinter den Bergen versank. Das ganze Dorf hatte sich auf der Lichtung versammelt, die letzten Sonnenstrahlen erleuchteten die Gräber. Mehrere Sídhe, unter ihnen auch Eryon, knieten nieder, legten ihre Hände auf die Grabhügel und setzten ihre Magie ein. Augenblicklich sprossen die gesäten Samen und verwandelten die Gräber in ein Blumenmeer.

Lórian trat vor, noch immer etwas unsicher auf den Beinen. Doch er hielt sich standhaft. Er machte ein Zeichen mit den Händen, das einem Kreuz ähnelte. „Möge Gott, unser Vater, allen gnädig sein und uns Rettung schenken", sprach er andachtsvoll. „Geht in Frieden." Dann ertönte zarter trauriger Gesang. Er hallte durch die Lichtung und der Wind trug ihn mit sich fort.

Ruhe vor dem Sturm

Rakúl saß auf einem vermoderten Baumstumpf. Er glühte förmlich vor Zorn, seine Gedanken waren von Hass verzehrt. Seraya hatte sie vertrieben wie räudige Hunde und war dann noch nicht einmal auf ihre Seite gezwungen worden. Diese verfluchte Sídhe musste sich ja selbst ein Messer in den Leib rammen.

Dann horchte er auf und seine Laune sank noch tiefer. Jetzt fingen sie auch noch an zu singen. „Verdammt noch mal", zischte er wütend und stand auf. Er hinkte weiter in den Wald hinein, um dem Gesang zu entkommen, aber es half nichts.

Die Stimmen der Sídhe waren überall. Resigniert lehnte er sich gegen einen Baum und rieb sich den schmerzenden Oberschenkel dort, wo ihn der Pfeil getroffen hatte. Er und seine Leute hatten noch nicht einmal genug Magie sich selbst zu heilen. Seraya hatte ganze Arbeit geleistet. Sie würden noch Tage brauchen, um sich zu erholen. „Ein paar Tage", brummte er.

Die Sídh'nafért hatten kaum Kraft, mehr als hundert Meter zu laufen. Durch Seraya hatten sie alle schwere Verletzungen davon getragen. Innerlich und äußerlich. Rakúls Kopf schwirrte noch immer von der Wucht ihres Angriffs, sein Körper schmerzte an fast jeder Stelle. Doch auch sie hatten viele Sídhe getötet, das erfüllte ihn mit einem Funken Genugtuung. Aber eben nur mit einem Funken, und das war ihm nicht genug.

Ein Geräusch kam aus dem düsteren Tannenwald, wo sich die Sídh'nafért verborgen hielten. Er blickte auf. Shíra trat zwischen den Bäumen hervor und gesellte sich zu ihm. „Dieses verfluchte Miststück hat alles zerstört!", schimpfte sie und ihr hasserfüllter Blick traf den Rakúls. „Nein. Sie hat alles nur etwas verzögert", erwiderte er. „In ein paar Tagen werden wir sie erneut angreifen. Und wir werden sie brechen, Shíra. Wir werden nicht nur ihre Körper töten, wir werden ihre Seelen zerstören und in die Verdammnis treiben. Das schwöre ich dir." Er blickte sie scharf an, doch Shíra lächelte.
„Ja verflucht, das werden wir", antwortete sie.

Rhian'na saß zusammengekauert in der Nähe und hatte Rakúls und Shíras Gespräch zugehört. Sie war immer noch gefesselt, ihre Handgelenke waren von dem harten Seil aufgeschürft und blutig. Sie duckte sich noch weiter in den Schatten des Strauches, vor dem sie hockte, und hoffte, die Sídh'nafért würden sie ganz einfach hier vergessen. Sanft begann sie, sich hin und her zu wiegen und versuchte zu ergründen, was Rakúls Worte zu bedeuten hatten. Rhian'na begriff das Geschehen um sich herum nicht. Das Einzige, das sie aufrecht erhielt, war der Wald. Niemals zuvor war sie außerhalb der Höhlen gewesen, nun war sie fasziniert von der Pflanzenvielfalt, die ganz ohne ihre Hilfe gewachsen war.

Sie nahm ein vertrocknetes Blatt und setzte ihre Magie ein. Das Blatt veränderte sich in ihrer Hand. Es wurde wieder grün und frisch und nahm das zarte Leuchten ihrer besonderen Kraft an. Sie hielt das Blatt umschlossen und spürte das neugewonnene Leben darin pulsieren. Ein Keim spross aus dem Stiel des Blattes und winzige Wurzeln wanden sich zart um ihre Finger. Leise fing sie an, unverständliche Worte zu flüstern. Dabei rannen ihr unaufhörlich Tränen über die Wangen. Langsam aber stetig wuchs der Keim und hüllte sie vorsichtig mit seinem Wurzelwerk ein. Sie schmiegte sich in das neuerstandene Blattwerk und fand endlich ein wenig Frieden.

Lórian ging nachdenklich den schmalen Pfad entlang. Er war jetzt seit zwei Tage wieder in seinem Dorf und hatte sich einigermaßen erholt. Er fühlte sich zwar immer noch geschwächt, und die Verwirrtheit war noch nicht gänzlich von ihm gewichen, doch er hatte die Hoffnung, dass diese Schwäche vergehen würde. Dennoch hatte er große Sorgen: Die Sídh'nafért würden bald wieder angreifen, das spürte er. Sie waren zurückgeschlagen worden und mussten erst wieder ihre Kräfte mobilisieren. Aber sie würden kommen ... und das in kurzer Zeit.

Die Sonne war untergegangen, es war schon dunkel. Nur der Fackelschein des Dorfes erhellte die Umgebung. Die Erinnerungen der letzten Tage nagten furchtbar an dem Elfenkönig, er fühlte sich schuldig. Lórian wusste, dass sein Volk nur deshalb noch lebte, weil Seraya sich geopfert hatte. Er hatte einen Entschluss gefasst: Die Sídhe würden überleben. Er würde alles geben, selbst seine Seele. Und das, was er vorhatte, könnte ihn tatsächlich diesen hohen Preis kosten.

Eine Weile blickte Lórian zu den Sternen hinauf. Dann lief er rasch weiter und kam an die Lichtung, an der so oft Seraya gesessen hatte. Nun saß Eryon an dem kleinen Bach und starrte in die Finsternis des umliegenden Waldes. Als er ein Geräusch hörte, blickte er auf. Lórian ging zu ihm und setzte sich neben seinen Bruder. „Ich hatte mir gedacht, dass ich dich hier finden würde", bemerkte er.

Eryon schmunzelte. „Und ich wusste, dass du kommen würdest. Ich warte schon geraume Zeit auf dich."
Lórian sah ihn erstaunt an. „Ich sagte nicht, dass ich dich aufsuchen werde."
Eryon zuckte mit den Schultern. „Ich hab dir ja auch nicht gesagt, wo ich bin." Lórian nickte, sagte aber nichts.
„Das, was du vorhast, könnte nicht nur dein Leben hier vernichten, sondern auch das Leben nach deinem Tod", flüsterte Eryon.
„Woher weißt du, was ich vorhabe?", fragte Lórian eher sporadisch. Er wusste, dass Eryon längst erkannt hatte, was er plante.
„Ich kenne dich", antwortete sein Bruder. „Aber ich bin mir nicht sicher, ob du weißt, welche Folgen das für dich haben wird. Niemand weiß, was mit dir passiert, wenn du diese Kraft anwendest und ihr nicht widerstehen kannst. Selbst wenn wir dich sofort töten würden."
„Ich bin mir der Risiken bewusst, Eryon."
„Du würdest Deíra oder Faíne vielleicht nie wiedersehen. Weißt du das? Wenn du dieser Macht verfällst, glaube ich nicht, dass du zu dem gleichen Ort kommst wie sie."
Lórian nickte. „Ja, ich weiß."
„Lórian, es muss eine andere Lösung geben! Es muss! Ich kann das nicht zulassen. Du ..."
„Hör auf", unterbrach Lórian ihn. „Nenne mir eine andere Lösung, einen anderen Plan und ich nehme ihn sofort an."
Lórian schaute ihn einen Herzschlag lang abwartend an. „Es fällt dir nichts ein? Siehst du? Mir auch nicht. Ich bin schuld an allem, wir haben keine andere Möglichkeit."
„Meinst du, irgendeiner in deiner Situation hätte anders handeln können?", fragte Eryon aufgebracht. „Ich habe

das Verlies gesehen, du warst lange genug dort unten, um den Verstand zu verlieren. Ich wäre schon viel früher wahnsinnig geworden. Außerdem hatte diese Hexe einen Zauber um dich gelegt und ..."
Lórian fasste seinen Bruder am Arm. „Was sagst du da? Ich habe keinen Zauber bemerkt."
„Das konntest du ja auch nicht. Bei der Menge an Eisen."
„Ich bin der König, Eryon. Es hätte mir nicht passieren dürfen."
„Wie hättest du es verhindern wollen?"
„Ich ..." Lórian stockte. Er hatte keine Antwort auf diese Frage.
„Es war uns vorherbestimmt", sagte Eryon leise.
Lórian sah ihn durchdringend an.
„Seraya hat es gesehen. Sie muss es gesehen haben", fuhr Eryon fort.
„Sie hat es gesehen", stimmte Lórian ihm zu. „Und ich auch."
Nun schaute Eryon seinen Bruder verwundert an. „Du hast ...?"
„Ich sehe viele Dinge. Das weißt du!" Lórian senkte den Blick. „Doch ich habe es nicht verstanden."
„Vielleicht solltest du es nicht verstehen", gab Eryon zu bedenken.
„Das Schicksal geht zuweilen seltsame Wege", flüsterte Lórian nur.
Eine Weile sagte keiner von beiden etwas. Sie lauschten den Geräuschen der Nacht und hingen ihren Gedanken nach. Doch dann ergriff Lórian wieder das Wort. „Weißt du, ich habe dich immer bewundert, dass du es mir oder Vater nie übel genommen hast. Ich meine, dass ich König sein sollte, obwohl du älter bist."

Eryon lächelte plötzlich. „Du musst wissen, dass ich Vater dies sogar vorschlug. Du hast eine stärkere Magie, Lórian. Außerdem liebt dich unser Volk, und das war schon immer so. Jeder wusste, dass du dazu geboren warst, uns zu führen. Warum also sollte ich es dir übel nehmen? Ich hatte mir das genauso gewünscht und war froh, dass du mir diese Bürde abgenommen hast." Eryon machte eine kurze Pause, dann fuhr er leiser fort: „Du weißt, dass ich immer ein wenig abseits stehe."

„Was meinst du? Wieso glaubst du, dass du abseits stehst?", fragte Lórian betroffen.

„Mit meiner Einstellung gegenüber den Menschen habe ich mich selbst etwas von euch entfernt. Und wer hat schon einen Sohn wie Jack", sagte Eryon stolz und lächelte.

Nachdenklich starrte Lórian in die Ferne. Dann schaute er seinen Bruder an. „Du stehst mit deiner Einstellung für die Menschen nicht allein. Ich habe dich immer unterstützt, selbst als du die Jahre fort warst. Und ich tat das nicht ohne Grund. Ich spüre, dass wir den Menschen wieder näherkommen müssen. Nur vielleicht anders, als wir es uns denken. Jack ist vielleicht der Schlüssel zu allem."

„Hast du auch ihn gesehen?"

Lórian blickte für einen Augenblick in die Ferne. „Vielleicht ..."

Eryon zog seinen Bruder zu sich und eine Weile hielten sie sich fest umschlungen.

„Kümmere dich um Deíra. Lass sie nicht allein", flüsterte Lórian schließlich.

Eryon atmete tief durch, nickte aber.

„Wenn ich diesen Kampf nicht überlebe", fuhr Lórian fort, „und das nehme ich an, dann ist es deine Aufgabe,

die Sídhe zu führen, das weißt du, nicht wahr?" Eryon kämpfte sichtlich um seine Beherrschung. Doch er sagte: „Ja."
„Aber eines muss ich dich noch lehren, bevor wir in diesen Kampf gehen", erklärte Lórian sanft. Eryon sah ihn an. Er wusste was sein Bruder meinte und er hatte Angst, Angst zu versagen.

Einige Stunden später, die Sonne war noch nicht aufgegangen, kam Lórian blass und erschöpft zur Tür seines Hauses herein. Deíra blickte auf. Sie hatte auf ihn gewartet. Langsam trat sie auf ihn zu. Er küsste sie zart und ließ sich dann mit einem Seufzen auf das Bett nieder. Sie setzte sich neben ihn. „Lass mich dir helfen ... helfen es zu vergessen, nur für eine Weile", wisperte Deíra. Dann zog sie ihn in ihre Arme und er barg seinen Kopf in ihrem Schoß. Zärtlich strich sie ihm das zerzauste Haar aus dem Gesicht.
„Ich dachte, ich sehe dich nie wieder", murmelte er.
Lange Zeit herrschte Stille zwischen ihnen.
„Lórian, ich liebe dich." Er richtete sich auf und sah ihr in die Augen. „Ich weiß", antwortete er.
„Das habe ich immer getan, Lórian ... die ganze Zeit ... all die Jahre", fuhr sie fort.
„Kannst du mir mein langes Zögern vergeben?", gab er zurück.
„Du hast nicht allein gezögert", antwortete sie lächelnd. „Es gibt nichts zu verzeihen."
Dann nahm er ihr Gesicht in seine Hände und küsste sie zärtlich. „Ich liebe dich mehr als mein Leben. Ich verzehre mich nach dir. Ich kann nicht ohne dich sein. Du bist der Teil meiner Seele, der mir immer fehlte ... den selbst Faíne nicht ausfüllen konnte."

Deíra sah ihn erstaunt an. „Selbst Faíne nicht?", fragte sie ihn in der stummen Gedankensprache der Sídhe.
„Selbst Faíne nicht", antwortete er.
Fast verzweifelt klammerte sie sich an ihn. „Lórian, du darfst in diesem Kampf nicht sterben, hörst du! Du musst am Leben bleiben. Versprich mir, dass dies kein Abschied ist."
Lórian machte sich sanft von ihr los und wandte den Blick ab. „Das, Deíra, kann ich dir nicht versprechen. Ich muss vielleicht sterben, damit ihr leben könnt. Was ist schon mein Leben gegen das unseres ganzen Volkes?"
Sie fing an zu weinen. „Was hast du vor?", fragte sie verzweifelt.
„Ich werde die Verbannung wieder aussprechen", antwortete er.
„Das kannst du alleine nicht. Damals waren sieben Sídhe von deiner Stärke beteiligt", rief sie aufgebracht. „Es gibt keine Sieben mehr! Und du hast keinen Kristall."
„Der Kristall wirkt auch aus der Ferne", erwiderte er.
„Die Sídh'nafért wieder in ihr Gefängnis zu zwingen ist eine Art von Zauber, die für dich alleine zu stark ist. Das weißt du sogar besser als ich."
„Es gibt eine Möglichkeit. Wenn ich die dunkle Kraft anwende, kann ich alleine das bewirken, wofür sonst sieben von uns nötig wären. Ich werde diese Macht mit meiner Magie kombinieren."
Voller Entsetzen sah Deíra ihn an. „Das kannst du nicht tun. Du würdest dieser Kraft nicht widerstehen können. Und dann stehst du auf der Seite der Sídh'nafért. Nicht einmal Seraya konnte ihr standhalten!"
„Wenn das geschieht ... wenn ich den dunklen Mächten verfalle ... dann werdet ihr mich töten. Sonst war alles umsonst ... das weißt du", erklärte er ihr leise.

„Nein ... bitte, tu das nicht. Es muss einen anderen Weg geben. Mach nicht den gleichen Fehler wie Seraya", flehte sie.
„Seraya hat keinen Fehler gemacht", erwiderte er. „Durch ihr Opfer hat sie uns Zeit verschafft. Aber sie konnte die Sídh'nafért nicht bezwingen, weil sie die alten Worte der Verbannung nicht kannte. Nur die Könige werden in diesem Zauber unterrichtet."
„Ja ... und du bist der König", flüsterte sie. „Aber wer wird nach deinem Tod diesen Zauber kennen? Du würdest ihn mit ins Grab nehmen."
Lórian schüttelte den Kopf. „Nein, ich habe ihn Eryon gelehrt. Er wird nach mir König der Sídhe sein."
„Das also habt ihr letzte Nacht getan." Lange Zeit schwiegen sie und abwesend schaute Deíra aus dem Fenster. „Ich trage dein Kind in mir."
Langsam hob Lórian den Kopf und starrte sie an. „Was ...?", fragte er fast unhörbar.
Deíra gab keine Antwort. Lórian fasste sie sanft am Arm und drehte sie zu sich herum. „Ist das wahr, Deíra?"
„Fühl es selbst."
Er legte seine Hände auf ihren noch flachen Leib und schloss die Augen. Vorsichtig suchte er mit seiner Magie nach dem Leben seines Kindes, das vor kurzem erst erwacht war. Ein Kribbeln erfasste ihn und er spürte es. Die Berührung war so zart wie die Flügel eines Schmetterlings, aber doch stark und wirklich. Er sank auf die Knie, vergrub seinen Kopf in Deíras Schoß und weinte. Er wusste, dass er sein einziges Kind wohl niemals sehen würde. Deíra blickte wieder aus dem Fenster und beobachtete, wie die Sonne langsam aufging. Der Himmel war so rot, als würde er brennen, und leichter Regen fiel auf die Erde. Der Himmel weint, dachte sie, wie wir.

Jack lief den schmalen Pfad zur Schafweide hinauf. Diesmal regnete es nicht, sondern die Sonne schien und wärmte sein Gesicht. Er kletterte über den letzten Felsen und stand nun auf dem Gipfelplateau des Berges. Ein paar Meter entfernt saß eine glitzernde Gestalt und schaute ihn erwartungsvoll an. „Seraya!?" Erstaunt ging er auf sie zu.
„Ich habe auf dich gewartet, Jack", sagte sie.
„Auf mich?"
Sie nickte und erhob sich geschmeidig. Ihre Gestalt flimmerte ein wenig, wenn sie sich bewegte, und von ihr ging ein übernatürliches Leuchten aus. Jack kniff die Augen zusammen, aber das Leuchten und Flimmern verschwand nicht.
„Du träumst, Jack. Anders kann ich dich nicht mehr erreichen, nur im Zustand des Schlafs."
„Warum?"
Seraya neigte ihren Kopf etwas und lächelte. „Weil ich tot bin, mein Lieber."
Jack erschrak und wich unwillkürlich einen Schritt zurück.
„Du musst keine Furcht haben. Ich will dir nur etwas Wichtiges mitteilen. Dich um etwas bitten." Seraya sah ihn eindringlich an. „Jack ... gehe zurück zu den Sídhe. Du allein hast die Gabe, sie zu retten, vor allem Lórian. Ohne dich ist er verloren. Und ich hoffe, mit dir an seiner Seite nicht." Langsam begann sie zu verschwinden.
„Wie? Wie kann ich helfen?", rief er, aber sie war schon fast nicht mehr zu sehen.
„Das wirst du selbst wissen. Zur rechten Zeit", flüsterte sie, streckte die Hand aus und berührte ihn flüchtig an der Stirn. Dann löste ihre lächelnde Gestalt sich völlig auf. Jack starrte wie angewurzelt auf die Stelle, wo Se-

raya eben noch gestanden hatte. Dann wurde die ganze Umgebung unscharf und begann ebenfalls langsam zu verschwinden.

Jack erwachte. Benommen öffnete er die Augen und blickte in tiefe Dunkelheit. Er richtete sich auf und schüttelte verwirrt den Kopf. Dann erhob er sich seufzend aus seinem Bett und schlenderte zum Bad. Er wollte sich gerade zum Waschbecken hinunterbeugen, als er in den Spiegel blickte. Erschrocken trat er zurück und blinzelte. Auf seiner Stirn, dort, wo Seraya ihn berührt hatte, leuchtete die Haut in einem starken goldenen Schimmer.

Er ging wieder näher zum Spiegel und fuhr vorsichtig mit einem Finger über die Stelle. Als das Schimmern blieb, nahm er ein feuchtes Tuch und wusch sich die Stirn. Doch es nützte nichts. Unbehaglich starrte er eine Weile in den Spiegel. Dann flüsterte er leise zu sich selbst: „Also nicht nur ein Traum ..."

Etwas später starrte Jack frustriert auf die schimmernde Stelle. Sie ließ sich einfach nicht entfernen. „Verflixt! Ich sehe aus, als ob ich mir Mums Glitterspray auf die Stirn gesprüht hätte", schimpfte er. „Ist ja gut! In Ordnung! Ich gehe ja zurück! Aber jetzt verschwinde endlich von meinem Gesicht!"

Augenblicklich verblasste das Schimmern und verschwand dann völlig. Ungläubig beugte sich Jack zum Spiegel und beäugte die Haut auf seiner Stirn, die wieder völlig normal war. „Ich gehe aber erst morgen früh", sagte er vorsichtig zu seinem Spiegelbild und erwartete fast, dass das Leuchten wiederkam. Doch nichts passierte. Erleichtert wandte er sich ab und ging wieder ins Bett. Doch er konnte nicht schlafen. Seine Gedanken wirbelten umher. Und er fürchtete sich vor dem, was vor ihm lag.

Morgens in der Küche beobachtete Ellen ihren Sohn, wie er gedankenverloren sein Frühstück aß. Sein Haar war in den letzten Wochen so lang geworden, dass es ihm hinten bis auf die Schultern fiel. Nur vorne waren sie noch kürzer und bedeckten gerade die Ohren. Die dunkel schimmernden Wellen umrahmten sein Gesicht und betonten die blasse Haut und die grünen Augen. Eine lange Strähne fiel ihm in die Stirn, sie streckte die Hand aus und strich sie zärtlich zurück. Er blickte sie an.
„Ich habe dich noch nie mit so langen Haaren gesehen", bemerkte sie beiläufig und lächelte.
„Es gefällt mir", erwiderte er achselzuckend.
„Früher konnte es dir nicht kurz genug sein", stellte sie fest und griff noch einmal in sein dichtes Haar.
Jack grinste schelmisch und wand sich aus ihrem Griff.
„Und du hast dich auch oft genug darüber beschwert. Ist es denn so besser?", fragte er sie.
Sie nickte. „Ja, viel besser."

Nach dem Frühstück schrieb Jack seiner Mutter einen Brief und verschwand lautlos aus der Haustür. Auf schnellstem Wege eilte er zum Mangerton Mountain.

Der ganze Berg war in Nebel getaucht, und der Wald erschien ihm auf einmal düster und unbehaglich. Er hatte das Gefühl, beobachtet zu werden. Unsicher schaute er sich um. Eine dunkle Gestalt tauchte plötzlich vor ihm auf. Erschrocken starrte er in die Richtung, doch da war sie schon wieder verschwunden. Unschlüssig ging Jack weiter. Sein Blick schweifte voller Furcht durch die Bäume. Da hörte er ein unterdrücktes hämisches Lachen.
„Wer ist da?", rief er.

Er hörte das Geräusch von leisen Schritten auf trockenen Blättern. Wachsam sah er sich um. Hinter ihm waren drei Schatten, doch sobald er sie entdeckt hatte, zogen sie sich sofort wieder ins Unterholz zurück. Dann berührte plötzlich jemand seinen Arm, ein kurzer Schmerz erfasste ihn dort. Nun kroch wirkliche Angst in ihm hoch. Jack hörte wieder das unheimliche Lachen. Ohne zu zögern, rannte er los.

Er spürte, dass sie ihm folgten und beschleunigte seine Schritte. Von allen Seiten raschelte es zwischen den Bäumen. Die dunklen Wesen waren überall. Jack stürmte durch den Wald. Erst als er den Nebel erreichte, war plötzlich alles wieder still. Er blieb stehen und lauschte. Sein Atem ging schnell, das Herz hämmerte in seiner Brust. Doch die Gestalten, die ihn verfolgt hatten, waren fort. Aber nun hatte sich über alles eine seltsame Stille gelegt, als würde etwas jeden Laut verschlucken. Rasch holte er die Flöte, die er von Lórian bei seinem ersten Besuch bekommen hatte, aus seinem Rucksack und blies hinein.

Rakúl beobachtete den dunkelhaarigen jungen Mann, der durch den Wald hetzte.
„Soll ich ihn töten?", fragte Shíra.
Doch Rakúl schüttelte den Kopf. „Er ist es nicht wert. Nur ein Mensch. Ich denke, ihr habt ihm genug Angst eingejagt. Er wird diese Gegend erst einmal meiden." Abrupt wandte er sich ab. Doch dann hörte er die Sídheflöte. Er fuhr herum und fluchte lautstark. „Shíra! Lauryn!"
Die beiden schreckten auf und hasteten zurück zu Rakúl
„Dieser Junge! Er hat Verbindung mit den verfluchten Sídhe! Er spielt eine Nebelflöte! Bringt ihn zu mir!" Lauryn gab mit einem Nicken zu verstehen, dass sie verstanden hatten. Dann rannten sie lautlos durch den Wald und waren rasch in der Nähe des Nebels.

„Da!", flüsterte Shíra. Sie näherte sich dem jungen Mann vorsichtig.

Als Lórian die Nebelflöte hörte, verschluckte er sich fast an einem Stück Obst, das er gerade in den Mund gesteckt hatte. „Khishat!", fluchte er. Die meisten Sídhe blickten erstaunt auf. Lórian stürmte ins Haus und holte seine Waffen aus dem Schrank. Dann rannte er hinaus. „Schnell! Drei kommen mit mir! Nehmt eure Waffen mit und beeilt euch!"

Als Eryon die unverkennbaren Flötentöne wahrnahm, setzte für einen Moment sein Herzschlag aus, so sehr erschrak er. Jack, fuhr es durch seine Gedanken. Die Sídh'nafért waren im Wald und Eryon wollte nicht darüber nachdenken, was sie mit seinem Sohn anstellten, würden sie ihn entdecken. Er stürmte zum Nebel und erreichte ihn als erster. Überstürzt teilte er ihn und lief hindurch.

Jack schaute erleichtert auf, als die vertraute Gestalt seines Vaters auf ihn zukam. Eryon sah mit einem Blick die Gefahr. Er griff Jack an der Jacke und stieß ihn zur Seite, nur eine Sekunde, bevor Lauryn ihn zu fassen bekam.

Jack fiel hart auf den Boden und verstand gar nicht, was passiert war. Er richtete sich auf und sah im letzten Moment, wie Shíra versuchte, ihn zu packen. Die lodernden Augen und die hassverzehrten Gesichtszüge einer dunkel gekleideten Frau tauchten nur kurz vor ihm auf, im letzten Augenblick rollte er sich zur Seite. Im Augenwinkel sah er, wie Eryon mit einer zweiten dunklen Gestalt rang. Plötzlich ragte die furchterregende Frau wieder vor ihm auf. Sie krallte ihre Hand in sein Hemd und riss ihn hoch.

Lórian bewegte sich geistergleich durch den Wald. Er war so schnell, dass die Sídhe, die mit ihm waren, ihn kaum einholen konnten. Als er den Nebel erreichte, teilte er ihn mit einer raschen Handbewegung und lief hindurch. Er erfasste sofort die Situation. Mit katzenhafter Geschicklichkeit zog er einen langen Dolch hervor und warf ihn zielsicher durch die Luft. Dann wirbelte er herum und schnallte sich gleichzeitig seinen Langbogen vom Rücken. In einer blitzschnellen, fließenden Bewegung zog er einen Pfeil aus dem Köcher und feuerte ihn so schnell ab, dass man nicht verfolgen konnte, wohin er schoss.

Jack blickte unterdessen in die hasserfüllten Augen der Frau und spürte, wie eine Woge von Übelkeit und Schmerz ihn überwältigte. Panik stieg in ihm auf. Doch dann sauste etwas nah an seinem Ohr vorbei, ein langer Dolch bohrte sich in den Hals der Sídh'nafért. Jack schrie auf, als sie mit einem letzten Keuchen auf ihn stürzte. Gleichzeitig hörte er Eryon aufschreien, etwas schwirrte durch die Luft. Jack sah einen Pfeil blitzschnell an sich vorbeifliegen. Dann war Stille.

Jemand befreite ihn von dem toten Körper der Frau. Lórian hockte sich mit ernster Miene vor ihn hin, den großen Langbogen noch in der Hand. „Was tust du hier, Jack? Du weißt, dass die Sídh'nafért überall im Wald sind!"

Jack blickte ihn erschrocken an. Er hatte ihn noch nie so wütend und zugleich besorgt gesehen. „Ich hatte keine Wahl", flüsterte er.

Lórian neigte verwirrt den Kopf.

„Seraya hat mich geschickt."

„Seraya ist tot!", erwiderte Lórian leise.

„Ich weiß ..."

Lórian starrte ihn einen kurzen Moment an. Dann wurden seine Gesichtszüge wieder weicher und er strich ihm zärtlich übers Haar. „Ist alles in Ordnung mit dir?", fragte er besorgt.

„Jetzt ja", antwortete Jack. „Ich hatte Angst."

Lórian nickte. „Dann komm", sagte er leise und half ihm auf.

Jack blickte in Eryons Richtung und sah, wie zwei Sídhe ihm aufhalfen.

„Was ist mit meinem Vater? Ist er verletzt?"

Eryon blickte bei dem Wort *Vater* überrascht auf. Er ging unsicher auf Jack zu und legte ihm die Hand auf die Schulter. „Ich bin in Ordnung."

Lórian musterte seinen Bruder mit einem prüfenden Blick. „Hat er dich verletzt?"

„Nur mein Bein. Du kannst es dir nachher ansehen."

Lórian nickte und nahm seinen Dolch wieder an sich. Jack erschauderte, als er sah, wie Lórian die Waffe aus dem Körper der toten Frau zog. Der König der Sídhe blickte eine Weile unschlüssig auf die leblosen Körper. Sein Blick blieb auf der toten Sídh'nafért haften. Es war die Frau, die ihn in dem Verlies verraten hatte, ihn dazu gebracht hatte, die Verbannung zu lösen. Er sah sie schweigend an. So habe ich denn meine erste Rache bekommen, dachte er. Aber er fühlte keinerlei Triumph, nur leise Trauer ... Trauer, weil er wusste, dass die Sídh'nafért einst zu seinem Volk gehört hatten und jetzt seine Feinde waren. Dann atmete er tief durch.

Er machte ein Zeichen über ihren Herzen und flüsterte: „Son rín Shuzá ... hamávia."

„Was hat er gesagt?", fragte Jack seinen Vater leise.

Eryon blickte ihn traurig an. „Geht in Frieden", antwortete er.

„Wir müssen sie so liegen lassen", erklärte Lórian. „Es ist keine Zeit, sie zu bestatten. Ich will keine verfrühte Konfrontation mit den Sídh'nafért." Schweigend gingen sie durch den Nebel zurück.

Kurze Zeit später stand Rakúl vor den Toten. Seine Wut und sein Hass loderten auf und in seinen Augen glomm ein gefährliches Feuer. Er schrie seinen Zorn heraus, seine Schreie waren derart wild und furchterregend, dass alle Tiere im Umkreis entsetzt das Weite suchten. Dann hob er die Arme, zeigte damit auf die Toten und setzte seine dunkle Magie ein. Die Körper begannen sich langsam aufzulösen. Nichts blieb von ihnen übrig. Erbost wandte Rakúl sich ab und trat mit schnellen hinkenden Schritten in den Wald.

Ellen starrte erschüttert auf Jacks Brief.
Shawn schaute sie verwundert an. „Was ist? Stimmt etwas nicht?"
Ellen musterte ihn eindringlich. „Der Brief ist von Jack", antwortete sie. „Setz dich. Ich muss dir die Wahrheit sagen. Aber schwöre mir, dass du mir glaubst, und schwöre mir, dass du niemandem davon erzählst!"
Shawn blickte seine Frau mit großen erstaunten Augen an. „Was?"
„Schwöre es mir!"
Er nickte verwirrt. „Ich schwöre es dir."
Ellen setzte sich zu ihm und senkte für einen Moment den Blick. Dann hob sie den Kopf, und ihre Augen trafen sich. „Jacks leiblicher Vater ist kein Mensch, Shawn."

Lórian, Eryon und Jack saßen nachdenklich am Tisch. Jack hatte ihnen alles berichtet.
„Und sie war es wirklich? Bist du sicher, dass es nicht

nur ein normaler Traum war?" Eryon schaute etwas ungläubig drein.

„Vater! Ich hatte fast 15 Minuten dieses eigenartige Leuchten auf der Stirn. Ich habe das nicht einfach nur geträumt!"

Eryons Inneres geriet bei dem Wort *Vater* erneut in Aufruhr. Bewegt sah er seinem Sohn in die Augen, die den seinen so ähnlich waren. Dann atmete er tief durch.

„Schon gut", sagte er leise. „Bitte entschuldige."

Es klopfte zaghaft an der Tür.

„Wer ist da?", fragte Lórian etwas unwirsch.

„Célia."

„Oh, komm herein", sagte er freundlicher und lächelte, als er Jacks leuchtende Augen sah. Die Tür öffnete sich und Célia trat lautlos ein. Ihr helles, glänzendes Haar fiel offen und wellig über ihren Rücken. Es umrahmte sie wie ein seidener Schleier. Ihr sehnsüchtiger Blick ruhte auf Jack.

„Geh nur, Jack. Wir haben alles besprochen. Komm ein bisschen zur Ruhe." Lórian lächelte und machte einen Wink in Célias Richtung.

Jack erhob sich. Einen Augenblick begegneten sich ihre Blicke, dann nahm Célia ihn an der Hand und zog ihn mit hinaus. Draußen umarmte die junge Frau ihn innig.

„Ich hatte Angst, dass ich dich nie wieder sehe, nachdem was hier passiert ist", flüsterte er.

„Aber jetzt bin ich hier. Jetzt bist du hier! Komm ..." Sie küsste ihn kurz und sanft auf den Mund und führte ihn von den Häusern fort.

Eryon blickte beunruhigt aus dem Fenster. Was hat sie vor, dachte er.

Lórian trat zu ihm. „Es ist alles gut so. Lass sie. Es ist ihrer beider Schicksal." Eryon sah ihnen noch eine Zeit lang nach, dann wandte er sich an seinen Bruder. „Was hältst du davon?" Lórian antwortete nicht. „Wenn es wahr ist, was Seraya Jack gesagt hat, dann ist vielleicht noch nicht alles verloren", sagte Eryon eindringlich. „Und ich hoffe, du auch nicht", fügte er hoffnungsvoll hinzu. Lórian schaute ihn traurig an, erwiderte aber nichts.

Nebelfetzen strichen durch den Wald. Jacks Herz begann schneller und schneller zu schlagen, je weiter sie gingen.
„Jack", hauchte Célia und schlang ihre Arme um ihn.
Er nahm ihr Gesicht in beide Hände und küsste sie zart auf den Mund.
„Ich will, dass wir zusammen gehören ... für immer", wisperte sie.
„Ja", erwiderte er nur und küsste sie erneut.
Doch Célia machte sich etwas von ihm los und blickte ihn ernst an. „Dies ist kein Spiel, Jack."

Er sah in ihre silberblauen Augen, beobachtete, wie der Wind mit ihrem langen Haar spielte. Er spürte ihre weichen Rundungen und ihm war alles egal. Er wollte nur bei ihr sein. „Ich sehe das auch nicht als Spiel", erwiderte er ebenso ernst. „Tu mit mir, was du willst."

Célia nahm ihn an der Hand und zog ihn mit sich. Sie liefen ein Stück durch den Wald, bis sie an eine Stelle kamen, wo der Boden nur aus dickem Moos bestand. „Warte", sagte sie und legte ihre Hände auf den Waldboden. Dann sah er das erste Mal ihre Magie. Ein Flimmern breitete sich am Boden aus und die Äste der umliegenden Bäume bewegten sich. Sie schlangen sich ineinander und bildeten eine Laube aus Blättern. Jack war fasziniert, aber auch über alle Maßen aufgewühlt. Er betrachtete sie intensiv und dieses Bild prägte sich ihm für immer ein. In diesem Moment erkannte er, dass er niemals wieder von ihr oder den Sídhe würde lassen können.

Langsam begann es zu nieseln, doch die Luft blieb trotzdem mild. Durch die Feuchtigkeit wurden die Gerüche des Waldes intensiver. Jack schloss die Augen und sog den Duft des Elfentales in sich auf. Als das Laubendach dicht genug war, um keinen Regen hineinzulassen, nahm Célia ihre Hände vom Boden und sah zu ihm auf. „Komm", wisperte sie, griff nach seiner Hand und zog ihn in den Unterschlupf.

Sie begann, sein Hemd aufzuknöpfen und er machte Anstalten, sie zu küssen. Aber sie hielt ihn mit einer Geste davon ab. „Noch nicht ... du hast gesagt, ich soll mit dir tun, was ich will."

Er sah sie verwundert an. „Was meinst du?", fragte er etwas argwöhnisch.

„Ich werde dich mit Magie an mich binden ... wenn du das willst", antwortete sie ernst.

Ein Schauer lief über seine Haut. Mit Magie an sie binden, dachte er. Sein Innerstes geriet in Unruhe. „Wird das wehtun?", wollte er wissen.

Sie musste unwillkürlich lachen. „Nein ... nein ganz sicher nicht." Sie knöpfte sein Hemd zu Ende auf und zog es ihm aus. „Bleib einfach nur still stehen." Als sie begann, seine Hose zu öffnen, umfasste er nervös ihre Hand. Sie blickte ihn fragend an.

„Was genau hast du vor?", flüsterte er.

Sie legte sanft ihre Hand auf seinen Mund und öffnete seine Hose.

„Ich ... muss ich was tun?", fragte er unsicher.

„Dein Körper wird schon wissen, was er zu tun hat", hauchte sie leise in sein Ohr und strich zärtlich über die wachsende Wölbung zwischen seinen Schenkeln.

„Das bezweifle ich nicht", sagte er heiser und schloss die Augen.

„Keine Angst", flüsterte sie. Dann hob sie die Hand und strich zart durch sein Haar. Seine Kopfhaut begann zu prickeln und ein Schauer fuhr über seine Haut. Überrascht öffnete er die Augen. Langsam ließ sie ihre Hand zu seinem Gesicht gleiten und strich sorgfältig seine Gesichtszüge nach. Er spürte jeden Zug ihrer Finger mit einer solchen Intensität, dass er sich sicher war, dass dies nichts mit normaler Berührung zu tun hatte. Seine Haut erschauerte, wo sie mit warmen Fingerspitzen seine Haut erforschte.

Plötzlich hielt sie überrascht inne. „Was ist?", fragte er etwas atemlos.

„Die Linien, ich ... ich kann sie noch kurz auf deiner Haut sehen. Das ... das kann nicht sein, das ist nur bei uns Sídhe so ... niemals bei einem Menschen."

„Ich bin auch kein Mensch, Célia", sagte er schlicht. „Eryon ist mein Vater."

Sie blickte ihn verwirrt und sichtlich bewegt an. Dann begriff sie. „Ellen", sagte sie dann fast unhörbar und nickte. „So habe ich die Erfüllung meiner Liebe in seinem Sohn gefunden."

Jack sah sie bestürzt an und wich einen Schritt zurück.

„Du liebst ihn? Du liebst meinen Vater? Und willst mich mit deiner Magie an dich binden?"

„Ja, ich habe ihn geliebt. Aber das war vor langer Zeit, Jack. Und er hat diese Liebe nie erwidert. Doch in dem Augenblick, in dem ich dich das erste Mal gesehen habe, verstand ich, was wahre Liebe ist. Jack! Ich liebe dich mit jeder Faser meiner Seele. Und so etwas habe ich vorher noch nie empfunden, auch nicht bei Eryon."

Jack starrte sie etwas fassungslos an. Eine Elfe hatte ihm gerade ihre Liebe offenbart. Und sie hatte ihm aus der Seele gesprochen, denn er empfand ebenso. Er schüttelte verwirrt den Kopf, doch sie nahm sein Gesicht in ihre Hände. Ihre Augen waren dunkel vor Verlangen, vor Verlangen, ihn zu besitzen. Und er war mehr als nur gewillt dazu.

Ihre Hände wanderten seinen Hals hinab und strichen dann in klaren Linien über seine Brust. Über seinem Herzen machte sie ein Zeichen und fuhr von dort zu seinem Unterleib. Als sie über seine empfindlichste Stelle strich, überflutete ihn wildes Verlangen, er konnte ein Stöhnen nicht unterdrücken.

„Himmel", keuchte er und umfasste ihr Gesicht. Er wollte sie küssen, wollte ihren weichen Mund auf seinem spüren, aber sie wand sich aus seinem Griff und ließ sich auf die Knie nieder.

„Noch nicht, Jack." Sie fuhr mit ihren zarten Händen an seinen Beinen entlang. Jede Spur ihrer Finger zeigte sich als eine schimmernde goldene Linie auf seiner Haut. Sie umgarnte und fesselte ihn mit ihrer Magie, aber er hätte dieses Gefühl niemals missen wollen.

Er schloss die Augen, und sein Atem wurde heftiger. „Célia", murmelte er mit rauer Stimme.

Endlich erhob sie sich und presste ihren Mund auf seinen. Er wurde von der Wucht ihrer Magie buchstäblich von den Beinen gerissen. Sie fielen auf die Knie, ihre Magie strömte durch ihn hindurch, vereinigte ihre Seelen miteinander.

Sie löste sich von seinen Lippen, umfasste sein Gesicht und blickte ihn erwartungsvoll an. „Und jetzt liebe mich", hauchte sie ihm zu.

Zaghaft öffnete er ihr Gewand und streifte es ihr von

den Schultern. Er spürte ihre zarte Haut, ließ seine Hände an ihr herabgleiten und erforschte ihre süße Weichheit. Sein Mund fand erneut ihre Lippen und sie versanken in einem langen Kuss. Sie roch nach dem Grün des Waldes, vermischt mit dem Geruch frischer Blumen. Ihr Duft brachte ihn fast um den Verstand. Célia zog ihn auf das weiche Bett aus Moos, ein weiterer Zauber begann. Ein Zauber, den er zusammen mit ihr webte. Er fühlte sie überall um sich herum, Jack hatte das Gefühl, dass er sich mit dem Wald ebenso vereinigte wie mit ihr. Irgendetwas weckte sie in ihm.

Er hörte das Flüstern der Bäume, das Pochen der Erde unter sich, die Natur nahm ihn auf, so wie sie ihn in sich aufnahm. Er wurde durchflutet von Leidenschaft und Energie, das Pulsieren des Waldes war im Gleichklang mit den heftigen Schlägen seines Herzens. Irgendwann setzte sein Verstand aus, er ertrank in einer Woge von Gefühlen.

Deutlich spürte er, dass neues Leben in ihr erwachte. Er schlang die Arme um sie und fühlte, wie sich das Verlangen in tiefe Erfüllung verwandelte. Ein tiefes Seufzen entglitt ihm. Célia hielt ihn fest und flüsterte immer wieder leise seinen Namen. Erschöpft vergrub er sein Gesicht in ihr Gewirr von goldenen und silbernen Haarsträhnen. Als ihrer beider Atem langsamer wurde, legte er sich neben sie und sie schliefen engumschlungen ein.

Eryon suchte besorgt den Wald ab. Die beiden Verliebten waren schon zu lange fort und er konnte sich lebhaft vorstellen, was sie taten. Er wusste nicht wieso, aber dies beunruhigte ihn zutiefst. Ob Lórian das nun guthieß oder nicht, er war Jacks Vater und hatte das Gefühl, ihn beschützen zu müssen ... vor was auch immer.

Lass sie tun, wofür sie bestimmt sind, hatte Lórian gesagt. Eryon war nicht wirklich dieser Meinung. Dann fühlte er plötzlich Célias Baumzauber. Er blickte sich suchend um und wurde schnell fündig. Kritisch betrachtete er die Blätterlaube und schüttelte den Kopf. „Khishat", fluchte er leise. Er war zu spät gekommen. Doch er wagte nicht, einfach dort hineinzuplatzen. Eryon näherte sich und horchte. Da er nur ihr ruhiges Atmen hören konnte, vermutete er, dass sie schliefen. „Célia!" Er benutzte ausschließlich die Gedankensprache der Sídhe und wartete. Wenig später hörte er leises Geraschel und Gemurmel. Dann trat Célia aus der Laube. Ihr Haar war zerzaust und ihre Wangen gerötet. Sie hatte sich nur Jacks Hemd übergestreift. Es war wohl das erste Kleidungsstück gewesen, das sie gefunden hatte. Eryon blickte verlegen auf ihre entblößten Beine. Sie schaute ihn verwundert an.
„Jack ist ... ist er bei dir?", fragte er befangen.
Célia nickte. „Wo sollte er sonst sein, Eryon?"
„Ich habe mir nur Sorgen gemacht, weil ... weil ihr so lange fort gewesen seid", stammelte er. Sein Blick schweifte zu ihrer Blätterlaube.
„Was willst du, Eryon?"
Er strich sich verlegen über den Nacken.
„Eryon?"
„Er ist mein Sohn, Célia. Ich sorgte mich nur um ihn."
„Hast du gedacht, er wäre bei mir in Gefahr?"
„Nein! Himmel noch mal!"
Sie trat zu ihm und fixierte ihn mit einem scharfen Blick.
„Ich habe dich einst geliebt, Eryon. Auch wenn du das wohl nie bemerkt und es auch nie erwidert hast."
Eryon erbleichte zusehends und starrte sie getroffen an.
„Aber Jack und ich", fuhr sie ungerührt fort, „sind nun Gefährten. Ob er dein Sohn ist oder nicht." Sie hob trot-

zig den Kopf und hielt seinem Blick stand.

„Du hast mich geliebt?"

„Ja."

„Warum hast du niemals etwas gesagt, Célia?", hakte Eryon nach.

„Weil ich wusste, dass du es nicht erwidert hast."

„Ich habe Ellen geliebt", flüsterte er leise, „und du warst immer mehr wie meine Schwester."

„Ich weiß, Eryon."

„Verzeih mir."

Célia schüttelte leicht den Kopf. „Es gibt nichts zu verzeihen." Sie stellte sich auf die Zehenspitzen und gab ihm einen kurzen Kuss.

Eryon erwiderte ihren sanften Blick.

Dann fiel ihr Blick auf seine Tasche und auf den Bogen, den er umgeschnallt hatte. „Du trägst meine Waffe", stellte sie nüchtern fest.

Eryon nickte. „Es ist Zeit." Er schnallte Bogen und Köcher ab und gab ihr alles zusammen mit der Tasche. Sie nahm es entgegen, warf einen Blick in die Tasche und seufzte. Darin war funktionelle Kleidung, die, wie sie sehr wohl wusste, für den Kampf war.

„Du musst nicht, wenn du nicht willst."

Célia brachte ein gequältes Lächeln zustande. „Ich bin eure beste Bogenschützin. Ihr könnt nicht auf mich verzichten", sagte sie schlicht.

Eryon neigte den Kopf ein wenig zum Abschied und wollte sich entfernen. Doch dann wandte er sich noch einmal um. Er musterte sie und warf ihr einen fragenden Blick zu. Sie lächelte nur, er streckte seine Hand aus und legte sie behutsam auf ihren Unterleib. Er ließ seine Magie in sie gleiten und hob überrascht die Augenbrauen hoch.

„Beim ersten Mal?"
Célia nickte glücklich.
„Das gibt es bei uns so gut wie nie!"
„Er ist eben etwas Besonderes", gab Célia lächelnd zurück.
„Ja", stimmte er ihr zu. Dann fixierte er sie mit einem scharfen Blick. „Du wirst dich nicht auf dem Boden sehen lassen. Du bleibst unsichtbar in den Bäumen versteckt. Das ist ein Befehl!" Dann nahm er sanft ihr Gesicht in seine Hände und küsste sie auf die Stirn. „Gefährde euer Kind nicht!", flüsterte er.
Célia legte unbewusst eine Hand auf ihren Unterleib. „Ich gefährde es nicht." Sie sah ihn bittend an. „Schütze ihn, Eryon."
„Mit meinem Leben ... und noch mehr", versicherte er ihr. „Bleibt nicht mehr zu lange." Dann drehte er sich rasch um und lief mit schnellen Schritten in den Wald.

Jack wurde von melodischen Stimmen geweckt, dann wurde wieder alles still. Er öffnete die Augen und stellte fest, dass er allein war. „Célia?", rief er etwas erschrocken.
Sofort teilten sich die Blätter und sie schlüpfte hinein. „Ich bin hier", flüsterte sie und setzte sich nah vor ihn hin.
„Du hast mein Hemd an", stellte er schmunzelnd fest.
„Und du hast gar nichts an. Diese Ungerechtigkeit werde ich sofort wieder ausgleichen", sprach sie und begann das Oberteil aufzuknöpfen.
Er beugte sich zu ihr hin und küsste sie leidenschaftlich auf den Mund. Sie hielt inne, umarmte ihn und erwiderte den Kuss. Seine Hände glitten in das offenstehende Hemd und liebkosten ihre seidene Haut. Sie seufzte und

er streifte ihr das Oberteil von den Schultern.

„Du bist so schön", flüsterte er ihr ins Ohr und seine Lippen wanderten an ihrem Hals hinab. Er streichelte und küsste sie zärtlich an fast jeder Stelle ihres Körpers. Sie fuhr mit ihren Händen durch sein weiches dichtes Haar. Keiner von beiden wollte sich zurückhalten, jeder wollte den anderen noch einmal kosten. Und das in ganzer Fülle. Sie vereinigten ihre Körper und Seelen ein zweites Mal und versanken jeweils in der Schönheit des anderen.

Wenig später lagen sie dicht gedrängt aneinander.
„Wir müssen bald aufbrechen, Jack."
„Mmh, müssen wir?", murmelte er, während er spielerisch an ihrem Ohr knabberte.
„Du bist unersättlich", kicherte sie.
„Ja ... dank dir." Dann richtete er sich etwas auf und sah sie neugierig an.
Sie schaute ihn erwartungsvoll an, doch er sagte nichts.
„Was? Was schaust du so?"
Er grinste. „Darf ich dich was fragen? Aber du darfst nicht beleidigt sein."
„Frag was du willst. Ich werde nicht beleidigt sein", erwiderte sie.
„Ähm, na ja ... ich wollte nur wissen ... ich meine ... hattest du ... äh ... schon viele ... vor mir? Ich meine, du bist ja viel älter als ich!"

Sie musste schmunzeln, als sie sah, wie er rot wurde und verlegen die Augen senkte. Dann umfasste sie sein Gesicht und blickte ihn liebevoll an. „Niemanden ... da war niemand vor dir. Ich habe auf dich gewartet. Und weißt du was? Es hat sich gelohnt." Ihre Blicke trafen sich, und er streichelte sanft ihr Haar.

„Ich liebe dich", flüsterte er.
Sie lächelte. „So wie ich dich ... und noch mehr." Ihre

Lippen berührten sich zart. „Ich wünschte, wir könnten ewig hier unter den Bäumen sitzen."

Ein Schatten huschte über ihr Gesicht. „Das geht nicht, wir müssen zurück. Sie warten sicher schon auf uns." Célia machte sich etwas von ihm los und griff durch die Blätter. Sie zog ihre Tasche und die Waffe in die Laube und betrachtete ihn.

Jack war überrascht. „Wo kommt das her?"

„Eryon hat es gebracht."

„Was? Mein Vater war hier? Ich meine ... weiß er es ... das mit uns ... ich ..."

„Schsch, beruhige dich. Ja, er weiß es. Alle werden es wissen. Aber das ist doch nicht schlimm."

Einen Moment schaute er sie etwas verdattert an, doch dann sagte er leise: „Nein, es ist nicht schlimm."

„Ich möchte, dass wir ein Zeichen tragen, Jack."

„Ich laufe wahrscheinlich für den Rest meines Lebens wie ein vernarrter, liebestoller Hund hinter dir her! Was für ein Zeichen möchtest du noch?"

Sie schaute verdutzt auf, dann lachte sie herzhaft und ließ sich kichernd auf das Moos fallen. „Zum Glück bist du nicht so behaart wie ein Hund", schmunzelte sie vergnügt.

„Na, das fehlte noch!"

„Warte ..." Sie kramte in ihrer Tasche und holte ein kleines Messer heraus, dann nahm sie eine feine Strähne ihres Haares und schnitt sie sich ab. Sie hockte sich neben ihm und wühlte seitlich in seinem Haar.

„Was hast du vor?"

Sie erwiderte nichts, sondern fing an, einen Zopf mit mehreren feinen Strähnen zu flechten, wobei sie ihre Haare immer zwischen seine einflocht. Dann kramte sie erneut mit einer Hand in ihrer Tasche und holte triumphierend ein dunkles Band heraus, womit sie den Zopf befestigte. „Diesen Beutel hat eindeutig Lórian gepackt", stellte sie erfreut fest. „Manchmal glaube ich, er weiß alles schon im Voraus. Er hat wirklich an alles gedacht!" Zum Schluss schnitt sie ihre lange Haarsträhne etwas kürzer und glich sie mit Jacks Haarlänge an. Anschließend schnitt sie von Jacks dunklen Haaren etwas ab und flocht in ihre Haare den gleichen Zopf. Jack schaute ihr faszinierend dabei zu und befühlte vorsichtig seinen eigenen Zopf. „Wird er halten?", fragte er.

Sie nickte. „Es ist ein besonderer Zopf. Er wird halten."

Dann stand sie auf und begann, sich anzukleiden. Allerdings zog sie nicht ihr Kleid an, sondern die Sachen aus der Tasche, die Eryon gebracht hatte. Sie bestanden aus einer grünbraunen Tunika und einer dunkelbraunen Hose. Sie nahm ihr langes Haar, steckte es geschickt hoch und befestigte es mit kleinen Klammern aus dem Beutel, die in ihren hellen Strähnen fast unsichtbar wirkten.

Als sie sich ihren Bogen umschnallte, ergriff Jack ihren Arm und hielt sie zurück. Er hatte sich ebenfalls seine Hose angezogen und blickte sie fragend an. „Was soll das?"

„Wir müssen zurück. Der Kampf beginnt bald. Und ich bin eine der Bogenschützen."

„Du ... du willst kämpfen? Das kann doch nicht dein Ernst sein?!"

Sie legte ihm zärtlich die Hand auf den Mund. „Ich bin eine der besten Schützen, Jack. Ich kann mich nicht von diesem Kampf fernhalten. Sie brauchen mich! Aber ich verspreche dir, dass ich mich in den Bäumen versteckt halten werde. Niemand wird mich sehen. Man wird nur meine Pfeile zu spüren bekommen. Denn ich trage unser Kind in mir und ich will es nicht gefährden."

Jack schaute sie einen Moment sprachlos an. „Dann ... dann hab ich also richtig gefühlt. Ich habe das mit dem Kind auch gespürt", sagte er nach einer Weile. „Aber ich ... es fällt mir schwer, dich als Kriegerin zu sehen."
„Ja, ich weiß." Sie küsste ihn. „Zieh dich zu Ende an. Dann lass uns zurückgehen." Er nickte nur niedergeschlagen.

Sie gingen durch den Wald zurück zum Dorf.
„Irgendetwas ist anders", sagte er plötzlich.
Célia schaute ihn fragend an.
„Der Wald ... es ... er hat sich irgendwie verändert."
Sie blieb stehen und musterte ihn. „Kann es sein, dass ich mehr in dir geweckt habe?"
„Was meinst du?"
Sie beantwortete seine Frage mit einer Gegenfrage. „Was fühlst du?"
„Ich weiß nicht so recht. Es ist, als ob die Bäume mir zuflüstern. Wenn ihre Äste mich berühren, spüre ich ... ich spüre ... ich weiß nicht."
„Einssein?"
Er blickte sie an. „Ja ... Einssein."
„Sag etwas zu ihnen."
„Was soll ich ... ich meine ... wie?"
„Berühre einen von ihnen."

Jack wandte sich einer großen Eiche zu. Langsam hob er die Hand und berührte vorsichtig den kräftigen Stamm. Überrascht hob er die Augenbrauen und zog die Hand wieder zurück. Doch Célia nahm seine Hand und legte sie wieder auf die Rinde des Baumes. Er konnte spüren, wie das Leben in dem Baum pulsierte, konnte sein Flüstern hören. Ein Flüstern, das nichts mit Sprache zu tun hatte. Jack fühlte mehr, als dass er hörte. Er schloss die Augen. Der Wind strich sanft durch sein Haar, und er wünschte, der Baum würde ihm ein Zeichen geben, einen Beweis, dass er das alles nicht träumte.

Plötzlich nahm er wahr, wie im Innern des Baumes sich etwas regte. Er öffnete die Augen. Mit Erstaunen sah er, wie die Äste sich zu ihm hinunterneigten und ihn berührten. Ein Schauer lief über seinen Körper. Dann, ganz unerwartet, zogen sich all diese Wahrnehmungen zurück. Es war, als ob etwas sie zurückzog, zurück in sein Inneres und dort verbannte. Dies geschah mit solch einer Kraft und Intensität, dass Jack aufkeuchte und förmlich von den Beinen gerissen wurde. Er sah den Waldboden auf sich zukommen und alles verschleierte sich vor seinen Augen. Eine verschwommene Gestalt erschien vor ihm. „Du musst deine Magie befreien, Jack. Aber dies kann nicht durch einen Baum geschehen", sagte sie.

Jack erkannte die Stimme augenblicklich. Es war Seraya. Ihre Gestalt wurde klarer, und er konnte ihr lächelndes Gesicht erkennen.

„Wie! Sag mir wie!", rief er ihr in Gedanken zu.

Doch sie schüttelte belustigt den Kopf. „Du bist ein aufgeweckter Bursche, Jack. Und deshalb musst und wirst du es selbst herausfinden."

Dann tauchte eine weitere, männliche Person neben Seraya auf. Jack erkannte ihn ebenso, auch wenn er seinen Namen nicht mehr wusste. Aber der dunkelhaarige Sídhe war Lórians Freund. Das wusste er. Er hatte ihn nur einmal ganz kurz aus der Ferne gesehen. Dennoch erinnerte er sich an ihn. Der Sídhe strahlte Kraft und Ruhe aus und er lächelte ihn an. Dann drehte er etwas den Kopf. Jack sah den geflochtenen Zopf, mit dem Seraya sie beide gezeichnet hatte. „Komm", flüsterte er zu Seraya und im selben Augenblick verschwanden die beiden.

Das Erste was Jack spürte, war, dass etwas sich

schmerzhaft in seinen Rücken bohrte. Dann hörte er Célia seinen Namen rufen. Er öffnete mühsam die Augen und bemerkte zu seinem Erstaunen, dass er auf dem Boden lag.

Célia war kreidebleich und starrte ihn voller Sorge an. Stöhnend richtete er sich auf. Ein stechender Schmerz zog sich durch seinen Rücken. Célia hielt ihn fest umfangen.

„Was ... was ist denn passiert?", stotterte sie aufgeregt.
Jack gab keine Antwort. Er stöhnte und verzog schmerzhaft das Gesicht.
„Jack! Was hast du?"
„Mein Rücken ... irgendwas ... ich bin ... auf irgendwas ... gefallen. Ich ... keine Luft", keuchte er und rang nach Atem.

Célia setzte sich rasch hinter ihm und hob sein Hemd hoch. „Khishat!", fluchte sie laut. „Warte, ich helfe dir." Sie legte ihre Hände auf die verletzte Stelle, forschte in seinem Inneren nach Verletzungen und heilte sie. Jack spürte ihre kühlen lindernden Finger, fühlte wie der Schmerz nachließ und ihn wieder atmen ließ.

„Du bist auf einen Stein gefallen. Die Stelle war zwar nur geprellt, aber sie hat die Luft aus deinen Lungen gepresst. Ist es besser so?"
Jack nickte erleichtert.

„Was ist denn bloß passiert?", fragte sie ihn, immer noch aufgelöst.
Er schaute sie ernst an. „Hatte Seraya einen Gefährten?"
Verwirrt zog Célia ihre Stirn kraus. Bei diesem Anblick musste er lächeln und er strich zart über ihre Stirn, um sie wieder zu glätten. „Dieser grimmige Ausdruck passt gar nicht zu dir."
„Ich schaue nicht grimmig, ich bin durcheinander. Ich

frage dich, was passiert ist, und du fragst nach Serayas Gefährten."
„War er dunkelhaarig?"
Sie neigte den Kopf etwas zur Seite, antwortete aber nicht, sondern nickte nur.
„Ist ... ist er auch umgekommen bei dem Kampf?"
Sie nickte abermals.
„Wie hieß er?"
„Thálos", antwortete sie ihm.
„Ich habe sie gesehen. Seraya und Thálos. Sie hat zu mir gesagt, meine Magie müsste erst befreit werden."

Célia sah ihn mit großen Augen an. Dann hob sie ihre Hände und legte ihre Finger sanft auf seine Stirn. Jack rührte sich nicht. Sie schloss die Augen und er fühlte, wie sie mit ihrer Kraft in ihn eindrang, wie sie sein Inneres behutsam erforschte. Er wehrte sich nicht dagegen, sondern öffnete sich ihr.
Nach einer Weile nahm sie nachdenklich die Hände herunter. „Jemand hat einen mächtigen Schutzzauber auf dich gelegt, den nur du selbst brechen kannst", sagte sie leise. „Und du bist verwandelt. Dies ist nicht deine wahre Gestalt."
„Ja, ich weiß ... und ich habe Angst, eines Tages in den Spiegel zu schauen und nicht mehr ich selbst zu sein."
Sie lächelte. „Ich glaube nicht, dass die Form deiner Ohren oder das Schimmern von Haut und Augen dich verändern kann."
„Du hast mich so gesehen?"
„Flüchtig ... und ich habe nur noch mehr Schönheit gesehen."
Verlegen senkte er den Blick. „Also ich finde mich nicht gerade besonders schön."
Ihr silberklares Lachen tönte melodisch durch den Wald.

„Oh Jack! Du schaust nicht in den Spiegel! Sei nicht zu bescheiden. Ich wette, dass jedes Mädchen in Killarney hinter dir her war."
„Öh ... na ja, nicht unbedingt jede, aber ... okay du hast recht. Sie haben mir schon als Kind aufgelauert und sich nach mir verzehrt", sagte er mit ernster Miene. Dann zuckten seine Mundwinkel und sie brachen beide in lautes Gelächter aus. Als sie wenig später wieder auf dem Weg durch den Wald waren, hielt er sie zurück. „Es war nicht das erste Mal, dass ich Seraya gesehen habe. Deshalb bin ich hergekommen. Sie hat gesagt, ich könnte euch helfen ... euch retten."
Célia musterte ihn. „War sie es, die den Zauber um dich gelegt hat?"
„Ja, kurz nachdem ich geboren wurde. Meine Mutter hat es mir erst vor ein paar Tagen erzählt. Mehr oder weniger."
„Dann hast du durch ihren Zauber vielleicht eine Verbindung zu ihr. Ich frage mich, wie viel sie von der Zukunft schon kannte. Wir müssen das alles Lórian erzählen."
„Er weiß es schon", erwiderte er.
Schweigend setzten die beiden ihren Weg fort. Plötzlich fing er an zu grinsen. „Was heißt eigentlich Kischatt?" Sie wurde auf der Stelle rot. „Du meinst Khishat", sagte sie leise und sprach das Wort mit der richtigen Betonung.
„Genau das meine ich."
„Ähm ... das ist ... ein ... ein Schimpfwort. Es ... es bedeutet ... ähm ... es beschreibt ... Ausscheidungen auf eine nicht so feine Form."
Er musste lauthals lachen. „Also bedeutet es soviel wie *Scheiße*?" Ihre Röte wurde noch tiefer, doch sie nickte. Er grinste und drückte ihr einen Kuss auf den Mund. „Nun

kann ich also mein erstes Sídhewort. Khishat!" Sie knuffte ihm in die Seite und lachte. Dann nahm er ihre Hand und sie schlenderten den schmalen Weg entlang.

Die Magie der Sídhe

Lórian verharrte reglos vor dem Nebel und wartete. Er hatte sich tief im Unterholz verborgen. Sein Körper war angespannt und sein Innerstes aufgewühlt. Doch er empfand keine Angst.

„Von wo werden sie wohl kommen?", fragte Adyan, der Sídhe, der neben ihm hockte.

„Ich weiß es nicht, die Späher sind nicht zurückgekommen", flüsterte Lórian.

Adyan richtete sich etwas auf und schaute wachsam in die Nebelschleier. „Vielleicht sind sie in ..." Adyans Worte erstarben, als ein Pfeil, der aus dem Nebel kam, sich in sein Herz bohrte.

Er taumelte und Lórian fuhr erschrocken herum. Er fing Adyan bestürzt auf und ließ ihn behutsam zu Boden gleiten. „Adyan!", rief er.

Doch Adyan war tot. Lórian atmete tief durch, um seinen aufkeimenden Zorn zu unterdrücken. „Leb wohl", flüsterte er Adyans lebloser Gestalt zu. Er strich ihm sanft das Haar aus der Stirn und flüsterte den Segen der Sídhe.

Ein kurzer Blick sagte ihm, dass die Feinde sich näherten. Wie Phantome traten sie aus dem Nebel. „Sie kommen! Macht euch bereit", rief er seinen Kriegern in Gedanken zu. Die wartenden Sídhe griffen gefasst nach ihren Waffen, als sie den stummen Ruf ihres Königs vernahmen.

Lórian selbst hüllte sich in seine Magie und lief pfeilschnell durch den Wald. Die Angreifer waren ihm auf den Fersen, doch sie erreichten nicht annähernd seine Schnelligkeit. Als er die Sídhekrieger erblickte, wies er ihnen die Richtung aus der die Feinde kamen. „Haltet sie so lange auf wie ihr könnt!", rief er ihnen zu.

Die Sídhe verteilten sich kampfbereit in den Wäldern und zogen ihre Waffen. Lórian rannte weiter zu einem kleinen Hügel, wo er ein großes Schwert bereitgelegt hatte.

Jack und Célia traten aus dem Wald und blickten sich erschrocken um. Das ganze Dorf war in Aufruhr. Sie entdeckten Eryon und eilten zu ihm hin.

„Sie greifen an! Schnell!", erklärte Eryon. Er nickte Célia zu, nahm Jack am Arm und zog ihn zu sich.

Célia küsste Jack und war blitzschnell im Wald verschwunden. Jack schaute ihr voller Sorge nach.

Eryon warf einen flüchtigen Blick auf Jacks eingeflochtenen Zopf. „Komm!", drängte er dann und wollte Jack mit sich ziehen.

Doch Jack machte sich von ihm los. „Verstehst du nicht? Ich muss zu Lórian!", rief er unwirsch. „Seraya hat ..."

Eryon packte ihn an den Schultern. „Alleine gehst du nirgendwo hin. Erst bringen wir sie in Sicherheit", fuhr sein Vater ihn an und zeigte auf die wartenden Frauen und Kinder. „Hast du überhaupt eine Ahnung, worauf du dich da eingelassen hast? Weißt du mittlerweile, was du tun musst?"

Jack schüttelte den Kopf.

„Hör zu!" Eryon brachte sein Gesicht nah an Jacks heran. „Lórian hat eins der Crúl-Schwerter. Sie wurden mit mächtigen Zaubern belegt. Sie werden ihn schützen. Zumindest eine Weile lang."

Jack begegnete ernst seinem Blick. „Es gibt nicht zufällig zwei Schwerter?"

Sein Vater blickte ihn scharf an. „Denk nicht einmal dran!", zischte er. Er packte seinen Sohn am Arm und zog ihn einfach mit sich. Jack folgte ihm widerwillig. „Kommt!", rief er den Wartenden zu. „Wir werden durch Serayas Lichtung gehen müssen. Der andere Weg ist versperrt."

„Woher weißt du das?", fragte Deíra in der Sprache der Sídhe.

„Lórian hat es mir gesagt."

Sie nickte stumm und liefen dann gemeinsam durch das Waldstück.

Rakúl saß mit einigen Sídh'nafért versteckt zwischen den Bäumen und beobachtete, wie die Frauen und Kinder mit nur zwei Männern ganz in ihrer Nähe vorbeikamen. „Zündet ringsherum alles an. Lasst sie brennen! Keiner darf entkommen", raunte er den Seinen zu und fünf dunkle Gestalten kreisten die Flüchtenden blitzschnell ein. Nacheinander entfachten sie mehrere Feuer.

Célia hockte in den Bäumen und sah mit Entsetzen, was die Sídh'nafért vorhatten. Sie reagierte schnell, huschte geschmeidig und lautlos durch die Bäume und versuchte, ihrem Volk einen Fluchtweg zu ebnen. Vier der Sídh'nafért hatten die Bäume und Sträucher bereits in Brand gesteckt. Nur ein Weg war noch offen. Sie spannte rasch ihren Bogen und zielte. Der Pfeil surrte durch die Luft und traf einen ihrer Gegner mitten auf der Stirn. Dieser gab nur noch einen gurgelnden Laut von sich und stürzte zu Boden. Er war sofort tot. Doch seine Fackel fiel auf den Boden und entflammte das Laub.

Célia sprang vom Baum und lief geduckt zu der Stelle hin, wo sich der Brand auf dem Boden ausbreiten wollte. Sie trat das Feuer aus und kletterte wieder in die Bäume. Geschickt hangelte sie sich von Ast zu Ast und suchte die anderen vier Sídh'nafért. Diese wollten gerade aus dem Feuerkreis entwischen. Sie griff in ihren Köcher und holte zwei Pfeile heraus. Beide legte sie auf ihren Bogen, zielte und schoss. Die Pfeile sirrten durch die Luft und trafen zwei ihrer Feinde. Etwas erschrocken blickten die anderen sich um und erspähten Célia in den Bäumen. Schnell huschte sie hinter einen dicken Ast. Ihre Gegner lachten nur, wandten sich ab und verschwanden dann aus ihrem Blickfeld.

Sie lachen, dachte Célia und blickte nachdenklich auf die Stelle, wo ihre Gegner im Unterholz verschwunden waren. Doch plötzlich begriff sie. Das Feuer hatte sie eingeschlossen. Rauch und Hitze kamen auf sie zu und nahmen ihr den Atem. Entsetzt schaute Célia sich um. „Jack", flüsterte sie und Angst kroch in ihr hoch. Hastig setzte sie zwei Finger an die Lippen und ließ einen lauten Vogelruf ertönen. Wenn sie schon nicht leben sollte, dann musste sie wenigstens den anderen helfen. Die Flammen kamen immer näher, Célia konnte kaum noch atmen. Ihr wurde schwindelig und krampfhaft hielt sie sich an dem Baum fest. Die Hitze wurde unerträglich. Tränen rannen an ihren Wangen hinab, verzweifelt versuchte sie, sich gegen die Bewusstlosigkeit zu wehren. Plötzlich kam ein Windstoß auf und der Baum, in dem sie saß, fing Feuer. Überstürzt wich sie zurück und kam ins Schwanken. Sie verlor ihren Halt und stürzte. Das letzte, was sie sah, war der auf sie zu rasende Waldboden.

Eryon, Jack und die anderen blickten fassungslos auf das Feuer. Dann hörten sie einen einzelnen Vogelruf, der aus dem Wald hinter ihnen kam.

Eryon zeigte nach rechts. „Wir haben einen Helfer! Rechts der Weg muss noch frei sein. Kommt!"

„Woher weißt du das?", fragte Jack.

„Hast du den Ruf der Lerche nicht gehört?", fragte Deíra nur und blickte voller Furcht zu den Flammen. Jack sah sie nur völlig verständnislos an. Schützend legte Deíra eine Hand auf ihren Unterleib, dann rannten alle gehetzt in die Richtung, die Eryon ihnen wies. Zu ihrer Erleichterung wurde das Feuer tatsächlich schwächer. Dann kamen sie zu dem Sídh'nafért, den Célia zuerst getötet hatte.

Eryon wurde kreidebleich. „Célia", flüsterte er nur und sah in die Flammen.

Jack starrte ihn geschockt an. „Was? Was sagst du da? Wie meinst du das?"

„Das ist Célias Pfeil. Sie ist unser Retter", flüsterte Eryon und konnte den Blick nicht von der Flammenwand lösen.

Jack starrte den brennenden Wald an.

Eryon bemerkte seinen Blick und griff nach seinem Arm. „Du kannst ihr nicht mehr helfen!"

Jack machte sich los. „Ich werde sie nicht im Stich lassen!", sagte er scharf und wollte sich losreißen.

Doch sein Vater hielt ihn eisern fest. „Nein, Jack!"

Jack überlegte nicht lange und schlug Eryon hart ins Gesicht. Dieser ließ ihn überrascht los und Jack lief direkt in die Flammen hinein.

„Nein!", schrie Eryon. Blut tropfte von seiner Lippe. Er machte Anstalten ihm nachzulaufen, aber Deíra hielt ihn fest.

„Eryon, er schafft es! Deshalb ist er hier. Deshalb hat Se-

raya ihn geschickt. Er kann sie nicht sterben lassen, sie ist seine Gefährtin! Niemand lässt seine Frau im Stich. Und schon gar nicht, wenn sie sein Kind trägt. Du hast die Aufgabe uns in Sicherheit zu bringen! Lass ihn seine Aufgaben machen! Er ist kein Kind mehr."
„Er ist mein Kind", flüsterte Eryon.
„Komm ..."
Deíra berührte ihn am Arm und sie flüchteten auf schnellstem Wege in die Waffenhöhlen.

Jack rannte durch die brennende Hölle und rief verzweifelt Célias Namen. Doch er hörte nur das laute Knistern und Rascheln des sich ausbreitenden Feuers. Die Hitze kam immer näher, Jack versuchte flach zu atmen, um seine Lungen zu schützen. Plötzlich tauchte ein kleines punktförmiges Licht vor ihm auf. „Folge ihm, Jack!", hörte er eine Stimme. Er erkannte Serayas Stimme und hastete dem hüpfenden glitzernden Punkt hinterher. Der Rauch wurde immer dichter und das Feuer hatte ihn mittlerweile eingeschlossen. Da plötzlich sah er Célia direkt unter dem leuchtenden Schimmer liegen. Hastig rannte er zu ihr hin. Sie lag ohnmächtig am Boden und kleine Flammen näherten sich ihr. Jack bekam fast keine Luft mehr. „Célia!"
Doch sie rührte sich nicht. Er schnallte ihr den Bogen ab und nahm sie rasch in die Arme. Ihre Lippe war blutig und kleine Kratzer waren auf ihrem blassen Gesicht, doch ansonsten schien sie unversehrt. Jack presste Célia an sich und sah sich um. Das Feuer war überall. Er wusste nicht, wohin er gehen sollte. „Verdammt! Wohin jetzt?", fragte er den hüpfenden Punkt, der direkt vor seiner Nase tanzte.
„Berühre ihn", wisperte die Stimme.

Jack ließ Célias Beine los, hielt sie mit einer Hand fest an sich gedrückt und streckte den Finger aus. In dem Moment, als er das schimmernde Licht berührte, flammte es regelrecht auf und umschloss die beiden. Jack wurde für einen Moment geblendet und schloss die Augen. Als er sie wieder öffnete, hatte das Leuchten sie beide völlig eingeschlossen und er konnte endlich wieder atmen.

„Und jetzt lauf! Lauf durch das Feuer! Du hast nur wenige Minuten!", drang die Stimme zu ihm durch.

Jack nahm seine Gefährtin wieder auf die Arme und rannte los. Er hastete mitten durch das Feuer, mitten durch beißenden Rauch. Aber er spürte nichts. Die Flammen konnten ihm und Célia nichts anhaben. Die Minuten verstrichen und er merkte, wie das Leuchten langsam schwächer wurde. Er beschleunigte sein Tempo und lief so schnell wie er konnte. Kurze Zeit später waren beide der brennenden Hölle entkommen. Das Licht erlosch, keuchend lief Jack noch ein Stück weiter. Auf einer Lichtung legte er Célia vorsichtig ins Gras und schaute fassungslos die Flammen an, die Serayas kleinen Wald verschlangen.

Lórian drehte sich bestürzt um, als er die Hitze des Feuers wahrnahm. Er zögerte nur einen Moment, dann streckte er die Arme weit nach oben und begann leise, beschwörende Worte zu flüstern. Er blickte zum Himmel. Die Worte, die er sprach, vermischten sich mit einem leisen Knistern, das von ihm selbst auszugehen schien. Dann stieß er einen hohen Ton aus und zwei blaue Blitze fuhren aus seinen Händen. Sie wurden in den Himmel geschleudert und trafen die Wolken dort mit einer solchen Wucht, dass sie auseinander gezerrt wurden. Doch sofort schlossen sie sich wieder und verdunkelten sich rasch.

Leises Donnergrollen ertönte, nach einer Weile strömte heftiger Regen auf die Erde hinab und löschte das Feuer. Lórian sank zu Boden und verlor kurzzeitig das Bewusstsein. Seine Fingerspitzen waren verbrannt.

Jack saß immer noch auf der Lichtung und hielt Célia fest umschlossen. Der starke Regen prasselte auf sie nieder und langsam begann sie sich zu regen. „Célia?", hauchte er ihr entgegen.
Mühsam öffnete sie die Augen und musste husten.
„Oh, Célia", flüsterte er und presste sie an sich.
Verwirrt blickte sie ihn an. „Jack?"
Er nahm sie auf die Arme. „Ich bringe dich in Sicherheit. Gibt es noch einen anderen Weg zu den Höhlen?" Sie nickte und schlang die Arme um seinen Hals. „Dann zeig ihn mir."

Kurze Zeit später erreichten sie die Waffenhöhle. Jack setzte Célia behutsam ab. Sie legte ihre Hände auf das Gras und die große Luke erschien. Als Célia schwankte, hielt Jack sie fest.
„Rhâssó tar côm? - Wer ist dort? -", drang eine Stimme aus der Tiefe.
Jack verstand kein Wort, aber er sagte schnell: „Macht auf! Wir sind es!" Dann knackte ein Riegel und die Luke öffnete sich.

Eryon stieg heraus und ohne ein Wort schloss er sie beide in die Arme. Ihre Kleidung und ihre Haut waren schwarz vom Ruß und tropfnass vom Regen. Ihre Haare waren an den Spitzen etwas angesengt, aber sie selbst waren unversehrt. Eryon atmete erleichtert auf. „Kommt! Schnell!", flüsterte er und seine Gefährten halfen Célia in die Höhle.

Schon wollte Eryon die Luke wieder schließen, da

hielt Jack ihn davon ab und kletterte wieder hinaus. „Ich muss zu Lórian. Hab keine Angst um mich. Seraya hat uns aus dem Feuer gerettet. Weiß der Himmel, wie sie das geschafft hat!? Aber ich glaube, sie beschützt mich irgendwie. Célia meinte, durch ihren Schutzzauber bin ich mit ihr verbunden, und ich denke, das stimmt."
Eryon nickte schweren Herzens. „Das zweite Crúl-Schwert ... es ist im Dorf", sagte er leise. „Weißt du, wo in Lórians Haus der große Schrank mit den Verzierungen steht?"
Jack nickte.
„Dort ist es. Nimm es! Es wird dir helfen. Es schafft eine Verbindung zwischen dir und Lórian und es schützt dich. Aber Jack ..." Er umfasste Jacks Gesicht mit beiden Händen. „Pass bitte auf dich auf!"
„Das werde ich. Mach dir keine Sorgen."

Jack rannte los. Der Regen peitschte ihm ins Gesicht und wusch den schwarzen Ruß ab. Als er endlich im Dorf angekommen war, überkam ihn ein beklemmendes Gefühl. Alles war wie ausgestorben und düstere Gedanken machten sich in ihm breit. Was, wenn er gar nichts ausrichten konnte? Oder wenn er nicht wusste, was zu tun war? Unwirsch schüttelte er den Kopf und wischte seine Selbstzweifel fort. Er rannte weiter durch das Dorf, stürmte in Lórians Haus hinein und öffnete den Schrank. Dort waren unter anderem allerlei Waffen, doch nur ein Schwert.

Jack streckte die Hand danach aus, als er plötzlich ein Geräusch hinter sich hörte. Er blickte sich mit Herzklopfen um, und für einen Moment nur sah er einen Schatten durch das Haus streifen. Da Jack tatsächlich mit einem kurzen Bogen verhältnismäßig gut umgehen konnte, suchte er rasch eine passende Waffe. Er hatte vor einiger Zeit einen besonderen Kurs belegt, der um mittelalterliche Waffenkunst ging, denn das Bogenschießen hatte ihn von jeher fasziniert.

Da entdeckte er einen kurzen Bogen, holte ihn eilig aus dem Schrank und steckte sich zwei dazugehörige Pfeile in den Hosenbund. Einen dritten legte er auf die Sehne und huschte geduckt dem Geräusch nach. Langsam und vorsichtig schlich er durch das Haus. Dann sah er den Störenfried und ließ erleichtert den Bogen sinken. Eine Katze hatte sich im Haus versteckt und kam nun mit hoch erhobenem Schwanz auf ihn zu. Jack streichelte das hübsche Tier und schüttelte gleichzeitig den Kopf. „Man! Mach das nicht noch mal. Wie kannst du mich so erschrecken?" Auf den zweiten Blick bemerkte er, dass die Katze ein Kater war. „Aha, also auch ein gestandener Mann. Ich hoffe, du hast nicht genauso eine Scheißangst wie ich", murmelte er. Der Kater maunzte leise und schubberte sein Köpfchen an Jacks Bein.

Jack richtete sich auf und ging zum Schrank zurück. Der Kater folgte ihm auf leisen Sohlen und sprang mit einem Satz auf den Schrank. Dort setzte er sich majestätisch hin und begann, sein glänzendes schwarzbraunes Fell zu putzen. Jack grinste und legte den Bogen und die Pfeile zur Seite. „Wahrscheinlich hätte ich in der Aufregung sowieso niemanden damit getroffen", murmelte er zu dem Kater.

Der zwinkerte mit seinen goldenen Augen und beobachtete ihn. Jack ergriff das Schwert mit zitternden Händen und holte es aus dem Schrank. Plötzlich wurde sein ganzer Körper von einem Schauer durchzogen. Er hatte das Gefühl, dass etwas nach seinem Geist griff, erschrocken wollte er das Schwert loslassen. Doch er stellte fest, dass das unmöglich war. Irgendetwas in seinem

Inneren sträubte sich heftig dagegen, sich von der Waffe zu lösen. Das Crúl-Schwert zog ihn tiefer und tiefer in sich selbst hinein. Mit einem Mal nahm er noch etwas ganz anderes wahr, das ihn mehr als alles andere verunsicherte. Das Schwert hatte in seinem Inneren eine ihm unbekannte Kraft gefunden. Ungeübt, aber stark, und sie stammte von ihm selbst. Und in dem Moment, als er sie wahrgenommen hatte, wurde sie auch schon zu Leben erweckt. Fast 20 Jahre hatte Serayas Zauber Jacks Magie unterdrückt. Doch jetzt durchströmte sie ihn derart heftig, dass er schwankte und auf die Knie fiel. Alles um ihn herum verblasste, er spürte nur noch diese neu erwachte Kraft.

Seine ganze Gestalt fing plötzlich an zu flackern, der Zauber Serayas löste sich durch die Kraft des Schwertes immer mehr auf. Überall auf seiner Haut fing es an zu prickeln, er fühlte zutiefst, dass irgendeine Veränderung mit ihm geschah. Mit Erschrecken begriff er, dass sein Aussehen sich veränderte, und er fürchtete sich vor dem, was er hinterher sehen würde. Jack fühlte sich wie in einem schlechten Traum, in dem man sich nur noch wünschte, endlich aufzuwachen. Dann war plötzlich alles vorbei.

Verwirrt starrte er eine Weile vor sich hin, richtete sich dann auf. Sofort wurde ihm schwindelig. Alles drehte sich, Jack umklammerte den Knauf des Schwertes so fest, dass die Verzierungen sich in seine Haut drückten. Er blickte angestrengt auf das Schwert. Schlagartig wurde ihm bewusst, was er zu tun hatte. Eine Weile sammelte er sich, dann spürte er die Blicke des Katers, der ihn interessiert musterte. „Hast du eine Ahnung wo Lórian ist?", fragte Jack ihn aus einem Impuls heraus.

Das war die Frage, auf die der Kater nur gewartet zu haben schien. Er richtete sich auf und sprang von dem

Schrank herunter, wobei er Jacks Schulter als Zwischenlandung benutzte. Jack schaute ihn verdutzt an. Das Tier strich um seine Beine und gurrte leise beruhigende Töne. Dann machte es einen Satz und lief zur Tür. Als Jack ihm nicht sofort folgte, miaute der Kater laut. Jack zuckte mit den Schultern und folgte ihm rasch.

Die dunkle Kraft

Lórian tauchte langsam aus seiner kurzen Bewusstlosigkeit auf und öffnete die Augen. Er fand sich am Boden wieder und feiner Regen fiel auf ihn herab. Verdutzt schaute er in den dunkler werdenden Himmel, dessen Wolken sich langsam auflösten. Ich bin bewusstlos geworden, dachte er erstaunt. Der König der Elfen schüttelte benommen den Kopf und richtete sich auf. Dann griff er nach dem Crúl-Schwert und stemmte es mit der Spitze in das Erdreich. Mit beiden Händen stützte er sich auf den Knauf der Waffe und schloss konzentriert die Augen.

Lórian setzte seine Magie ein und forschte damit nach der schwarzen Kraft, die er vor langer Zeit schon einmal gegen Rakúl benutzt hatte. Nur würde er sie diesmal nicht frühzeitig abbrechen können. Er sonderte sein inneres Wesen vom Diesseits ab und erforschte mit seinen Sinnen die unsichtbare Welt des Geistes. Wirre Gefühle unterschiedlichster Art strömten an ihm vorbei. Er stöhnte auf und versuchte, sie aus seinem Kopf zu verbannen. Als er diese Gedankenstürme zumindest in den Hintergrund gedrängt hatte, rief er die dunkle Macht zu sich, lockte sie mit seiner eigenen Magie: „Naváhn tu che. - Komm zu mir. -" Plötzlich nahm er ein anderes Wesen wahr. Erschrocken riss er die Augen auf.

Ein Phuka stand vor ihm. „Was begehrst du von uns, Sídhe?", fragte er.

Lórian wich einen Schritt zurück und starrte die dunkel gewandete Gestalt sprachlos an. Er konnte das Gesicht nicht erkennen, die Kapuze war so tief gezogen, dass er nur Finsternis sah. Doch er wusste, was für ein Anblick hinter der Schwärze war, und dieser Gedanke krampfte ihm das Herz zusammen.

„Ich frage dich noch einmal: Was willst du?!" Der Klang der Stimme des Dämons kroch wie Spinnen in Lórians Gedanken, kribbelte unangenehm auf seiner Haut. Lórian atmete tief durch und wählte seine Worte mit Bedacht.

„Die Frage ist doch, was ihr von mir wollt. Ich dachte, ihr steht auf der Seite der Sídh'nafért."

Der Phuka streifte die Kapuze von seinem Kopf und gab den Blick auf sein grausames, entstelltes Gesicht preis, das eher einem toten, als einem lebenden Wesen ähnelte. Er sah Lórian belustigt an. „Wir stehen nur auf einer Seite und das ist unsere eigene. Die Sídh'nafért wissen das. Wir machen, was uns gefällt und was uns interessiert. Aber du hast mich gerufen. Nicht ich dich!", zischte er.

„Ich habe nicht dich gerufen, sondern ..." Lórian dämmerte es. „Ihr seid die schwarze Kraft? Von euch kommt sie?"

„Was hast du gedacht?"

„Ich dachte ... ich weiß nicht. Aber ich habe sie doch schon einmal benutzt. Warum ist mir damals niemand von euch erschienen?", fragte er verwirrt.

„Du hast die Kraft von Rakúl selbst benutzt, hast sie ihm entzogen. Das war wahrlich ein außergewöhnliches Unterfangen. Selbst ich wusste nicht, dass so etwas möglich ist. Du verfügst über beachtliche und außerordentlich interessante Kräfte und Fähigkeiten." Lórian dachte über die Worte des Phuka nach und stellte fest, dass er damals tatsächlich das Gefühl gehabt hatte, er würde Rakúl seine Magie entziehen. Doch wie er das bewerkstelligt hatte, war ihm unklar. Er hatte instinktiv gehandelt.

„Du bist noch ungeübt in unserer Kraft", erklärte der Phuka. „Aber das ist nicht schlimm. Benutze sie ruhig. Es steht dir frei." Der Dämon streckte seine Hand aus. Lórian trat einen Schritt zurück und wich der Berührung aus.

Der Phuka schüttelte mahnend den Kopf. „Willst du unsere Macht nun oder nicht?"

Lórian dachte ein letztes Mal an Deíra, stellte sich sein ungeborenes Kind vor, das wohl ohne dieses Opfer nie leben würde. Er sah in seinem Inneren Eryon, Jack und Faíne, sah all die, die er so sehr liebte und in seinem Leben geliebt hatte. Ihre Gesichter zogen an ihm vorbei, und er prägte sie sich ein, in dem Wissen, dass sie für ihn verloren waren, dass er sie niemals wiedersehen würde. Doch er tat dies für sie, nur für sie. „Verzeiht mir", diesen Gedanken schickte er ihnen lautlos zu. Dann atmete er tief durch und nickte. Sein Schicksal war besiegelt. Abermals streckte der Phuka seine Hand aus und berührte ihn.

Lórian stöhnte gepeinigt auf. In diesem Augenblick hatte er das Gefühl, seine Seele würde aus ihm herausgezerrt werden. Etwas zog so furchtbar an seinem Inneren, dass er gequält aufschrie. Dann spürte er, wie eine ungeheure Kraft in ihn fuhr und sich mit ihm verband. In seinen Ohren fing es an zu rauschen, sein Blick verschwamm. Der Phuka sah ihn triumphierend und überaus zufrieden an, dann verschwand er. Krampfhaft hielt Lórian noch immer den Knauf des Schwertes fest. Eine Weile stand er nur da und versuchte zu ergründen, ob er sich irgendwie verändert hatte.

Plötzlich hörte er Serayas Stimme und blickte überrascht auf: „Lórian, was immer du tun musst, tu es schnell. Begreife, dass du gegen diese Macht kämpfen kannst. Wenn du sie anwendest, wehre dich gegen ihre Verführungen. Und wenn sie dich ergreifen will, suche das Gute in dir und flüchte. Flüchte in die Welt des Geistes und stell dich dem Bösen. Und vergiss nicht, dass du nicht alleine sein wirst. Du wirst nicht alleine kämpfen. Halte nur aus und gib nicht auf! Gib nicht auf ..." Dann war alles still.

Lórian hörte nur noch die Schreie seines Volkes, das einen verzweifelten Kampf stritt. Das riss ihn aus seiner Lethargie. Er richtete sich auf. Das sanfte Gold seiner Augen hatte sich dunkler verfärbt und ein Feuer glomm darin. Er konzentrierte sich ganz auf die neue Kraft, die er in sich spürte, erforschte sie und stellte fest, dass es das letzte Mal in dem Kampf mit Rakúl wirklich anders gewesen war. Er verstand zwar nicht, auf welche Weise, aber das war ihm nicht mehr wichtig. Lórian erforschte den ganzen Umkreis mit seinen Sinnen und suchte den Kristall. Er fand ihn schließlich in den Händen Rakúls. Der König der Elfen berührte den Kristall mit seinem Geist und aktivierte ihn. Dann suchte er den Standort eines jeden Sídh'nafért. Das war nicht schwer, denn nun nahm er in ihnen die schwarze Kraft wahr. Er sammelte seine ganzen Kräfte und versuchte die Sídh'nafért mit seiner eigenen Kraft festzuhalten.

Schwerter krachten aufeinander und unzählige Pfeile schwirrten durch die Luft. Der Waldboden war mit Blut durchtränkt, Sídhe sowie Sídh'nafért lagen tot am Boden. Die Kämpfenden mussten über die Leichen ihrer

Mitstreiter treten, aber niemand nahm das richtig wahr. Die Sídhe versuchten verzweifelt gegen die Phantombilder zu kämpfen, die die magischen Schwerter ihrer Feinde ihnen vorgaukelten.

Rakúl schwang sein großes Breitschwert wie ein Berserker und schlachtete jeden ab, der ihm im Weg war. Doch plötzlich hielt er inne. Der Kristall, der in einer Tasche seines Umhangs verborgen war, erwärmte sich und begann zu leuchten. Das goldene Licht schimmerte durch den Stoff und Rakúl begriff sofort, dass jemand ihn aktiviert hatte. „Nicht so, Lórian!", brummte er. Er wich einem Hieb aus und stieß seinen Gegner zur Seite. Dann konzentrierte er seine ganze magische Kraft auf Lórian, den er mit Hilfe des Kristalls sofort ausmachen konnte.

Lórian verspürte einen Stoß und wurde zurückgewirbelt. Ein furchtbarer Schmerz breitete sich in seinem Kopf aus. Das Crúl-Schwert glitt aus seinen Händen und fiel zu Boden. Lórian sackte stöhnend zusammen. Rakúl ergab sich nicht kampflos und schlug brutal zurück.

Die Schmerzen breiteten sich aus und durchzogen seinen ganzen Körper. Lórian umklammerte mit beiden Händen seinen Kopf und krümmte sich zusammen. Doch er gab nicht auf. Wut loderte in ihm auf, verdrängte den tobenden Schmerz, und er schlug ebenso unbarmherzig zurück.

Dann war da plötzlich noch etwas anderes: Die Macht lockte ihn, wollte ihn verführen bei ihr zu bleiben, sie nicht wieder zu verlassen. Bilder strömten durch seinen Geist, die ihm zeigten, was er alles erreichen, welche Macht er haben konnte. Lórian stieß diese Verlockungen angewidert beiseite. Nun bekam er Angst. Es begann also. Seine Magie entfaltete sich wieder, doch seine Sinne und Gedanken verwirrten sich immer mehr.

Plötzlich weckte die dunkle Macht seine tiefsten Ängste und zeigte ihm seine verdrängten Fehler. Ein Gefühl der Hilflosigkeit ergriff ihn, er fühlte sich für jeden je begangenen Fehler schuldig. Dann spürte er pures Leid, das Leid seines Volkes in der Vergangenheit. Verzweifelte Stimmen drangen in seinen Geist und vermischten sich mit den Schreien seines kämpfenden Volkes. Panik strömte durch ihn hindurch. „Nein! Hört auf!", schrie er und hielt sich verzweifelt die Ohren zu, aber die Visionen verschwanden nicht.

Die Bilder und Gefühle zogen an ihm vorbei, machten ihn halb wahnsinnig. In diesem Moment zeigte ihm die schwarze Kraft, dass er sein Volk nur retten konnte, wenn er bei ihr bliebe. Sein Kämpfen wurde schwächer, langsam vergaß er die Sídh'nafért und seine Aufgabe.

Aus weiter Ferne hörte er mit einem Mal seinen Namen. Er versuchte zu ergründen, woher das Rufen kam, doch es erschien ihm unmöglich sich zu konzentrieren. Da spürte Lórian, wie ihm jemand seine Hände um das Crúl-Schwert legte. Die Magie der Waffe linderte seine Pein und er versuchte, den Nebel seiner Gedanken zu durchstoßen.

Der Kater hatte seinen Herrn gefunden. Laut schnurrend strich er um den zusammengebrochenen Lórian herum, als wolle er ihn dazu bewegen aufzustehen. Jack kniete sich ebenfalls neben ihn und rief seinen Namen. Aber Lórian reagierte nicht.

Jack hob das Schwert auf und legte es wieder in seine Hände. „Lórian! Wach auf!"

Endlich flatterten seine Lider und der Angesprochene öffnete seine Augen. Doch Lórian schien Jack nicht zu erkennen. Er richtete sich verstört auf und starrte ihn an.

„Lórian! Du musst weitermachen!" Jack richtete ihn auf. „Kannst du stehen?", fragte er besorgt.

Lórian antwortete nicht. Alle Farbe war aus seinem Gesicht gewichen, Schweiß stand auf seiner Stirn. Jack half ihm, das Crúl-Schwert wieder in den Boden zu stemmen, und legte die Scheide seines zweiten Schwertes auf Lórians Waffe. Als die beiden magischen Waffen sich berührten, verspürte Jack einen ungeheuren Stoß und wäre fast gefallen. Aber er klammerte sich an dem Schwert fest und fühlte, wie seine eigene Kraft in Lórian überging. Dieser blickte plötzlich erstaunt auf.

Danach nahm Jack nichts mehr richtig wahr. Sein Blick verschleierte sich und er fühlte nur noch Lórians Qual. Die schwarze Kraft hatte ein neues Opfer gefunden. Jack wurden die gleichen Bilder und Gefühle gezeigt wie zuvor Lórian, doch etwas war anders. Die dunkle Macht zog sich immer wieder zurück. Jack war bis aufs Tiefste verwirrt und verstand nicht, was vor sich ging, als er mit einem Mal eine Gestalt vor sich wahrnahm. Sein Blick klärte sich, es war die düstere, verschwommene Gestalt eines Phuka. Sie starrten sich an, doch der Phuka schien ebenso verstört wie Jack. Das dunkle Wesen streckte die Hand aus und wollte Jack berühren. Doch anders als bei Lórian zuckte der Phuka zurück, als hätte er sich verbrannt. „Du bist menschlich!", zischte er erstarrt.

Jack blickte ihn verwirrt an. Dann verstand er! Er witterte eine Chance, atmete tief durch und erwiderte: „Nur zur Hälfte. Ich bin auch ein Sídhe!" Bei diesen Worten wich der Phuka vor ihm zurück. Seine Gestalt fing an sich aufzulösen, die dunkle Kreatur verschwand so schnell, wie sie gekommen war. Verwundert schaute Jack auf den Fleck, auf dem gerade noch der Dämon gestanden hatte. Dann hörte er in seinem Inneren seinen

Namen und blickte sich erschrocken um. Was er dann sah, konnte er kaum glauben. Vor ihm stand ein Wesen, wie er es noch niemals zuvor gesehen hatte. Seine ganze Gestalt war von hellem Licht durchflutet. Die Erscheinung lächelte ihn an. Sie hatte milde schöne Gesichtszüge, aber Jack konnte nicht sagen, ob es ein Mann oder eine Frau war. Vielleicht beides. Jack stand da, mit offenem Mund und brachte kein Wort heraus. Dann hörte er eine Stimme, obwohl das Wesen den Mund nicht bewegte: „Hab keine Angst. Er kann dir nichts tun."

Endlich riss Jack sich zusammen und stammelte eine Antwort. „Hast ... hast du ihn verjagt?"
„Er ist von selbst gegangen, denn er kennt seine Grenzen. Seine Macht ist nur Schein und das weiß er. Er hat sich vor langer Zeit von uns abgewandt, wie viele andere. Aber seine Kraft reicht nur so lange, wie Gott es toleriert."
„Bist ... du Gott?", fragte Jack flüsternd.
Das Wesen lächelte und schüttelte den schönen Kopf. „Nein, mein Kind. Ich bin nur einer seiner Boten."
„Dann bist du ein Engel", wisperte Jack und versuchte, sich jede Kleinigkeit der Lichtgestalt einzuprägen.
„Wenn du es so nennen magst", antwortete das Wesen.
„Bitte, kannst du uns nicht helfen? Lórian und die Sídhe brauchen deine Hilfe und die Zeit drängt! Sie sterben!", flehte Jack ihn an.
„Nein, sie brauchen deine Hilfe, Jack! Doch sorge dich nicht. Zeit hat in diesem Moment keine Bedeutung. Aber du musst erst verstehen, bevor du helfen kannst. Also höre! Vor langer Zeit sind die Vorfahren der Sídhe auf diese Erde gekommen. Ihre Welt war zerstört für sie und sie flüchteten hierher. Ihr Volk legte mehr Wert auf das Geistige. Dadurch entfaltete sich ihre Magie und ging

nicht verloren. Doch durch diese Magie sind sie den Verführungen der Erdgeister hilflos ausgeliefert. Solange sie die dunkle Macht nicht benutzen, kann ihnen nichts geschehen. Doch wenn sie diese bösen Kräfte gebrauchen, verfallen sie ihr."

„Kann Gott sie denn nicht beschützen? Lórian will doch nichts Böses."

„Natürlich kann Gott sie schützen", antworte das Himmelswesen. „Aber jeder hat seinen freien Willen, und Lórian hat sich eben für diesen Weg entschieden."

Jacks Augen füllten sich mit Tränen. „Gibt es keine Möglichkeit, ihn zu retten?"

„Jack, was glaubst du, warum ich hier bin? Ich bin gekommen, um zu helfen. Aus keinem anderen Grund. Du bist der Schlüssel, mein Kind. Du bist von beiden Rassen, so haben die Erdgeister keine Macht über dich. Du bist eine neue Gattung, Jack. Halb Mensch, halb Sídhe. Das hat es bisher noch nicht gegeben. Aber nun bist du da. Und du allein hast die Möglichkeit, deinen Freund und sein Volk zu retten. Denn du kannst von der Macht der Phuka, so wie die Sídhe sie nennen, nicht verführt werden. Aber du kannst die dunkle Kraft durch dein menschliches Erbe auch nicht anwenden. Dir wird von alleine klar werden, wie du helfen kannst. Du wirst es wissen. Vertraue nur!"

Mit diesen Worten verschwand der Engel und ließ einen fassungslosen Jack zurück. Der sah nun zu Lórian, der immer noch unter dem Einfluss der dunklen Mächte stand und nicht so recht wusste, was er tun sollte.

„Lórian! Du musst die Sídh'nafért jetzt verbannen."

Lórian starrte ihn verständnislos an, er war wie in Trance. Jack schüttelte ihn verzweifelt an der Schulter. „Lórian! Verstehst du nicht? Was ist denn bloß los mit dir?" Doch Lórian reagierte nicht. Jack geriet in Panik. Was sollte er tun? Er hörte die Schreie der Sídhe im Kampf und kam sich völlig hilflos vor. Ihm kam ein Gedanke. Er war, seit er die Schwerter zusammengebracht hatte, mit Lórian auf irgendeine besondere Art und Weise verbunden, das spürte er. Doch durch die Begegnung mit dem Phuka war diese Verbindung eingerissen.

Jack schloss die Augen und versuchte, das erste Mal bewusst seine Magie einzusetzen. Er hatte zwar keine Ahnung wie er das tun sollte, aber er verließ sich auf sein Gefühl. Eryons Sohn konzentrierte sich und dachte angestrengt an Lórian. Ein Schauer durchfuhr ihn und er fühlte wie seine innere Kraft geweckt wurde. Dann rief er in Gedanken Lórians Namen.

Lórian hatte das Gefühl zu schweben. Er wusste nicht, ob er tot oder lebendig war. Er wusste auch nicht, was er hier überhaupt tat. Alles was er sah, war Nebel. Ein Gefühl beschlich ihn, dass er etwas Wichtiges tun müsste, doch er konnte sich nicht erinnern, was es war. Er war nur furchtbar müde. Dann, aus weiter Ferne, vernahm er ein Rufen. Angestrengt lauschte er. Völlig unerwartet tauchte Jack vor ihm auf. Seine Gestalt war verschwommen und sah eigenartig verändert aus. Mit Erstaunen stellte Lórian fest, dass Jack wie ein Sídhe aussah. Er schüttelte verwirrt den Kopf. Kam von ihm das Rufen, überlegte er. Wieder hörte er Jacks Stimme: „Lórian, du musst weitermachen! Verbanne die Sídh'nafért! Lórian, hörst du mich?"
Dann war Jack verschwunden.

Lórian lief es kalt den Rücken herunter. Verbannen, dachte er und im selben Moment schlugen die Erinnerungen auf ihn ein. Er erschrak und mobilisierte alle seine Kräfte, um seinen Geist zu befreien. Plötzlich sah er wieder Sonnenlicht und er spürte das Schwert in seiner Hand. Lórian schwankte, doch eine helfende Hand hielt ihn fest. Dann sah er in Jacks sorgenvollen, aber sanften Blick. Ich bin nicht allein, fuhr es durch seine Gedanken. Diese Erkenntnis gab ihm Kraft. Ohne lange nachzudenken legte er alle Macht, die er hatte, in den immer noch aktivierten Kristall und erfasste die Sídh'nafért. Dann sprach er die Worte der Macht, die den Zauber des Kristalls ermöglichten:

„Hélîa linn tu fách.
Magie sie zu finden.
Chomá linn tu sonâsh.
Worte sie zu binden
Ah Môrhen linn tu lâithá.
Ein Kristall sie zu bannen.
Rín ah Dôchshá tu nólin,
in die Schatten zu treiben,
roú linn tar liér elýr côm sîriách."
dass sie sind auf ewig dort gefangen.

Lórian spürte, wie seine Magie, die schwarze Kraft und die magischen Worte die Verbannung erneuerte. Atemlose Stille breitete sich aus. Die Sídhe hatten gesiegt. Lórian hatte sein Volk gerettet. Erleichtert atmete er auf. Plötzlich wurde er von einem Wirbel unzähliger Mächte gepackt. Hilflos musste er hinnehmen, dass sie ihn zu sich zogen. Doch die Worte Serayas hallten in seinem Kopf: „Flüchte in die Welt des Geistes!" Lórian gewahrte Phuka in seiner Nähe, und er hörte ihr hämisches Lachen. Dann, in einem allerletzten Aufbäumen, konzentrierte er sich einzig und allein auf seine eigene, gute Magie. Er zog sich weit in sich selbst zurück und floh. Sein Geist fegte weit weg von all der Qual und ließ seinen Körper hinter sich zurück. Jack war noch immer mit Lórian verbunden und wurde ebenfalls von einem starken Sog erfasst. Mit Entsetzten fühlte er, wie sein Geist aus seinem Körper gerissen wurde. Er sah nur gleißendes Licht um sich und hatte das furchtbare Gefühl zu fallen. Endlos zu fallen. Er schrie aus Leibeskräften, dann wurde es dunkel um ihn und er nahm nichts mehr wahr.

Die Sídh'nafért schrien erschrocken auf. Mit einem Mal erlahmten ihre Kräfte und ihre Gestalten fingen an zu flackern. Sie kämpften und wehrten sich, aber die Worte der Macht hatten sie bereits erfasst und begannen sie gnadenlos in ihr steinernes Gefängnis zurückzuziehen. Von einem Moment auf den anderen waren sie verschwunden. Nur den Bruchteil einer Sekunde konnte man noch Rakúls Schreie hören.

Die Sídhe standen fassungslos mit gezückten Waffen da und starrten sprachlos auf die Stellen, wo eben noch ihre Feinde gestanden hatten. Der Wind wirbelte Staub auf, der Kristall lag leuchtend und glitzernd am Boden. Langsam ließen die Sídhe ihre Waffen sinken. Sie empfanden keinen Triumph, nur Erleichterung, aber auch ein wenig Trauer. Einige lachten gequält auf, andere weinten. Sie gingen über den blutdurchweichten Waldboden und versuchten, ihre toten Freunde nicht zu sehen. Sie wollten nur nach Hause und hofften, dass noch etwas davon übrig war. In stiller Furcht bangten sie um ihren König, der diesen Kampf eigentlich nicht überlebt haben konnte.

Mínya sprang vom Baum und rannte zu Lórian und Jack hin. Man hatte ihn in der Nähe postiert, um Lórian, sollte er der dunklen Macht verfallen, zu töten. So hatte es Lórian vor dem Kampf angeordnet. Mit zitternden Händen und klopfenden Herzen beugte sich Mínya über die zwei zusammengebrochenen Körper. Dann fiel sein Blick auf einen dritten leblosen Körper. Es war Lórians geliebter Kater. Er kniete sich neben sie und ließ seinen Tränen freien Lauf.

Eryon eilte mit Deíra, Célia und noch einigen anderen Sídhe auf den kleinen Hügel und ließ sich neben Jack auf die Knie nieder. Deíra setzte sich zu Lórian. Beide fühlten ihren Puls.

„Sie leben!", rief Deíra.

Eryon legte die Hände auf Jacks Stirn und erschrak. „Sein Geist ist fort..."

Deíra spürte bei Lórian das gleiche und begann zu weinen. „Wo sind sie?", fragte sie Eryon unter Tränen.

„Ich ... ich weiß nicht. Bringen wir sie nach Hause. Sie leben! Das ist im Moment das Einzige, was zählt."

Die Sídhe nahmen ihre Körper auf und trugen sie zum Dorf. Mínya schaute ihnen traurig nach. Dann legte er seine Hand auf das Herz des Katers. Es schlug stark und normal. Aber auch der Geist des Tieres war fort. Er nahm das hübsche Tier vorsichtig in die Arme und ging den anderen nach.

Fremde Welten

Jack fühlte seichten, milden Wind auf seiner Haut. Vorsichtig öffnete er die Augen und begegnete dem goldenen Katzenblick des Katers. Dieser lag gemütlich auf seiner Brust und schnurrte. „Hallo...", murmelte er und versuchte, das Tier sanft von seinem Oberkörper zu schubsen. Der Kater maunzte protestierend, setzte sich dann aber neben ihn und schmiegte sich an sein Bein. Jack schaute sich erstaunt um. Er lag auf einer kleinen, moosbewachsenen Lichtung inmitten eines dichten grünen Waldes. Sanftes Licht schien durch die Baumkronen und tauchte die Umgebung in einen warmen Goldton. „Wo sind wir?" Der Kater antwortete mit einem leisen, ängstlichen Miezen. Jack streichelte sein hübsches Köpfchen und die Samtpfote kletterte auf Jacks Schoß. Plötzlich hörten die beiden ganz in der Nähe ein unterdrücktes Stöhnen. Der Kater spitzte die Ohren und sprang mit einem Satz in das dichte Unterholz.

„Hey, warte auf mich!" Jack folgte ihm und kroch durch das dichte Gestrüpp. Dann hörte er Lórians überraschte Stimme: „Tám! Mír cóh âhn chár? Was tust du hier? -" Jack versuchte sich an der Stimme zu orientieren und kroch mühsam durch die Sträucher. Auf allen Vieren zwängte er sich durch einen Holunderbusch und begegnete dann Lórians entsetztem Blick.

„Jack."

„Hallo ... hast du eine Ahnung, wo wir hier sind?", antwortete der Angesprochene.

„Oh gütige Geister! Jack! Oh nein, ich habe dich und Tám mitgerissen", rief Lórian bestürzt aus.

„Wer ist Tám?"

Der Kater stolzierte zu Jack und rieb seine Flanke an ihm.

„Ach du! Du heißt also Tám?"

Tám antwortete ihm mit einem Schnurren und wuselte wieder zu Lórian. Der streichelte das Tier ausgiebig und es rollte sich zufrieden auf seinem Schoß zusammen.

„Oh Jack! Wie konnte das nur passieren? Du hättest niemals hierhin mitkommen dürfen!"

„Warum? Wo sind wir denn?"

Lórian sah ihn ernst an. „In der Welt des Geistes."

Jack starrte ihn sprachlos an. Nach einer Weile hatte er sich wieder gefangen und fragte leise: „Sind ... sind wir denn tot?"

Lórian schüttelte den Kopf. „Ich hoffe nicht ...", antwortete er fast unhörbar.

„Wie sind wir hierher gekommen?", wollte Jack wissen.

„Ich bin vor den Phuka geflüchtet. Dies war der einzige Ort, wo sie mich vorerst nicht finden werden. Zumindest hat Seraya das gesagt", erwiderte Lórian.

Einen Moment blickten Lórian und sein Neffe auf den schlafenden Tám, der sich mittlerweile genüsslich auf Lórians Beinen ausgebreitet hatte. „Und was ist mit ihm?", fragte Jack erstaunt.

„Ich ... ich weiß nicht, wie das alles passieren konnte."

Jack sah ihn ernst an. „Ich schon ... wir beide waren mit den Crúl-Schwertern verbunden. Vielleicht hat Tám ja einen von uns beiden gerade berührt, als ... na ja ... als du

hierhin geflüchtet bist."
„Wie kam er überhaupt auf den Hügel?", fragte Lórian.
„Er hat mich zu dir geführt."
Lórians Gedanken wirbelten durcheinander. Dann erinnerte er sich auf einmal an Serayas Worte: „Und vergiss nicht, dass du nicht alleine sein wirst. Wirst nicht alleine kämpfen." Er schaute Jack eindringlich an und plötzlich fiel ihm etwas auf. Einen Moment lang starrte Lórian ihn etwas fassungslos an. Jacks Haut schimmerte golden und auch seine grünen Augen hatten einen besonderen Glanz. Doch das erstaunlichste waren seine Ohren. Sie waren spitz geformt. Nicht ganz so wie bei ihm selbst, aber wesentlich spitzer als zuvor.

Jack erwiderte seinen Blick. „Was ist? Was hast du denn?"
„Jack? Was ist mit dir passiert?"
Jack blickte ihn verunsichert an. „Was meinst du?"
Lórian sagte nichts, sondern berührte sanft sein Gesicht.
„Hab ... hab ich mich verändert?"
Lórian nickte. „Etwas ..."
„Ist ... ist es schlimm?", fragte Jack ängstlich.
Lórian musste lächeln. „Nein! Es ist nur ungewohnt. Du ... es ... es passt zu dir."
„Du hast nicht zufällig einen Spiegel dabei?"
„Nein ... aber es sind eigentlich nur deine Ohren. Und deine Haut ... sie schimmert wie meine."

Jack betrachtete seine Hände. Es war, als ob er mit einem leichten Goldschimmer überzogen war so wie jeder Sídhe. Verstohlen befühlte er seine Ohren und fühlte sofort die veränderte Form. „Scheiße!", murmelte er. Etwas anderes fiel ihm dazu nicht ein.

Plötzlich raschelte es und die Zweige der Bäume teilten sich. Erschrocken zuckten die beiden Männer zu-

sammen. Seraya steckte lächelnd ihren Kopf durch das Geäst. „Wie lange gedenkt ihr noch zu diskutieren?" Lórian und Jack starrten sie verdutzt an.
„Schaut nicht so. Was glaubt ihr, wo ihr hier seid?"
„In der Welt des Geistes?", fragte Jack vorsichtig.
Seraya lachte. „Ja, allerdings. In der Welt des Geistes." Sie legte belustigt den Kopf schief, denn sie schienen immer noch nicht richtig zu verstehen. „Dies ist der Ort, wo die Seele hingeht, wenn der Körper stirbt."

Jack klappte der Mund auf und Lórian senkte betroffen den Blick.

„Aber keine Angst. Ihr seid nicht tot. Eure Körper werden durch die Magie der Crúl-Schwerter am Leben erhalten. Aber nur für eine Weile. Deshalb müssen wir uns beeilen. Kommt! Wir gehen erst mal in die Stadt. Faíne wartet dort auf dich, Lórian."
Lórians Herz setzte einen Moment aus. „Was?"

Seraya lachte wieder und machte ihnen einen Wink ihr zu folgen. Sie liefen eine Weile durch den Wald, der langsam lichter wurde. Das Tageslicht wurde immer heller. Jack blickte durch die Bäume in den Himmel, aber nirgendwo war eine Sonne. Der Himmel bestand aus einem reinen Weiß und sah aus, als wäre er aus Watte gemacht. Ein warmes angenehmes Licht ging von ihm aus, das nicht blendete, aber die ganze Umgebung erhellte.

Dann traten die drei aus dem Wald hinaus und blickten auf eine große Ebene. In der Ferne sah man grünbewachsene Hügel. So weit das Auge reichte, breitete sich eine bunte Blumenwiese vor ihnen aus. Schmetterlinge flatterten von einer Blüte zur anderen und labten sich an dem Nektar. Tám rannte mit leuchtenden Augen über die Wiese und versuchte, jeden Schmetterling zu erhaschen. Seraya rief ihn zu sich. Der Kater stürmte übermütig zu ihr hin. „Tám, du darfst sie jagen und mit ihnen spielen. Aber du darfst nicht töten. Hier nicht, in Ordnung?" Tám legte seinen Kopf schief und blinzelte Seraya an. Dann schnatterte er eine Reihenfolge von Tönen und Seraya lächelte. Ausgelassen eilte der Kater wieder zu den Schmetterlingen, die sich jetzt verspielt auf seinem Fell niederließen.

„Er ist ein sehr gehorsames Tier", sagte Seraya an Lórian gewandt.

„Ja, ich weiß", antwortete er stolz.

Sie gingen über die Wiese und Jack stellte erstaunt fest, dass die Blumen, auf die sie traten, sich sofort wieder aufrichteten. Dann schwenkte Seraya nach rechts und zeigte auf einen weiteren Wald. Dieser war anders als alles, was Jack je zuvor gesehen hatte. Schlanke hohe Bäume ragten in den Himmel und ihre Blätter bestanden ausschließlich aus reinem klaren Silber. Obwohl ein milder sanfter Wind über die Ebene wehte, der sacht über ihre Gesichter strich, bewegten sich diese silbernen Blätter nicht, sondern ruhten reglos an den Zweigen der schönen geraden Bäume. Inmitten dieser Allee befand sich ein schmaler Weg, der in das Innere des Silberwaldes führte.

„Das ist der Wald der Ewigkeit", flüsterte Seraya. „Dort gelangt man zu den anderen Bereichen, auch ich kam von dort."

„Welche Bereiche befinden sich denn dort?", fragte Jack.

Ein Schatten huschte über ihr Gesicht. „Dort befinden sich die Seelen, deren schlechte Taten überwogen haben, die Schuld auf sich geladen haben. Oder die nicht geglaubt haben oder sich selbst das Leben genommen haben." Sie senkte beschämt den Blick. „Thálos hat mich gerettet.

Er ist in die Bereiche hinabgestiegen und weckte mich auf. Denn ich schlief auf dem Grunde eines Sees. Er hat mich aufgeweckt und mich mit seiner Liebe gerettet." Ihr Blick wurde von Liebe zu ihrem Gefährten erfüllt. „Doch dort müsst ihr hin", fuhr sie fort. „Dort musst du dich den Erdgeistern stellen und um deine Seele ringen, Lórian. Und du, Jack, musst ihm helfen. Du bist der Schlüssel zu seiner Rettung. Aber gehen wir zuerst in die Stadt."

Schweigend gingen sie weiter und wanderten über einen kleinen Hügel. Dann kamen die ersten Häuser in Sicht. Die beiden Männer blickten erstaunt auf die vielen unterschiedlichen Bauten. Es waren kleine gemütliche Cottages, aber auch viele Holzhütten. Doch die meisten Wesen, die in der Stadt lebten, hatten sich einfach unter riesigen Bäumen niedergelassen. Deren schön geformte Äste reichten bis zur Erde und die hellen grünen Blätter bildeten behagliche Laubhütten. Etwas weiter in der Ferne erhoben sich anmutige Gebäude, die hoch und glitzernd in den Himmel gebaut waren. Ihre elfenbeinfarbenen Fassaden vermischten sich mit silbern schimmernden Verzierungen. Jack und Lórian starrten sprachlos und voller Ehrfurcht auf die Schönheit dieser Stadt.

„Ist das eigentlich hier nur der Ort für die Sídhe?", fragte Jack nach einer Weile.

Seraya lächelte. „Dieser Ort kennt keine Unterschiede zwischen den Völkern. Er ist für alle da. Und jeder kann ihn sich gestalten, wie er es gerne möchte."

Als die drei dem Ort näher gekommen waren, verstanden Jack und sein Onkel, was Seraya gemeint hatte. Wesen, wie sie unterschiedlicher nicht hätten sein können, lebten hier friedlich miteinander. Menschen und Sídhe jeder Hautfarbe und Gestalt bewohnten diese Stadt, die sich über ein gigantisches Tal erstreckte. Überall wuchsen Bäume und Pflanzen, der Ort kam ihnen vor wie eine Oase inmitten der bunten Blumenwiese. Jacks Aufmerksamkeit wurde auf einen Jungen mit hellblondem Haar gelenkt. Er hatte das Gefühl ihn zu kennen, doch er war sich nicht sicher.

Dann sah der Junge mit leuchtenden blauen Augen zu ihm herüber und Jack wusste augenblicklich, wer er war. Es war der verstorbene Bruder seiner Mutter. Er hatte ihn zu oft auf Bildern gesehen, um ihn jetzt nicht zu erkennen. Der Junge lächelte ihm zu und ging mit einigen Sídhe davon.

Eine Sídhe mit rotgoldenen Haaren hob den Kopf und blickte sie an. Ein zarter Junge war an ihrer Hand. Sie beugte sich zu ihm herunter und flüsterte ihm etwas zu. Er sah zu ihnen hinüber, lächelte verstohlen und verschwand in einer der Laubhütten. Das lange, leicht gelockte Haar der Sídhe wurde vom Wind bewegt. Sie trug nur ein durchsichtiges grünes Gewand, das bis zu ihren nackten Füßen reichte. Lórian starrte sie an und war unfähig, sich zu rühren. Seraya nahm Jack am Arm und zog ihn fort. „Komm!"

Die Sídhe ließ die Blumen fallen, die sie in der Hand gehalten hatte, und ging langsam auf Lórian zu. Dessen Herz klopfte so heftig, dass es schmerzte, und er war noch immer nicht fähig, sich zu bewegen. Er vergaß fast zu atmen und starrte nur auf ihr wunderschönes Gesicht. Tám lief hocherhobenen Schwanzes auf sie zu und strich ihr um die Beine. Sie lächelte das Tier an und ging weiter. Als sie nah vor Lórian stand, sah er ihre feinen Sommersprossen und ihre schimmernden grünen Augen. Tränen stiegen in ihm auf. Er hob seine zitternde Hand und berührte sacht ihr Gesicht. Als seine Finger ihre samtweiche Haut spürten und er endlich begriff, dass sie wirklich vor ihm stand, fiel er schluchzend vor ihr auf den Boden. Seine Arme umklammerten sie verzweifelt. Sie kniete sich vor ihn hin und hielt ihn fest an sich gepresst. „Lórian", wisperte sie und auch ihre Augen füllten sich mit Tränen. Sie atmete seinen Geruch ein und umfasste dann sein Gesicht. „Sieh mich an ... sieh mich doch an, Geliebter."

Lórian hob den Blick und berührte zärtlich ihr Gesicht, ihre Haare, ihren Körper. Er konnte es nicht glauben, sie war wahrhaftig hier. „Oh Faíne." Ein tiefer Friede breitete sich in ihm aus, die beiden Liebenden hielten sich eng umschlungen. Faíne küsste sein Haar, strich zart über seinen Rücken und er vergrub sein Gesicht in ihrem Gewand. Faíne fühlte das Leid, dass er in den letzten Tagen erlitten hatte, und versuchte es zu stillen. Ihre Seelen verschmolzen für einen Augenblick miteinander und sie erfuhr alles, indem sie tief in seine Gedanken drang. Die Tage im Kerker und die Berührung des Phuka, sie spürte den Hauch der dunklen Kraft an ihm. Aber sie schreckte nicht zurück, sondern heilte ihn mit jeder Faser ihrer Liebe.

Seraya ging langsam auf Lórian und Faíne zu und berührte sie sanft. Faíne schaute auf und begegnete ihrem Blick. Dann nickte sie. „Lórian ... du musst jetzt gehen. Du hast nicht viel Zeit", flüsterte Faíne leise.

Er atmete tief durch und strich ihr über die Wange. „Verzeih mir, Faíne. Vergib mir, dass ich dich nicht retten konnte", flüsterte er leise.

„Du weißt, dass es nichts zu vergeben gibt, Lórian. Es war immer mein Schicksal. So wie Deíra dein Schicksal ist. Und ich bin nicht allein."

„Ich werde dich immer lieben, Faíne. Das verspreche ich dir." Sie lächelte und nickte, doch sie konnte ihre Tränen nicht zurückhalten. „Sage Deíra, dass sie auf dich Acht geben soll. Umarme sie von mir. Und vergesst mich nicht. Erzähle deinen Kindern von mir. Wirst du das tun?" Lórian rang um seine Beherrschung. „Ja ..." Dann blickte er sie fragend an.

Faíne lächelte und blickte sich um. Lórian folgte ihrem Blick. Der Junge, den sie an der Hand gehalten hatte, schaute mit goldenen Augen zu ihnen herüber.

„Lórian?", sagte Seraya leise mahnend. „Wir müssen gehen."

Lórian sah auf die Gesichtszüge des Jungen und erkannte, dass er ihrer beider Kind war. Das Kind, das Faíne getragen hatte, das mit ihr gestorben war.

„Lórian, wenn du Jack und dich retten willst, musst du jetzt gehen! Es ist keine Zeit!", sagte Faíne ernst. „Es geht uns gut!"

Er prägte sich die Gesichtszüge des Jungen ein.

„Bis wir uns wiedersehen", wisperte sie, küsste ihn zärtlich und erhob sich. Dann lächelte sie ihn ein letztes Mal an und ging langsam fort.

Lórian kniete im Gras und kämpfte verzweifelt um seine Beherrschung. Seraya näherte sich ihm und legte verständnisvoll die Hand auf seine Schulter. Er atmete tief durch und beobachtete, wie Faínes schlanke Gestalt langsam zwischen den Häusern verschwand. An ihrer Hand führte sie seinen Sohn. Faíne blickte nicht zurück, und das war auch gut so. Denn Lórian wusste, wenn sie es tun würde, hätte er vielleicht keine Kraft mehr, von hier fort zu gehen.

Langsam erhob er sich und starrte wie versteinert in die Ferne. Mühsam gewann er seine Fassung wieder. Dann bemerkte er, dass ein kleiner Funken Friede in ihm geblieben war, denn er hatte sich endlich von ihr verabschieden können. Und er würde sie eines Tages wiedersehen. Erst aber musste er sich nun den Phuka stellen. Bei dem Gedanken lief es ihm eiskalt den Rücken herunter. Schweigend stellte er sich neben Jack.

Seraya bedeutete ihnen, ihr zu folgen. Sie führte sie zurück zum Wald der Ewigkeit und blieb davor stehen. „Geht den Weg zwischen den Bäumen entlang. Dort gelangt ihr an ein Tor. Ihr werdet dann schon sehen. Und achtet auf den Kater! Tiere sehen manchmal Wahrheiten, die wir Sídhe oder die Menschen nicht wahrnehmen können ... oder nicht wahrnehmen wollen. Achtet auf ihn und folgt ihm", sprach sie eindringlich. Dann ging sie davon.

Lórian und Jack begaben sich langsam in den Wald. Er war dunkel und schweigsam, nur die silbernen Blätter schimmerten ein wenig, bewegten sich aber nicht. Ihre Schritte wurden von dem weichen Waldboden verschluckt, aber sie fühlten keine Furcht. Tám trabte stolz vorneweg. Dann sahen sie das Tor. Es war eine schwarze schlichte Tür inmitten des Waldes. Lórian machte Anstalten, sie zu öffnen, aber da hörten er und Jack eine sanfte Stimme: „Berührt es nicht!"

Etwas erschrocken drehten sie sich herum. Vor ihnen stand ein Wesen in weißen Kleidern und schaute sie an. Tám setzte sich neben das lichtdurchflutete Wesen und putzte sich gelassen.

„Ich werde das Tor für euch öffnen", sagte der Engel und berührte es leicht. Lautlos schwang es auf und öffnete den Blick in tiefes Dunkel. „Denk immer daran, Lórian. Du selbst kannst dich für den Weg entscheiden, den du gehen willst", flüsterte die helle Gestalt. Dann löste sie sich in einem goldenen Wirbel auf.

Lórian und Jack strebten auf das Tor zu und gingen nicht ohne Furcht hindurch. Die Dunkelheit wich und machte einer strahlenden Helligkeit Platz. Dann erlosch auch diese und die drei, denn Tám war ihnen natürlich durch das Tor gefolgt, standen mitten auf einem Weg. Es war ein Bergpfad, rechts davon lag ein stiller See. Tám rannte voraus und lief schnurstracks zum Wasser. Die beiden Männer gingen ihm eilig hinterher. Tám stand vor einem kleinen Ruderboot und maunzte auffordernd.

„Wir sollen über den See fahren?", fragte Lórian das Tier. Tám schnurrte. Also stiegen sie in das kleine Holzboot und ruderten los. Plötzlich wurde Jack kreidebleich und zeigte auf den Grund des Sees. Lórian folgte seiner Geste und erschrak. Unter ihnen lagen unzählige Menschen und auch einige Sídhe. Nebeneinander aufgereiht lagen sie auf dem flachen Grund des klaren Sees und schienen zu schlafen.

Lórian richtete sich hastig auf und wollte ins Wasser springen. Aber da verspürte er einen leichten Druck auf seinen Schultern. Sanft aber bestimmt drückte jemand ihn wieder ins Boot zurück. Zu seinem Erstaunen konnte er aber niemanden sehen.

„Aber ich muss ihnen doch helfen!", rief er erschüttert. Eine leise Stimme säuselte im Wind. „Ihnen wird geholfen. Seht doch!"

Jack und Lórian schweiften mit ihren Augen über den großen See. Dann erblickten sie ein weiteres Boot. Eine junge Frau mit honigblonden Haaren saß darin und streckte die Hand ins Wasser. Ab und zu ergriff einer der Schlafenden diese Hand und wurde von ihr ins Boot gezogen.

„Jeder hat seine Aufgaben. Ihr habt ein anderes Ziel. Lasst euch nicht aufhalten! Denn eure Zeit verrinnt", wisperte die unsichtbare Stimme. Dann war alles wieder still.

Das Ruderboot setzte sich plötzlich von alleine in

Bewegung, steuerte einen bestimmten Punkt am gegenüberliegenden Ufer an und legte dort an. Immer noch betroffen von dem Blick in die Tiefe des Sees stiegen Jack und Lórian aus. Sie folgten dem Weg, der sich durch karge, trockene Wiesen schlängelte, und wunderten sich über die tiefe Stille, die auf diesem Ort lag. Schließlich kamen sie an einen Wald, der halb vom Nebel verdeckt war. Sie folgten dem Kater, der genau zu wissen schien, wohin sie mussten. Die Düsternis im Wald war derart erdrückend, dass sie nicht zu sprechen wagten. Selbst Tám zog den Schwanz ein und wich nicht einen Meter von ihrer Seite. Schatten huschten durch die immer kahler werdenden Bäume und zweimal kamen sie an Ruinen vorbei, wo einige zerlumpte Gestalten hockten, stumm und teilnahmslos und in leichten Dunst gehüllt.

Mitleid stieg in ihnen auf, doch da hörten sie wieder die flüsternde Stimme. „Die Zeit auf der Erde ist nur eine Vorbereitung auf die geistige, wahre Welt. Jeder kann sich für einen Weg entscheiden. Diese dort haben den falschen Weg gewählt und wollen es nicht einsehen. Solange sie das nicht erkennen, kann niemand ihnen helfen. Denn sie wollen keine Rettung von außerhalb. Das müssen wir akzeptieren, so grausam wie es scheint. Aber jeder hat seinen freien Willen."

Bedrückt zogen Jack und Lórian weiter. Je tiefer sie in den Nebelwald drangen, desto niederdrückender wurde die Gegend. Ihre Gemüter litten unter der Kälte dieses Ortes, den die Seelen, die hier lebten, selbst erschaffen hatten. Die beiden Männer mussten sich mittlerweile durch dichtes Gestrüpp kämpfen, weil der Weg verschwunden war.

Dann tauchte ein Moor vor ihnen auf. Verkrüppelte tote Bäume ragten aus den sumpfigen Gewässern. Alles war in unheimliches graues Zwielicht getaucht, zudem wurde der Nebel immer feuchter und dichter. In dem Moment, als Jack das Moor erblickte, schrie er unterdrückt auf und wich instinktiv zurück.

Lórian schaute ihn verwirrt an. „Was ist? Was hast du?"

„Diese Gegend ... ich ... ich kenne sie!" Jack starrte voller Entsetzen auf das übelriechende Wasser. „Ich habe das hier im Traum gesehen. Dich ... und mich." Er schluchzte plötzlich, denn er konnte die Bilder seines Albtraumes nicht vergessen. Jack sah wieder, wie er selbst tot und verwest aus den Tiefen des Moores auftauchte, sah, wie Lórian sich in die Schreckgestalt des Phuka verwandelte, und wollte überstürzt flüchten.

Lórian packte ihn und hielt ihn fest. Er presste ihn an sich und hielt ihn schützend fest. „Zeig mir, was du gesehen hast", flüsterte er und legte seine Hand auf Jacks Stirn. Der Traum erfasste ihn mit voller Wucht und die erschreckenden Bilder strömten auf ihn ein. Hastig nahm Lórian seine Hand wieder fort und starrte Jack an. Er hielt ihn fest umschlungen. Doch Jack konnte nicht aufhören zu schluchzen. Die Ereignisse der letzten Tage brachen mit voller Wucht aus ihm heraus. Er hatte plötzlich unbändige Angst zu sterben. Doch die größte Angst war, dass er Lórian verlieren könnte. Dieser Ort war eben nicht leicht zu ertragen. Für niemanden.

„Jack, das war nur eine Warnung. Hier wird es sich entscheiden. Aber ich bin bei dir und werde dich nicht im Stich lassen! Hörst du?" Er umfasste Jacks Gesicht und ihre Blicke begegneten sich. „Ich lasse dich nicht allein! Wir werden das hier gemeinsam bestehen!" Jack liefen immer noch Tränen über die Wangen, aber er nickte tapfer. Plötzlich fing Tám an zu fauchen und wich geduckt und mit angelegten Ohren zurück. Vor ihnen erschien ein Phuka. Lórian presste Jack an sich und legte schützend die Hand an seinen Kopf. „Lass mich nicht los! Egal was passiert! Lass mich nicht los!", raunte Lórian ihm zu.

Tám miaute klagend und sprang ängstlich immer wieder an Lórians Beinen hoch. Lórian bückte sich, schnappte sich den Kater und hob ihn auf den Arm. Sie klammerten sich alle drei aneinander und warteten atemlos, was geschehen würde.

Der Phuka näherte sich und lächelte hämisch. „Was für ein hübsches Bild", sagte er kalt und lachte leise auf. „Doch ihr werdet sicher gute Diener meines Herrn werden."

Lórian schüttelte den Kopf.

„Ihr habt gar keine Wahl. Ihr seid schon längst verloren." Böses Gelächter hallte durch das düstere Moor und der Phuka zeigte auf Lórian. „Sieh dich doch um! Diese Landschaft hast du selbst erschaffen. Sie ist geboren aus deiner Angst, deinen Fehlern und deinen Schwächen. Dies hier ist dein Ort, dein Seelenzustand", sagte der Phuka an Lórian gewandt.

Dieser sah ihn erschüttert an. „Das ist nicht wahr ..."

Doch der Dämon lachte nur. „Oh doch. Es ist wahr. Erinnere dich. Du hast dein Volk verraten, hast es dem Untergang geweiht. Du konntest nicht mal deine Gefährtin Faíne retten, warst nicht bei ihr, als das Messer sie getötet hat. Du hast zugelassen, dass einer von uns deinen Körper berührt, du ..."

„Hör auf! Sei still!", schrie Lórian verzweifelt, seine Augen glitzerten feucht vor Wut.

Jack blickte ihn erstarrt an.

„Nein! Ich höre nicht auf!", donnerte die dunkle Kreatur. „Du weißt, dass ich die Wahrheit spreche. Deine Seele

ist von der dunklen Kraft fast aufgezehrt und nur noch wenig Gutes ist in dir. Du bist tot ... wie dieses Moor."
Purer Zorn stieg in Lórian auf. „Du lügst! Ich glaube dir nicht!"

Aber er war sich selbst nicht mehr sicher. Unschlüssig glitt sein Blick über die trostlose Landschaft. Er musste zugeben, dass sie seinem derzeitigen Gemütszustand durchaus entsprach. Aber da war die Begegnung mit Faíne gewesen. Sie hatte ihn geheilt ... oder nicht? Die dunkle Kraft brodelte in ihm, wurde plötzlich durch die Gegenwart des Phuka wieder geweckt. Langsam und schleichend trat sie an die Oberfläche. Er konnte nichts dagegen tun. Sie begann, seine Gedanken und Gefühle zu verändern, verwandelte sie in Hass und Wut. Er klammerte sich so fest an Tám, dass dieser protestierend aufschrie. Jack erblickte das Funkeln in Lórians Augen und nahm ihm ängstlich das Tier ab, ließ ihn aber nicht los.

Die dunkle Macht rauschte durch Lórian hindurch, umgarnte ihn, verführte ihn. Und sein Wille brach immer mehr. Jack spürte, dass Lórian sich nicht mehr wehren konnte. Aber trotzdem geschah nichts. Der Phuka verengte seine Augen zu Schlitzen. Dann bemerkte er das Problem. Er sah Jacks Andersartigkeit.

„Lass ihn los, Junge. Sonst bringt er dich um. Lass ihn los und verschwinde. Du bist menschlich, wenn auch auf eigenartige Weise. Aber wir können dich nicht gebrauchen."

Jack rührte sich nicht.

„Lass ihn los!", schrie der Phuka erbost und sein grausiges fahles Gesicht näherte sich Jack. Doch Jack hielt seinem Blick stand und schaute fest in seine tiefschwarzen Augen.

Lórian war wie in Trance. Die schwarze Magie

floss durch ihn hindurch, er konnte es einfach nicht verhindern, konnte sie nicht bändigen. Selbstzweifel und Schuldgefühle plagten ihn und verwandelten sich in Hoffnungslosigkeit und Selbsthass. Dann, plötzlich, spürte er den Geist des Phuka, hörte, wie er ihm Heilung und Macht versprach. Er wollte zu ihm gehen, zu der dunklen schmeichelnden Gestalt. Wollte ihre Kraft besitzen, wollte endlich wieder stark sein. Er wollte sich mit dem Phuka verbinden, sehnte sich danach. Aber etwas hielt ihn fest, wollte ihn nicht loslassen. Also wartete er.

„Lass ihn endlich los!", brüllte der Phuka.

Er war jetzt so nah, dass Jack seine abstoßenden Gesichtszüge erkennen konnte. Voller Grauen schüttelte der Junge den Kopf. Er spürte, dass er Lórian irgendwie schützte und klammerte sich nur noch fester an ihn. Und dann erinnerte er sich an die Worte des Engels. Die Worte, die er ihm gesagt hatte, als er ihm auf dem Hügel in Shef´rhon erschienen war. Und er begriff.

„Ihr könnt mich nicht verführen, nicht wahr? Weil ich eure Macht gar nicht benutzen kann. Ihr könnt mir nichts tun! Und so lange, wie ich mit Lórian verbunden bin, könnt ihr ihm auch nichts anhaben. Ist es nicht so?" Seine Stimme war ruhig und besonnen, doch die düstere Kreatur wich zurück.

Wilder Zorn stand im Blick des Dämons, aber Jack hatte seine Stärke wieder zurück gewonnen. „Und dieser verdammte Ort hier ... das ist doch alles nur Schein! Ihr habt ihn selbst erschaffen, um Lórian zu verwirren. Aber er kann sich immer noch entscheiden!", sagte Jack scharf und richtete dann das Wort an Lórian. „Lórian? Hörst du mich? Lórian!"

Als dieser nicht reagierte, nahm er den wimmernden Kater auf einen Arm und schlug Lórian mit der freien

Hand hart ins Gesicht. „Lórian!", schrie er verzweifelt. „Entscheide dich! Verdammt! Entscheide dich!"

Lórian spürte einen scharfen Schmerz und erwachte mit einem Ruck aus seiner Trance. Jacks Worte hallten in seinen Ohren und vor seinem geistigen Auge sah er wieder die gutmütige und freundliche Gestalt des Engels. Dann blickte er in Jacks entschlossenes Gesicht. Dieser blinzelte und bemerkte, dass Lórian wieder bei Sinnen war. „Lórian, er lügt! Glaube ihm nicht! Du kannst deinen Weg alleine wählen! Entscheide dich nur!", rief Jack eindringlich.

Lórian verstand, erkannte, dass er nur eine einzige Chance hatte. Unendlich langsam wandte er den Kopf und begegnete dem Blick des Phuka. „Ja ... ich entscheide mich ... und ich entscheide mich gegen das Böse!", sagte er leise aber bestimmt.

Plötzlich hallte die Stimme des Engels durch das Moor: „Gib zurück, was den Schatten gehört, Lórian!" Lórian handelte instinktiv, ohne recht zu verstehen, was er tat. Er sammelte seine eigenen magischen Kräfte, packte die dunkle Kraft in sich und schleuderte sie dem Phuka zurück. Der Dämon wurde von seiner eigenen Macht niedergestreckt und stimmte ein schauriges Geheul an. Dann wurde es totenstill. Der Phuka war verschwunden.

Kreidebleich und zitternd standen Lórian und Jack am Moor und waren unfähig, sich zu bewegen. Plötzlich erstrahlte ein helles Licht vor ihnen und der Engel erschien. Er war nur eine verschwommene Gestalt, doch er beugte sich zu ihnen und berührte sie. Die drei wurden in das Licht gesaugt und klammerten sich aneinander. Tám schrie herzzerreißend und Jack presste ihn an sich. Dann fielen sie wieder durch endlose Dunkelheit.

Eryon wachte mit Deíra und Célia an dem großen Bett, auf dem Lórians und Jacks Körper lagen. Selbst der kleine Kater war bei ihnen und schlief reglos zwischen ihnen. Sie hatten alles versucht. Sie waren mit ihrer Magie in sie gedrungen und hatten sogar versucht, ihnen zu folgen. Aber es war ihnen nicht gelungen. Niedergeschlagen und ohne Hoffnung brüteten sie schweigend vor sich hin und warteten.

Der Kampf war schon mehr als zwei Tage vorüber, die Toten waren längst beerdigt. Und noch immer rührten sich Jack und Lórian nicht, gaben nicht ein Lebenszeichen von sich, außer dass sie atmeten und ihr Herz schlug. Sie waren in einem tiefen Koma, aus dem es scheinbar kein Entrinnen gab. Niemand sprach ein Wort, und Trauer war in die Herzen aller gezogen.

Célia hatte fast jegliche Hoffnung verloren. So lange Stunden schon dämmerten sie in diesem todesähnlichen Schlaf. Nicht die kleinste Veränderung passierte und keiner wusste mehr einen Rat, wie man Lórian und Jack zurückholen konnte.

In einer Verzweiflungstat ging Célia erneut in die Welt der Menschen und holte Jacks Eltern. Wenn jemand Jack zurückbringen konnte, dann waren sie es. Sie brachte Ellen und Shawn bis an die Tür des Zimmers, in dem ihr Geliebter und Lórian scheinbar schliefen, dann zog sie sich zurück. Sie wollte einen Augenblick allein mit sich sein.

Eryon hörte ein Geräusch und spürte Jacks Mutter schon bevor er sie sah. Dann öffnete sich die Tür und Ellen trat in das Zimmer. Ihre Gefühle wirbelten durcheinander. Die Sorge um ihren Sohn überwog bei weitem, aber Eryon konnte mit seinen feinen Sinnen auch eine Sehnsucht nach ihm spüren, und Ergriffenheit über das

Sídhetal, welches sie endlich nach so vielen Jahren kennen lernte. Eryon erhob sich und ohne ein Wort nahm er sie in die Arme. Dann hörte er eine fremde Stimme und blickte überrascht auf. Er begegnete Ellens auffordernden Blick. Sie löste sich fast widerwillig von ihm und trat an das Bett ihres Sohnes.

Eryon sah dem Fremden gefasst entgegen. Ein hochgewachsener, schlanker Mann in den mittleren Jahren stand vor ihm. Braunes Haar, das vom Wind zerzaust war, umrahmte gut geschnittene Gesichtszüge, mit sanften Augen begegnete er Eryons etwas erschrockenen Blick. Er schenkte Eryon ein warmherziges Lächeln. „Du bist sein Vater?"

Eryons Herz klopfte fast schmerzhaft in seiner Brust. Vor ihm stand Shawn. Der Mann, der Jack aufgezogen hatte ... Ellens Mann. Eryon erwiderte sein Lächeln und nickte. „So wie du", antwortete er ergriffen.

Shawn sah ihn durchdringend an. „Danke, dass du ihn mir geschenkt hast. Er war mir sein Leben lang eine Freude."

Eryons Augen füllten sich mit Tränen. „Danke, dass du ihn für mich aufgezogen hast", flüsterte Eryon. Für einen Moment standen sie sich unschlüssig gegenüber. Dann trat Shawn einen Schritt vor und zog Eryon in seine Arme.

Und ganz unerwartet durchlief ein Zucken die bis dahin reglosen auf dem Bett liegenden Körper, erschrocken starrte Deíra auf ihren Geliebten „Sie haben sich bewegt! Schnell!", rief sie.

Eryon stürzte als erstes ins Zimmer. In diesem Augenblick öffneten Jack und Lórian die Augen.

Das Wiedersehen

Jack hörte Stimmen aus weiter Ferne. Mühsam versuchte er, die Personen zu erkennen, die vor ihm standen. Es war, als ob er durch einen Schleier blicken würde, der nur langsam verschwand. Dann konnte er die Gesichtszüge einer Frau erkennen und sah in die sanften erleichterten Augen seiner Mutter. „Mum?", hauchte er.
Sie nahm ihn überstürzt in ihre Arme und presste ihn an sich. „Oh Jack!"
Minutenlang klammerten sie sich aneinander. Dann brachte Jack endlich wieder zusammenhängende Worte zustande. „Wie kommst du denn hierher?"
„Célia hat uns geholt."
„Célia hat ..." Dann begriff Jack, was sie gesagt hatte. „Hat euch geholt? Ist Dad auch hier?", fragte er sehnsüchtig und blickte sich suchend um.
Shawn hatte an der Tür gestanden und ging nun etwas verunsichert auf Jack zu. Doch als sein Sohn ihm in die Arme fiel, war jede Unsicherheit, jeder Zweifel vergessen. Ellen hatte ihm alles erklärt. Aber als er dann diese Märchengestalten, die Sídhe, wirklich vor sich sah, konnte er es trotzdem kaum glauben. Und noch weniger, dass sein Sohn Jack, sein geliebter Sohn, einer von ihnen war. Doch keiner konnte Jacks Abstammung mehr leugnen. Man sah es an seiner Haut, an seinen Augen und an seinen spitz geformten Ohren. Shawn war zuerst etwas

zurückgeschreckt, hatte sich aber rasch an die kleinen Veränderungen in Jacks Aussehen gewöhnt. Er hielt Jack umfangen, sein Blick dagegen begegnete dem Eryons.
Dieser stand abseits und beobachtete sie mit traurigen Augen. Shawn winkte ihn zu sich. Mit erstauntem Blick trat Eryon näher an das Bett.
„Jack? Ich glaube, hier hat noch jemand auf dich gewartet." Jack hob den Kopf und Shawn trat einen Schritt zur Seite.
Eryon setzte sich neben Jack auf die Bettkante. „Geht es dir gut?", fragte er ihn leise. Jack nickte. Eryon umfasste zärtlich Jacks Gesicht. „Ich dachte schon, ihr würdet nicht mehr zu uns zurückkehren."
„Das dachte ich manchmal auch", erwiderte Jack. Dann schaute er sich suchend um. „Wo ist denn Célia?", fragte er besorgt.
„Mínya holt sie gerade", erklärte Eryon ihm lächelnd. „Sie hat Stunde um Stunde bei dir gewacht und wollte dich nicht alleine lassen. Ich musste sie fast zwingen, mal an die frische Luft zu gehen."

Das Erste, was Lórian erblickte, war seine Gefährtin. Deíra weinte und zog in zu sich. Er presste sie fest an sich und vergrub das Gesicht in ihrem leicht duftenden Haar. „Ich dachte, ich hätte dich verloren", flüsterte sie in seine Gedanken hinein und schluchzte leise.
„Aber ich bin hier ... ich bin hier", sagte er mit rauer Stimme. Sie saßen engumschlungen auf dem Bett und flüsterten leise in der Sprache der Sídhe. In diesem Augenblick wich all das Übel von Lórian, verlor sich in seiner Liebe zu ihr. Die Erlebnisse wurden zu blassen Erinnerungen. Er bewältigte seine Vergangenheit und konnte nun das erste Mal seit langer Zeit ohne Sorge in die Zukunft bli-

cken. Er lachte leise und glücklich auf, spürte Deíras Liebe, fühlte die Gegenwart seines ungeborenen Kindes und fand endlich Frieden in sich.

Tám derweil benahm sich, als wäre nichts geschehen. Er hockte gemütlich auf dem Bett, schmiegte sich an Lórian und säuberte sorgfältig sein Fell.

Célia hockte niedergeschlagen und erschöpft auf einem Baum. So sehr hoffte sie, dass Ellen ihren Sohn wieder in die Welt der Lebenden zurückholen konnte. Doch sie musste eine Weile allein sein, denn sie konnte Jacks regloses blasses Gesicht kaum noch ertragen. Sah er doch aus, als würde er nur noch einen winzigen Schritt vom Tod entfernt sein.

Nun saß sie hier auf einem dicken Ast einer Weide und brütete vor sich hin. Vorsichtig legte sie eine Hand auf ihren Unterleib. Tränen glitzerten in ihren Augen. Sie fühlte das Kind in sich und hatte furchtbare Angst, dass es das Einzige war, was ihr von Jack bleiben würde.

Da hörte sie, wie jemand ihren Namen rief. Sie horchte auf, es war Mínya. Er rannte auf sie zu und blieb schwer atmend und mit hochrotem Kopf vor ihr stehen. „Sie ... sie sind ... wach ... komm schnell", keuchte er und grinste über das ganze Gesicht.

Célia starrte ihn eine Sekunde lang an und sprang dann hastig vom Baum. Nun waren es Tränen der Erleichterung, die über ihre Wangen liefen, und sie lachte gleichzeitig, während sie mit Mínya durch das kleine Wäldchen lief.

Jack stand derweil unsicher neben seinem Bett. Er fühlte sich schwach und zittrig auf den Beinen, denn ihre Reise hatte fast drei Tage gedauert und ihre Körper hatten schließlich bewegungslos gelegen. Plötzlich wurde die Tür aufgerissen und Célia schloss ihn stürmisch in die Arme. Das hielten Jacks Beine nun wahrlich noch nicht aus und so fielen die Liebenden zurück auf das Bett und blieben einfach dort engumschlungen liegen. Verdutzt schauten die anderen auf das Paar. Dann lächelten sie sich an und ließen Lórian und Jack mit ihren Gefährtinnen allein.

Draußen hielt Eryon Jacks Eltern zurück. „Wir werden übrigens Großeltern", sagte er grinsend. „Célia erwartet ein Kind."
Ellen und Shawn starrten ihn mit großen Augen an. „Oh je ...", rief Ellen lachend. „Unser Jack verliert wirklich keine Zeit."

Es war Nachmittag geworden und langsam ging alles wieder seinen gewohnten Gang. Lórian und Jack hatten ein üppiges Mahl zu sich genommen und fühlten sich gut gestärkt. Sie spazierten mit ihren Gefährtinnen durch das Dorf, als plötzlich Mínya keuchend angerannt kam. „Herr! Wir haben jemanden gefunden!", sagte er aufgeregt zu Lórian.
Lórian strich dem Jungen über das Haar. „Nenn mich nicht *Herr*, Mínya."
Sie wandten sich um und zwei Sídhe führten eine gefesselte, verstörte und völlig verdreckte Frau ins Dorf. Eryon, der in der Nähe gestanden und sich mit Ellen und Shawn unterhalten hatte, erstarrte sichtlich. Rhian'na, dachte er fassungslos und blickte auf das wimmernde Mädchen.
Lórian ging mit langen schnellen Schritten auf Rhian'na zu. Diese duckte sich und versuchte, ihr Gesicht mit den Händen zu schützen. „Warum habt ihr sie

gefesselt?", fragte der König scharf die Sídhe, die sie gefunden hatten.

„Herr, das waren wir nicht. Wir haben sie so gefunden. Sie irrte weinend durch den Wald", antwortete einer der Männer.

„Wer bist du?", fragte Lórian sie leise und begann, ihre Fesseln aufzuknoten. Doch sie antwortete nicht.

Eryon trat vor. Ein seltsames Gefühl erfasste ihn beim Anblick des verwirrten Mädchens. „Sie heißt Rhian´na", erklärte er seinem Bruder. „Ihre Mutter war eine Sídh'nafért. Sie wurde in dem Labyrinth geboren, doch sie trägt keine dunkle Magie in sich. Sie hat in einer Höhle tief unter Ross Castle gelebt."

Rhian´na blickte beim Klang von Eryons Stimme auf. Dann machte sie einen leisen Freudenschrei und sobald Lórian ihre Fesseln gelöst hatte, warf sie sich dem verdutzten Eryon stürmisch in die Arme. Dieser geriet ins Wanken und wäre fast gefallen, hätte Jack, der hinter ihm stand, ihn nicht festgehalten.

„Du meine Güte!", rief Lórian und konnte sich ein Grinsen nicht verkneifen.

Eryon machte sich etwas von Rhian´na los und sah etwas bestürzt auf seine Kleidung. Diese war jetzt fast so schmutzig wie Rhian´na selbst. Alle starrten verwundert das dreckige, mit Schlamm und Staub überzogene Mädchen an. Immer noch liefen Tränen über ihre Wangen und zogen Spuren auf ihrer verschmutzten Haut.

„Rhian´na will nicht zurück in die Höhle. Mein ... mein Wald ist nicht mehr da. Nicht zurückschicken! Bei ihm bleiben!?", schniefte sie und ihre goldenen Augen ruhten auf Eryon. Lórian blickte erstaunt auf seinen Bruder und verstand kein Wort von dem, was sie da eigentlich meinte.

Und Eryon? Der schaute Rhian´na verblüfft an und wich etwas zurück. Er fürchtete irgendetwas an diesem sonderbaren Mädchen. Als Rhian´na Eryons Reaktion sah, weinte sie bitterlich. Flehend schaute sie wieder zu Lórian. „Bin nicht böse ... nicht böse! Hab keine böse Magie, nein, nein, nein, keine dunkle ... hab gute, schöne ... sieh doch!" Sie streckte die Hand aus.

Lórian sah ein winzig kleines, vertrocknetes Samenkorn. Doch als das schmutzige Mädchen es mit ihrer Fingerspitze berührte, wuchs es wieder und fing an zu keimen. „Kann tote Blumen lebendig machen, auch große Bäume. Sind schon ganz tot, aber Rhian´na kann sie wieder aufwecken." Liebevoll schaute sie auf den aufgegangenen Samen und setzte ihn vorsichtig in die Erde. Dann richtete sie sich wieder auf.

„Was ist mit dir passiert? Weißt du das?", fragte Lórian. Rhian´na fixierte Lórian mit ihren goldenen Blicken. „Sie hat mich nicht gewollt", flüsterte sie. „Mutter hat mich nicht gewollt. Und er ... er hat mir wehgetan." Sie senkte den Blick und stockte. Dann sah sie wieder auf und ihre Augen leuchteten. „Ich habe den Wald gemacht!"
„Den Wald?"
„Sie hat es geschafft, einen kompletten Wald zu erschaffen, der ohne Sonnenlicht auskam. Nur aus toten Samen", erklärte Jack. Rhian´na nickte zustimmend.

„Erinnerst du dich im Labyrinth an die verbrannte Ebene?", fragte Eryon.

Lórian schüttelte den Kopf. Seine Befreiung aus dem carlián sylîn war nur eine verschwommene, unangenehme Erinnerung, die er erfolgreich verdrängt hatte.

„Dort stand er", erklärte nun Eryon, der seine Sprachlosigkeit überwunden hatte. „Die Sídh'nafért haben ihn wohl abgebrannt."

Sanft berührte Lórian Rhian´na an der Stirn und lächelte dann traurig. „Komm, ich werde dir helfen", sagte er. Rhian´na strahlte über das ganze Gesicht und der verkrustete Schmutz in ihrem Gesicht bröckelte etwas ab. Der Elfenkönig nahm sie an der Hand und wollte mit ihr weggehen, doch Eryon hielt ihn zurück.
„Was hast du vor?"
„Ich werde sie heilen und dann soll jemand sie waschen", antwortete er mit einem leichten Naserümpfen.
„Aber ... sie ... sie war doch bei den Sídh'nafért und ..."
Lórian winkte ab. „Ja, sie war dort. Aber sie trägt keine dunkle Kraft in sich. Das hast du selbst gesagt. Ihre Seele ist krank und verwirrt. Und ich werde das ändern. Was ist nur los mit dir? Du wirkst so ... verstört." Eryon senkte den Blick, erwiderte aber nichts. Lórian schaute ihn prüfend an, dann lächelte er und ging mit Rhian´na davon.

Der Tag lief wie gewohnt weiter, irgendwann machte sich niemand mehr über den Vorfall mit Rhian´na Gedanken. Bis auf einen. Denn Eryon saß ruhelos auf der Terrasse des Hauses, dass er mit seinem Bruder bewohnte.

Er hatte Rhian´na wieder berührt und wie damals in der Höhle hatte ihn dieses eigenartige Gefühl überkommen, das er nicht verstand. Das, was er damals und jetzt dabei empfunden hatte, verwirrte ihn zutiefst. Da war irgendeine Art von Verbundenheit gewesen, die er nicht verstehen konnte, und er fürchtete dieses arme Geschöpf auf seltsame Weise. Er befürchtete, dass sie von der schwarzen Kraft verändert worden war, als sie noch im Mutterleib war, und er stellte sich ständig die Frage, was unter ihrer Schmutzschicht zutage kam. War ihr Aussehen von der dunklen Magie ebenfalls verwandelt? Seine

Gedanken überschlugen sich. Ihre Kraft war eigenartig. Aber beschränkte sie sich nur auf tote Pflanzen, die sie zum Leben erwecken konnte? Seine Gedanken wurden unterbrochen, als er Schritte hörte.

Lórian stand vor ihm und lächelte geheimnisvoll. „Sie möchte dich gerne sehen. Sie ist bei Serayas Eiche."

„Bei Serayas Eiche?" Dann fiel ihm ein, dass der Baum und die ganze Lichtung bei dem Brand zerstört worden war. „Sie wird doch nicht ..."

Lórian zuckte mit den Schultern. „Sie hat schon. Die Eiche und alles andere steht wieder. Es ist erstaunlich. Ich habe ihr übrigens erlaubt, dort zu bleiben."

Eryon starrte seinen Bruder eine Weile an, dann nickte er und machte sich auf den Weg zu Rhian'na.

Lórian sah ihm hinterher. „Du wirst dich wundern ...", flüsterte er zufrieden.

Eryon ging den Waldpfad entlang und die Sonne schickte einige Strahlen durch die dichten Bäume. Er schaute verwundert auf den neu erstandenen Wald, der mit Rhian'nas Leuchten geheimnisvoll und wunderschön war. Sie hatte alles, was der Brand zerstört hatte, wiederbelebt. Dann kam die Lichtung, und Eryon starrte bewundernd auf die große Eiche. Sie war wieder zusammengefügt. Der Stamm, die Zweige, jedes einzelne Blatt leuchtete von Rhian'nas Magie und mit frischer Kraft wiegte der Baum sich im Wind.

„Das hätte dir gefallen, nicht wahr Seraya? Deine geliebte Eiche ...", flüsterte er lächelnd.

Dann sah er Rhian'na am Fuße des Baumes sitzen. Sie blickte zu ihm hinüber und senkte schnell den Blick. Mit klopfendem Herzen ging er auf sie zu. Sie war durch die Magie verändert worden. Ihr Haar war von einem Goldgrün und mit kupferroten Strähnen durchzogen. Jetzt, wo es sauber und gekämmt war, glitzerte es in der Sonne und war so lang, dass es um sie herum auf dem Boden lag. Sie hielt ihren Kopf gesenkt und ihre Gesichtszüge waren in ihrem Haar verborgen.

Eryon kniete sich vor sie hin, aber sie blickte nicht auf. Fasziniert betrachtete er die seltsame Farbe ihres Haares. Vorsichtig nahm er eine von den goldgrünen Strähnen in die Hand und ließ sie durch die Finger gleiten. Sie war weich und seidig und ganz warm von der Sonne.

„Rhian´na", flüsterte er, „schau mich an."
Doch sie schüttelte den Kopf. Sanft umfasste er ihr Kinn und hob ihr Gesicht. Als er sie anblickte, erschrak er.

Er blickte in goldene unschuldige Augen und konnte den Blick nicht von ihr wenden. Dies war nicht dasselbe Geschöpf wie das aus der Höhle tief unten im Labyrinth. Ihre Gesichtszüge, jetzt vom Schlamm und Dreck befreit, waren fein und zart. Die Haut war von demselben Goldgrün wie ihr Haar, nur heller. Alles an ihr hatte den gleichen Schimmer wie ihre wiederbelebten Pflanzen. Sie war das wunderschönste Wesen, das Eryon je zuvor gesehen hatte. Mit erstaunten Augen schaute er sie an und da war wieder dieses Gefühl, dass er verspürte, jedes Mal, wenn er sie berührte.

Ihre Augen füllten sich mit Tränen. „Ich ... ich bin nicht mehr ... verwirrt", wisperte sie fast unhörbar und die Tränen liefen ihre Wangen entlang. Schnell verbarg sie wieder ihr Gesicht in den Haaren und begann leise zu schluchzen. Jetzt, wo Lórian ihren Geist geheilt hatte, erfasste das Mädchen seine ganze Situation. Rhian´na erinnerte sich an alle schlimmen Misshandlungen der Sídh´nafért, die sie ihr zugefügt hatten ... geistige und körperliche. Gnadenlos strömten die Bilder durch ihren

Geist, sie konnte es nicht verhindern. Niemals hatte sie Liebe erfahren, nicht einmal von ihrer eigenen Mutter, im Gegenteil. Sie erkannte nun, dass sie durch ihre Haut- und Haarfarbe anders aussah und fühlte sich wie eine Außenseiterin. Diese Erkenntnisse waren ihr in ihrer Verwirrtheit verborgen geblieben und sie fragte sich, ob diese Heilung so gut gewesen war. Deshalb wollte sie hier bei der Eiche sein. Immer war sie verstoßen worden. Warum sollte das jetzt anders sein?

Eryon hob die Hand und strich ihr zärtlich übers Haar. Und in dem Moment, als er sie wieder berührte, spürte er ihren Schmerz und verstand, was sie empfand. Er konnte nicht anders und zog sie in seine Arme. Eryon hielt sie fest und sie weinte ihren ganzen Schmerz aus ihrer Seele.

Nach einer Weile war Rhian'na still und zufrieden in Eryons Armen eingeschlafen. Er lehnte sich an die Eiche, zog sie sanft auf seinen Schoß und betrachtete sie. Langsam wurden seine Gedanken, die seit ihrem Auftauchen unablässig durcheinander gewesen waren, wieder klarer. Ihre schlafenden Gesichtszüge glichen denen eines unschuldigen Kindes. Er war seltsam berührt von der Art und Weise, wie sie sich ihm hingab, welches Vertrauen sie in ihn hatte. Er beugte sich zu ihr hinunter und schmiegte sich an sie. Eryon würde bei ihr bleiben, das wusste er. Denn das erste Mal seit fast 20 Jahren war Ellen für eine Weile vergessen. Der kleine Bach plätscherte und die Sonne ging glutrot unter. Irgendwann fielen Eryon die Augen zu und er schlief ebenfalls ein.

Lórian und Jack saßen auf dem Felsplateau, wo Jack vor einiger Zeit fast abgestürzt wäre. Ein Schaf gesellte sich zu ihnen und stupste Jack von hinten an. Er verdrehte die Augen und grinste. „Seitdem ich dich damals gerettet habe, lässt du mich nicht mehr aus den Augen, was?", sagte er zu dem Schaf und kraulte es hinter den Ohren. Das Tier blökte zufrieden und ließ sich neben ihm nieder. Lórian schaute schmunzelnd auf das Tier. Dann begegneten sich ihre Blicke.

„Danke, Jack ... für alles."

Verlegen senkte Jack den Blick und nickte. „Weißt du was? Willst du nicht mal mit nach Killarney kommen? Du kannst dich verwandeln und ich zeige dir mal die Stadt."

Lórian schüttelte den Kopf. „Ich glaube, das ist nichts für mich."

„Nun komm schon, zier dich nicht so. Du bist doch neugierig, oder nicht? Sonst hättest du mich damals nicht immer beobachtet. Vor allem würden Mum und Dad sich freuen, wenn du sie mal besuchst."

Lórians Unsicherheit schwand immer mehr. Er seufzte, doch ein Lächeln breitete sich auf seinem Gesicht aus. „In Ordnung. Aber erst morgen."

Jack zuckte mit den Schultern. „Also morgen ..."

Sie beobachteten, wie die Sonne hinter den Bergen verschwand und Nebel aufzog. Die Schatten wurden länger. Jack schaute ein paar Regenwolken zu, die genau auf sie zusteuerten. Er grinste plötzlich schalkhaft. „Also ich glaube wir sollten zurückgehen. Es wird gleich regnen", sagte er ernst und lugte verschmitzt zu Lórian hinüber. „Wenn ich mich nicht irre, genau in 15 Minuten und zehn Sekunden."

Lórian blickte ebenfalls grinsend auf die Wolkenwand. „Ich glaube, deine Sekunden sind ganz schön ungenau", erwiderte er. Sie sahen sich an und lachten vergnügt. „Gehen wir nach Hause", sagte Lórian. Er legte einen Arm um Jack und gemeinsam schlenderten sie über das Gipfelplateau des Mangerton Mountain. Ihre Gestalten verloren sich langsam im Nebel. Man hörte nur noch ihre fröhlichen Stimmen, bis auch diese verklungen waren. Dann war es still auf dem Berg und die letzten Sonnenstrahlen tauchten die Umgebung in mystisches Zwielicht.

Epilog

Ein fast fertiger Blumenkranz lag auf dem Schoß des Mädchens und mit geschickten Fingern knotete und flocht es die zarten Blütenköpfe zusammen. Dann hielt die Kleine inne und schaute stirnrunzelnd auf ihre Arbeit. Ihre langen Locken glänzten in der Sonne, die einen kastanienbraunen Schimmer auf ihr dunkles Haar warf. Ein Windstoß wehte ihr das Haar ins Gesicht und sie strich es hinter ihre spitzen Ohren.

„Du kriegst die Endknoten nie hin. Ich hab's dir ja vorher gesagt. Das ist jetzt dein vierter Versuch", sagte der Junge, der neben ihr saß. Die beiden Kinder hockten dicht beieinander.

Sie fixierte ihn mit ihren silberblauen Augen. „Ach sei doch still! Du hast doch gar keine Ahnung", rief sie beleidigt.

Seine grünen Augen blitzten spöttisch. „Na, wenn du meinst ..." Er zuckte die Schultern und grinste schelmisch vor sich hin.

„Hör auf zu grinsen!", zischte sie und schubste ihn ein wenig an.

Er verengte seine Augen zu Schlitzen und schubste sie ebenfalls. Kurzerhand warf sie die Blumengirlande auf den Boden und stürzte sich auf ihn. Sie wälzten sich auf dem Boden und kicherten wie verrückt. Plötzlich horchten sie auf. Stimmen hallten durch den Wald. „Kyra! Amberlíe!", rief eine Männerstimme und die Kinder gingen, immer noch lachend, auseinander.

„Du bist schuld, dass mein Kleid dreckig ist. Mum wird schimpfen", flüsterte sie leise. Er streckte ihr die Zunge heraus. Sie wollte ihn gerade wieder schubsen, da teilte sich das Unterholz.

Ein Mann mit schulterlangen dunklen Haaren, die an den Seiten zurückgeflochten waren, kam auf sie zu. Seine Bewegungen waren geschmeidig und lautlos.

Amberlíe blickte lächelnd in das Gesicht ihres Vaters, das dem ihren so sehr ähnelte. „Hallo Dad!", sagte sie kleinlaut.

Jack begutachtete grinsend seine Tochter, die wie immer schmutzig und zerzaust aussah. „Du kommst ganz eindeutig nach mir", stellte er fest und strubbelte dabei Kyras honigblonden Schopf.

„Wo ist denn mein Vater?", fragte Kyra.

„Lórian sucht euch auf der anderen Seite des Waldes. Ihr seid wieder viel zu weit vom Dorf entfernt." Die beiden Kinder machten schuldbewusste Mienen.

Da erblickte Jack den Blumenkranz, hob ihn auf und musterte ihn. „Immer noch Schwierigkeiten mit den Endknoten?" Kyra kicherte leise und Amberlíe wurde rot. Doch Jack lächelte, beendete ihre Arbeit und setzte ihr den Kranz aufs Haar. „Und jetzt kommt. Eure Mütter machen sich schon Sorgen."

Die Kinder standen auf und Jack nahm die beiden an die Hand. Er führte sie durch den dichten Wald, als nach einer Weile eine schlanke Gestalt ihnen entgegen kam. Kyra juchzte und stürmte auf Lórian zu. Dieser nahm seinen Sohn lachend in die Arme und klopfte ihm gleichzeitig den Staub von der Kleidung. „Wir haben euch schon überall gesucht!" Er schnappte sich Kyra und nahm ihn auf den Arm. Dann richtete er das Wort an Jack.

„Wir müssen zurück zum Dorf. Rhian´na bekommt ihr

Baby. Eryon ist schon ganz aufgewühlt und weicht ihr nicht von der Seite." Jack nickte und sie gingen zügig den Weg entlang.

„Ich will auch auf den Arm!", rief Amberlíe.

Jack hob sie lächelnd hoch. „Was ist eigentlich mit deinem Kleid passiert?", fragte er sie.

„Das war Kyra!"

Dieser schaute sie entrüstet an. „Gar nicht wahr! Du hast es selbst dreckig gemacht."

Lórian und Jack sahen sich nur an und lachten herzhaft.

„Sie lieben sich ... eindeutig!", bemerkte Lórian immer noch schmunzelnd.

Der Tag ging zu Neige, die untergehende Sonne hüllte alles in rotgoldenes Leuchten ein. Feuchtigkeit stieg aus den tiefen Wäldern auf, um sich in den geheimnisvollen Nebel zu verwandeln, ohne den man sich Irland nicht vorstellen kann. Langsam verschwand auch das warme Licht des Abends und die weichen grünen Hügel tauchten in die Schatten der friedlichen Nacht ein. Sterne glitzerten am Firmament. Das Land wartete auf einen neuen Tag, so wie die Sídhe und die Menschen vielleicht auf einen neuen Anfang warteten. Denn der Weg der Versöhnung lag nun vor ihnen.

Danksagung

Ich danke meiner Mutter von Herzen, die immer an mich geglaubt und mich unterstützt hat.

Und meiner Freundin Norma, die anfangs unermüdlich meinen Ideen zugehört und Ungereimtheiten in meiner Geschichte aufgespürt hat.

Danke, Daniela, dass du aus meinen Worten Bilder erschaffen hast.

Den letzten Schliff erhielt mein Buch durch meine Lektorin Martina Meier. Meinen aufrichtigen Dank an sie, dass sie all das überhaupt möglich gemacht hat.

Zum Schluss danke ich Euch, die Ihr in meine Geschichte eingetaucht seid, mit mir gelacht und geträumt habt. Ich hoffe, dass Ihr dem Zauber der Legenden gefolgt seid und die Sídhe Euch durch den magischen Nebel geführt haben ...

Tanja Bern
im April 2008

Die Autorin:
Tanja Bern wurde in Herten/NRW geboren und lebt heute mit ihrer Familie in Gelsenkirchen. Ihr erstes Buch „Die Sídhe des Kristalls: Das Tal im Nebel" ist im Frühjahr 2008 erschienen. Durch eine starke Verbundenheit zur Natur und die Liebe zum Mystischen entstand bei Tanja Bern nach und nach der Wunsch, einen eigenen Roman zu schreiben. Im Südwesten Irlands wurde ihre dichterische Seele dann erweckt. Tanja Bern liebt es, mit ihrer Tochter zusammen zu sein, sie liest mit Begeisterung und singt in der Irish Folk Band Gaelic Wind Project. Informationen unter www.tanja-bern.de.

Foto: Rüdiger Marquitan

Die Illustratorin:
Daniela Berghold wurde 1978 in Coburg geboren und hat schon im Grundschulalter Interessen und Talente im kreativen Bereich gezeigt. Nach einer soliden Bankausbildung zog es die heutige Diplom-Designerin nach Fürth bei Nürnberg, um ihren eigentlichen kreativen Traumberuf zu lernen. Nach dem Fachabitur im Bereich Gestaltung, folgte das Kommunikationsdesign Studium, das sie 2007 erfolgreich beendete. Ihre Schwerpunkte liegen in der Illustration, Typografie und den Printmedien. Seit 2006 ist Daniela Berghold als freiberufliche Grafik-Designerin und Künstlerin tätig.

ToMa

Papierfresserchens MTM-Verlag

Tanja Bern
Die Sídhe des Kristalls
Band 2: Zwischen den Welten
Band 3: Der Weg aus der Dunkelheitl
ISBN: 978-3-940367-46-4, 15,90 Euro

Ellen leitet eine florierende Pension im Südwesten Irlands. Ihre Vergangenheit ist geprägt von mystischen Erinnerungen, denn einst liebte sie Eryon, der dem Volk der Sídhe angehört. Von seinem magischen Zauber kann sie sich kaum lösen ...
Und als Jahre später Ellens Sohn Jack mit den irischen Legenden der Sídhe konfrontiert wird, muss auch er erfahren, dass sich sein Leben grundlegend verändert und nie mehr so sein wird wie vor dieser Begegnung. Er taucht ein in die Welt der Elfen und wird ein Teil von ihr. Dann jedoch geraten seine Tochter Amberlíe und der Sohn des Elfenkönigs durch einen alten magischen Durchgang in das düstere Labyrinth des carlián sylîn. Jack und sein Freund Lórian, der König der Sídhe, müssen in die dunklen Höhlen, um ihre Kinder zu retten. Dort wartet ein alter Feind und sinnt auf grausame Rache.

Norma Feye
Dhelian - Die andere Wirklichkeit
ISBN: 978-3-940367-37-2, 12,90 Euro

Nachts in ihren Träumen führt die Studentin Naomi ein aufregendes zweites Leben im geheimnisvollen Land Dhelian. Als ein schrecklicher Unfall ihr die Rückkehr in die wirkliche Welt unmöglich macht, sieht sie sich plötzlich einem skrupellosen Königsmörder gegenüber. Schnell wird ihr klar, dass nur sie das fantastische Dhelian vor dessen Tyrannei bewahren kann.
Und bevor sie diese Aufgabe nicht erfüllt hat, scheint es für sie keinen Weg in ihr wirkliches Leben zu geben ...

Christian Leovic
Ich glaub, ich bin `ne Bratpfanne
Das ultimative Single-Buch
ISBN: 978-3-940367-33-4, 144 Seiten, 10,50 Euro

„Mein Name ist Christian, ich bin 29 Jahre alt und Sachbearbeiter in einer Behörde. Meine Freundin hat mich vor längerer Zeit verlassen und deshalb nennt man mich einen unfreiwilligen Single! Also bin ich mal wieder auf der Suche nach einer neuen Beziehung, doch je länger ich suche, desto klarer wird mir: Das weibliche Geschlecht ist unberechenbar ..."
Heiter und provokant erzählt Christian Leovic von der chaotischen Suche nach der großen Liebe, von Frauen, ihren Macken und kleinen männlichen Schwächen.

Anita Aeppli/Sabine Poethke (Hrsg.)
Polkappen - Die letzte Scholle
ISBN: 978-3-940367-45-7, 11,90 Euro, 194 Seiten

Mal laut, mal ganz leise – Autorinnen und Autoren aus verschiedenen europäischen Ländern haben sich Gedanken über das Klima gemacht und gemeinsam an einem Buchprojekt gearbeitet. Wie mag es wohl klingen, wenn sich die letzte Scholle verabschiedet? Was passiert, wenn Umweltverschmutzung Liebeskummer oder gar Mord und Totschlag nach sich zieht? Oder wenn gar das letzte Stückchen Eis dieser Erde in ... Aber nein! Wir wollen nicht zu viel verraten!

Papierfresserchens MTM-Verlag GbR - ToMa-Edition
Die Bücher mit dem Drachen

Kirchstraße 5, D- 88131 Bodolz
www.papierfresserchen.de   www.toma-edition.de
info@papierfresserchen.de

Telefon 08382/2799434